國家社科基金重大委托項目"《子海》整理與研究"成果

山東省社科規劃重大委托項目成果

子海精華編

主編　王承略　聶濟冬

小滄浪筆談
定香亭筆談

[清]　阮元　撰　姚文昌　點校

山東人民出版社·濟南

國家一級出版社　全國百佳圖書出版單位

圖書在版編目（CIP）數據

小滄浪筆談　定香亭筆談/（清）阮元撰；姚文昌點校. --濟南：山東人民出版社，2018.9

（子海精華編/王承略，聶濟冬主編）

ISBN 978-7-209-11533-9

I.①小… II.①阮… ②姚… III.①古典散文-散文集-中國-清代 IV.①I264.9

中國版本圖書館 CIP 數據核字（2018）第 181616 號

責任編輯：李　濤
封面設計：武　斌

小滄浪筆談　定香亭筆談
XIAOCANGLANG BITAN DINGXIANGTING BITAN
［清］阮元　撰　姚文昌　點校

主管部門　山東出版傳媒股份有限公司
出版發行　山東人民出版社
出 版 人　胡長青
社　　址　濟南市英雄山路 165 號
郵　　編　250002
電　　話　總編室（0531）82098914
　　　　　市場部（0531）82098027
網　　址　http://www.sd-book.com.cn
印　　裝　山東臨沂新華印刷物流集團有限責任公司
經　　銷　新華書店

規　　格　32 開（148mm×210mm）
印　　張　12.5
字　　數　210 千字
版　　次　2018 年 9 月第 1 版
印　　次　2018 年 9 月第 1 次
ISBN 978-7-209-11533-9
定　　價　78.00 圓
　　　　　如有印裝質量問題，請與出版社總編室聯繫調換。

國家社科基金重大委託項目"《子海》整理與研究"成果之一

《子海精華編》

《子海精華編》出版説明

"子海",即"子書淵海"的簡稱。"《子海》整理與研究"課題係國家社科基金重大委托項目、山東省社科規劃重大委托項目。該課題分《珍本編》《精華編》《研究編》《翻譯編》四個版塊,力圖把子部珍稀文獻、精華文獻進行深層次的整理、研究和譯介,挖掘子部文獻的價值,促進子學研究的發展。

山東大學向來以文史見長。古籍整理與子學研究,是其中的傳統研究方向。"《子海》整理與研究",是在山東大學前輩學者高亨先生積三十年之力陸續做成的《先秦諸子研究文獻目録》的基础上,由已故著名古籍整理與研究專家董治安先生參與策劃、設計的大型綜合研究課題。課題立項後,得到了宣传部、教育部、財政部、山東省政府和山東大學的大力支持,學界同仁踴躍參與。《精華編》的整理研究團隊近兩百人,來自海内外四十八所高校和研究機構。在組織管理上,《精華編》努力探索傳統文化研究協同創新的新體制、新機制,現已呈現出活力和實效。

華夏文明是由多元文化構築而成的。中國古代子部典籍,以歷代士人個性化作品的形式，系統性地展示了華夏民族的世界觀和方法論，立體性地反映了中華民族對世界文明發展的貢獻。其中，無論是宏篇大論，還是叢殘小語，都激蕩着歷史的聲音，閃爍着智慧的光芒，構成中國古代思想、藝術、科技和生活方式的主體内容。《精華編》通過對子部最优秀的典籍的整理，一方面擷英取粹，爲華夏文明的傳播提供可靠的資源和文本；另一方面以古鑒今，爲當下社會的發展提供智力支持和精神支撑。並希望進而梳理中華傳統文化的多元結構，繼承中華優秀傳統文化的一貫文脈。

根據漢代以後子學發展和子部典籍的實際情況，參照官私目錄的分類與著録，《精華編》選取先秦諸子、儒學、兵家、法家、農家、醫家、曆算、術數、藝術、雜家、小説家、譜録、釋道、類書等十四個類目的要籍幾百種，編爲目録，作爲整理的依據，而在成果展現上則不出現具體的類目。爲統一體例，便於工作，《精華編》編有詳細的《整理細則》，并有簡明的《整理要則》，供整理者遵循使用。

《精華編》整理原則是，對每種子書的整理，突出學術性、資料性和創新性，力求吸納已有的整理成果，推出更具參考價值、更方便閱讀的整理文本。所采用的整理方式，大體有三種：一、部頭較大且前人未曾整理者，采用標點、校勘的方式整理；二、前人曾經標點、校勘者，或采用抽換更好或別具學術特色底本的方式整理，或采用集校、集注的方式整理，或采用校箋、疏證的方式整理,或綜合使用以上方式;三、前人已有較好的注本者,則采用集注、彙評、補正等方式整理。

《精華編》采用五次校審、遞進推動的管理程式,即:一、初校全稿。子海編纂中心組織碩、博研究生,修改文稿錯別字,規範異體字,調整格式,發現並標明校點中的不妥之處。二、初審文稿。子海編纂中心的編纂人員根據情況,解決初校時發現的問題,並判斷書稿的整體質量。三、匿名評審。聘請資深教授通審全稿,全面進行學術把關,消滅硬傷,寫出審稿意見。四、修改文稿。子海編纂中心及時把專家審稿意見反饋給整理者。整理者根據審稿意見修改,做出新文稿。五、終審文稿。待新文稿返回子海編纂中心後,總編纂做最後的學術質量把關。五步程序完成後,將文稿交付出版社。

五次校審的目的是爲了保證學術質量,提高整理水平,減少錯訛硬傷。但校書如掃塵埃落葉,隨掃隨有,《精華編》雖經多道程序嚴加把關,仍難免有錯,懇請方家不吝指教。子海編纂中心將及時總結經驗,吸取教訓,把工作做得更好,以實現課題設計的初衷。

目　録

整理説明

一、作者生平

阮元（1764—1849），字伯元，號雲臺，又號雷塘庵主，晚號怡性老人。

乾隆二十九年，阮元生於揚州。三十六年，從胡廷森學《文選》。三十八年，與焦循、江藩結同窗之誼。四十六年，母林氏卒，持服於家。結識凌廷堪，凌薦阮元與翁方綱。四十七年，結識汪中、顧九苞、劉臺拱、任大椿、王念孫諸先生。四十八年，娶歙縣候選州同知江振箕之女爲妻。五十一年，結識錢大昕，引爲忘年交。中鄉試第八名，爲典試官朱珪、房考官孫梅所賞。赴京，結識邵晉涵。五十四年，中會試第二十八名。殿試二甲第三名，賜進士出身，入翰林院爲庶吉士。與王昶交游。五十五年，散館，列一等第一名，授翰林院編修。與孫星衍、伊秉綬相過從。結識桂馥。五十六年，任詹事府詹事，補文淵閣直閣事。五十七年，妻江氏卒。五十八年，出任山東學政。納妾劉文如。五十九年，畢沅來撫。六十年，調任浙江學政。升内閣學士兼禮部侍郎。嘉慶元年，娶衍聖公孔憲增長女孔璐華爲繼室。爲段玉裁《周禮漢讀考》作序。二年，納妾謝雪。洪亮吉函薦陸繼輅。三年，補授兵部右侍郎，旋調禮部右侍郎。任滿返京。四年，署理浙江巡撫。七年，納妾唐慶雲。十年，丁父憂。十二年，抵京，署戶部右侍郎。旋遷兵部右侍郎。再任浙江巡撫。十四年，入京，重入翰林。與朱鶴年、梁章鉅、姚文田等交游。十七年，任漕運總督。十九年，改任江西巡撫。二十一年，調補河南巡撫。補授湖廣總督。二十四年，方東樹入阮元幕。道光元年，以兩廣總督、兩廣鹽政攝廣東巡撫、太平關稅務、廣東學政，粵海關稅務，同時兼管六印。六年，調補雲貴總督。十二年，側室唐慶雲卒。繼室孔璐華卒。十五年，充體仁閣大學士。十六年，側室謝雪卒。十八年，致仕歸里。二十七年，側室劉文如卒。二十九年，阮元卒，年八十六歲。賜謚文達。

阮元溫敦自守，清慎自持，以經史游於士林，以儒風洽於朝野。少年得志，歷翰林、學政、巡撫、總督，以大學士致仕。實爲三朝元老，終成一代名臣。

《小滄浪筆談》《定香亭筆談》是阮元在清乾隆五十八年（1793）七月到嘉慶三年（1798）九月任山東、浙江兩地學政期間隨筆疏記之作。這段時間是阮元出京外任的初期。在此期間，阮元遍試各屬州府縣，識拔賢才；結交學人騷客，多有詩詞唱和；游歷齊魯山川勝迹，修葺先賢故舊祠墓；編刻經史典籍，肆揚樸實學風。種種活動，在他的學術生涯中寫下了濃墨重彩的一筆。《小滄浪筆談》《定香亭筆談》作爲忠實記錄阮氏此間活動的學術性筆記，有着獨特的價值。

二、版本介紹

《小滄浪筆談》《定香亭筆談》的版本狀況較爲清晰，這裏首先對兩書傳世的刻本做簡要的介紹。

《小滄浪筆談》：雷夢水《販書偶記續編》、王章濤《阮元年譜》著錄嘉慶三年（1798）刻本，這是《小滄浪筆談》見於著錄的最早版本。但是，查閱各家館藏信息，均未發現此本踪迹。考《雷塘庵主弟子記》及阮氏門人、宗親、友朋著述中關於阮元嘉慶三年行事的記述，亦無該書刊刻信息。筆者所見各個版本的《小滄浪筆談》卷一末皆有“武億”條及孫星衍所撰《武億傳》，《傳》中有“嘉慶四年十月，卒于鄧州客館，得年五十有五”語，可證該書的刊刻必在嘉慶四年之後。卷二有“趙秋谷”條，其中有“余別爲之説，並錄其詩於《廣陵詩事》中”語。《廣陵詩事叙》云：“余輯《淮海英靈集》既成，得以讀廣陵耆舊之詩，且得知廣陵耆舊之事，隨筆疏記，動成卷帙，博覽別集，所獲日多，遂名之曰《廣陵詩事》。……嘉慶四年夏六月，鄉人阮元記于京邸之白圭詩館。”假如《廣陵詩事》成書、命名皆在作叙之時，亦可證《小滄浪筆談》的刊刻不應早於嘉慶四年。《小滄浪筆

3

談》卷首自序末署："嘉慶三年春，儀徵阮元序于浙江學署定香亭中。"大抵《小滄浪筆談》於嘉慶三年草稿初成，序而未刻，之後阮元又有增補。雷氏根據序言，想當然地以爲阮氏作序之後隨即將《小滄浪筆談》刻出，故著録爲嘉慶三年刻本，其實不然。王氏或承雷氏之誤，或與雷氏同失於疏，以致訛録。

　　嘉慶七年（1802）阮元刻《小滄浪筆談》於浙江節院，是爲初刻本。本次整理即以此爲底本。該刻本後來舊版重印，被阮亨收入《文選樓叢書》之中。《文選樓叢書》初印於道光二十二年（1842），與《小滄浪筆談》初刻時隔四十年，書版質量已大不如前。山東大學圖書館古籍部藏有《文選樓叢書》的早期印本，書版在數量上仍然是完整的。《文選樓叢書》在形成之後，不斷進行印刷，後期的《文選樓叢書》印本，書版已遠不如初印之時，甚至出現了錯版。2011年廣陵書社影印出版《文選樓叢書》，選擇的底本即爲《文選樓叢書》的後期印本，其中《小滄浪筆談》"卷一·二十六"即爲錯版。《小滄浪筆談》嘉慶七年刻本版式爲半葉十行，行二十字，白口，四周雙邊，單黑魚尾，魚尾上有"小滄浪筆談"字樣，魚尾下刻卷數及葉數。兩錯版與前後書版字體相近，版式相仿，但是無魚尾及"小滄浪筆談"字樣，存在明顯的挖剔痕迹。儘管版心的卷數、葉數均與上下書版銜接，但是文字内容已無法承啓。兩錯版當爲重印時刻書匠人發現原書版缺失，爲了一時之便以他書刻版補入所致，其行徑實不足取。

《小滄浪筆談》另有光緒二十六年江蘇書局據嘉慶七年刻本重刻本。牌記有"小滄浪筆談，嘉慶七年浙江節院刊板""光緒庚子四月江蘇書局重雕"。版式與初刻本稍異，半葉十行，行二十字，大黑口，四周單邊，單黑魚尾，魚尾下有"小滄浪筆談卷幾"及葉數。書後有"光緒庚子春三月錢唐汪鳴鑾跋"。跋云"養疴鍵户，重校是編"，如汪鳴鑾所言，重刻本對初刻本的錯訛之處偶有訂正，故此次整理取爲校本。

《定香亭筆談》：嘉慶五年揚州阮氏琅嬛僊館刻本爲《定香亭筆談》初刻本，後被收入《文選樓叢書》。其版式與嘉慶七年刻本《小滄浪筆談》相同，爲半葉十行，行二十字，白口，四周雙邊，單黑魚尾，魚尾上有"定香亭筆談"字樣，魚尾下刻卷數、葉數。筆者整理《定香亭筆談》即以此爲底本。《文選樓叢書》本《定香亭筆談》爲舊版重印，書版在數量上是完整的，但版面已有損壞。廣陵書社影印出版《文選樓叢書》，其中《定香亭筆談》的書版文字偶有漫漶之處，《續修四庫全書》所收《文選樓叢書》本《定香亭筆談》個別版面已出現大片文字脱落，幾不可用。

此次整理的校本有：一、道光間吴江沈氏世楷堂刻《昭代叢書》庚集埤編本，一卷。版式與嘉慶五年刻本相差較大，半葉九行，行二十字，白口，左右雙邊，單黑魚尾，魚尾上有"昭代叢書"字樣，魚尾下刻"庚集，定香亭筆談，卷第二十五"及葉數，版心下刻"世楷堂藏板"。書後有"乙丑孟冬震澤楊復吉識"字樣。該刻本内容與初刻本出入較大。初刻本《定香亭筆談叙》云"殘篇破紙，未經校定"，又云刻前"出舊稿，屬吳澹川、陳曼生、錢金粟、陳雲伯諸君重訂正之。諸君以其中詩文不妨詳載，遂連篇附録於各條之後"。《昭代叢書》所收《定香亭筆談》一卷，開篇無阮元嘉慶五年自叙，各條之下亦無詩文附録，條目内容雖與嘉慶五年刻本相近，但文字每有出入，次序也不盡相同。所以，該刻本所據底本很可能爲阮氏訂正之前的文本。二、光緒中蛟川張氏刻《花雨樓叢鈔》本。牌記爲"光緒甲申蛟川花雨樓開雕"。該刻本版式與嘉慶五年刻本相差較大，半葉九行，行二十字，白口，左右雙邊，單黑魚尾，魚尾下有"定香亭筆談卷幾"及葉數，版心下有"花雨樓校本"字樣。書末有"光緒甲申二月朔日蓺齡張壽榮識"字樣。書後又有附録一卷，袁鈞著。附録版式與前書相近，半葉九行，行二十字，白口，左右雙邊，單黑魚尾，版心下有"觀稼樓校刊"字樣。附録後有"光緒十九年六月望日鄞袁可炘謹識"字樣。因其非阮元所著，此次整理不予收録。三、光緒十年瀨江宋氏刻本。前有"定香亭筆談四卷，維嘉署簽"，牌記作"光緒甲申孟夏瀨江宋氏較刊"。該刻本與嘉慶五年刻本版式相差較大，半葉九行，行二十一字，大黑口，左右雙邊，無魚尾，版心刻"定香亭筆談卷幾"及葉數。四、光緒二十五年浙江書局據嘉慶五年刻本重刻本。牌記有"定香亭筆談，揚州阮氏琅嬛僊館刊板""光緒己亥九月浙江書局重雕"。版式與嘉慶五年刻本有異，半葉十行，行二十字，左右雙邊，單黑魚尾，魚尾下刻"定香亭筆談卷幾"及葉數。

三、價值述略

《小滄浪筆談》《定香亭筆談》爲阮元隨筆疏記，未經擇采，其文獻價值主要體現在補充阮元生平資料、輔助研究《山左金石志》、校補《揅經室集》、校補阮氏師友門人詩文集等方面。

《小滄浪筆談》《定香亭筆談》對於行迹見聞的記載是兩書的主綫，詳細記述了阮元任兩地學政時的學術交游活動，其中許多行迹是《雷塘庵主弟子記》沒有記載的，對於阮元研究具有獨特的史料價值。據筆者統計，在王章濤所著《阮元年譜》乾隆五十八年至嘉慶三年中，直接引用《小滄浪筆談》的文字達三十餘處，引用《定香亭筆談》的文字達八十餘處。《阮元年譜》中有些條目完全根據《小滄浪筆談》《定香亭筆談》撰寫，其内容是其他文獻所沒有的。

例一："乾隆五十九年（1794）"有條目云："十月初三日，阮元於曲阜孔廟司上丁祭。"其下附條目撰寫依據云："曲阜至聖廟，春夏秋冬以四孟上丁爲祭，衍聖公主之。舊事凡學使者至曲阜，逢丁祭則學使者主之。乾隆五十九年，予按試至曲阜，適逢孟冬上丁，時衍聖公憲培初薨，予以吉禮主祭。"

例二："乾隆六十年（1795）"有條目云："八月初八日，阮元招同馬履泰、顏崇槼、武億、朱文藻游匯波樓諸地。翌日，諸友吟成《集積古齋紀事傳箋聯句》。"其下附條目撰寫依據云："乙卯八月，招同馬秋藥比部履泰、顏心齋教授崇槼、武虛谷進士億、朱朗齋文學文藻，登匯波樓，過曾南豐祠，歸集積古齋。明日，遣騎傳箋聯句，往返十數次，凡三易僕馬，故有句云：'詰朝寫唐韻，旁午置鄭駰。'"後又附部分《集積古齋紀事傳箋聯句》詩。

例三："嘉慶元年（1796）"有條目云："五月初五日，阮元招同陳文杰、徐鈇、胡敬等人聚會。阮元出示太平元年銅鏡命賦，諸人皆有詩奉答。"其下附條目撰寫依據云："予藏古鏡一，黝然無光，背銘'太平元年五月丙午時造'。古銅艾虎書鎮一，背銘'延佑二年'四字。琥珀松虎筆筒一，底有'宣和內府'四篆字。嘗於五日邀客賦之。古以太平紀元者，自唐以前凡四：一爲吳廢帝，一爲北燕王馮跋，一爲梁敬帝，一爲楚帝林士宏。余以爲此鏡文字如六朝，定爲梁鏡，繼思梁太平改元在九月，此云五月，則又非矣。"

例四："嘉慶三年（1798）"有條目云："六月十六日，阮元與宮芸欄、張淥卿策馬夜游，宿補梅軒，聽偶然和尚鳴

琴，淥卿賦詩記之。”其下附條目撰寫依據云：“戊午六月既
望，予與泰州宮芸欄韶、元和張淥卿詡爲月夜之游，自金沙
港策騎過十里松濤，月色浩潔，深林無人，夜鳥相應，至冷
泉亭將二更矣。泉聲泠然，塔影自直，宿補梅軒，聽揚州偶
然上人彈琴，接榻小夢，東方達曙而歸。淥卿填《步月》一
闋以記之。”

《小滄浪筆談》對於金石活動的記載是指阮元對於山東各
地金石碑版進行調查的記録，有阮元的親自調查，也有阮元指
派他人所做的調查。這部分文字後來經過整理，被阮元收録在
《山左金石志》中。《小滄浪筆談》對於金石尋訪的過程多有交
待，可以爲《山左金石志》研究提供背景性資料。

例一：《山左金石志》有條目“唐玉臺鏡”云：“（圖略）
右鏡徑四寸三分，螭鈕，四獸。正書，銘二十八字，曰：‘絶
照覽心，圓輝矚面，藏寶匣而光掩，挂玉臺而影見，鑒□□
於後庭，寫衣簪乎前殿。’外圖十二辰像。詳其銘詞，乃唐時
供御物也。拓之于濟南潭西精舍。”《小滄浪筆談》記該鏡條
目云：“吴江陸直之繩寓潭西精舍時，得一唐鏡，徑四寸三
分，螭鈕，四獸。正書，銘二十八字，曰：‘絶照覽心，圓輝
矚面，藏寶匣而光掩，挂玉臺而影見，鑒□□於後庭，寫衣
簪乎前殿。’外圖十二辰像。詳其銘詞，乃唐時供御物也。”
《山左金石志》中並没有説明唐玉臺鏡的發現情況，祇是提
到“拓之于濟南潭西精舍”，通過《小滄浪筆談》可知該鏡

爲"吳江陸直之繩寓潭西精舍時"所得。

　　例二：《山左金石志》有條目"膠東令王君廟門殘碑"云："黃初五年立，八分書，碑高一尺五寸，廣二尺五寸，後有近人題記，八分書，七行，在濟寧州學明倫堂東北隅壁間。案：《隸續》載此碑有二石，乾隆乙未歲，州人李東琪于學宮松樹下掘得之，已亡其一矣。文中述舉孝廉凡二見，一在孝昭二年後，爲其先世，一序于勃海府丞尚書郎二子之後，似亦其子也。額題漢，洪氏猶及見之，而文有'黃初'字者，當是立廟碑之年爾。"《小滄浪筆談》記該碑條目云："《膠東令王君廟門碑》，載洪氏《隸續》，舊存濟州，久已亡失。州人李鐵橋東琪有金石之癖，一日至學宮閒步，於大成殿西階下見有古樹根空，以片石楮柱，與樹相銜不可脱，疑此石有異，洗之，無所有，其内向一面不可見，探手辨之，覺有文，遂以紙墨摹之，得隸書數十字，稽之洪氏書，即《膠東令碑》也。鐵橋尊甫名鯤，字浩齋，雍正六年曾得《鄭固碑》缺石於泮池中，郃陽褚千峰載其事於《金石經眼録》。鐵橋好古善隸，能繼家學，得此片石，足爲承歡之助，士林中傳爲美談。"《山左金石志》祇説《膠東令碑》爲李東琪所得，《小滄浪筆談》則詳述其得碑過程，并簡單介紹了李東琪其人，資料可貴。

　　《定香亭筆談》對於金石活動的記載主要是指阮元在浙期間的一些金石交游活動。

　　例：《定香亭筆談》卷四有條目云："余遴秦漢印佳者凡十，貯以王晋卿鏤金小字鐵匣，作文記之。海鹽吴侃叔東發博古能文，識古文奇字。予試嘉興，以'秦漢十印歌'命題，語幕中人曰：'此題吴生必擅場。'已而果然。别以漢印一與之，曰：'以此奬實學。'余又藏古戈頭五，亦有文記之。"條目後附有阮元《秦漢十印記》、吴東發《秦漢十印歌》、丁子復《秦漢十印歌》、阮元《周五戈記》。其中阮元的《秦漢十印記》和《周五戈記》均不見於阮元的其他傳世文獻，相當寶貴。

　　《小滄浪筆談》《定香亭筆談》所收録的詩文是阮元在兩地任學政期間的交游唱和之作，以及阮元所作的序跋文字，大部分後來被阮元收入《揅經室集》中。兩書收録阮元詩作共計178首，這些詩作收入《揅經室集》的祇有139首，其中文字全同者64首，有異文者75首。這些異文絶大多數是因作者修改舊稿而形成的，有些不僅限於一字一詞的改動，而是整句的修訂。《小滄浪雜事》都是七言絶句，每詩僅28字，其中一首異文多達11字。如此大幅度的改動，應該引起足够的重視。

　　當然，《小滄浪筆談》《定香亭筆談》所載阮元詩作出現在《揅經室集》中的異文也並非都是阮氏自己修改的，有些是重刻時因手民之誤而出現的錯訛。《揅經室集》中的這類文字錯訛，可根據《小滄浪筆談》進行校改。

《小滄浪筆談》《定香亭筆談》收錄而《揅經室集》未收錄的阮元詩作39首，其中有咏物、記事、唱和等多種題材的詩作。在以往的研究工作中，學者在探研阮元的詩學觀念時，往往祇關注阮元專論或涉及詩論的文章，研究資料取材有限，影響了結論的廣度和深度。通過對比阮元詩作的前後異文和結集時對於詩作的取捨，細緻地觀察其詩歌創作實踐的具體過程，從中深切體察阮元的詩學觀念，可以擴大研究資料的取材範圍，進而保證研究結論的全面性和徹底性。

阮元師友的詩文，有與阮元的唱和詩文，也有阮元按試各地時學子所作的詩文。尤爲難能可貴的是，兩書中成篇收錄了馬履泰、陸王任、王初桐、蔣因培、宋繩祖等文人的詩詞稿。阮元的這些師友，有的有詩文集傳世，有的則沒有。因此，這部分收錄的詩文，既可以校補傳世的詩文集，也可以輯錄沒有詩文集傳世的文人的作品。

例一：蔣因培，常熟人。有《烏目山房詩存》六卷存世。孫星衍稱其"詩才排奡雄放，而往往出奇無窮，可與張船山、郭頻伽相伯仲"。《小滄浪筆談》錄其《春草西堂詩》七題十二首。此十二首詩均見於《烏目山房詩存》，筆者通過比對發現，其中有異文者多達十首，且某些詩作出入頗大。《四月廿二日由曹州入都，同人作餞，醉後留別》其二云："幾夜連牀雨不寒，又從花下款征鞍。迹如鴻爪輕留易，交比晨星不散難。刻木判招公等射，貸錢每失婦家歡。分明眼底無窮事,明日都將一笑看。"《烏目山房詩存》中題作《四月十二日由曹邑入都,留別署中諸子》,云:"幾夜連牀雨不寒,又從花下款雕鞍。詩如鴻爪輕留易,人比晨星不散難。刻木判招公等射,貸錢每失婦家歡。分明眼底無窮事,明日都當夢裏看。"其中頷聯"迹如鴻爪輕留易,交比晨星不散難"與"詩如鴻爪輕留易,人比晨星不散難"句可謂各有千秋,前者極寫漂泊之感、離別之情,後者言盡滄桑之意、垂暮之心,詩人推敲之力昭然可見。《小滄浪筆談》所收爲蔣氏早期詩稿,作"四月廿二日",《烏目山房詩存》爲改定稿,作"四月十二日",其中正謬,有待考證。

例二:陸王任,吳縣人。有長短句《借石倚聲》一册,今不存。阮元稱其詞"雄麗妍妙,獨出冠時"。《小滄浪筆談》選録《借石倚聲》詞四首:《齊天樂·庭中歌蚓次韻》《探春令·梁間雙燕次韻》《永遇樂·窗前芍藥次韻》《水龍吟·盆中素馨次韻》。

例三:宋繩祖,膠州人。無詩集存世。阮元推爲"山左諸生中詩學第一",稱其"古近體氣體高潔,均非時輩所及"。《小滄浪筆談》録《曉寒》詩一首,《論詩絶句》十首,《窟室畫松歌和孫黃門韻》詩一首。

《小滄浪筆談》《定香亭筆談》的文獻價值如上所述,其學術價值同樣不容忽視。書中對於某些山東名物的考證相當精核,顯示出阮元極高的學術修養。

阮元考證大明湖云："大明湖水即《水經注》之'濼水'，其地較大清河高十餘丈，其下流入大清河處，今尚名濼口。蓋大清河乃古之濟水，濟水縱能伏流，斷不能逆流上山。今學者皆稱明湖爲濟水，雖竹垞亦沿其誤。又'水木明瑟'四字，見《水經注·濼水》下，足以盡明湖之妙。如上沙陸氏水木明瑟園，乃借用也。"祇是寥寥數語，即糾正了前人承襲已久的錯誤。

阮元考證書帶草云："《三齊志》《齊乘》載書帶草葉似薤，不傳其花與實。《即墨志·不其山記》《高密志·康成墓記》悉承其誤。暇日詳考此草，蓋葉似麥門冬草，夏月抽莖，結小紅花，花落，結小青實，如豆，旋落，亦同麥門冬草。其與麥門冬異者，麥門冬草根下結白珠，微長而圓，土人取之入藥，此草根下但長須而已。又此草春初抽筍，似蒲，植之砌間，嚴冬不凋，著葉菁葱可愛。刈其葉，長尺餘，暴乾，瑩白如玉，以之作繩，堅韌勝於他草。相傳康成門人取以束書，故名。"阮元考證名物，不限於運用典籍資料，更能够親臨實物進行調查，因此敢於質疑古書，提出新説，言之有據，令人信服。

如前所述，《小滄浪筆談》《定香亭筆談》有着文獻、學術等多方面的價值。然而，由於二書本是隨筆疏記之作，難免會有瑕疵。

《小滄浪筆談》《定香亭筆談》之中的考證多能得經史之旨，也有個別的條目失於疏舛。胡玉縉《許廎經籍題跋》已有例舉。如《小滄浪筆談》卷三所論《説文》"豐""豐"二篆誤注，段玉裁《説文解字注》"豐"字條已糾正。據《唐岱岳觀題名》有"胡謇"而誤改《唐書·宰相世系表》"騫"爲"謇"，不知謇、騫爲二人。《定香亭筆談》卷四以《孟子》中"帝之妻舜"語而改後世"尚公主"爲"妻公主"，值得商榷。

此外，全書在前後内容的統一方面也存在着一些問題。《小滄浪筆談》稱王祖昌《論詩絶句》三十首與宋繩祖相埒，録宋詩而未録王詩，於理不合。《定香亭筆談》中宋大樽籍貫，卷二稱錢塘，卷三稱仁和，前後矛盾，以後説爲是。《小滄浪筆談》中兩次附録段松苓《靈巖神寶寺訪碑》，當爲疏忽所致。

儘管《小滄浪筆談》《定香亭筆談》有些許不足，其價值是毋庸置疑的。《小滄浪筆談》"雖屬説部，而精核處實足沾溉後人。所載詩文，或無專集，亦藉以流傳一二"。《定香亭筆談》"體例與《小滄浪筆談》同，而提倡風雅，刻畫巘巖，間或考證經義、金石，要以論列詩文爲尤多，附録他人作亦夥""全書雅人深致，足以考見當時人物，當與《小滄浪筆談》並傳"。

有鑒於此，整理者希望可以爲廣大讀者提供一個較爲規範便捷的讀本。因水平有限，疏舛之處在所難免，尚祈方家批評指正。

小滄浪筆談

序

余居山左二年，登泰山，觀渤海，主祭闕里。又得佳士百餘人，録金石千餘本。朋輩觴咏，亦頗盡湖山之勝。乾隆六十年冬，移任浙江。回念此二年中所歷之境，或過而輒忘，就其尚能記憶者，香初茶半，與客共談，且隨筆疏記之。何君夢華、陳君曼生，皆曾游歷下者，又爲余附録詩文于後，題曰"小滄浪筆談"。小滄浪者，居濟南時習游大明湖小滄浪亭。卷首數則，皆記小滄浪事，遂爲風舟之濫觴耳。

嘉慶三年春，儀徵阮元序于浙江學署定香亭中。

卷　一

儀徵阮元記

　　小滄浪者，歷下明湖西北隅別業，即杜子美所言"北渚"也。魚鳥沈浮，水木明瑟，白蓮彌望，青山向人。至此者，渺然有江湖之思。別業爲鹽運使阿雨窗林保所築。雨窗移任天津，方伯江滋伯蘭領之。方伯移任雲南，余乃領之。與學署相距一湖，少暇，即放舟來，讀書于此。或避暑竟日，或坐月終夜。筆牀茶竈，夷猶其間。鵲華在北，惜爲城堞所掩。歷山在南，蒼翠萬狀，遠望梵宇，小如箱篋。或黑雲堆墨，驟雨翻盆，萬荷競響，跳珠濺玉。霅然而霽，殘霞雌霓，起于几席，斜日向晚，湖風生涼。皓月轉空，疏星落水，鴛鴦鸂鶒，拍拍然不避人也。及其清露濕衣，仰見參昴，城頭落月，大如車輪，是天將曙矣。此境罕有人領之者。

小滄浪雜詩　　阮元

　　獨泛滄浪平底船，荷花面面葉田田。風光誰許平分得，人與池心四照蓮。池中碧蓮一枝，四心分出，因以名之。

　　小艇穿池不礙花，種花人借艇爲家。收來荷葉青盤露，剛足今朝七碗茶。

筆牀書篋向池攤，池上荷花高過欄。撐起烏篷遮午日，一雙銀蒜壓青竿。

蜀葵開盡又生芽，便有千枝木槿花。階草蒙茸平接水，破萍跳出小青蛙。

北渚紅橋小笠亭，蕉衫竹扇此消停。斜陽若爲人閒立，留照湖山半角青。

蟬歇殘聲緑樹閒，霞痕山影共斕斒。微風吹動金波色，月在東南箕斗間。

槐葉宵炕柳夜眠，新涼如水下遥天。開襟陶寫惟風月，絲竹情懷漫早年。

最好涼深獨立時，五更露氣到清池。城頭落月輕黃色，多少鴛鴦睡不知。

大明湖水即《水經注》之“濼水”，其地較大清河高十餘丈，其下流入大清河處，今尚名濼口。蓋大清河乃古之濟水，濟水縱能伏流，斷不能逆流上山。今學者皆稱明湖爲濟水，雖竹垞亦沿其誤。又“水木明瑟”四字，見《水經注·濼水》下，足以盡明湖之妙。如上沙陸氏水木明瑟園，乃借用也。故予題小滄浪軒額曰“水木明瑟”。

水木明瑟軒即事　　阮元

小港西軒外，扁舟北渚涯。百弓開柳岸，六柱泛蘆簰。

獨往無前約，高情得我儕。李公休皂蓋，杜子屢青鞵。橋杓低栽葦，亭門窄縛柴。軒窗商啓閉，几席合安排。煮茗然雙鼎，攤書占一齋。寫碑《金石録》，題字水松牌。檻曲看盤鶴，牆陰認篆蝸。舊詩猶在竹，午夢間通槐。起對山鬟擁，閒臨天鏡揩。嵐光遥接案，波影上平階。巖屋小於匣，池魚輕似釵。濠梁多古意，泉石湛秋懷。挂笏西風爽，搴簾夕照佳。新涼流玉宇，暮色動銀淮。月露收園鑰，輪蹄憶箭靫。江湖浪游迹，襟抱未全乖。

夏日游大明湖　　孫韶

萬斛珠泉水，匯此一湖渌。誰取碧玻璃，區畫作棋局。畛畦轉側分，短蘆自隨屬。輕航故溯洄，既往路仍復。新荷漾緑盤，隔岸散幽馥。時有鷛鸚鳥，踏上孤亭宿。小泊水楹西，柳下清風續。陽烏正停午，咫尺判涼燠。此境在吳越，亦復稱清淑。何況北地中，瀟灑真絶俗。雲深水化烟，坐久舟如屋。遥聞清磬聲，飄渺隔湖隩。更尋蘭若游，憑高一縱目。

秋日游大明湖呈雲臺閣學　　何元錫

尋秋思北渚，一棹出澄鮮。霜醉數林葉，水寒千頃烟。題襟追往哲，問字得新箋。翻恨公移節，家山入夢牽。

小滄浪開碧蓮一朵，四面四心，攢簇數百瓣，折歸供四照樓下，與友人同賞。余有句云："一枝折向水晶盤，十二蓮

心共一攢。儘有花光酬坐客，不妨樽酒合圍看。”段赤亭松岑
句云：“匜水窺魚戲。”刻劃最工。後杭州陳雲伯文述補咏之
云：“吹墮仙雲玉女家，風裳水珮各清華。魚窺曲沼團團月，
人繞方塘面面霞。如此同心宜百子，但看半影已雙花。尋常
連理應羞比，無數鴛鴦避碧沙。”亦復工麗。

坐小滄浪，可見學署之鐘樓。冬時林葉疏脫，始見歷下
亭。由小滄浪乘舟，經北極閣西至曾南豐祠。祠邊即北水門，
明湖匯七十二泉之水皆從此瀉出，經華不注、濼口入大清河。
城上重闉，下臨平楚，曰“匯波樓”。鵲、華兩山，青翠相
競。余題“鵲華秋色”四字扁懸樓上，用松雪圖名也。南豐
祠多水木之趣，秋藤壓廊，閒花繞屋，人迹罕有至者。

明湖白蓮數十頃，無閒地，種荷者以葦為界，舟行不能
見花，爲可惜，故余有“會須盡剪青蘆葉，頓放花光上客
船”之句。

雨後泛舟登匯波樓　　阮元

急雨才過水上樓，門前爭解木蘭舟。垂楊小屋菰蒲岸，
不聽涼蟬已覺秋。

湖裏荷花百頃田，濕香如霧綠如天。會須盡剪青蘆葉，
頓放花光上客船。

就樹營巢湖上家，罾魚小杓水三叉。南豐祠下無人到，

籬落閒開木槿花。

　　鵲華清翠近城多，十里泉田足稻荷。樓外斜陽秋色早，更從何處覓鷗波。

　　山左學署四照樓，乃施愚山所題扁。樓面北，前有清溪一道，自西而東，石橋、板橋各一，以通行者。夾岸槐柳蔽日，紅欄逶迤。溪中赤鯉徑尺，鱗鬣可數，惟清流太急，不能栽荷耳。樓窗四敞，每當夏日，牆外明湖千畝，荷氣欲蒸，與風俱滿。冬雪初晴，尤極玉樓銀海之趣。

四照樓讀書　　濟寧王宗敬

　　負笈來東閣，名樓許暫僑。虛窗開四面，淑景正三朝。冰泮明湖澈，山環歷嶺遙。水看花汸繞，火向杖藜燒。秘館探瓊笥，丹砂碾藥瓢。書多金石略，友半竹林翹。引鏡皆青眼，憑欄即絳霄。晨星看傅說，暮鼓震皋陶。月爲吟遲落，鐙緣注細挑。何當逢比讖，子幹已相招。

　　余有《山左學署八咏》，屬同年王椒畦學浩圖之。一四照樓。二濯纓橋，即樓下小石橋也。三小石帆亭，亭在橋之東北，臨水如舫，扁爲翁學使方綱所題。四石芝，巨石甚透，在樓西之客軒內。五玉玲瓏，巨石立濯纓橋南，玲瓏高丈許，旁有古柏。六海棠汸，玉玲瓏少東有海棠一株，蔭將一畝，南壓溪水。曰汸者，所以名此溪也。七鐘樓，在學署之西南，高臺重構，萬瓦在望。八曰積古齋，即小石帆之後軒。余聚山左金石數千本，校正于此，適御賜御筆《筆誤識過》墨刻卷子，論"積古""稽古"之義，紀恩述事，名此齋也。

山左學署八咏

落日城頭雨，東風泉上春。湖光復山色，齊向倚欄人。四照樓。

落落橋上人，泠泠橋下水。顧影獨整冠，清歌懷孺子。濯纓橋。

鳥浴闌花外，魚跳窗影中。滄江臥米叟，畫舫記歐公。小石帆亭。

西軒石如菌，松杉得甘露。恐有仙人來，采與東坡去。石芝。

岱雲一片白，風雨雕玲瓏。落地化爲玉，朗朗對裴公。玉玲瓏。

十丈赤珊瑚，紅泉入鏡湖。輞川圖畫裏，惟解種茱萸。海棠沜。

臺迴烟波闊，檐虛夕照間。蒲牢靜無語，霜氣滿秋山。鐘樓。

吉金與樂石，齊魯甲天下。積之一室中，證釋手親寫。積古齋。

學署八咏同作　　朱文藻

懷虛鑒始明，四方無不照。山光南北臨，林木東西眺。

登樓縱雄談，咸莖正同調。四照樓。

名泉七十二，此水從何分。平矼鑒人影，冠纓有塵氛。臨流試湔濯，驚散游魚群。濯纓橋。

舟在川上行，亭自水邊住。張帆凌長風，幻石忽停駐。人生豈久繫，踪迹任來去。小石帆亭。

泰岱受宋封，瑞産千萬芝。一本化爲石，何年此留遺。我若餐烟霞，煮以療輞飢。石芝。

吾鄉蘅圃宅，有石題宋綱。杭州沈氏園有玉玲瓏石，刻宋花石綱題名。此石既形似，而名適相當。我效米顛拜，不覺懷故鄉。玉玲瓏。

花開春似海，花落水流春。秋深復作花，花白如爛銀。時八月杪，開白花數朵。悵然與花別，釃酒酬花神。海棠沜。

危樓屹坤維，洪鐘挂天表。閲世四百年，塵積聲聞杳。爲語城中人，各自理昏曉。鐘樓。

積古斯稽古，字異義本同。奎文炳日月，金石羅齋中。枕葄有至樂，所貴在虛衷。積古齋。

丘縣劉大觀松嵐

秋水横素波，四山相背向。讀書居此中，了了見萬象。四照樓。

已復抗塵容，況積胸中垢。多謝在山泉，可濯亦可漱。濯纓橋。

翁公濡巨豪，題曰“小石帆”。春風捲不去，留以貯經函。小石帆亭。

　　槎枒一拳石，形似商山芝。想其出土日，當在秦皇時。
石芝。

　　不待神工鑿，自有天然竅。安得文人心，玲瓏如此妙。
玉玲瓏。

　　玉皇案邊人，手握衡文節。迴飆拂袖來，苔徑積紅雪。
海棠汧。

　　沈沈徹昏曉，渺渺入烟霧。聲從何處來，樓影壓秋樹。
鐘樓。

　　古人名不朽，存者乃金石。試問齋中人，先生恐六一。
積古齋。

　　乙卯八月，招同馬秋藥比部履泰、顏心齋教授崇槼、武虛
谷進士億、朱朗齋文學文藻，登匯波樓，過曾南豐祠，歸集積
古齋。明日，遣騎傳箋聯句，往返十數次，凡三易僕馬，故
有句云：“詰朝寫唐韻，旁午置鄭駬。”

集積古齋紀事傳箋聯句

　　乾隆歲乙卯，八月日在戌。秋藥。晏序漸蕭寒，沖襟各恬
佚。心齋。出門喜秋晴，回首謝塵汨。虛谷。舟憑樵風引，心
與菱唱暱。朗齋。漚萍任飄泛，水木相明瑟。雲臺。荒汊發棹
尋，古堞劃雲出。秋藥。不升樓觀危，焉知市廛室。心齋。湖
貪泉脈衆，水卧虹影七。朗齋。雙峰秀八神，單椒望尤峯。雲

臺。足繫弁陽情，合染松雪筆。秋藥。內見漁罾亂，外喜耕犢叱。心齋。犖埆古道車，楛柱野人篳。虛谷。甚愛場登禾，最羨釀取秫。朗齋。楊柳岸容疏，蒹葭渚勢密。雲臺。古意即目生，秋懷共誰述。秋藥。蒼茫感百端，酩酊願千日。心齋。機發檻落猿，巧中矢貫蝨。虛谷。是日劇語史事。雄談人愕顧，狂笑鳥駭疾。朗齋。景遠神屢拊，氣軼志強飾。雲臺。青霞興未闌，白日光欲畢。秋藥。餘勇取支徑，瓣香率吟匹。心齋。盱江振風雅，歷下享芬苾。虛谷。文古疇能宗，才鈍勉塞詰。朗齋。虛廊壓寒蔓，野忱羞脆蜜。雲臺。回船已篝火，把酒還散帙。秋藥。嚴政無劉章，大嚼等吳質。心齋。榜齋稱積古，討藝鮮遺術。虛谷。鼎訏今撲滿，圭記古中必。朗齋。齋陳古鼎，中有五銖泉，青綠相結。又有虛谷《古玉圭圖考》。斯篆石摹樂，商鑄金弄吉。雲臺。齋中有琅邪秦刻及商銅距末。怪圖秦海神，幽訪夏后聖。秋藥。縱言到太華，牽連及二室。心齋。往往涉仙幻，時時弄狡獪。虛谷。諒無拘忌人，誰彈駁雜失。朗齋。坐喧鶴夢覺，砌答蟲語唧。雲臺。剪燈見燭跋，收器餕籩實。秋藥。窗低落月大，橋仄暗泉泌。心齋。談陣暫交綏，詞鋒復提律。虛谷。詰朝寫唐韻，旁午置鄭馹。朗齋。扣門官租催，報句敝賦悉。雲臺。思慚久澀筦，體畏密比櫛。秋藥。旋轉怒鈴驪，奔驟僢閒佶。心齋。茲游洵朗鬯，此飲實馨逸。虛谷。少抒曠士懷，一洗旅人邮。朗齋。已洽良會歡，肯防清咏溢。雲臺。匪敢追孟韓，勝事須評騭。秋藥。

湖山之勝，游者各自領略，譬如讀書，各有所見，不必盡同也。秀水吳秋崖友松嘗作《月夜游大明湖記》一首，鋪陳終始，委曲自道，頗能抒其所欲言。

月夜游大明湖記　吳友松

蓮子湖，古崏山湖也，在濟南城西北。湖中植蓮可百畝。夏秋之交，游者特盛。予嘗三至其地，一以朝，一以雨，一以夕。朝則曉暾破烟，清露滴響。雨則隔浦紅喧，新流碧漲。夕則香入鷗夢，燈動漁榜。蓋是湖之勝，略盡於茲，而猶以爲未足者，游之事畢，而游之興未盡也。晝長多暇，謀爲樂方。客曰：“是不可以需也。三五、二八，良夕佳候，不輿不騎，踮蹀而走，前舫徵歌，後船載酒，夜闌乃歸，歸必盡醉。”主人曰：“善。”乃具肴核，攜箏笛，選新聲，擇華色，乘暝踏舟，燃燭理楫，遵湖之漘而共駕焉。于斯時也，涼波送槳，縞月近客，舉杯當空，理曲爲樂。或引吭而徒歌，或一倡而迭賡。或操吳歈，或效秦聲。或繁弦之雜彈，或清瑟之徐引。汊分路轉，忽遠忽近。扣舷和之，風裊餘韻，飄飄然若溯銀浦，入廣寒，而不知此身之尚在乎城闉。于是逍遥北渚之亭，翺翔會波之樓。水鄉早寢，栖鳥同寂。惟屋影之參差，間樹陰之蒙密。迴舟出港，忽人語出自叢薄，則一小舟剪波而來。新蓮嫩藕，實于舟腹。擘而嘗之，可析酲；分而甘之，可潤肺。飲者樂，歌者繼。雲停不流，月墮鏡裏。荷香在衣，蘆葉吹雨。如冰壺濯，若寒雪洗。沈沈四靜，清徹肌髓。然後知向之未盡乎游，游之樂必如是而後止。游在庚戌六月既望之夜。同游爲幻香叟，爲東皋烟侶，爲灑然亭長，爲適園灌者，與余而五。

吳秋崖《題〈小滄浪圖〉》絕句云："明湖游興勝江鄉，秋老蘆花小舸忙。今日濟南名士盡，白鷗明月小滄浪。"圖乃吳竹虛所繪，以贈阿雨窗都轉者也。

華不注山獨立平楚中，秀削孤清，蒼翠濕人眉宇，即酈道元所稱"單椒秀澤"者也。屢欲賦之，愧體物不稱。後見馬秋藥比部履泰詩云："天拋秀氣成孤注，我縱心兵已萬周。"竟爲閣筆。華不注山下泉源灌注，陂池交屬，荷稻之利，村民賴之。余每與比部乘款段往來其間。城中達官，不知此地之妙。比部詩云："荷花怒發疑嗔岸，黃犢閒眠解看人。"亦足管領清境矣。

余以"秋日游鵲、華兩山"試士歷城，范李四律甚佳。餘如德州蕭與澄作，極幽峭之致，長清耿玉函三絕，有弦外響，歷城馬中驥古體，亦清空一氣，皆能不負題者。

秋日游鵲、華兩山　　范李

青螺點點碧天秋，清氣橫空足勝游。北郭兩峰真秀絕，東山雙屐最風流。華跗直與孤雲立，鵲壁平從曠野浮。不是弁陽老詞客，鷗波圖畫爲誰留。

翠微深處淨無塵，成嶺成峰面面真。十里雲霞開勝地，九秋風日助詩人。浮嵐對峙遥通徑，流水中分再問津。記否登臨三月後，瘦紅肥綠媚殘春。

石勢凌空碧插天，扶筇直上到層巔。恰從烟雨初晴日，快結溪山未了緣。扁鵲燒丹攀古竈，頃公取飲記華泉。振衣千仞情何在，白苧青藤是謫仙。

神秀真堪倚岱宗，又疑太華蠹芙蓉。東山更比西山瘦，近岫應憐遠岫濃。載酒人來黄葉寺，談詩客上白雲峰。西風落日低城堞，渺渺秋懷更幾重。

蕭與澄

拾級憑陵屐未停，兩峰卓立插青冥。蓮峰一朵跗明水，神鵲千年注地經。緣徑稗花沾露冷，滿林風葉入秋聽。青藤白苧人何處，唯有松濤起翠屏。

耿玉函

鵲華兩點翠微中，繚繞秋光望不窮。幾縷晴烟遮欲斷，半沈林表半浮空。

落木蕭森北燕迴，好將清興共登臺。會波樓外斜陽裹，一抹山光抱郭來。

青巒翠壁照人衣，暮靄空濛合四圍。最是秋深黄葉路，兩山風雨送人歸。

馬中驥

鵲山蜿蜒復平敞，不注崚嶒競秋爽。雙峰對峙濟水分，人與閒雲共來往。閒雲吹盡淡秋天，翠螺影落明湖邊。若從城南望城北，兩點點破齊州烟。齊州南山青未了，登臨不嫌此山小。碧岑丹磴低平原，木葉亭皋風裊裊。秋風西來吹鬢絲，不曾蠟屐空吟詩。一朝領略兩山勝，無愁落日歸來遲。

秋藥比部通籍後始學爲詩，清深逋峭，在唐宋名家之間。有《秋藥庵集》，桂未谷爲之序。曾主濼源書院，咏彼中名勝甚多。

濼源書院五咏　　馬履泰

華池

我家住江鄉，烟水爲四鄰。出門那得爾，一泓亦可人。飛來雙翠碧，辱有平生親。一言幸聽取，勿銜池中鱗。

垂柳

呼奴捲疏簾，煮茗看柳絲。柳絲困風力，低頭弄烟姿。下有蓼數叢，冷紅抽高枝。我非漁丈人，忽作荒灣思。

葦蕩

濟南多暗泉，窪處土脈漸。老葦縱荒根，所占頗不廉。春茁碧於鏃，夏葉銛如鐮。秋乾聲作雨，冬刈織成簾。

鰲簪石

此地富奇礧，佳者足賞音。一枝瘦如筆，何人字鰲簪。平生笑衛公，垂誠護石林。世事如轉燭，散爲礪與礴。

鐵獅峰

精鏐郡所産，往往露英華。頹宮老觳觫，靈巖破袈裟。茲復現狻猊，百獸懼爪牙。應出搏象手，雄文競傳誇。

題王秋史《二十四泉草堂詩集》後

明瑟中間屋數楹，不恒意態若爲情。詩成半染寒烟色，客至同聽老樹聲。自詫平泉歸素士，人從穀水憶狂名。我來曾覓長吟處，惟見蔬畦縱復橫。

歷下雜詩

那有池邊舊客亭，祇餘明瑟眼猶青。我來精舍招涼坐，菡萏香中讀《水經》。《水經注》："北爲大明湖，湖水成淨池，池上有客亭，水木明瑟。"疑即今之五龍潭，桂未谷築有潭西精舍。

城中春水多於地，客裹心情澹似鷗。更欲憑虛凌浩渺，天風吹上會波樓。會波樓據湖上最高處。

三年金綫舊池臺，棄與人家貯酒材。一笑仍歸前進士，丁香花上鳥飛來。金綫泉上有谷繼宗舊亭，其《曠歸》詩有"棄作三年賣酒家"，又有詩云："丁香鳥啄穠華紫，丙穴魚吹細浪青。"

麋竿山色綠如描，士女春游折柳條。欲踏秋娘墳上土，禁烟時節雨瀟瀟。千佛山麓有王秋娘墓。

竭來海右徵文獻，任筆如何竟未知。我已手題黃葉卷，更搜春草秀才詩。王秋史詩有"黃葉林中自著書"句，漁洋稱爲"王黃葉"。任溆湄以《春草碧色詩》見賞，又呼爲"春草秀才"。

跌宕樽罍揮彩毫，人傳歷下有詩豪。愛摩長吉驚人句，七十鴛鴦俱錦毛。歷下朱式魯豪於詩酒，其《鏡歌》有"七十鴛鴦俱錦毛，憑誰持照分深淺"，酷類昌谷。

次公嗜酒最疏狂，詩社傳聞結柳莊。揮盡黃金渾不顧，青山無數壓歸裝。朱次公才氣超絕，下筆灑灑千言。家貲用盡，遍游名山而歸。

煮酒敲冰樂事清，那堪小劫忽頻更。蕙樓自隔春風坐，愁殺題詩孔麗貞。麗貞自叙早侍二親，極天倫之樂，中更家難，洊罹苦辛。著有《鵠吟集》《藉蘭閣草》。

桂未谷進士馥，學博而精，尤深於《説文》、小學，詩才隸筆，同時無偶。嘗著《晚學集》，予爲序之。

桂未谷馥《晚學集》序　　阮元

嘗謂爲才人易，爲學人難；爲心性之學人易，爲考據之學人難；爲浩博之考據易，爲精核之考據難。元自出交當世學人，類皆始擷華秀，既窮枝葉，終尋根柢者也。曲阜桂進士未谷，學人也。乾隆庚戌年見之於京師，癸丑年遂常見之於歷下。叩其所學者，則固芟華秀，采枝葉以至根柢者也。顧自謂所學者晚，未能治全經，成一家之説。然求之于經史、金石、聲音、文字諸大端，皆博觀而精核之。

時出其所見於古人後，有可傳者。于是日出其草稿舊紙以應元之求。久之，積成卷帙，因自名之曰《晚學集》。嗚呼！士人所學，苟一日得見根柢，何晚之有？況未谷爲此學垂二十年，尤盡心于許叔重之書，較之手披萬卷不能識一字之聲義，與夫悟良知而矜才調者，其孰早孰晚，當必有辨矣。

曲阜顏衡齋崇㮚，又號運生。博學工詩，天性真率，家藏吉金最富。又與曲阜桂未谷馥爲友，同撰《歷代詩話》數十卷。孫蓮水韶過其寓館，贈以句云："𥂕鼎蜼尊隌字戈，微茫科斗辨無訛。也因闕里鄰家巷，眼見千秋法物多。"

明張江陵奪情，編修吳中行、檢討趙用賢劾之，廷杖出都。庶子許國鐫杯二，玉以贈吳，兕以贈趙，各有銘。兕銘曰："文羊一角，其理沈黝。不惜剖心，寧辭碎首。黃流在中，爲君子壽。潁陽生許國爲定宇館丈題贈。"後趙傳之門人黃端伯，端伯傳之門人陳潛夫，兩賢皆殉國難。又曾在何蘂音、章藻功家，藻功刻其檟曰"三忠口澤"。曲阜顏懋倫得之于市，傳至崇㮚衡齋。江西學使翁覃溪先生與衡齋善，常熟趙王槐，文毅五世孫也，走袁州，跪泣，欲翁之説還此觥也。翁乃爲《兕觥還趙歌》貽顏，顏慨然還之。予至曲阜見詩册，亦作歌云："我言一物備三善，顏高趙孝翁詞翰。山左風流遍地傳，江南虹月通天貫。"

兕觥歸趙歌　　曲阜顏懷志

文羊一角古而黝，潁陽生爲定宇壽。致身敢批逆龍鱗，有膽不飲蚺蛇酒。銘詞大書歲戊辰，二百年辭舊主人。陳黃章何遞授受，藏弆不啻瑤與琨。竹垞歌成衆擊節，鼂花滿引犀紋裂。漆後空悲豫讓頭，噀來欲掉常山舌。文毅五世能象賢，吁嗟口澤没不傳。乞得宮詹書巨册，楚弓楚得已堪憐。魯門十月梅花凍，還觥頓釋文孫痛。趙氏之觥顏氏瓢，清齋各挹浮蛆甕。舉觥相屬請勿辭，長跽祠堂奠一卮。吳家舊物今何在，會有延津劍合時。

兕觥還趙歌　　滕縣徐緒文

誰家神物來復去，龍飛雙劍延津渡。誰家寶物去復來，趙文毅公兕角杯。兕杯鐫自許文穆，不憤直臣廷杖辱。都門酌酒壽君子，爲取神羊見邪觸。從來重人因重器，古隸大書作銘記。世間拓本亦流傳，趙叟求之以血淚。顏君珍同玉帶生，叟來即還無吝情。何況侍郎作歌序，並教海內傳詩觥。攜歸拂拭三嘆息，沈黝之理古手澤。一樽稽首奠筵前，惟藉黃流告英魄。我想江陵籍没時，圖書彝鼎未應稀。雲烟過眼同幻化，觥兮特邀神護持。奇事無獨必有對，試説相如完璧歸。

兕觥歸趙歌　　秀水汪大經

文羊一角新發硎，黃流在中止水渟。庚庚二十四字銘，讀之令我懷前型。江陵奪情歲紀丁，趙公抗疏驚雷霆。伏闕

甘受鞭撻刑，放歸祖帳連郊坰。潁陽炯炯雙眸青，酒半起立
身亭亭。曰此兒觥惟德馨，用贈君子壽百齡。昭垂從此炳日
星，代更墓草飛秋螢。此觥流傳同蓬萍，歷江湖漢淮滄溟。
後登闕里顏家廳，主人嗜古摹觥形，手拓銘字傳豫寧。公之
五世孫者庭，白頭偶泛章江舲。久痛先人口澤冥，一朝見銘
涕泗零。卸帆十日依沙汀，泣叩學士撞寸莛。換鵝爲寫《黃
庭經》，報章一月來云亭。忠魂所戀物亦靈，精采不變光熒
熒。持告家廟薦醑醪，魂兮翩或乘雲軿。譜成樂府傳歌伶，
二百年夢提重醒，一聲歌遏停雲停。

　　曲阜孔戶部繼涵，詩詞、文翰，爲世宗仰。又精推步之
學，嘗集十種算書及戴東原編修遺書，刊以行世。其次子廣根
即編修婿也。孫昭麟、昭赤並能詩。

題微波榭所刊書　　曲阜孔廣燡

　　微波榭魯東門外，微波主人亡幾載。榭中多刻東原書，
《詩》毛《禮》戴勤搜采。上溯天文下水經，方言音韻形聲改。
六義而今等弁髦，夏侯海島風流在。起手最初曰考工，考經研
義無疑殆。稍後字義《孟子》疏，互證前儒恐貽悔。餘文略傳
贈答書，經義紛綸云有待。此榭東原夙未登，主人對之忘朝
餕。即衍其意搜鴻儒，張參杜預如學海。參較亥豕訂魯魚，魯
國諸生總津逮。晴檐曝背手一編，寒日熹微下蒼檜。

曲阜孔顨軒檢討廣森，始擅詞章，繼乃潛揅經疏，爲《公羊》《大戴》、音韻之學。其文以六朝、初唐爲法，遠出陳檢討其年諸君之上。其經學識解超異，迥出凡流。使天假之年，世應無偶。子昭虔能以詞章世其學。歙朱蒼楣文翰乃檢討之甥，長于文筆，亦可謂酷似其舅矣。

孔編修廣森《大戴禮記補注》序　　阮元

今學者皆治十三經，至兼舉十四經之目，則《大戴禮記》宜急治矣。《夏小正》爲夏時書，《禹貢》惟言地理，兹則言天象，與《堯典》合。《公冠》《諸侯遷廟》《釁廟》《朝事》等篇，足補《儀禮》十七篇之遺。《盛德》《明堂》之制爲《考工記》所未備，《孔子三朝記》《論語》之外，兹爲極重。《曾子十篇》，儒言純粹，在《孟子》之上。《投壺》儀節較《小戴》爲詳。《哀公問》字句較《小戴》爲確。然則此經宜急治，審矣。顧自漢至今，惟北周盧僕射爲之注，且未能精備。自是以來，章句溷淆，古字更舛，良可慨嘆。近時戴東原編修、盧紹弓學士相繼校訂，蹊徑漸闢。曲阜孔編修顨軒乃博稽群書，參會衆説，爲注十三卷，使二千餘年古經傳復明於世，用力勤而爲功鉅矣。元從編修之嗣昭虔得觀是書，編修之弟廣廉付刻，元爲序之。元鄉亦曾治是經，有注有釋，鄙陋之見，與編修間有異同。今編修書先行，元寫定後，再以質之當世治經者。

曲阜至聖廟，春夏秋冬以四孟上丁爲祭，衍聖公主之。舊事凡學使者至曲阜，逢丁祭則學使者主之。乾隆五十九年，予按試至曲阜，適逢孟冬上丁，時衍聖公憲培初薨，予以吉禮主祭。

出歷城東門數十里，至龍山。坡公詩云：“濟南春好雪初晴，行到龍山馬足輕。使君莫忘雪溪女，時作陽關腸斷聲。”按：坡公此詩用唐人《陽關》詩律，歌者三疊，激調甚高，故匆匆者不及唱也。此調宋人尚有能歌之者，音調少誤，便不入律。南宋姜白石平韻《滿江紅》上闋末句云“聞佩環”，下闋末句云“簾影間”，皆用平仄平，三字激楚清越，似即《陽關》末句“無故人”三字古法。

臨淄齊侯墓在邑東南十里，爲往來必經之處。予作二絕句云：“指數齊南五六丘，累累難辨是何侯。早知千駟皆黃土，不上牛山已淚流。”“畢竟仍傳土一坯，丘明晏子兩《春秋》。可憐上古無書籍，何處青山葬爽鳩。”

新城王文簡公無墓道碑，元爲書立之，有句云：“多恐此碑容易泐，未如詩卷不消磨。”

爲王文簡公書立墓道碑　　阮元

先生墓道在山阿，兩載輶軒伏軾過。司_{去聲}李吾鄉推大雅，皋陶從古善虞歌。翰林風月誰能似，齊魯聲華近若何。
多恐此碑容易泐，未如詩卷不消磨。

和韻　　何元錫

六尺穹碑表磝阿，蹉跎游屐未經過。記從邗上瞻遺像，
又向滄浪聽棹歌。前輩風流餘著述，當時俊侶盡羊何。夕陽
如畫松楸老，一片韓陵定不磨。

明鐵太保鉉守濟南，抗成祖靖難兵最力。有祠在小滄浪
之西。舊說太保守歷下時，忽有群僧助戰，乃沂山五百石羅
漢也。語雖不經，頗可壯忠義之氣。故予詩云："兵戈驅石
佛，風雨挫真龍。"及予屬青州段松苓入沂山訪碑，遂拓得石
佛造象記以歸，應真名贊，歷歷可考，皆天禧、乾興、天聖
年間所造。予作詩云："仰天古洞響登登，五百尊名得未曾。
拓向鐵公祠下看，此身原是助兵僧。"

明鐵太保祠　　阮元

易謁金陵廟，難攖歷下鋒。兵戈驅石佛，風雨挫真龍。
死願先平保，功甘讓盛庸。明湖舊祠外，秋水薦芙蓉。

予在小滄浪時，何夢華出示吳中陸二柳所作長短句一冊，
雄麗妍妙，獨出冠時，語予曰："二柳名王任，由例至河工，
歷任齊豫令長、刺史，後卒於官。無嗣。生平著述數萬言。
所藏金石文字及宋刊善本書不下千種，皆泯然無存，此其吉

光片羽也。"

借石倚聲　吳郡陸王任二柳

齊天樂庭中歌蚯次韻

縈泥唱起花間埕，雍門一聲韓女。下飲黃泉，高吟白雪，紅豆抛來如許。非鱗非羽。嘆辱在泥塗，發聲清苦。側耳無人，遏雲高唱孰憐女。　儂音知合舊譜，十香人聽月，催按腰鼓。牡蠣牆邊，羅裙匝地，佇把衷情相訴。微風細度。喚小玉尋秋，滿身花露。漏下無人，玉階秋意古。

探春令梁間雙燕次韻

海燕雕梁，雙飛並宿，忍令遠送于野。石雨瀟瀟，剪風惻惻，家在鳳樓鴛瓦。此是前生福，占繡户，憑肩私話。不教一步相離，只容花影縈惹。　人在水晶簾下，被曉看梳頭，晚窺妖姹。帳角流蘇，堤防不到，見盡良緣天假。驀地相逢客，誰教結，鶯花春社。尚想年年，差池來共深夜。

永遇樂窗前芍藥次韻

金帶雙圍，鼠姑花後，誰能比數。一尺銀盆，千重綉粉，獨立金盤舞。腰肢困了，臨風態度，彩筆仙郎難賦。好年光，鶯啼燕惜，不遺翠幬無主。　鄉山舊事，這番花信，早遣酒船相溯。人亦無雙，花能絕世，解玲瓏語。如今老去，天涯流落，那有醉紅心緒。消停者，十眉如憶，爲卿作譜。

25

水龍吟盆中素馨次韻　原唱注劉王女墓上生此花

　　璧人化作輕烟，返魂香逐團欒扇。素瓷冰椀，一窩玉暖，一囊珠濺。亞字闌邊，三三五五，鬥腰風軟。待湘簾高捲，月搜明艷，衷衣解，瓊酥見。　　傳道小墳三尺，葬深深，忽偷嬌面。春風化了，虞兮花草，淚珠重泫。一片情根，六州滋蔓，老天難剪。怕西園，後夜一靈未散，舞衣仍換。

　　王竹所初桐爲齊河縣丞，官閒情逸，詞旨清遠，其慢曲如溪流溯風，波紋自行，冷光翠色，演漾不可盡。

惜紅衣不見池荷作花漫賦　　　王初桐

　　竹靜階坳，柳垂簾隙，晝陰岑寂。試弄微波，吟懷黯無極。紅衣何許，但千柄，綠裳敧側。寒碧。鑒底戲魚，自田田南北。　　單絺小幘，曲館追涼，還思展瑤席。微香水檻脈脈，渺堪惜。過了魚天疏雨，搖蕩翠雲池陌。問恁時何似，霜蕳半灣秋色。

念奴嬌板橋寓齋話舊院故事

　　江南佳麗，有秦淮渡口，桃根迎接。曲巷斜街三百户，一樣玉顏如雪。頓老箏琶，沙孃簫管，縹緲歌聲咽。紅樓十六，柳邊相對簾揭。　　多少寶犢香車，黃金選勝，桂子秋風客。手帕紛紛稱姊妹，齊綰同心雙結。長板橋頭，烟花佳話，荒草旋銷歇。東京昨夢，俊游江燕能說。

三姝媚澄江門記事

城濠浮小艇，記卧柳斜橋，幽坊能認。第一難忘，是犀箔箏聲，妝樓簾影。秀艷温香，頻撲起，詩潮千頃。恨煞東風，吹散氤氲，夢雲未竟。　幾日寂寥音信，儘雁斷山空，天高雲盡。再入銅駝，怪游踪落絮，隨波無定。一樹枇杷，對小院，閉門深靜。門外殘烟冷照，春畦漸暝。

倦尋芳燈夕

風高戲鼓，月暖烘爐，街喧初起。夾巷簾櫳，對倚新妝羅綺。香霧千門珠翠語，紅雲一片笙簫沸。啓魚關，愛隨芳趁艷，玉壺天地。　憶攜賞，東城踪迹，燈焰樓頭，鬢影窗際。宿粉栖花，曾共梅兄礬弟。往來消沈流水外，俊游依約歌塵底。待歸來，掩篔屛，曉寒篝被。

泛清波摘遍紅橋泛舟至平山堂

魚天碧後，鷗雨晴初，柔櫓撇波閒趁早。露臺風檻，總有絲絲麴塵裊。縈洄島。簾陰蘸水，塔影捎雲，花外酒簾飄未了。罨畫仙源，載取清芳到深窈。　勝流杳。陳迹幾番夢餘，二十四番啼鳥。依舊平岡面山，黛明林杪。賦情悄。歸舫暗逐粉香，高樓遠銜殘照。岸岸春雲擘絮，淡烟籠草。

水龍吟白蓮

爲誰卸了紅衣，綠房迎曉霜綃翦。浣紗人去，凌波人在，水晶宮殿。幾柄亭亭，銀塘十里，冷香吹遍。任鷗昏鷺暝，花光縞夜，沈沈裏，微茫見。　何況素雲晴練，舞輕盈，半低紈扇。淡妝月艷，仙姿玉立，粉消鉛淺。小艇回時，浮萍開處，鏡奩窺面。怕遺瑁，捲入涼波，又萬葉，西風戰。

吳江陸虔實先生瓚，爲何義門高弟，曾在三禮館，與望溪、穆堂兩公最契合。生平篤嗜尤在漢隸，臨《華山碑》至三百餘本，其專且勤如是。令嗣朗夫中丞燿官山左時，嘗以公手書徐幹《中論篇》《治學篇》刻石于濟寧州學，筆法古勁，足與諸漢碑相頡頏也。

朗夫中丞以郎中出守濟南，洊歷方伯，時當事者勢張甚，貪殘吏因緣爲奸，公爭之不得，度無以制，且親老，即乞養歸。逾年，當事者敗。公方居憂，上詔起之，旋擢爲湖南巡撫。清風亮節，至今東人士女猶能言之。爲山東運河道時，著《運河備覽》一書，斟今酌古，取可以施行者，世以爲精核。又嘗選集名人撰著有關經濟者，彙爲一編，名曰《切問齋文鈔》。自著詩文集若干卷，皆粹然儒者之言也。中丞病亟，夢有人贈以詩云："能開衡岳千層雲，但飲湘江一杯水。"質明，以語人，遂卒。殆神明之先告耶？予至山左，與公次嗣古愚繩爲金石文字交，聞公之治行特詳。

古愚秉承家學，隸書直追漢人。流寓潭西精舍，所交皆四方名士。尤喜金石刻。嘗跨蹇驢，宿春糧，遍游長清、歷城山巖古刹，搜得《神通寺造象題字》十八種，及靈巖寺諸小石記百餘種，皆以神予纂録。搜奇之勤，莫能過此。又嘗刻金石款識，列爲屏幅，用矸蠟法，較之氈搨施墨者，既速且易，亦巧思也。

　　偃師武虛谷億，説經鏗鏗，探求漢氏之學。少孤，立志敦尚行義。以名進士令博山，惠愛及民。不期月，俗爲革。時有步軍統領番役橫於邑中，虛谷按法摧辱之，以此不合上官意，被劾去。生平著述甚多，皆闡抉經術，搜索原本。不喜爲詞章，而詞章亦爾雅醇厚，如其爲人。尤精于金石學，嘗佐予裒輯《山左金石志》，桂未谷贈詩云："一行作吏早歸田，金石遺文出鄭箋。來往鵲華秋色裏，逢人但乞打碑錢。"嘉慶四年冬，爲朝臣保薦，奉旨召用，而虛谷已先歿一月矣。其犖犖大節，詳孫淵如觀察所爲傳中。

武億傳　　陽湖孫星衍

　　武億，字虛谷，河南偃師人。先世居山東聊城縣。勝國時，有遠祖名恂者，以指揮使駐懷慶，遂爲河南人。曾祖維翰，國朝順治間遷偃師。祖朝龍，有隱德，載在方志。俱贈奉政大夫、吏部驗封司員外郎。父紹周，雍正癸卯科進士，由安徽東流縣知縣，行取主事，官至吏部驗封司郎中，監督倉場，有政績。嫡兄三人：修、俊、伸。同母兄一人：倬。弟一人：儒。億生於京邸，少有異表，不苟嬉戲。八九歲，以朱墨點定明代名人制義，第其高下，父驚愛之。年十二，遍覽九經、諸子，爲文下筆千言。年十七至十九，連遭父及母孟氏、生母郭氏喪，哀毀骨立，鄉里感嘆。億父故清宦，官中外卅餘年，家無儋石儲。值伊、洛暴溢，宅舍盡圮，億就高架木爲小屋，讀書其中。嚴冬，衣敗絮，或遇大風雪，持斧出，取薪燃火，手僵斧落，傷足，血没踝，忍痛歸，誦書益力。服闋，應縣試，第一，入學爲附生。乾隆庚寅科，中式本省鄉試第六名舉人。三應禮部試，皆報罷，因游朱學士筠之門。時學士負海内文望，門下士多一時賢俊闊達不羈之才，億盡與交游，而獨以文章氣誼相勖厲，學士雅重之，爲延譽。然性樸直，不喜干謁，惟布衣履蹻就日下書肆購異書，所得金石古文，皆爲考證，學日益進。庚子科，成進士。五十六年，謁選，授山東博山縣知縣。縣多山，土瘠，民不務農業。地産石炭石礬，燒作琉璃器皿，供億繁多。商賈輻湊，奸宄所在匿迹。億下車，思所以變易風俗，然後以經術飾吏治，因校士發策。問邑中最敗風俗者，附郭佛寺多女尼，常衒服作佛事，游闤闠間，聚觀者猱雜生事。億汰存其老病廢疾者，餘悉遣嫁之。歲時出講鄉約，至遠僻村落，因加諭教。訟事無大小，至則判決之。或呼冤不及具詞狀，召兩造折以片言，無不得其情而去，胥吏無所施其弊。縣僻無驛傳，有急事，假里馬以供役，轉相科斂，豪者利其事，億禁革之。前官有以石炭饋上官者，浸以成俗，億察民運載山徑中，大不便，手疏其患苦，請除之。捐貲，議立書院於城東范文正祠傍，邑人感激輸將。閱兩月，工竣，命曰“范泉書院”。親臨講課，口授指畫，示以訓詁文字，通經術，樹風節之要，士皆勤奮。檄治鄰邑某窯獄，窯戶介典史某以白金二千進，典史憚億威望，不敢言。億廉知之，因禱雨謂典史：“吾禱於神，雖貧，不爲墨吏也。雷霆實聞之。”時方震雷，典史驚悚，遂獲澍雨。先是，縣營弁某有不法卒張保，曾爲弁奪娟爲妾，億因他事治之急，弁屬上官某爲緩頰，不聽，自是怫上官意。會有步軍統領衙門番役頭目曹君錫、杜成德者，倚朝貴勢，出都探事，招從惡少十餘人，縱飲博，橫於縣中，億擒至堂下，稱奉要人令，不服罪，按法笞辱之。時秉政者勢張甚，外臺多承望風旨，上官某聞之，以爲禍至無日矣，乃厚贈番役行，而假名濫刑平民劾億。罷職。億官博山，纔七閱月耳。縣民聞億受代，則扶老攜幼，率千餘人赴省乞留。大吏某故賢者，劾億時特爲守所持，及見民情，大感動，因入覲，約與偕行，爲籌捐復。時故大學士公阿文成公見大吏於朝，謂之曰：“例禁番役出京畿，奈何責縣令按法之非，且隱其實，而劾強項吏，何也？”大吏深自悔，然卒格於部議。歸博山，民猶謂當復任，老弱遠逆界外，告之故，人人哭失聲，已而相與館故令家於縣中，朝夕饋問。億愈不忍以家口累民，乃遣歸其鄉，而自閒游東昌、臨清間，藉書院以糊口。至河南，詣好士友人，與修縣志以終其身。嘉慶四年十月，

卒於鄧州客館，得年五十有五。是冬，有旨命朝臣密保內外
員操守端潔、才猷兼濟及平日居官事迹可據者，得赴部候旨
召用，億名在保薦中。縣令捧檄至門，亡已一月矣。億至性
淳篤，生平重風義。嘗由都奉兄倬柩南歸，乏資斧，手輓鹿
車，不避溽暑泥濘，比達里門，足重繭。既葬，爲之立後。
族孫有孤貧者，十五年與同爨。聞師喪，千里奔赴。嵩縣典
史某卒，喪不能歸，解衣質錢資之行。設義田縣北郊，收偃
師之棄殍者，冀以厚風俗。在魯山時，楚匪擾，至河南唐、
鄧之境，億爲令區畫，議復魯陽關，設兵防交口鎮，以扼荆
襄要路，立保甲西山諸村塢，防逸賊竄匿。未及行，而交口
鎮、西山俱被賊焚掠無餘。鄧州既經蹂躪，士民禦賊死事者，
未得申上其實，億勸立國殤祠，以厲鄉勇。其以維持風教爲
己任類此。億通貫經籍，講學依據漢儒師授，不蹈宋明人空
虛臆説之習。所著經義，原本三代古書，疏通賈、孔疑滯凡
數百事。所得列代金石，爲古人未見者數十通，因之考正史
傳者，又數十事。今中州人知讀古書，崇經學，搜訪碑刻，
備一方掌故，多自億爲倡始云。撰《群經義證》《經讀考異》
《三禮義證》《讀史金石集目》《授堂金石跋》、錢譜、詩文
集、札記之屬數百卷，與修魯山、郟、寶豐、安陽四縣志，
行於世。子三人：穆淳、景淳、盛淳。孫：耒。

　　舊史氏曰：武君真循吏也。在官七月而得民心如是，令
久於其任，治行當不止此。爲縣令者人人如億，吏治之弊，

不至不可移易。墨吏負帑愈多，去之愈有所牽掣，強項吏一出而被劾，且以沽名相詬嫉，不遇非常察舉之詔，何以厲廉節耶？予與武君交最密，知其事始末甚悉。及予罷山東廉使任，爲阿附朝貴者所媒糵，事大類武君。獨爲君子求治太急，固俗所忌耶？抑遇非其時也。直諒多聞之交，又弱一个。悲已！

卷 二

儀徵阮元記

　　歷山爲岱之北麓，余屢登此，勒銘山石云："登彼翠微，堂基戴石。岱麓分陰，僞田啓陌。雷雨坐生，峰巒競碧。樓駕三重，崖懸百尺。繞牆虹落，穿閣雲飛。碑頭六代，松要十圍。岑苔籍屐，天花滿衣。磴隨客意，嵐成佛輝。下涌泉源，清交水木。湖平鏡揩，城迴帶曲。野氣沈村，林烟隱屋。兩岫同秋，千塍共綠。平原似海，曉日開天。燕齊道直，蓬萊影圓。山栖壽佛，臺降飛仙。後之來者，亦百千年。"

　　出歷城東門廿餘里，至禹登山白雲峰，西南入谷，即龍洞壽聖院，有范純仁、宋齊賢題名及元豐碑。院北絕壁隱天，石色紺碧，名錦屏巖。院南壁上有洞門，約高二十餘丈。余與徐惕庵太守大榕登此，秉燭入洞，洞有石佛，面㳠如削，前數日夢中實見此象，亦異矣。洞中始猶寬闊，繼乃逼仄，俯行約里許，又出一洞，則在前山矣。又院之西南有夾澗，曰三龍潭，兩壁直立，中如小巷，曲折不窮，深轉十餘里。余

34

足力頗健，直至黑峪，日暮乃返，餘客不能從也。白雲峰東
南入谷，爲佛峪，小徑深林，有石臺巋然直立，曰靈臺。臺
南有泉，曰林汲泉。泉北有飛瀑，每雨後，懸流十丈，聲滿
山谷。崖間多秋海棠，石壁間多唐人題名，且有隋開皇所造
佛像。予嘗侍家大人策馬游此，月或再至。居歷下者，曷因
吾言訪之。

自禹登山白雲峰東三里至佛峪　　阮元

兹山何岧嶤，神禹之所登。東行入虛谷，泉石媚清澄。
側徑臨深溪，馬足猶兢兢。午嶂屯春陽，陰崖積素冰。石無
土附樹，壁有隙走藤。雲護巖上佛，泉養厨中僧。何當看秋
瀑，濩落山三層。大者懸如紳，細者垂如繩。靈臺出其上，
衆勢歸馮凌。而我亦遐舉，振翮隨花鷹。

白雲峰西北至錦屏巖，憩壽聖院

靈湫住天龍，談禪闢初地。但見元豐碑，破屋已古意。
繞階漱清泠，壓檐積蒼翠。泉急石丸轉，雲過松花墜。前峰
升重甗，高鳥懾其翅。誰爲造孤墖，中使金仙睡。後峰獨離
立，與嶺擘成二。誰爲架飛梁，鐫以摩崖字。古人具精力，
恥作尋常事。否則寧如僧，碌碌老荒寺。

聖壽院西南石壁上有龍洞，出入里許

神龍抉壁入，破壁復飛去。龍去壁已穿，介然用成路。
當門立大佛，乍見心疑怖。石泐面如削，曾向夢中遇。過此
入深隧，秉燭始暗度。俯行頂接踵，相呼不相顧。一隙忽生

明，如夜忽向曙。不知出何山，奇險更難步。手中得葛蘿，
足下生松樹。蜿蜒攫爪痕，是我題名處。

由龍洞巖下西，過三龍潭十里，至黑峪而返

三龍潭峽口，如防復如堂。百丈屹相對，古色間青黃。
其下狹數尺，亂石眠群羊。短衣雙不借，蹈此若康莊。路窮
徑仍達，地敞崖復當。水消尚存迹，日午先韜光。陰森恐山
鬼，蒼莽防奔狼。有客獨結廬，無乃非人鄉。十里暮始返，
華岫月微茫。城關待我閉，春漏聽三商。

復至佛峪

澗草迴新綠，巖松發古春。泉銷三月雪，佛示六朝身。
馬足熟知路，僧寮閑可隣。誰知城裏客，常作入山人。

《一統志》：“濟南名泉七十二，趵突爲上，金綫、珍珠
次之。”曾南豐《齊二堂記》曰：“泰山北與齊東南諸谷之
水，西北匯于黑水之灣。又西北匯于柏厓之灣，而至於渴馬
之厓，則泊然而止。今黃山下。自厓以北，至于歷城之西，蓋
五十里，有泉涌出，高或至數尺，名曰趵突之泉。齊人謂嘗
有棄糠于黑水灣者，見之于此。其注而北，則謂之濼水。”今
府城西平地泉源觱涌，雪濤數尺，聲如隱雷，泉凡三穴，鱗
次相比，稍施人力矣。邵二雲學士《爾雅正義》云：“《昭五
年傳》：‘濆泉者何？直泉也。直泉者何？涌泉也。’徐彥疏：
‘謂此泉直上而出。’郭意以‘直’訓爲‘正’，直上之濆泉

即濫泉也。"趵突泉宋元以來名人題咏極多，皆嵌置壁間，短榭長廊，紆折盡致。

自五龍潭步至趵突泉，訪泉上白雲樓次韻　　馬履泰

懶從插架理牙籤，解事提壺鳥喚檐。乍對風潭桹撥甚，雪消春動水痕添。

雷聲輥地戰陰陽，平涌驚濤見未嘗。欲訪雪樓何處是，蕨藜初綠日荒黄。

趵突泉　　孫韶

倒挂三條瀑，奇觀天下無。半空晴涌雪，萬斛亂跳珠。河海流終達，雷霆鼓不殊。濟南名勝地，此是小蓬壺。

趵突泉　　鄒平成啓洸

渴馬厓頭水，潛行號濼川。歷城餘勝迹，趵突出名泉。直帶糠流出，幾經鳥竇穿。一塘看月印，三窟擬珠聯。倒影涵山側，噴聲涌地圓。沖融機脈脈，活潑瀨濺濺。林外青含郭，軒頭碧漲天。平溪拖荇葉，古岸叠苔錢。響訝雷連鼓，翻驚雨倒懸。同源窺色相，有本契神仙。誰使相吞吐，而今共轉旋。波濤通左右，橐籥徹中邊。石滑新晴後，沙明落日前。凭欄成久立，佛嶺正蒼然。

予得程鳴畫一幅，山堂群松，一髯翁視童煮泉。程鳴題句云："名泉七十二，何必數中泠。"自署款云："受業程鳴。"予按：程松門乃漁洋弟子，則髯翁乃漁洋小像也。

　　潭西精舍在歷城西門外五龍潭上，即唐秦瓊故第舊址，桂未谷所築。濬池得泉，似趵突而小，在七十二泉之外，題曰“七十三泉”。往來名士多居於此。天鏡泉流至精舍，前繞東廊，過北窗，始入潭。游者入門即聞水聲潺潺。嵌壁有石刻顏魯公《竹山聯句》詩。

潭西精舍記　　曲阜桂馥未谷

　　歷城西門外唐翼國公故宅，一夕化爲淵，即五龍潭也。潭之名始見於于欽《齊乘》，其言曰：“《水經注》：‘濼水北爲大明湖，西有大明寺，水成淨池，池上有亭。’即北渚也。今名五龍潭。潭上有五龍廟，亭則廢矣。”按：池上亭即《水經注》所稱“客亭”，在趵突泉西北，何得以潭爲淨池？大明湖在古歷城西，今誤以城內歷水陂當之。北渚亭亦不在潭上。曾子固《北城閒步》詩云：“飽食城頭信意行。”又云：“便起高亭臨北渚。”蘇子由《北渚亭》詩云：“西湖已過百花汀，未厭相攜上古城。”晁无咎《北渚亭賦序》云：“嘗登北渚之址，則群峰屹然，列於林上，城郭井閭，皆在其下。”據三家之言，則亭在北城上無疑。于氏不知淨池填爲平地，乃移客亭及北渚於潭上，疏矣。今潭上五龍廟猶在，吾友陳君明軒嘉其水木之勝，與小香、二香諸君募錢，於潭西架屋爲游息地，並屬予記之。元遺山言“濟南樓觀甲天下”，多無能指其處，因念翼公甲第連雲，一旦爲神物奪去，今以一瓦一椽托之潭上，幾何不與頹垣廢址同歸烏有。雖然，諸君旅人也，寄興而已。後人於烟水榛莽間追尋我輩游迹，或亦有感於遺山之言也夫。

七十三泉記　　秀水吳友松秋鶴

曾子固《齊州二堂記》："齊多甘泉，顯名者以十數。"宋時固未嘗有七十二泉之目也。于欽《齊乘》始據《名泉碑》載七十二泉。《山東通志》："去百脈而易以雙忠，去濟水而易以不匱。"夫既仍其數，自當存其目，不宜以新名易舊號也。龍潭之西，穿地爲池，有泉涌出，而江家池水注之，遂成趵突。曲阜桂君題曰"七十三泉"。余謂濟南之泉，美擅天下，然如染地、煮糟、煮糠諸名，多不雅馴，此泉以不名名之，遠俗也。以數計之，沿舊也。吾鄉朱竹垞太史於珍珠泉東鑿一泉，曰"潨泉"，自爲之記。近江方伯於名士軒南鑿一泉，曰"雪泉"，翁閣學爲之記。今桂君題此泉，余爲之記。皆在七十二泉之外。然則濟南七十五泉矣。

題桂老蒳七十三泉　　馬履泰

七十三泉泉外泉，一條碧玉碎階前。老蒳居士時沈醉，正要泉聲春枕眠。

金人七十二泉記，尚有名泉未盡編。若把郎官湖作例，此泉合喚老蒳泉。

長洲沈二香默，爲陸朗夫中丞外甥，有何無忌似舅之譽。久客山左，交游多賢豪，偕夢華、古愚、未谷、秋鶴、燕亭諸君子共議創建潭西精舍，二香爲輯《潭西小志》一卷，考證故迹，搜羅新咏，可云精核。

偶檢王秋史苹《二十四泉草堂集》，有《過湖上感咏》云：“七橋何處柳毿毿，一帶東風比漢南。放鴨闌空滿寒綠，叉魚船小破柔藍。湖邊明月聽簫冷，鬢底黃花記酒酣。只有鵲華如舊識，高城點黛許相探。”詩極名雋高雅，固不愧爲漁洋稱許也。秋史又有《登蓬萊閣》詩云：“高閣蓬萊聞少日，今來秋眺鬢滄浪。地雄青社臨孤迥，山古黌閭接混茫。鰲背雲浮雙郭外，蛟涎漲落十洲傍。天風碧海斜陽在，曾對清吟玉局狂。”亦佳。

己酉座師鐵冶亭先生，文名清望，朝野同聲。著《梅庵詩鈔》。學深才健，體格高華。典禮春官，扈蹕秋獮。煎茶鎖院，倚馬賡歌。又詞林佳話也。至於輶車所至，銜彼山川，大江南北，齊魯間益鮮抗衡者。甲寅秋，先生適來典試山左，戲贈句云：“六千髦士彙群英，半是宗師作養成。我向齊州懸玉尺，門生門下中門生。”比揭曉，得士稱極盛焉。因憶壬子春，瑤華主人邀彭雲楣尚書師、沈雲椒侍郎、同年胡印渚、劉金門兩學士、那東甫侍講及先生與元，凡七人，同游萬壽寺。主人寫《七松圖》便面，先生援筆題一絕云：“七人分坐七松樹，巨筆寫松如寫人。諰諰清風滿懷袖，一時同證大夫身。"二詩雖不經意作，而神韻雋絕，風格亦正相似。

望華不注山　　鐵保

危峰鐵立勢嶙峋，瘦削芙蓉濟水濱。岳麓岡巒通地脈，海天風雨變秋旻。齊師戰已迷陵谷，李白詩猶動鬼神。華不注山詩，首鐫太白之作。搔首丹梯登有日，招邀多士躡清塵。

山頂笄摩古霧蒙，虎牙千仞插高穹。文章有待搜羅後，山水先歸鑒賞中。七十泉多疏瀹氣，六千卷合驗雄風。金錍刮處餘青眼，拾級單椒瞰大東。

濟南闈中作

大明湖畔佛頭青，天影遙涵歷下亭。北去靈源環岱岳，東來雲氣接滄溟。逢時人擬登龍客，近海天移好雨星。余八月抵歷城，連日陰雨。七十二泉清可濯，臣心如水合淵渟。

闈中與遠山同年話趵突泉之勝，用松雪韻

七十名泉近有無，潺潺趵突徹冰壺。翻空爲訝坤靈坼，鄰海寧愁地穴枯。鼇窟千尋韜日月，靈湫萬里達江湖。試餘快領溪山去，雲影波光興不孤。

又用曾南豐韻

地近名泉留使節，滿懷冰雪滌埃塵。心源瀉玉原無滓，學海探珠合有真。長白峰頭雲似墨，大明湖上月如輪。高懸青眼看文戰，排突雄風剩幾人。

慶晴村都統爲尹文端公第五子，貂蟬世業，耽吟咏如書

生。名篇警句，層見疊出，亦家學也。任青州最久，所延攬皆一時名士，孫蓮水贈都統詩有"嚴鄭風規恒禮士，皋夔家法愛賡詩"之句，非溢詞也。旋以移鎮寧古塔，送別歷下城，投詩者不下數十人。予詩有云："十年自種將軍樹，萬姓爭傳《叔子碑》。鴨綠江頭春漲後，鵲華山下別人時。"都統亦有詩留別，一時傳誦。

漢軍李紹祖，官臨清副將，雅歌投壺，有古名將風。詩筆亦清挺不群。後升登州鎮總戎。督兵剿川楚逆匪，没於陣中。

王竹所初桐，官齊州縣丞，詩才清逸。久在下吏，而閉關吟咏，頗足自娛。著《罋埄山人集》，有《濟南竹枝詞》一百首，網羅舊聞，典雅流麗。

將之山東，留別家詒堂侍讀、曹習庵學士、吳稷堂編修、程雪坪庶常　　王初桐

十載京華慣吐茵，一朝東閣作勞薪。客中肝膽輸前輩，老去情懷戀故人。御苑樓臺初過雨，玉河楊柳又逢春。諸公莫唱《陽關曲》，我已樽前預愴神。

六月十五夜自徂徠至新甫俗名蓮花山

徂徠山下夕陽收，汶水涓涓五派流。馬上夜涼行不厭，月生行到月低樓。

山僧已打丑時鐘，露未經秋尚不濃。雞唱一聲村巷白，馬前了了翠芙蓉。

臨小洞庭望黿尾山

好山不嫌卑，好水不嫌小。洞庭既瀰漫，黿尾復窈窕。寬於習家池，秀比裴公島。微雨朝來霽，鮮輝弄清曉。清曉無漁樵，時見雙翠鳥。宜放橛頭船，柔櫓撥蘋藻。宜靸不借鞋，瘦筇出木杪。興發逞清游，竟日庶能了。白雲枉相留，幽賞殊草草。無處無濠梁，所嗟會心少。昔者蘇源明，于此一傾倒。至今千餘歲，秋風空裊裊。

土橋

鹿角關頭小市廛，土橋雪後見平田。鴉盤枯樹荒村外，雲漏斜陽斷塔前。故國江山空極目，天涯風景又殘年。可憐一宿萍踪地，回首安陵亦黯然。

明湖曲八首

湖小半篙清，無風滑笏平。與天同一色，人在鏡中行。

井字界瓊田，家家種白蓮。朝來菰葉裏，撐出采蓮船。

嘗讀《道園錄》，永懷李溉之。天心浮水面，想見作亭時。

有客修春禊，鳥聲雜管弦。鵲山寒食近，猶似泰和年。

野艇小如瓜，恰容三四輩。垂下一面簾，夕陽在篷背。

不見蘆中人，但聞蘆中語。清風入叢葉，颯颯疑是雨。

境僻渚彌枉，柳濃烟未開。轉頭向寬闊，瞥見酒船來。

古廟森雲際，停橈試一登。回看來處綠，不辨幾層層。

石疃

山中問樵者，指點得村名。踏葉見人迹，到門聞水聲。春晴雙燕出，午靜一雞鳴。此是桃源隱，我思谷口耕。

棗枝詞

秋來纂纂滿山茨，又是《豳風》八月時。東土不歌洞庭橘，新翻別調《棗枝詞》。葉水心有《洞庭橘枝詞》，仿《竹枝》《柳枝》爲之。

樂氏移來樲棘場，儂家自合棗名鄉。棗花織就簾櫳樣，棗核燒爲荳蔻香。樂氏棗，相傳樂毅遺種。

正月十五夜南皮作

金鈴古寺風蕭瑟，射雉荒臺月寂寥。最善思家偏作客，南皮城外過元宵。

竹所姬人李秀真湘芝，濟南人，亦能韻語，有《柳絮集》。以其姓氏里居合於李易安柳絮泉，且兼取道蘊故事也。《北極廟》云："古刹迢遙碧漢間，一回登眺一開顏。東西南北青無數，看盡重重叠叠山。"《夜深》云："夜深獨傍錦薰籠，窗縫穿來敵面風。恐是行人未投宿，馬蹄踏雪亂山中。"皆清婉可誦。

嚴司馬守田，杭人。以父宦山東，生于歷下，寄籍，中山東舉人。其自號曰"歷亭"，樂其所自生也。爲人豪俠自喜，有幹才。爲嶺南縣令，從孫文靖軍于安南，時戰不利，撤兵歸，司馬從入關，見臺站卒伍惶遽欲遁，司馬下馬，坐曉之曰：「元帥以兵少，不欲決戰，勒兵回，然身自居後，賊何敢犯？若屬惑訛言輒退，離汛地一步者，我且斬若屬矣。」因索飯，徐上馬去。孫公聞而壯之。後官江南。歸里後，屬奚鐵生岡寫《明湖秋柳圖》，郭頻伽麋題之云：「人老方知生處樂，官閒合向死前休。」殊爲感概有餘味也。

錢唐何春渚徵君琪，嘗客濟南。同蔡方伯嵩霞泛舟大明湖，詩云：「閒鷗片片落遙汀，華注城頭一朵青。有客看山騎款段，何人隔水唱瓏玲。紅闌漸出蘆中舫，碧瓦微遮柳外亭。絕似段家橋上望，頻來能遣旅愁醒。」夷猶駘宕，極描摹清景之能事。奚鐵生岡以其詩意作圖，足爲明湖生色矣。又《濟南秋夜》詩云：「滿城殘葉落飄蕭，又見西風上柳條。一郡青山名士地，三更紅燭旅人宵。定知烹鯉慈顏喜，遠念塗鴉稚子驕。莫笑吟聲猶激越，鄉心此夕最迢迢。」二詩極爲杭堇浦先生所稱賞。

蔣伯生因培，常熟人。以其父爲汶上縣令，卒官下，遂家焉。所居蘿莊，花木交陰，有古槐七十二樹，名其堂曰「七十二槐堂」。黃小松司馬爲作《蘿莊圖》，郭頻伽上舍爲作記。一時名士至山左者，題襟書壁，各有酬倡。伯生家不中貲，又爲人假貸千金，窮日甚，其人有力而不欲償，適孫淵如權廉使，下其事于邑，伯生有句云：「爲我追逋眞火急，向人延譽見風流。」淵如稱其詩才排奡雄放，而往往出奇無窮，可與張船山、郭頻伽相伯仲云。

春草西堂詩　　蔣因培

張子白聞予到都，偕令弟遠春過訪小飲二首

到及泥金挂壁時，九衢猶見步遲遲。不爲東野看花態，得意春風馬未知。

兩三知己隔關河，奈此青州從事何。今日一傾三百盞，果然燕市酒徒多。

釀碧香酒熟與弟飲

小槽酒渌如春水，撥墨濃香四五里。兄弟堂東中聖人，對卧月明呼不起。世間快意只如此。船要桃花稱博士，忽憶先人淚如洗。彥昇身後冷于冰，尚餘廿石桃花米。

阿常生

鳴角尋陽兆自今，河車一色紫痕侵。占熊竟叶山妻夢，子雀元非處士心。手寫紅箋爲母報，情知白髮望孫深。笑啼眉目分明記，想見開函喜不禁。

黷面新盛雪水香，瑤環瑜珥苗蘭芳。此時何敢將兒譽，異日應須得我狂。坐客歡呼分玉果，自家珍重檢青箱。門前不用懸弧矢，我已輪蹄誤四方。

四月廿二日由曹州入都，同人作餞，醉後留別

幾夜連牀雨不寒，又從花下款征鞍。迹如鴻爪輕留易，交比晨星不散難。刻木判招公等射，貸錢每失婦家歡。分明眼底無窮事，明日都將一笑看。

得王惕甫書

望遠懷人正閉門，又看小雁墮翩翩。交情三月花相似，芳訊一番濃一番。

濟南旅病

輾轉中宵入夢遲，蕭疏禪榻自支持。那禁作客身猶病，恰喜離家母不知。掩鼻怕聞丹藥氣，關心偏負菊花期。年來頗覺無驚悸，牀蟻弓蛇總聽之。

將赴河工，留別山中故人四首

河上潭潭幕府開，隨人一例出蒿萊。慣經瓦礫堆中舞，又向邯鄲道上來。回首狂名如隔世，甘心下吏老粗才。美人誤嫁尋常事，敢向風前怨鳩媒。

頭顱未白眼難青，車子班班馬不停。此去可能逢襼薦，當時轉悔注《桑經》。酒非醇釅難成醉，夢未沈酣尚易醒。多少猿驚兼鶴怨，夜深愁向故山聽。

回首燕臺記碎琴，誰言市駿有黃金。縱教騰達年非少，況入泥塗日復深。剩有潸潸知己淚，頻呼負負故人心。天門訣蕩雲程闊，卻立逡巡感不禁。

桔槔俯仰太無端，驥服鹽車亦大難。立志本卑寧爲母，

吟懷漸惡卻因官。薄游久已風塵倦，循省深知骨相寒。我已
忘羞君莫笑，登場愧儡任人看。

　　江寧孫蓮水韶，清才艷思，夙擅詩名。客武昌最久，頃
來山左，佐余校文之事。以《漢上紀游詩》見示，余題一律
云："扁舟無那漢皋迥，詩向樊川刻意裁。交甫何期珠佩解，
牧之曾見紫雲來。恐因極樂能消福，如此多情只爲才。欲洗
胸中愁萬斛，試翻春海到蓬萊。"蓮水依韻見贈云："中流一
柱百川迴，狂簡胥歸大雅裁。日觀峰頭題句立，玉皇案上袖
香來。欣逢鎖院論文會，愧説天台作賦才。韓愈終能憐賈島，
又教觀海到蓬萊。"自登萊校士歸，復見贈云："飽聽春潮海
上聲，歸來華鵲雨初晴。才經玉尺親量遍，心比珠泉澈底清。
彈石遠分蓬島秀，宮衣新換雪羅輕。昨宵同泛滄浪棹，湖上
台星似月明。"

　　錢塘何夢華元錫，博洽，工詩文，尤嗜金石，藏弄最富。
年逾弱冠，交游遍海內，與黃小松司馬同鄉，尤深金石之契，
山左碑版，半爲二君所搜得。最後於孔林外得《永壽殘碑》，
又於《史晨碑》下截得數十字，及《魯相碑陰》《竹葉碑》
正面，皆舊拓所未見者。小松爲作二圖紀之，錢竹汀宮詹、
翁覃溪閣學皆有詩。

何夢華滌碑圖　　阮元

漢碑珍重滌，一字抵千金。盡見《史晨》迹，還分《魯相陰》。挹泉澆竹葉，享帛縛松鍼。我洗石人二，奇文今可尋。

何夢華林外得碑圖　　阮元

孔林牆外夕陽明，《永壽碑》酬訪古情。我後何君來曲阜，手摩殘字得《熹平》。

嘉定錢既勤孝廉東垣，爲竹汀宮詹猶子，可廬徵君長嗣。沈潛篤學，有《歷代建元表》《孟子解義》《小爾雅疏證》，皆能自抒心得。乾隆癸丑，隨徵君在予幕中佐閱，藏有艸字瓦當，篆文奇古，予爲考釋之。其弟繹、侗亦皆潛研經史、金石，各有著述。時人有"錢氏三鳳"之目。

艸字瓦拓本跋　　阮元

嘉定錢君既勤得古瓦，作"艸"字，上下左右，作四神形，甚奇古可愛。並爲之考，曰："周豐宮之瓦，艸即聲。"引鄭康成《大射儀注》證之。斯言諒矣。元謂《説文》此卷"豐""豐"二字注皆被後人删改，其義久晦。《説文》曰："豐，豆之豐滿者也。从豆象形。"此誤矣。當云：豐，豆之豐滿者也。从豆凵，象形。丰聲。《説文》曰："豐，行禮之器也。从豆象形。"此亦誤矣。當云：豐，行禮之器也。从豆凵，象形。丰聲。二徐尚不知"丰"之爲聲，宜更不知

"𡥝"之爲聲，因而刪改耳。鄭君《大射儀注》云："豐字，從豆𡥝聲。"此正鄭君精于六書之驗。鄭注三禮多用《説文》，此當許君舊説，鄭引之也。何以明"屮"之爲聲也？"丰"字，古拜切，古音與"豐"字同一部。古音平聲脂、微、齊、皆、灰，上聲旨、尾、薺、駭、賄，去聲至、未、霽、祭、泰、夬、夬、隊、廢，入聲術、物、迄、月、没、曷、末、黠、鎋、薛，皆·同爲一部。《詩》三百篇古韻朗然可按。"丰"字雖未見於《詩》，而"害"字從"丰"得聲，如《泉水》三章、《二子乘舟》二章、《蕩》八章、《閟宮》五章，其用韻之處皆與上聲"禮""體""澧""鱧"最近，則"豐"字之從"丰"得聲也明矣。不特此也。耒部次于丰部，許云："從木推丰。"元謂此下亦當有"丰亦聲"三字，徐氏不知而刪之耳。耒與豐亦同部相近也。從"丰"得聲者，尚有"夆""韧"二字，從"韧"得聲者有"嚙""挈""契""觢""絜""恝"六字，皆與"豐"字同部。"豐""豐"從豆，"𡥝""屮"皆聲，"凵""凶"爲象形。"凵""凶""與""𡥝""屮"原不可相聯屬，故古文豐字"凵"明可省去。又《説文》"豐"字上六畫皆當左低右高，作"𡥝"形。今本作丰丰平畫者訛，俗無以下筆。舉此數證，質之既勤審定之，庶無蔡中郎不分"豐""豐"之誚乎！

歷城郭小華敏磐，未谷弟子，於隸古猶得其傳。爲予書《鄭公祠碑記》，頗具古法。小華又工畫，爲山左第一。馬秋藥比部居濼源書院時，與小華莫逆，嘗謂予曰："三日不見小華，便寥落無偶。"同時有鄭柳田士芳亦工畫，得麓臺、石谷遺意，與小華埒名，而氣韻遜之。

柳田爲夢華作《潭西話別圖》，摹仿倪雲林，極蕭澹超逸之致。又爲曼生圖《水西感舊》橫卷，皆得意筆也。求畫者每於宴集間促之，得意呼毫，如驚風驟雨，勢不能止。過此即擱筆。案上堆積空紙至數百幅。未谷過其居，見坐客紛紛，追呼彌急，因題"逋畫軒"三字贈之。

歙縣吳南薌文徵，工書畫，善篆刻，極意摹古，皆得神味。嘗爲余作"伯元"小印，雅似其鄉先輩程穆倩手筆。鄭學之光倫即南鄉之甥，豪邁有任俠風，才情敏贍，詼諧間作。久居歷下，名士皆愛與之游。

秀水吳秋鶴友松，詩才清逸，尤工填詞，著有《野花詞話》。自少幕游山左，以瘵疾卒，年僅三十六。

甲寅南歸留別山左同人　　吳友松

十年囊底一編詩，歸去鱸魚正美時。便擬全家浮小艇，不勞遠寄草堂貲。

百年風雅説漁洋，歷下亭空蔓草長。最是秋來幾株柳，江南夢遠未能忘。

　　長洲顧蘆汀文鉽，爲秀野先生後裔，工詩文書畫，尤嗜金石，手摹《婁壽》《裴岑》二漢碑刻石。居濟上二十餘年，與小松、夢華往還最密。晚年貧病交困，猶手不釋卷，著書自得也。嘗以漢瓦當"六畜蕃息"四字拓本贈翁閣學覃溪，翁答詩云："茁彼葭蓬證舊聞，黃圖篆記感如雲。客卿子墨勞鉛槧，誰識東吳顧八分。"其傾倒如此。

　　濟寧布衣鄭魯門支宗，精於鐫刻，手摹秦漢官私印文五百種，幾欲亂真。

　　趙松雪《萬柳堂圖》，爲廉希憲作，立幅三尺。著色畫荷池山館，烟雨滿林，堂中二人袍帶坐，一女子持荷花送酒，即所傳歌《驟雨打新荷》者。此園在京師南城海岱門外，爲馮益都相國別業，一時門下士鴻博諸君來宴于此，有賦紀之。益州佳山堂雖無水柳之趣，而花石尚在，不似萬柳堂之荒廢。予既作《佳山堂》詩，又命閣學海賦《萬柳堂》詩，頗深前輩風流之感。

萬柳堂　　昌樂閻學海

　　憶昔燕臺春欲暮，金鞭玉勒三叉路。堂前萬柳拂雲低，到此徘徊馬先駐。有元此地屬廉家，門外曾停松雪車。已來客似臨風樹，更有人稱解語花。花間置酒連花送，紅螺杯壓蓮花重。分得濃香上彩箋，養成新碧栖幺鳳。一曲憑欄蹙黛蛾，恰聽驟雨打新荷。花前羯鼓三撾急，葉上真珠萬顆多。漚波妙絕丹青手，況是新涼醒卯酒。一片嫣紅落舞衣，四圍濃綠歸高柳。高柳年年覆華屋，舞衣罷後留新曲。蓬萊清淺又桑田，當時春夢憑誰續。文毅公門桃李開，鴻詞博學集英才。每當三月東風後，同看垂楊載酒來。鳴珂乍散沙堤騎，萬縷千絲青踠地。劉白聯吟綠野堂，衛公自作平泉記。廉公在日垂楊好，馮公歸後垂楊老。美人名士總消磨，長年木葉無人掃。今日佳山堂下過，世家喬木百年多。即看此樹婆娑甚，楊柳春明更若何。

益都馮氏佳山堂，花樹皆古，有巨石三，皆極玲瓏，高丈許，余有句云："百年喬木長成抱，三月雜花開正齊。"

江定甫夢游益都馮相國佳山堂作詩一首，余曾游其地者，因和其韻　阮元

宰相荒園半菜畦，石屏風外是沙堤。百年喬木長上聲成抱，三月雜花開正齊。詞學在門作桃李，王伯厚應鴻博科，著《詞學指南》。詩書爲政已筌蹄。誰能醒憒火城夢，又號山中唐子西。

青州馮文毅公佳山堂　孫韶

已恨遲生後百年，卻從浪迹識平泉。喬松尚鬱風雲氣，過客爭留翰墨緣。一代才人門下士，兩朝文望日中天。菟裘亦見經綸手，直取雲門作畫懸。

　　濟寧王_{宗敬}，孤寒好學，文筆皆長。居城外，小屋數楹，以館穀奉母，歷城郭小華爲畫《負米圖》。同州鄭_勉詩賦亦戛然出群，才幾與_{宗敬}埒。

　　王_{宗敬}在予學署四照樓讀書，其詩有云："晨星看傅說，暮鼓震皋陶。"屬對工巧。同兄_{宗學}作咏古詩，屬詞大雅，持論平允，可與上下古今，亦當不愧二難。

咏古四首　　王宗敬

高堂生

　　禮經經丙劫，漢代紛所藏。授受逮蕭奮，鼇明本高堂。綿蕝耀鳳彩，經曲燦星光。至今十七篇，爲頌何其詳。

二疏

　　勇退世所難，廣受去何速。欲明師道尊，志不在廩祿。挂冠緌可忘，懸車輪不復。賢哉二大夫，高風照林谷。

朱雲

　　折角已衆驚，扳檻仍力諫。逆鱗批前鋒，斬馬斷厚患。松勁異蓬麻，鷃鷩非鶉鷃。爲令慘酷多，漢史無乃謾。

仲長統

　　先儒仰仲公，精心在戴禮。嗜戠登奧堂，九拜敦空拜。雍容垂長紳，經傳有定體。《樂志》與《昌言》，蕭蕭森堂陛。

高堂生　　王宗學

博士赴秦火，經籍靡孑遺。卓哉高堂生，治禮如治絲。淵源一以緬，讎校無參差。厥後傳蕭戴，從茲闢藩籬。千鈞繫將絕，一綫吀在斯。禮家今輩出，幸得窺津涯。

二疏

人世重浮名，大抵趨若鶩。仰彼漢大夫，深我高人慕。鴻飛簒固難，鳳逸誰與附。車馬填道旁，送者人無數。極目散金臺，遐哉弔二傅。人生貴知足，此意無人悟。

朱雲

漢代有直臣，胸襟袪凡猥。折角若忘疲，折檻不畏罪。舉朝咸愕然，惟雲尚屬乃。烏虖經術儒，志節今常在。俠烈固難方，書生氣亦改。倘無左將軍，雲終不自悔。

仲長統

稽古仰公理，邈焉懷林泉。浮生如夢幻，《樂志》忘蹄筌。文史足晨夕，嘯傲怡天年。後為尚書郎，《昌言》三十篇。所慨在覆餗，所繫非華軒。窮達俱隨分，千載名斯傳。

王宗敬《美女篇》詩用秋胡妻事云：“歧塗不可立，豈敢怨秋胡。”命意忠厚，得詩人之旨。

箜篌引　　濟寧王宗敬

鐘鼓已齊設，華鐙復輝煌。高筵薦香旨，良裘披蕭霜。

賓咏飽德句，主誦未晞章。篤實終勉勖，虛己有周行。縞紵
示投報，承筐以爲將。肴盤既狼藉，笙簧爰登堂。其音淒以
楚，爲君進一觴。滿座同寂寂，晝短夜方長。豪華人競逐，
毛髮變青蒼。爲歡有幾時，奮志當慨慷。

美女篇

艷冶誰氏姝，采桑在歧途。鑒容入秋水，皓腕曳輕襦。
臂縮雙跳脱，耳垂雙明珠。倩盼生光輝，行道爲踟躕。問女
何所托，家住鳳城隅。幽閒守貞愫，紛華非所愉。歧途不可
立，豈敢怨秋胡。歸來明月夕，修竹隱疏廬。

笙簧引　　滋陽范毓𥖄

今日良宴會，歡樂難具陳。餚核羅珍饌，麟脯猩猩唇。
銀燭列璀璨，華堂進醪醇。急管與嬌歌，新聲妙入神。觥籌
紛交錯，獻酬娛主賓。酒酣拔劍舞，含意俱未申。相許在義
氣，雄豪何足論。年華不我待，努力及芳辰。

美女篇

明月何皎皎，照我牀前幃。三五清光滿，四五清光微。
良人在遠方，十載音書稀。妾有繡羅襦，靡金殊陸離。妾有
紫燕釵，珠翠相葳蕤。一一置箱篋，光輝無所施。漫漫夜正
長，白日還西馳。獨守空房中，自傷桃李姿。

曲阜孔昭虔檢討，廣森子也。詞翰翩翩有家法，試《霜
瓦》詩，最爲雅鍊。

霜瓦　孔昭虔

豐山鐘動落新霜，宮闕參差碧瓦涼。一片金波凍鶼鵲，五更青女護鴛鴦。銀虬月冷歌長樂，銅爵風酸夜未央。莫遣當關容易報，繡衣持簡奏明光。

即墨郭總憲琇，予得其曾孫，録之入學，材頗可成，尚有家範。

昌樂閻學海，乃大司空循琦之子，清才韶秀，一時無偶。嘗咏《新柳》詩四首，用漁洋《秋柳》詩韻，士人競傳誦，呼之爲"閻新柳"。

新柳　閻學海

惟有垂楊易斷魂，每先草色到閒門。幾時細眼含青影，漸見修眉展翠痕。添得清陰橋外市，漾來嫩綠水邊村。吹花嚼蕊年年事，欲挽柔條仔細論。

幾經風雪幾經霜，又見蠻腰倚畫堂。暗著輕黃捎蝶翅，恰將柔綠印鸞箱。鳴禽句好仍懷謝，咏雪才高未嫁王。早有章臺金勒馬，清明嘶過碧雞坊。

風流張緒不勝衣，濯濯王恭是也非。眠起枝頭春次第，短長亭子夢依稀。雨膏幾沐絲初軟，風信初傳絮未飛。但願鵝黃生綠汁，及時沾灑莫相違。

相迎相送總堪憐，半裊游絲半挂烟。社燕未來春寂寂，灞橋初別恨綿綿。未拋春夢隨流水，空倚東風度少年。試問荒園東角裏，何如移植玉河邊。

膠州宋繩祖，爲山左諸生中詩學第一，嘗賦《曉寒》詩四十字，余始亟賞之。其《論詩十絕句》于宋惟及梅都官一人，持論極爲嚴正。古近體氣體高潔，均非時輩所及。

曉寒　　宋繩祖

起坐憶殘夢，閒齋氣轉清。半簾疏樹影，幾度早鴉聲。几側梅猶斂，牆陰雪尚明。撫琴方默默，誰識此時情。

論詩絕句

辭采天然謝琢雕，淵明知己斷推蕭。韋郎五字真高絕，澄澹還堪掃六朝。

大謝寧容小謝同，青蓮低首意何窮。烏衣昆季多才思，春草池塘是夢中。

李杜文章繼《國風》，史中班馬或能同。自從刪後無《詩》句，此語終難折二公。

振興八代獨推韓，排奡方知妥貼難。有宋盡排門下立，嗣音不減是都官。

曾聞並世重韓張，文筆元從漢到唐。卻怪紛紛尊吏部，更無人肯說文昌。

追逐雲龍何太勞，孟清安可敵韓豪。餘甘須待回時味，莫漫隨人笑蟹螯。

峭病含咀不可醫，非關毛底有金痍。當年心折惟劉洞，不惜黃金鑄本師。

一曲菱歌敵萬金，畫眉宜淺亦宜深。五言自有真源在，誰念當年《越女吟》。

十首《秦吟》寄正聲，漫誇《長恨》有風情。祇因輕俗斯言誤，豈是前賢累後生。

莫道《無題》自有思，才華溫李並稱奇。幾多楚雨含情句，不敵韓碑一首詩。

栖霞牟廷相，能以古文爲時文，詩亦古雅可誦。咏官柳云：“清塵繫馬處，落月有烏啼。”可謂自然渾脫者矣。廷相博通經史，尤深于《公羊》何邵公學，初試以“夫子爲衞君”章文，乃穿穴何學以發《春秋》之例，是以知其爲經生，非時文家。廷相朴茂寡言，家貧立品，余舉爲優行生第一人。

官柳　　牟廷相

毿毿大道旁，鬱鬱長亭西。輕塵繫馬處，落月有烏啼。征車曉行過，青袍春望迷。莫漫悲搖落，春風吹又齊。

咏綄羽

善借長風勢，平行海水寬。孤帆迎日去，片羽映天看。五兩輕如葉，連檣立有竿。八方吹欲遍，憑爾報平安。

錢塘黃小松易，爲貞父先生後人。任兗州運河司馬。書畫篆隸，爲近人所不及。收金石刻至三千餘種，多宋拓舊本。鐘鼎彝器錢鏡之屬，不下數百。予每過任城，必留連竟日不忍去。小松嘗自作《得碑二十四圖》及嵩洛泰岱訪碑圖，以秀逸之筆，傳邃古之情，得未曾有。尊人松石先生，與張得天司寇爲莫逆交，張書間出其手，人莫能辨。尤工小篆、八分，得者珍如球璧。母梁夫人，工詞翰六法，詩卷尤富，其已刻者有《集唐梅花百咏》，金壽門題曰"字字香"。小松書畫之學，有自來矣。

小松爲丁敬身先生高弟，篆隸銕筆，實有過藍之譽。嘗謂"刻印之法，當以漢人爲宗，萃金石刻之精華以佐其結構，不求生動而自然生動矣"，又謂"小心落墨，大膽奏刀"，二語可爲刻印三昧。生平不輕爲人作，雖至交亦不過得其一二石，作者難，識亦匪易，故當推爲海內第一。

天津吳念湖人驥，官東昌司馬，襟懷曠達，所在有賢聲。放衙後，惟以吟咏自娛，畫竹得九龍山人遺意。尤喜獎譽後輩，一時寒畯多倚賴之。生平收藏名人書畫甚多，有惲、王合作扇面廿幅爲最佳。

江寧龔梧生司馬孫枝，年二十，成進士，爲東昌太守。以失察盜案鎸級，起復河工，任兗州珈河司馬。詩文詞曲，並稱擅長。袁簡齋、蔣心餘兩太史最稱賞之。精于鑒別，所蓄書畫最富。作畫喜用燥筆，渾厚獨絕。生平尤喜擊劍馳馬，學萬人敵。畜寶刀一，每于宴客酒酣，出以傳觀。袁、蔣集中皆有《寶刀歌》，爲梧生作也。嘗於舟中遇盜，手擊殺其魁，餘衆皆退避，乃招還，開篋示之曰："此中所貯皆書畫古籍，非汝輩所好也。"後以老病去官，寓曹州，益貧，日鬻所藏以度日。歿後，詩文集尤多散失，殊可惜也。

武進顧子明述，仁和盧抱經學士弟子也。性真率，於漢魏古書用功極深，爲王懷祖給諫所賞。自京師偕余至山左，助余衡文，又參校群經，多有精核處。

歷城楊岳通，十歲能詩，《明湖晚眺》有云："烟雨鵲華連郭北，管弦樓閣敞湖南。"

曲阜城東周公廟旁，地勢平坦，且正方，相傳爲魯靈光殿遺址。

曲阜城東　　阮元

庫門東去意蒼茫，泗水西流向夕陽。陵上白雲留少皞，地中黃土是空桑。策書字在郊麟死，鐘鼓聲銷海鳥藏。過客未談三古事，莫教先賦魯靈光。魯庫門以大庭氏庫得名，他國無之。

　　趙秋谷與馮大木，以同賦《銅鼓詩》得名，今集中皆不載。《飴山文集》云："此詩因經阮翁所賞，故反棄之。"桂未谷從顔運生家録得原稿，蓋秋谷手書貽顔考功光敏者。余別爲之説，並録其詩于《廣陵詩事》中。近見翁學士《題秋谷詩後》，兼主伏波、諸葛，可謂善圓其説。

題趙秋谷《銅鼓詩》後　　　翁方綱

　　桂君昔拓顔氏鼓，宋生今示秋谷詩。秋谷詩蓋觀鼓作，我賦拓本嗟已遲。手量面徑一尺四，雕文十匝繚繞之。雷回絡索乳交暈，庚庚細理沙畫錐。一十二辰作陽識，儼如漢鑒神衞施。或云伏波或諸葛，前後皆説東京遺。傳聞伏波定交阯，駱越聲震西南夷。厥初蓋以銅易革，調和燥濕均參差。綴以黿形面八角，逮乎諸葛西蜀爲。渡瀘而後製滋廣，三川百粤沿其規。諸獠諸洞以次鑄，度以大小隨高卑。張庭置酒集子女，金釵叩應都老期。宮商呼噏和子母，丹黃藥淬分雄雌。含風吟嘯出蝸篆，午陰風雨來渺瀰。我昔十登南海廟，殿庭絚索東西垂。東者最大西次小，鄭絪獻自春州馳。銅鼓灘邊出者一，鷓鴣斑象義爻著。仲春之祠修神樂，百靈秘怪環委蛇。聲聞江口二十里，扶胥黃木天風吹。高涼神祠亦有此，溪水夜半雲雷隨。壺蘆笙與竹笛和，節歌洗廟東坡詞。往還經過屢稽考，手捫星宿森離離。竹垞朱老昔縮圖，四金六鼓辨禮儀。又聞漁洋有手記，相傳款識如鼎彝。文曰伏波將軍鑄，馬援時字焉得窺。跔蹯廊廟每忘去，何暇細繪蝦蟆

皮。假如腹鐫果堪拓，吾定凹凸窮毫釐。以冠粵東金石籍，
視此奚啻千倍蓰。異哉漁洋竟沿誤，暑月累我汗濯漸。十夫
揩視無一字，圖經好事乃我欺。徒然尺寸志面腹，併未摹搨
來裝治。十年篋中審古器，磊磊大小千百奇。西漢之文考所
識，洪婁歐趙皆吾師。獨無鼓銘著於録，曲阜尺但摹廬儇。
樂圃此鼓獲何歲，想近孔壁鏹金絲。諸老同時定詳説，魯薛
弟子辭何疑。我題欲作科斗篆，配爾古綠苔花奇。茫然發我
南嶺夢，海潮聲定推篷時。空窗月墮大圓鏡，波文海藻穿漣
漪。作詩以寄顏與桂，那敢秋谷相攀追。

　　元纂修內府書畫，時曾見趙松雪《鵲華秋色圖》，爲弁
陽老人周公謹所作。公謹本濟南人，後入浙，屬松雪作圖以
寄鄉思。同時張伯雨亦爲作圖，並系以詩，曾于伯雨自書詩
冊中見之，實與卞永譽《書畫彙考》所載無異。近購得董思
翁臨本挂幅，林巒平遠，煙靄迷濛，其神韻不減松雪原作。
聞吾鄉馬秋玉徵君家亦藏思翁此圖，蓋松雪圖曾在思翁處，
當日所臨不止一本也。

擬題趙松雪《鵲華秋色圖》　　　　滕縣龍嶺

　　濟南之山天下奇，烟鬟雲髻堆迷離。就中兩峰最兀峙，
尹邢欲鬥雙蛾眉。鄂跗照耀明湖上，秀澤單椒鬱相望。一抹
遙青過佛頭，闖然秋色橫屏幛。湖上風光畫不如，何人寫作
秋山圖。鷗波下筆開生面，點染峰巒意態殊。此圖本爲公謹

作，茅屋三間置丘壑。家山觸撥起相思，四水潛夫緬幽躅。
周公謹故居華山南，晚號"四水潛夫"。妙迹留傳定幾家，祇今吳氏
秘清華。何當真向圖中住，兩點秋山水一涯。

　　《三齊志》《齊乘》載"書帶草"，葉似薤，不傳其花與
實。《即墨志·不其山記》《高密志·康成墓記》悉承其誤。
暇日，詳考此草，蓋葉似麥門冬草，夏月抽莖，結小紅花，
花落，結小青實，如豆，旋落，亦同麥門冬草。其與麥門冬
異者，麥門冬草根下結白珠，微長而圓，土人取之入藥，此
草根下但長須而已。又此草春初抽筍，似蒲，植之砌間，嚴
冬不凋，著葉菁葱可愛。刈其葉，長尺餘，暴乾，瑩白如玉，
以之作繩，堅韌勝於他草。相傳康成門人取以束書，故名。

卷　三

儀徵阮元記

山左爲聖人故里，秦、漢、魏、晉、六朝之刻，所在多有，唐宋以下無論矣。予於癸丑秋奉命視學山左，校閱之暇，咨訪耆舊，廣爲搜索。明年冬，秋帆先生來撫齊魯，同有勒成一書之志，遂商榷條例，博稽群籍，徵取全省碑刻榻本，又各出所藏彝器、錢幣、鏡印，彙而編之，得千三百餘種，成書二十四卷。

《山左金石志》序　　阮元

山左兼魯、齊、曹、宋諸國地，三代吉金甲于天下。東漢石刻，江以南得一已爲鉅寶，而山左有秦石二、西漢石三，東漢則不勝指數。故論金石于山左，誠衆流之在渤海，萬峰之峙泰山也。元以乾隆五十八年秋奉命視學山左，首謁闕里，觀乾隆欽頒周器及鼎、幣、戈、尺諸古金，又摩挲兩漢石刻，移亭長、府門卒二石人于奎相圃。次登泰岱，觀唐《摩崖碑》，得從臣銜名及宋趙德甫諸題名。次過濟寧學，觀戟門諸碑及黃小松司馬易所得漢祠石象。歸而始有勒成一書之志。

五十九年，畢秋帆先生奉命巡撫山東。先是，先生撫陝西、河南時，曾修《關中》《中州》金石二志，元欲以山左之志屬之先生，先生曰："吾老矣，且政繁，精力不及此，願學使者爲之也。"元曰："諾。"先生遂檢《關中》《中州》二志付元，且爲商定條例暨搜訪諸事。元于學署池上署"積古齋"，列志乘圖籍，案而求之，得諸拓本千三百餘件，較之《關中》《中州》，多至三倍，實爲始脩書之舉。而秋帆先生復奉命總督兩湖，繼且綜湖南北軍務矣。元以山左卷牘之暇，即事考覽，引仁和朱朗齋文藻、錢塘何夢華元錫、偃師武虛谷億、益都段赤亭松苓爲助。兗、濟之間，黃小松司馬搜輯先已賅備，肥城展生員文脈家有聶劍光釚《泰山金石志》稿本，赤亭亦有《益都金石志》稿，並録之，得副墨。其未見著録者，分遣拓工四出，跋涉千里，岱麓、沂鎮、靈巖、五峰諸山，赤亭或舂糧而行，架巖涸水，出之椎脱，捆載以歸，雖曰山左古迹之多，亦求者之勤，有以致之也。曲阜顏運生崇槼、①桂未谷馥、錢唐江秬香鳳彝、吳江陸直之繩、鉅野李退亭伊晋、濟寧李鐵橋東琪等，皆雅志好古，藏獲頗多。各郡守、州牧、縣令、學博、生徒之以拓本見投，欲編入録者，亦日以聚。舊家藏弆之目録，如曲阜孔農部尚任、滋陽牛空山運震等，亦可得而稽。金之爲物，遷移無定，皆就乾隆五十八年至六十

---

① "崇槼"，原誤作"崇榘"。顏崇槼，字運生，號心齋。顏崇榘，字貽方。

年在山左者爲斷。故孫淵如觀察蒞兗、沂、曹、濟，其所藏鐘鼎即以入錄。石之爲物，罕有遷徙，皆就目驗者爲斷。其石刻、拓本並毀如嶧山秦刻者，亦不入錄。至于舊錄有名，今搜羅未到，及舊未著錄，新出于榛莽、泥土中者，惟望後人續而錄之，以補今時之闕略焉。六十年冬，草稿斯定，元復奉命視學兩浙，舟車校試餘閒，重爲釐訂。更屬仁和趙晉齋魏校勘。凡二十四卷，所可以資經史、篆隸證據者甚多。若夫匡謬正訛，仍有望于博雅君子。是時，秋帆先生方督師轉餉，戮逆撫降，寒暑勞勩，嬰疾已深，雖有伏波據鞍之志，實致武侯食少之虞，竟以七月三日卒於辰州。元以是書本與先生商訂分纂，先生蒞楚，雖羽檄紛馳，而郵筒往復，指證頗多。先生爲元詞館前輩，與元父交素深，先生又元妻弟衍聖公孔冶山慶鎔之外舅也。學術情誼，肫然相同。元今寫付板削，哀然成卷帙，而先生竟未及一顧也。噫！是可悲已！

闕里孔廟，乾隆間欽頒內府周范銅器凡十件：一爲木鼎，二爲亞尊，三爲犧尊，四爲伯彝，五爲冊卣，六爲幡夔敦，七爲寶簋，八爲夔鳳豆，九爲饕餮甗，十爲四足鬲。元於癸丑年至曲阜孔廟主祭，禮成，獲觀器服，親拓款識，敬錄御製詩篇考證以歸，繼纂《山左金石志》，遂舉此爲冠。

歷城肆中見一彝器，蓋銘三字，曰"𢎥𠨍比"，器銘二字，

曰"止（圍）"。蓋作饕餮紋，器邊作雷紋，兩耳飾以夔首，狀類
周蟠虯瓶，然瓶無耳，此有耳，故定爲彝。"史"蓋其官，
"自"蓋其名也。按："彝"字，《金石韻府》收至四十二，內
有"（圍）"字，無"（圍）"字。仁和朱朗齋文藻爲補八十八字，
亦無"（圍）"字。可見古人作書，筆畫隨意增減，原不拘拘也。

畢秋帆先生撫山左時，曾以自藏訇鼎拓本及錢獻之坫所
作釋文示予。予按：銘文第一節"錫女赤（〇〇）"，釋文誤"女"
爲"訇"。第二節"乃絲"下一字蝕，尚有"殳"字未詳。
釋文闕"殳"字。"瞷"疑從膏之省文，釋文竟作"瞷"，非
也。"邑田"下尚有"田"字，釋文闕。第三節"（年）"是
"年"字，非"龙"字。言歲時有年，當即償之，否則，女
匡之罰大也。"（朔）"，從心從月，恒之省文，不從止卡，疑非
"在"字。"束（歲）弗償"，古"瘠"字作"痶"，"束"是
"痶"之省文，言歲歉不能償。釋文以"束"爲"秭"，以
"歲"爲"或"，非是。"丨""凵""山""（山）"皆在"秭
夫"字上，皆其數目，即"十""二""三""四"字也。釋
文"丨"作"十"，是矣。至於"凵"作"私"，"山""（山）"
皆云未詳，是不然矣。

曲阜人掘地得銅器，高寸九分。八觚，觚各闊三分。頂
縱七分，橫五分。下口中空，徑縱八分，橫七分。旁有小穿，

徑一分。觚上用金填篆字，銘曰"〔篆字八字〕"八
字。今在曲阜顏崇槧家。沈心醇據《戰國策》蘇秦説韓王曰
"谿子、少府、時力、距來，皆射六百步之外"，疑此爲弩
飾。孔檢討廣森亦以爲飾弓簫者。二説皆近之，特此"末"
字甚明，斷不得疑爲"來"字之訛。按：《荀子·性惡》篇
曰："繁弱、巨黍，古之良弓也。"又潘安仁《閒居賦》曰：
"谿子、巨黍，異絭同機。"[①] 據此則《國策》之"來"，《荀
子》《文選》又作"黍"矣。楊倞注欲改"黍"從"來"，
尚未見此器之作"末"字也。《荀子》"巨黍"，今"巨"作
"距"者，亦古字通借耳。此器中空，一面有陷，圓而向下，
確是弓簫末張弦之處。以今弓末驗之可知矣。又此器翁覃溪
閣學方綱據"商國"二字以爲商器。元謂此字不類商銘，且色
澤亦不肖商之古，此蓋周器，宋人物也。宋人每稱宋爲商矣。
《春秋左氏傳·哀公九年》："利以伐姜，不利子商。"杜預
注："子商，謂宋。"又二十四年傳："周公及武公娶于薛，
孝惠娶于商。"杜預注："商，宋也。"《禮記·樂記》曰：
"宜歌商。"鄭康成曰："商，宋詩。"皆其證也。

銅距末歌　　曲阜孔昭麟

　　商銅署距末，出自故城隅。顏氏所藏弄，古色儕璉瑚。
其長僅二寸，稜稜列八觚。觚轉凹一面，中穿而裏虛。銘曰

---

① "絭"，原誤作"絭"，據阮元《揅經室三集》卷三《商銅距末跋》改。

鼇商國，利用良不誣。紀名以愕作，無乃良工歟。或云弓之簫，斜剡梢末如。兩嵩遙相距，末應想下樹。或云殆距來，名同字則殊。商金燦錯刀，鍾鼎遞殳書。距隨稽鄉射，精研矗《禮圖》。繹文以辨韻，末國果通無。遙遙數千載，形字無模糊。森然三代物，商周豈殊途。遙想初製時，射遠而及疏。即當插魚服，配以董澤蒲。否則飾大屈，命中選鏷鐸。何乃遺其一，昔雙今則孤。韞以玉爲櫝，無價疇能沽。

紀侯鍾，近人在壽光舊紀城得之。今爲益都李孝廉廊收置，藏于家。鍾高五寸，圍一尺一寸。頂有一柄，長五寸。柄端一環，徑一寸二分。腹有三十六乳，質厚五分。銘六字，曰："己侯虎作寶鍾。""己""紀"，古通用字。虎，紀侯之名也。"鍾"字反。按：《齊乘》云："壽光南三十里，春秋之紀國。"《通志》曰："紀本在贛榆縣，後遷劇，亦稱紀城。內有臺，高九尺，俗曰紀臺。"考《漢·恩澤侯表》，陳倉亦封紀侯。但銘字奇古，必非漢物耳。

孫淵如觀察所藏古鍾，銘云："惟正九月初吉丁亥，言好禮萬。舞也。余迖疑"迹"。斯于之子，余絲疑"幽"。佫疑"恪"。之元子，曰：於虘敬哉。余義，楚之良臣，而□之字父。余萬舞也。□萬□疑"得"。吉金鎛鋁，以鑄訸"和"字。鐘，以追孝先祖，樂我父兄，飲飤訶"歌"字。舞。子孫用之，後民

是語。"觀察手拓，以其文並釋文寄元。本無定名，以銘文有
"余義，楚之良臣"一語，遂名之曰"楚良臣余義鐘"。銘辭
古雅可誦。"父""鋁""祖""舞""語"五字，皆句末相韻
之字也。"鋁"字每見于古金銘中，而《説文》無之。《廣
雅》云："鋁謂之錯。"《玉篇》："鋁與鑢同。"《説文》"鑢"
字解曰："錯銅鉃也。""錯"字解曰："金涂也。"然則
"鋁"爲"鑢"之重文，許氏所未收耳。"吉金"二字上似是
"得"字，孫所闕未釋者。

宋戴公戈，胡長二寸四分，内長二寸五分，援長四寸三
分，胡博七分。顏氏呼爲"小戈"。戈内銘二行。首行一字，
曰"𢦏"。次行九字，曰"王𩵋𤈷公𦻏业𡬥伇"，末字剥蝕下
半。今釋其文曰："朝王商戴公歸之造□。"何以知爲"朝"
字也？《詩》"惄如調飢"，《釋文》作"輖"。今作"調"
者，字形相近而誤。"輖"，音周。"周""朝"一聲之轉，古
字通借。此戈借爲"朝覲"之"朝"，猶《毛詩》借爲"朝
夕"之"朝"矣。其右旁近"舟"，古鐘鼎"舟""周"每
同字也。謂商戴公爲宋戴公者，《春秋傳》《禮記》凡有三
證，詳《銅鉅末跋》。宋人本其古國而稱商，猶晋詩之稱爲
《唐風》也。《檀弓》："孔子曰：'某殷人也。'"皆同此例
矣。按：《史記》，戴公爲微子八世孫，當幽王之世。釋
"歸"字者，《石鼓文》作"歸"，从辵，是其證也。謂

"告"爲"造"者，古戈"造"字多作"告"。《説文》："造，古文作艁。"此作"告"者，"艁"之省也，非"吉"字。末一字似是金旁，其右太剥，不可辨矣。此戈乃戴公朝于平王歸後所作，至子武公時始加銘追記。作戈時乃朝王之後，故稱諱也。戈造于先，銘勒于後，故文鑿而非鑄。此戈爲顔教授崇槼目睹田夫自曲阜土中掘出者，文字銘語，非後人所能僞托矣。

　　顔教授又於周公廟土中得一戈，文曰"芊子业艁戈"。孔户部繼涵以側布按漢法準之，重十九兩六錢四分九釐，重今等八兩三錢，視鄭氏注云"三鋝爲一斤四兩"者，不足者三錢五分一釐。援長今營造尺四寸八分，内長二寸四分，胡長三寸六分，而所謂"内倍之，胡三之，援四之"，皆與經合。惟其"廣二寸"，則以周尺度之，財寸微強。聶崇義《三禮圖》曰："廣二寸，謂胡也。"其實援亦廣二寸。今度以周尺，皆不及。而胡礨折倨句，與吕大臨得於壽陽淮南故宮之戈正相合，則可以補聶圖之不及。江寧周文學榘釋銘文第一字爲"芈"，謂楚姓。大興朱學士筠釋爲"羊"，謂"芈"不上出，且子爵無與姓連稱者，是"羊子"爲大夫稱。翁覃溪閣學曰："'芈'字固應上出，然此銘'造'字既用古文，而'芈'下'告'上皆變直爲曲，則'芈'從羊聲，亦可以形舉該之矣。惟爵名與國姓罕有連稱之文，是所當闕疑者。至謂‘羊子’爲大夫稱，益無可據矣。”乃引《左氏傳》楚熊通授子一事定爲若敖蚡冒舊稱，言之甚辯。然第一字以原戈細審之，字畫清朗，豪無剝蝕，“芉”頭實不上出，難定爲“芈”字。朱學士謂“羊”字，近之。羊乃氏也。《通志略》謂爲羊舌氏之分族，春秋時有羊斟爲華元御，戰國時有羊千著書，但不知造戈者爲何如人耳。

漢建初銅尺有篆文十四字，云：“慮傂銅尺，建初六年八月十五日造。”① 本爲江都閔義行所藏，後歸孔東塘民部尚任，今在衍聖公府中。新城王尚書《居易錄》云：“漢章帝時，泠道舜祠下得玉律，以爲尺，與周尺同，因鑄爲銅尺，頒郡國，謂之漢尺。此或其遺歟？”吳江沈冠雲彤著《周官祿田考》，未見建初尺，然其所繪古尺圖與此尺正同。冠雲云：“右圖摹宋秦熺《鐘鼎款識册》所載。册又載尺底篆文銘云‘一周尺’，《漢志》劉歆銅尺、後漢建武銅尺、晉前尺並同。”按：高若訥依《隋志》定十五等尺，第一爲周尺，即此也。蓋此與後人所定周尺中爲近古，且最著云。江寧周幔亭榘云：“曲阜孔氏所弄銅尺，重今廣法平十八兩，面廣準此尺一寸，側厚準此尺五分，與沈冠雲所用尺同。然則建初尺

① “六年”，原誤作“六月”，據光緒二十六年江蘇書局重刻本改。

與建武尺同矣。盧虒，《郡國志》屬并州太原郡，顏師古音爲'盧夷'。"孔民部尚任云："建初銅尺與周尺同，當古尺一尺三寸六分，當漢末尺八寸，與唐開元尺同，當宋省尺七寸五分，當浙尺八寸四分，當民部定官尺七寸五分弱，當今工匠尺七寸四分，當今裁尺六寸七分，當今量地官尺六寸六分，當今河北大布尺四寸七分，余之能定者，以有建初銅尺也。"以上各説皆精核。元于癸丑、甲寅兩試曲阜四氏學，皆借此尺置案頭，摩挲文字。試畢，還入聖府。特繪其式，列入《山左吉金志》中。

顏運生教授有弩機拓本，云得之宋芝山。長五寸，寬一寸三分。銘十八字，隸書，小如半菽，紋細如髮，曰："建安廿二年四月十三日，所吏千五百師稽福。"《博古圖》曰："弩生于弓，謂夫出于越于吳讐敵而爲之則爾。"然在《商書》固已有"若虞機張，往省括于度，則釋"之語，足見弩機之設，其來久矣。建安廿二年，當塗之勢已成，所統千五百師應屬丞相府，未必天子之六師也。"吏"字，顏師古注《前漢·百官公卿表》訓爲"理"。"阤""師"同，見《成陽靈臺碑》。"稽福"似造機者之姓名。錢晦之大昭曰："稽姓未審所出，《漢書·貨殖傳》有稽發，《廣韻》云'《呂氏春秋》有秦賢者稽黃'，此銘可加證矣。"

　　余又見一弩機，無銘，度以銀約之，如尺之有分寸，以省括，以準望者也。《商書》曰："若虞機張，往省括于度。""括"爲矢本，"機"即弩機，"度"者機之度，即今機上之分寸，以深淺審遠近輕重者。昔人注"度"者，所解皆誤。潘安仁《射雉賦》云："箄分銖，商遠近。"即此義也。

　　黃縣庫中存一古器，口徑一尺四寸五分，腹深二寸七分強，足高四寸八分，連耳通高一尺四分。腹內作夔首飾，底有小篆文銘二字，曰"五同"，字徑二寸。詳其形制，當是鬲、甗之屬。按："同"者，乃器名，《尚書·顧命》"上宗奉同"，豈器之大，能受五同歟？不然，所造器五者皆同，正如魏人之五孰釜耶？

　　余於濟南市中得銅瓦二，文云"漢朝正殿筆雀銅瓦"八字，陽文。詳其筆畫，必是劉淵、李壽、劉龑、劉智遠、劉旻諸漢時物，斷非兩京時所制。因無證驗，存以俟考。

　　唐塗金造像記銅碑，高三寸五分，寬一寸二分，額作雙龍飾，無趺。額四字，曰："阿彌陀碑。"記云："夫真容凝寂，應身淨參，慧日振暉，慈風化物，托儀金□，□質丹青，勝蕷良規，敢不傾□。佛弟子趙婆、長孫同、薄合義等，敬造阿彌陀像一軀，上爲帝主師僧父母法界衆生，共成佛道。

貞觀廿一年正月八日。"共六行，行十三字，字大如黍，正
書。面上塗金如新，背青綠斑駁，古色可愛。書法一筆不苟，
惜奇淺不可摹搨。唐沿六代，事佛尤謹，寶刹名藍之外，又
家供養佛堂，故有此銅范小碑也。趙婆與長孫、薄二人連書，
必非婦人。《祖庭事苑》云："梵言貧婆，華言叢林，梵言優
婆塞，華言善士。"《釋氏要覽》云："梵言塔婆，此言高
顯。"又《法苑珠林》曰："比丘白佛言：'何名婆婆？'佛
言：'以婆詵私衣布施供養，故名婆婆。'"是皆不訓爲婦人
也。即以人名言之，《晉書·王珉傳》有沙門提婆，《北齊
書·恩倖傳》有穆提婆，盧思道《興亡論》有陸提婆，《唐
書·唐休璟傳》有贊婆，《宋史·藝文志》有《耆婆脈經》
《耆婆六十四問》，是又趙婆非婦人之一證也。蓋具禪悦心，
故取梵語爲名耳。趙、長孫二姓，俱有宰相，而二人不見于
《表》，乃賴此片銅以顯，亦身後之幸也。舊藏濰縣于氏。甲
寅春，元過濰，有持此來售者，已定價矣，繼知爲諸生家物，
卻之。今歸前臨清牧張春田_度。

　　宋三司布帛銅尺，藏曲阜孔農部_{尚任}家，謂爲華陰王山史
所貽，當今工部營造尺八寸六分。按：《宋史·職官志》，三
司"總國計，應四方貢賦之入，朝廷不預，一歸三司，通管
鹽鐵、度支、戶部，號曰計省，位亞執政，目爲計相"，三司
故得自置尺也。又《食貨志》："布帛宋承前代之制，調絹、

紬、布、絲、綿以供軍須、服用、賜與，① 又就所産折科和
市。”② “自周顯德中，受公私織造並須幅廣二尺五分，民所
輸絹疋重十二兩……河北諸州軍重十兩，各長四十二尺。宋
因其舊。”此三司通管天下布帛，有定尺也。三司尺即所謂省
尺，與宋浙尺異。孔氏所藏建初尺當省尺七寸五分，當浙尺
八寸四分。

　　臨朐仰天山三一堂鐵范羅漢五尊，高一尺，銘正書，在
趺前及側面。二爲正隆元年本縣朱家門下王氏造，末云：“益
都府正公界造成。匠人王景。”一爲正隆二年石匠班首王六賢
名揚，并弟王全、母岳氏成造一尊。一爲正隆三年臨朐人王
宸合名娘同造。一爲益都府南和界名善同妻王氏，與大車界
劉芬同妻于氏，共施一尊。此十八應真，僅餘此五也。宋之
青州，金改爲益都府，至元又升爲益都路矣。乾隆乙卯，益
都段赤亭松岑訪碑拓得，且云：“此山白雲洞有石羅漢數百
尊，擇其有銘者，拓四十八尊來。”

　　余藏延祐銅書鎮，高一寸，縱二寸，寬三寸四分，重今
京秤十九兩三錢，作虎伏艾葉形。銘正書，四字，曰：“延祐

----

　　① 商務印書館“百衲本”影印元至正刊明成化刊本配補本、乾隆武英殿刊
本《宋史·食貨志》“軍須”下均無“服用賜與”四字。
　　② “折科”，原誤作“折料”，據《宋史·食貨志》改。

二年。"按:《荊楚歲時記》,五月五日,以艾爲虎,以辟不祥。此書鎮亦仿其意而爲之耳。余嘗以此書鎮及太平元年鏡,至午日,出以示客,爲侑觴具。是日,惟段赤亭、顔運生在坐,馬秋藥比部未至,以詩來,余亦次韻報之。

重五日,雲臺先生招飲,以小疾不赴　　馬履泰

七十二泉間,吾游已爛漫。迤北校士署,樓影落葭藡。造謁雖頻仍,因循欠登盼。令節屆重五,過辱折柬喚。未凭雲檻危,已覺風荷亂。趺步桄徐升,彈指幀同岸。詎意良會慳,適遭病魔絆。坐失菖蒲樽,深負海棠汧。暫歇玉麈揮,但拈銅虎看。乃悟萬緣中,起滅未易判。而彼妄庸子,謂可先事斷。出鼎遽稱樂,求炙才見彈。豈知事不然,卒成撫膺嘆。不見杯酒微,難料如此段。惟有紅榴花,相對極璀燦。

五日濯纓橋小集,遲馬秋藥前輩不至,以詩來,即和原韻
　阮元

灤泉涌地出,城裏流汗漫。吾家散衙處,汩汩穿葭藡。此境雖荒率,頗受冷士盼。魚依橋影聚,鶴應人聲喚。遲客獨不來,坐久風荷亂。小疾示丈室,詩情隔崖岸。今日當薰釁,未有彩絲絆。求炙及鴉羹,好音在芹泮。我有銅艾虎,持同梁鏡看。諸生各成詩,願就君改判。我有石菖蒲,連絡根不斷。鑿鑿見清水,蓬萊白石彈。節物無好句,坡公應知嘆。落日池上飲,賴有顔與段。<small>謂顔運生、段赤亭。</small>展讀所得碑,石墨光燦燦。

　　元長蘆儒學方爐，得於山左。高二寸九分，口縱徑五寸，寬七寸五分，內深二寸三分，饕餮雷紋，正書銘曰："元至元己卯孟冬，長蘆儒學奉大都、河間等路都轉運鹽使司置監造學工孔克中、姑蘇領匠鐘宗鑄。"凡三十九字。按：大都路領縣六州十，州領十六縣，河間路領縣六州六，州領十七縣，并無長蘆。曰"奉都轉運鹽使司置"，長蘆似是場名。而大都之場并入河間凡二十二場，《食貨志・鹽法》又無指名。元制設儒學官，諸路總管府設教授一員、學正一員、學錄一員，其散府上、中州亦設教授一員，下州設學正一員，是縣亦不置校官矣。今曰"長蘆儒學"，似是鹵籍，遵請置山長、學錄之例，選商人子弟之秀者補入爲博士弟子員也。即此一銘，可補《元史・地里》《百官》《學校》《鹽法》之所未備矣。又按：至元己卯當是順帝後至元五年，前至元己卯乃世祖至元十六年，以《鹽法志》考之，至元二年立河間都轉運使司，單管本路鹽法，至二十二年，乃立河間等路都轉運鹽使司，兼理大都，後不復改故也。又按：《闕里志》，聞達子孫傳五十五代"克"字輩，正當元之末造，內有任長蘆學正者，名克修，字久夫，不名克中，然克中之名與字卻相符，殆《志》亦有誤耶？然則金石所關，豈淺鮮哉！

　　古泉刀文多作"節墨吉化"，無作"即墨"者，"節""即"古字通，據此，齊"即墨"正當作"節墨"，今作

"即"者，省文耳。即墨，漢膠東國，以墨水得名，今屬萊州府，古三齊之一，古即墨城正田單火牛城也。

《山左金石志》所收刀布皆據元自藏者揭摹編纂。齊及即墨、莒三處皆有鼓鑄，故流傳最多。即墨刀尤精鍊厚重，又有一刀二面，一面有"節墨吉化"字樣，一面有"安陽"字樣者。是"安陽"亦即墨所鼓鑄之一種，昔人屬幣于高陽，誤矣。莒刀面文祇一"莒"字，其背多作左右及數目等字，間有"化"字、"邑"字、"吕"字、"臣"字、"日"字、"行"字者，大小形製并同。《戰國策》樂毅伐齊，城不下者唯莒及即墨，是莒亦齊之大都會，故得鑄貨金也。

余藏梁太平鏡，徑三寸九分，鼻鈕，衆神八方。枚內篆文銘八字，多模糊，曰："□天下安□明多子。"外篆文銘三十一字，字多反寫，曰："太平元年五月丙午時，□□□道始興造作明竟，百涷正銅，上應星宿，下達□□。"按：以太平紀元者，自唐以前凡四見，一爲吳廢帝，一爲北燕王馮跋，一爲梁敬帝，一爲楚帝林士宏。今定爲梁鏡，五月丙午鑄物，義取以火制金，故古鏡鈎鑄曰某年五月丙午日造者，以史推之，往往其月無丙午日。侍御江秋史德量二漢銅鈎，皆言五月丙午，不合於史，未可疑爲僞也。此鏡銘曰"五月"，而梁太平改元在九月，即漢鈎例也。何以訂爲梁太平？以"正"

字避"真"知之。梁敬帝小字法真，六朝人忌諱甚密，即小字臣下想亦必謹避之矣。其爲梁器無疑。

又得隋六馬鏡，徑六寸六分，鼻鈕，周作細乳，中有神像二坐，蟹匡上八足森然而無螯。又作輶軒車二，駕以六馬，窗幰雕鏤甚工，間以四巨枚，外繞作細乳。篆文，銘三十九字，曰："周仲作竟四夷服，唯賀國家人民息，□虜□威天下復，風雨時節五穀熟，長保二親得天力。吳造陽里。"元按：此隋鏡。漢人于古音不少假借，"服""息""力"入聲職德部，"復""熟"入聲沃燭部，勢不可紊，六朝人始多通用。又内有"虜""威""天下復"等字，又知非南北朝語。内不諱"民"字，又知非唐人所造。① 故臆以爲隋鏡也。鏡二枚，一爲癸丑年所得，一爲甲寅年試曹途次濟寧，購于道旁小鋪中，不惟尺寸花樣相符，即第三句第三字模糊亦不爽豪髮，然後知爲一范所鎔。延津劍合，斯亦奇矣。

吳江陸直之繩寓潭西精舍時，得一唐鏡，徑四寸三分，螭鈕，四獸。正書，銘二十八字，曰："絕照覽心，圓輝矚面，藏寶匣而光掩，挂玉臺而影見，鑒□□於後庭，寫衣簪乎前殿。"外圖十二辰像。詳其銘詞，乃唐時供御物也。

――――――

① "唐人"，原誤作"一人"，據阮元《山左金石志》卷五《隋六馬雙鏡》改。

顏運生崇槼藏唐鏡，徑二寸八分，鼻鈕。正書七言絕句一首，曰：“月樣團圓水樣清，好將香閣伴閒身。青鸞不用羞孤影，開匣常如見故人。”外折枝花四枝。按：段若膺《四聲音均表》，“清”在第十一部，“身”“人”在第十二部，然《易象》《象傳》“天”“命”“淵”“賢”“信”“民”“人”“賓”與“形”“成”“貞”“寧”“生”“正”“平”“精”“清”等字并用，是二部古有相合字。唐人首句押韻雖不必拘拘，然未有無故牽入者。此“清”字可補其未備。

黃小松藏唐鏡，徑四寸八分，葵花鈕，六獸。正書，銘二十四字，曰：“團團寶鏡，皎皎升臺。鸞窺自儛，照日花開。臨池似月，睹兒嬌來。”詞艷麗類六朝。然視其筆畫，真唐鏡也。

陸直之又得一鏡，贈馬秋藥比部，徑五寸，鼻鈕。内作海馬、蒲萄，外正書銘曰：“練形神冶，瑩質良工。如珠出匣，似月停空。當眉寫翠，對臉傳紅。綺窗綉晃，俱含影中。”三十二字。按：此鏡與《學齋佔畢》及《太平廣記》鳳州遁迹山郭家崖景德二年軍人楊起所得之鏡銘詞并同。惟易“幌”爲“晃”、“涵”爲“含”，同《博古圖》所載瑩質第二鏡，但末句“俱照秦宮”爲稍異耳。《十國春秋》載前蜀後主幸秦州賜王承休妻嚴氏鏡，銘詞與此正合，當屬前蜀時物。

諸城李孝廉仁煜於城南土中得金印一枚，方一寸三分，厚一寸，龜鈕。小篆白文，曰：“石洛侯印。”案：漢制，天子、諸侯王皆爲璽，三公、列侯以下俱爲印。天子玉璽，諸侯王金璽，惟太師、太傅、太保、丞相、太尉、列將軍、列侯皆用金印，而御史大夫不與焉，成帝更名大司空，始用金印，其它則或銀或銅矣。石洛是列侯，故得用金印。《史記·王子侯表》，石洛侯劉敬，城陽頃王子，元狩元年四月戊寅封，則是石洛侯乃高祖五世孫，武帝所封者。《漢書》始封年月皆合，惟以石洛爲原洛，劉敬爲劉敢，元狩爲元鼎，蓋傳寫而異，據此足正班氏之誤，金石之有裨史學如此。

漢并官武印，瓦鈕，白文，見於濟寧。考孔子娶於宋并官氏，漢《韓勅禮器碑》作“并官”，宋祥符、元至順並有追封孔聖夫人詔，俱作“并官”。自明人刻《家語》，妄改爲“开”，沿訛到今，莫能更正。此并官武即其族。據此印文可證板本傳寫之誤。

漢甘士廣母子孫印，方六分，一母二子。大印作辟邪鈕，通身嵌金絲，印四面，嵌金絲龍鳳紋，朱文四字，曰“甘士廣印”。子亦辟邪鈕，嵌金絲，文曰“甘士廣”。內又有小子印，瓦鈕，文曰"伯寬"，"寬"應是"寬"字。按：《廣韻》，漢複姓有甘字者凡三見：甘莊氏、甘先氏、甘士氏。是此姓惟漢有之。《說文》："廎，廣也，寬也。""寬""廣"同義，故字曰"伯寬"。乾隆乙卯，段赤亭得於博山，子孫二印皆銹不可出。歙吳南薌文徵運巧思代爲出之，遂添一母生子孫之章。孫印僅見於此。

曲阜諸生孔廣巤藏一玉印，徑二寸八分，寬二寸一分，厚一寸五分。朱文，篆字四，曰"慈聖御筆"。背鐫十三字，八分書，徑二分，曰"宋仁宗曹皇后之御寶，項元汴藏"。側又有"慈聖御筆"四字并同。按：慈聖曹后乃贈韓王彬之孫女，景祐元年冊爲皇后。後神宗立，尊爲太皇太后。慈聖者，謚也。后諫青苗法，擬黜王安石，垂死猶免蘇軾兄弟以詩得罪之禍，可謂賢矣。后善飛白書，《老學庵筆記》載，當時揮翰，多用慈壽宮寶。或有別印，後來承襲，如欽宗后朱氏道人印、高宗吳后賢志主人賢志堂印、劉夫人奉華堂印，亦未可知，均已不傳。此曰"慈聖御筆"，似非生前所御之物。宋時宸翰，專閣儲藏，疑當時直閣者用以題識，元汴謂爲曹后御寶，誤矣。印係良玉琢成，惜毀於火，璺起無色，俗子冀其外乾而中強也，剖之渠眉四匝焉。

泰安縣庫有玉印黝然，方三寸七分，高三寸餘，無鈕，爲碧霞元君印。陽文"天仙照鑒"四篆字，形色古樸，實爲宋以前物。

　　元至山東，求秦石刻，如嶧山、成山，皆久佚。泰山石刻於乾隆戊午歲毀於火，惟得舊拓本。之罘石刻墮入海鄉，福山官士訪之，終不可得。惟琅邪臺秦二世石刻巋然獨存，是神物也。甲寅春，至青州時，檄諸城學官物色之，以拓本來，遂知之甚悉。琅邪臺在諸城縣治東南百六十里，臺三成，成高三丈許，最上正平，周二百步有奇。東、南、西三面環海，迆北爲登臺沙道，臺上舊有海神祠、禮日亭，皆傾圮。祠垣内西南隅，秦碑在焉。色沈黝，質甚粗，而堅若鐵。以工部營造尺計之，石高丈五尺，下寬六尺，中寬五尺，上半寬三尺，頂寬二尺三寸，南北厚二尺五寸。今字在西面，碑中偏西裂寸許，前知縣事泰州宮懋讓鎔鐵束之，得以不頹。前知縣事傖父某於碑南面磨平迆裂痕，刻"長天一色"四隸字，自署名而隱其姓。蓋同一有事於此，而學與不學分矣。碑之秦始皇頌詩及從臣姓名久剝去，今所存者，二世從官名及詔書十三行八十六字，字徑二寸，其首行五夫二、二行五夫二、楊樛皆二世所刻從官名，《史記》所言"二世元年春，東行郡縣，李斯從。盡刻始皇所立刻石，石旁著大臣從者名"是也。或指爲始皇從臣姓名之末行，誤矣。自"皇帝曰"以下，與《史記》文句無少異。石上、下各刻一綫爲界，下綫

85

之下有碎點星星，殆椎鑿使然。自二行第二字至末行第一字
有橫裂痕，第三行、八行、十行之前皆有直裂至底，如雨漏
痕。第十二行前裂痕半至第五字而止，綜計每行八字，二行
與三相間少遠，詔書與從臣名不相屬也。三行止七字者，爲
四行始皇提行地也。後六行、八行、十三行並提行矣。末行
三字漫漶特甚，餘皆可指而識也。碑字高，跂足始可及。拓
時須天氣晴朗，否則，霧重風大，拓不可成。碑上薜荔皆滿，
梢去，周視之，實再無可辨之文。別有熙寧中蘇翰林守密，
令廬江文勖模刻之本，在超然臺上，相距百餘里，與此無涉。
都元敬《金薤琳琅》所載宋莒公刻本十七字，皆頌詩中語，
今亦無存。元又登岱頂，見無字碑。碑之高、廣、厚尺度一
如琅邪臺碑，所差不過分寸間，由此可決無字爲秦石之立而
未刻者，其刻者反在碧霞宮下耳。小華爲予畫《琅邪訪篆
圖》，于半尺小幅中，具山海之勢。

題二世琅邪臺石刻　　阮元

　　我求秦石刻，若秦之求仙。求仙不可得，石刻終難湮。
岱石經火毀，嶧石徒再鐫。之罘墮入海，海水潘爲淵。敻哉
琅邪臺，椎築何殷塡。黔首三萬戶，金石三千年。石高丈五
尺，怪鐵鍊精堅。剝落盡三面，小篆留西偏。披蘿復剔蘚，
拓紙鳴槌氊。我來讀詔頌，載籍合馬遷。臣斯臣去疾，繆德
名並傳。筆力入石理，玉柱勁且圓。點畫說偏旁，益知叔重
賢。所惜頌與詩，變化隨雲烟。傖父磨粗沙，俗字鐫“長

天"。餘此十三行，斯靈誠可憐。特立石鼓後，屹峙五鳳先。海風吹不倒，流徙悲斤欋。蘇公頗好事，模刻城臺前。亦惟八十字，文款本未全。每見宋元碣，殘暴如廢磚。而此嬴氏物，存者猶巋然。豈有鬼神護，得免列缺鞭。良由選石精，歲月無磨研。得此足以豪，神發忘食眠。更思寄同好，南北翁孫錢。覃溪閣學、淵如比部、辛楣宮詹。

泰山秦刻，向在碧霞元君祠，乾隆五年廟災，碑遂亡。元藏舊拓本，高三尺七寸，廣一尺一寸，存字四行，筆意同琅琊石刻，惟字形較大。首端界一綫，中有裂痕，首行上泐二字，下泐一字，四行"請"字下有分書兩行，云："《岱史》載秦篆碑僅存此二十九字，余至泰山頂上，從榛莽中得之，恐致湮沒，因□之□□以□□古之遺迹云。北平許□并題。"字徑一寸。其城內岳廟一石乃從此翻出者，真優孟衣冠也。

嶧山秦碑，爲北魏主所仆，杜詩"孤嶂秦碑在"，豈唐猶存耶？鄭文寶所刻徐伯玉重摹嶧山碑，徒以後世篆體録《史記》之文耳，並非從舊拓秦碑摹出者。校以泰山、琅邪二本，便知其謬，而學者奉爲李斯之筆，不亦傎歟？鄒縣學有至元二十九年重摹嶧山碑，是從鄭本翻出，更不足取。

登嶧山　　阮元

絡繹群山勢，茲山定一尊。_{元謂蒙、嶧二山皆以占象得名，《尚}
_{書》所謂"曰蒙""曰繹"也。《爾雅》曰："属者繹。"《説文》作}
_{"圛"。}排天雲作嶂，入地石連根。魯柝邾相近，秦碑魏不存。
祇今游覽處，不必到書門。_{嶧山秦刻石處名書門。}

郭巨石室畫象凡十幅，在肥城西北六十里孝堂山。泰安
令江君清次子鳳彝親至祠下，手搨以歸，并繪圖記之。石室二
間，皆南向，上用石蓋如人字，下覆後壁及左右二壁畫象，
間以雙柱，柱間有唐宋人題字。上橫石梁承之，兩面亦有畫
象。壁外左間塑神象三，俱南向。左壁西向神象二，右間塑
神象一，南向。右壁東向神象二，下皆有座，高尺許，以土
石築成。右間祠外立北齊《隴東王感孝頌碑》，後有唐開元
間續記文。《縣志》載："孝堂山上有石屋，漢孝子郭巨葬母
之所。"《感孝頌》又云："郭巨之墓，馬鬣交阡。孝子之堂，
鳥翅衡皋。"又似指為郭葬所也。陽曲申大令兆定云："孝堂
山畫象，舊説是郭巨石室。案：諸家金石書載，《李剛》《魯
峻》《武氏》皆有石室畫象，大都雕刻聖賢故事及其人所歷
官職，如《李剛》刻云'君為荊州刺史時'，《魯峻》刻云
'祀南郊，從大駕出時'，又云'為九江太守時'，《武氏》刻
云'此君車馬''君為都□時''君為市掾時''為督郵'，
皆明證也。此畫象中驂騎、步卒、大車、属車、鼓車，儀衞

甚都，雖無題識，要非郭巨墓中應有，而斬馘獻俘、覆車墮河二段，亦非無謂而作。覆車著戒，固是古人用心，然一車兩馬，騶從如雲，非泛常可比。意者即爲墓中人實錄，未可知也。"元案：此論甚確。畫像內永建題字有"來過此堂，叩頭謝賢明"之語，賢明乃感誦之辭，似非爲郭巨而作，後人失傳，以堂近郭墓，遂皆沿爲郭巨之墓耳。

　　乾隆丙午秋，黃司馬小松於嘉祥縣南武宅山下搜得《武斑碑》及武氏二闕，既又得武氏祠諸象，乃移《孔子見老子》一石於濟寧州學，餘就其地建室重砌，榜曰"武氏祠堂"。翁覃溪閣學爲撰碑文，其助立之人，皆仿漢碑陰例，書名於後。誠一時盛舉也。

修武氏祠堂記略　　錢塘黃易

　　乾隆丙午秋八月，自豫還東，經嘉祥縣署，見志載縣南三十里紫雲山西漢太子墓石享堂三座，久没土中，不盡者三尺。石壁刻伏羲以來祥瑞及古忠孝人物，極纖巧。漢碑一通，文字不可辨。易訪得搨取，堂乃"武梁"，碑爲"武斑"，不禁狂喜。九月親履其壤，知山名"武宅"，又曰"武翟"，歷代河徙填淤，石室零落。次弟剔出《武梁祠堂畫像》三石，久碎而爲五，八分書，四百餘字。《孔子見老子畫像》一石，八分書，八字，雙闕南北對峙，出土三尺，掘深八九尺始見根脚，各露八分書"武氏祠"三大字，三面俱人物畫像，上層刻鳥獸。南闕有《建和元年武氏石闕銘》，八分書，九十三字。《武斑碑》作圭形，有穿，橫闕北道旁，土人云"數十年前，從坑中搜出"。此四種見趙、洪二家著録。武梁石室後東北一石室，計七石，畫像怪異，無題字，惟邊幅隱隱八分書"中平"等字。旁有斷石柱，正書曰"武象林"。其前又一石室，畫像十四石，八分題字，類《曹全碑》，共一百六十餘字，祥瑞圖石一，久卧地上，漫漶殊甚。復于武梁石室北剔得祥瑞圖殘石三，共八分書一百三十餘字。此三種前人載籍未有，因名之曰"武氏前石室畫像""武氏後石室畫像""武氏祠祥瑞圖"。又距此一二里，畫像二石，無題字，莫辨爲何室者。漢人碑刻世存無多，一旦搜得如許，且畫像樸古，八分精妙，可謂生平奇遇。按：漢武氏諸碑，惟《武榮碑》植立濟學，《武斑碑》《武梁祠像》《武氏石闕銘》今已出，止餘《武梁碑》《武開明碑》二種未見，安知不盡在其處。嘉祥，漢任城地，趙氏云"任城有武氏數墓"，所指甚明，何《縣志》訛爲漢太子墓？然土人見雕石工巧，呼爲"皇陵"，故歷久得不毀失，未始非訛傳之益也。今諸石縱橫原野，牧子、樵夫豈知愛惜，不急收護，將不可問。古物因易而出，置之不顧，實負古人，是易之責也。《武斑碑》宜與《武榮碑》並立濟學，而石材厚大，遠移非便，易惟將《孔子見老子畫像》一石移至濟寧，與知州劉永銓敬置學宮明倫堂，其諸室之石大而且多，無能爲役。州人李鐵橋東琪家風好古，搜碑之功最著，洪洞李梅村克正、南明高正炎善書嗜碑，勇於成美，與之計畫，宜就其地創立祠堂，壘石爲牆，第取堅固，不求華飾，分石刻四處，置諸壁間，中立《武斑碑》，外繚石垣，闌雙闕於内，題門額曰“武氏祠堂”。隙地樹以嘉木，責土人世守。地有古碑，官搨易擾，宜定價資其利而杜其累，立石存記，爲久遠之圖。是役也，非數百金不辦。易與濟寧數人量力先捐，海内好事者聞而樂從，捐錢交鐵橋、梅村、明高董其役，易與司土諸君成其功，求當代鉅公撰碑垂後，仿漢碑例曰“某人錢萬”“某人錢千”，詳書碑陰，以紀盛事。漢人造石闕以後，地已淤高，興工時宜平治七八尺，既固屋基，且令埋碑盡出，不留遺憾。有堂蔽覆，椎搨易施。翠墨流傳益多，從此人知愛護，可以壽世無窮，豈止二三同志飽嗜好于一時也哉！

重立武氏祠石記　　北平翁方綱

昔歐陽子《集古録》，以漢魏已來古刻散棄於山崖虛莽間未嘗收拾爲足憾，又自謂荒林破冢，神仙鬼物，詭怪所傳，莫不皆有。然而漢武氏祠像之文，則《録》所未著也。至東武趙氏始有《武氏石室畫像》五卷，而其録不傳。惟鄱陽洪氏乃圖且釋之，凡四百餘字而已。當南宋時，已以重刻本爲可珍，而況逮今又六百年乎？錢塘黃子秋庵既於濟寧州學扶升《尉氏令碑》，得拓其全石，已而復於嘉祥縣南之紫雲山得《敦煌長史武斑碑》泊《武氏石闕銘》，遂盡得武氏石室所刻畫像。又得《孔子見老子象》及祥瑞圖石刻，視洪氏所著，功蓋倍之矣。於是敬移《孔子見老子象》一石於濟寧州學，而萃其諸石，即其地爲堂垣，砌而堅之，榜曰"武氏祠堂"，俾土人守焉。往者予與黃子考訂金石文字，每以斯碑舊本不得賞析爲憾。今吾二人十年以來心營目想之狀，一旦得遇其真。而予適按行鄱陽廬阜間，遠懷文惠洪公，千里關山，所悵結而三嘆者也。後之摩挲斯石者，當何如護惜之。

漢建寧元年《衡方碑》，在汶上縣西南十五里平原郭家樓前，碑之末行下有小字二行云"□門生平原樂陵石朱登字仲□□"，泐三字。洪氏謂即文內采石鐫碑之人，不書于陰而附文後，且不書故吏之名，皆漢碑中變例。其陰向無著録，黃小松司馬近始拓之，足以傲對前人矣。

癸丑冬，元至曲阜，適黃小松之訪碑人以見漢隸殘石來告，元亟命掘土出之，舁至試院，手剔其文，乃熹平二年刻也。凡七行七十三字，不全者六字，字徑一寸。前四行爲序，後三行乃銘辭，其"熹平二年十二月乙未"下"遘"字存少半，此卒之年月，非立石年月。如魯峻卒於熹平元年□月，碑立於二年四月也。爲移置孔廟同文門之側，並題識數語，刻碑後焉。

熹平殘碑　　曲阜顏懷志

　　欲搜金石文，吾魯固其窟。城東有殘碑，精怪壁間出。
地僻無識者，工人偶能述。適遇輶軒停，嗜古過六一。剜剔
去苔蘚，撇波入纖悉。一朝搨數本，東京見法律。較諸世所
傳，《魯峻》差堪匹。熹平紀元同，事亦若相即。彼卒在二
年，四年閉幽室。此於二年下，仿佛云遘疾。府君亡姓名，
年始廿有七。芳麗揚其華，珪璋被其質。行成名聲著，自宜
獲福吉。比辭似諛墓，哀死重憂恤。惜乎裂不全，上下文已
逸。七行七十字，六字漶難詰。撫茲漫驚嘆，石經舊超軼。
堂谿蔡中郎，亦是熹平筆。皇皇大典制，觀者日填溢。無奈
歷兵燹，碑版化爲礩。片石留闕里，千年見白日。

　　曲阜魯恭王墓前二石人，蓳折土中，不護將毀。元於甲
寅春飭教授顏崇榘、縣尉馮策以牛車接軸徙置瞿相圃中，洗搨
其文，于“門”下見“卒”字，“亭”下見“長”字，皆鄉
來搨本所未見，牛空山《金石圖》所未備者。

移曲阜漢石人歌　　益都朱沄

　　魯王墓上雙石人，屹崎千秋形製古。漢篆依然字未磨，
寒原風雨埋黃土。其一執殳一冕立，並肩西向如相語。府門
之卒誰所書，樂安太守孰爲主。靈文奧畫忽移來，恍若岐陽
得石鼓。僧寮梵宇不敢安，置之應列瞿相圃。爲依孔廟留高
風，吉金貞石圖堪補。亦如五鳳二年磚，至今肅穆存遺矩。

深檐大厦覆蓋完，不學銅人泣秋雨。

曲阜顏崇榘

城南樂安太守墓，擘窠大署曰麃君。墓旁屹立石人二，傳是季公之子孫。一者峨冠介而侍，一冕執戣拖修紳。仿佛亭長門卒字，千六百祀留貞珉。夜深月黑或相語，苔衣蝕遍釵腳痕。粵自千乘降爲郡，本初而上推永元。玉魚鰥鰥秘黃土，金鹽帖帖埋青燐。寒食梨花黯風雨，斜陽衰草綿冬春。輦致置于靈相圃，如從幽谷遷高原。是時墓碣頗續出，熹平永壽爭討論。君不見汴郡押衙經劫火，紅裙曳尾何仭仭。天禄辟邪多漶滅，祝其上谷日彫刓。碣似魯門兩翁仲，宮牆萬仞迎朝暾。

朱鮪石室畫像在金鄉縣城西三里，畫有帷幕、列屏及杯盤、尊勺，皆燕饗賓客之事。凡男子冠，有端冕者，有紗帽者，有如僧帽二層者，有如巾子雙梁者，有裹幘向前如帩纓者，有上仰作盂形者，有下圓上銳者，種類不一，衣領及袖皆有褶無緣。女象首有冠，髻形圓而平，或分二鬟三髻，髻上飾釵股，間有綴珠者。惟一幅上有八分書，題"朱長舒之墓"五字，夭斜不工。下又有八分書四行，字徑三分，祇存數字，精勁獨絕，惜剝落太甚，文義難詳。案《濟寧州志》云："漢平狄將軍扶溝侯朱鮪墓石室畫象。"沈存中載入《夢溪筆談》，以爲真漢制。今以拓本驗之，全與武祠諸刻異，其中人物衣冠，蕭疏生動，頗類唐宋人畫法，或是扶溝後人追崇先世而作耳。

《膠東令王君廟門碑》，載洪氏《隸續》，舊存濟州，久已亡失。州人李鐵橋東琪有金石之癖，一日至學宮閒步，於大成殿西階下見有古樹根空，以片石楮柱，與樹相銜不可脱，疑此石有異，洗之，無所有，其内向一面不可見，探手辨之，覺有文，遂以紙墨摹之，得隸書數十字，稽之洪氏書，即《膠東令碑》也。鐵橋尊甫名鯤，字浩齋，雍正六年曾得《鄭固碑》缺石於泮池中，郃陽褚千峰載其事於《金石經眼録》。鐵橋好古善隸，能繼家學，得此片石，足爲承歡之助，士林中傳爲美談。

乾隆丙申歲，膠州人崔儒际初得《范式碑》篆額於濟寧龍門坊水口，遍求碑身未得。越五年，黄司馬易得泰安趙相國家藏宋拓本，雙鈎付梓。又六年，州人李鐵橋竟獲原碑殘石於學宮，雖存字不及宋拓本之半，而碑陰四列即洪氏所誤載之《魯峻》斷碑陰也。數百年沈薶之迹，一旦復出於世，實快事也。

題新出《范式碑》寄李鐵橋兼呈小松　　北平翁方綱
任城寶墨熊光起，天意助成黄與李。李家耽古今兩世，黄子到官餘一紀。得碑圖與剔碑圖，范額王碑出未已。二鄭全碑復舊觀，金絲聲中瞻問禮。《孔子見老子象》。今者緘來絶奇特，番易魯峻推鄉里。夏侯丁馬剩幾人，四橫徑尺參差是。誰知正面森有芒，眩晃不敢凝眸視。一片山陽烈士心，碑兀輪囷照青史。莽莽畫痕皆聳立，真氣千年尚如此。百六十字十二行，字字行行百金抵。顧視蒼茫兩行額，十年前記臨渠水。此額戊戌夏得之龍門坊水口。剜期似覯張元伯，裂書漫結陳平子。八分小字記碑右，黃李同鐫爲狂喜。不知何與吾輩事，石不能言果誰使。卯秋黃子得宋本，我爲斷斷研蔡體。范邪蔡邪神式憑，不在烟煤一幅紙。任城五碑兹已八，何況中郎與尉氏。昔所不見忽聚之，二千年迹今完矣。鄭汝器邪張力臣，恨不同時共窗几。寄聲賀李因報黃，姓名已與東山峙。虹光破碧有昔言，竊喜區區獲豢啓。卻近番易洪氏居，篷窗夜夢馳東濟。曩題秋庵所有宋拓本，末句云：「任城城隅剔草萊，恐有虹光破空碧。」若爲今日兆者。

乾隆癸丑，錢塘江秬香鳳彝在新泰張孫莊得西晋《任城太守孫夫人碑》，黃小松、武虛谷皆有釋文，考證極爲詳審。秬香篤古好奇，宜其獲此。然尤喜補予《金石志》所未備，以此策勛，當推第一也。

北魏永平四年《鄭羲碑》在掖縣城南十五里雲峰山之東，元嘗親至崖間，摩挲一過。其崖黃石堅緻，筆畫深勁，惟後幅七八行有石理坒起處，自右斜向左，石工祇就平正處刻之，其文仍聯屬也。案《魏書·鄭羲傳》："父曄，不仕。"碑云"拜建威將軍、汝陰太守"，又云"羲奉使宋國，與孔道均論樂"，傳俱不載，可據此以補其闕也。

雲峰山頂又有鄭公石象，高約三尺，鑿於磐石之側，身惟半截，要以下無之，左肩有"大宋"二字，右肩有"政和癸巳"等字，餘皆漫漶，意即秦峴諸人所題。《縣志》云："白雲堂爲鄭文公遺址，旁有石龕小象，乃其子道昭爲光州刺史時刻記者。"道昭子述祖，時年九歲，後亦爲此州刺史，往尋舊迹，對之嗚咽者，即此也。

《鄭道昭論經書詩刻》，永平四年刊，正書，字徑四寸，在雲峰山陰。題中所叙官階較《大基山詩刻》爲詳，核之《魏書》本傳皆合。惟"司州大中正"，傳稱"滎陽邑中正"。案：滎陽邑屬滎陽郡，爲司州所轄。道昭滎陽人，碑舉其郡，而傳舉其邑也。道昭卒於熙平元年，距此僅五年耳。其《觀海島詩刻》在雲峰山之西峰，筆畫嚴整有力，詩多道家語，乃鄭公與道俗紀游之作也。

桂未谷攝掖縣教諭時，親至雲峰山，迹得鄭道昭題字六種，一題"雲峰山之左闕也"七字，在東峰，面西；一題

"滎陽鄭道昭之山門也，於此游止"十三字，在東峰，面北；一題"鄭公之所當門石坐也"九字，亦在東峰，面北；一題"此山有九仙之名"七字，在中峰，面西；一題"雲峰山之右闕也"七字，在西峰，面東；一題"耿伏奴從駕"五字，在雲峰山之陰。伏奴當是鄭公從游之人。道昭尚有《大基山詩刻》銘詞數種，亦在掖縣。

鄭道昭白駒谷題云："中岳先生滎陽鄭道昭游槃之山谷也。"凡三行。後又題"此白駒谷"四字。皆徑尺許，筆意極蒼老。在益都縣西南北峰山之北白駒谷內。

北魏熙平三年《洛州刺史刁遵墓志》，文辭簡質，書更遒媚，藏樂陵劉克綸家。元至山左時，此碑已歸南皮高氏矣。嗣又續得碑陰，刻"長兄篆，奉宗，早亡""妻河內司馬氏"等名，爲向所未見也。

德州北魏《高植墓志》，載田侍郎雯《長河志籍考》，文多漫漶，僅辨百數十字。左有直綫一行，外刻銘辭，末行紀年存"大魏神龜"四字，此碑存者，字體精整，鋒穎猶新，爲顏魯公所祖，洵可珍也。

德州封氏藏東魏《高湛墓志銘》，錢辛楣少詹論之甚

詳。湛字子澄，孝靜詔字而不名，尊之之意，亦制詔異例
也。碑字秀勁，爲唐時虞、褚諸家所本。其中"滁人"即
"脩人"，古多通用。余嘗摘文中"憑春灑翰，席月抽琴"
二語爲對。

　　鄭述祖《重登雲峰山石刻》，河清三年五月立，八分書，
在掖縣雲峰山之東。《縣志》載，雲峰有光州刺史鄭述祖重
登雲峰山，訪父遺迹，萊人刻石記事，即此碑也。《魏書》
稱道昭子嚴祖，嚴祖弟敬祖，起家著作郎，爲鄉人所害，不
言其官豫州。又稱弟述祖、弟遵祖官秘書郎，卒贈光州刺史，
遵祖弟順，脱"祖"字。卒於太常丞。碑云"仲兄豫州敬祖、
叔弟光州遵祖、季弟北豫州順祖"，皆可補《魏書》之闕也。
述祖字恭文，《魏書》失載。述祖又有《題雲居館石刻》，天
統元年九月立，亦在雲峰山。其《天柱山銘》在平度州，天
統元年刻。雲峰、天柱二山名，《縣志》皆不載，賴此刻
傳之。

萊州登雲峰山訪鄭光州父子石刻　　　阮元

　　寒同之西嶺，是曰雲峰山。絶壁拔千仞，巨石堆蒼頑。
永平鄭光州，詩刻何班班。我來蹋其頂，雙闕極躋攀。坐讀
論經詩，手抉青苔斑。當門鐫石像，冠服著古顏。古人或仙
去，海鶴何年還。北望蜉蝣島，碧鏡擁翠鬟。風雨乍離合，
共我歸城關。靜修何可得，得此逾時閒。

高密王寧㳢

光州鄭刺史，父子稱繼賢。石刻閟何許，舊説雲峰山。山勢屼峍踞溟渤，躡屐策仗窮蹦攀。披雲望海口，杳靄冥濛間。島嶼浮漚不可辨，但見青銅古鏡昏蒼烟。犇然蕩駭震天地，長風萬里迴波瀾。此境始誰闢，刺史今猶傳。洞壁遺文半磨滅，已經歷劫封苔斑。更有峰巔數行字，飛梯始得施劖鐫。摩挲搜剔不可到，硬黃誰搨遺人寰。惟有鬼神加意相呵護，長與此山此海爲奇觀。

掖縣翟云升

雲峰山勢高峩峩，下瞰萬里蒼溟波。海口犖确運巑嵯，千年石刻陵坡陀。光州父子隱巖阿，相繼後先鳴玉珂。三十六字如星羅，髣髴周鼎與晉犧。豐碑遺迹供摩抄，刓苔剔蘚細刮磋。一時手眼爭煩挼，春風秋雨龍蛇多。白雲堂前拂烟蘿，丹霞一壁辨隸蝌。半漫半漶盤蜻蝸，當年漢武傷蹉跎。陵谷變遷誰護訶，風霜兵火同銷磨。何幸此間未齮齹，我來寒同見靡他。郭香香察名不訛，鑒賞直可窮虞戈。鄭公鄭公寧轈軻，石不爛兮海則那。

掖縣李清溥

萊城四面環群山，雲峰浮出空濛間。昔賢遺迹未湮没，尚與列岫爭巑岏。褐來尋躡歷幽險，此身已在青雲端。更倚嶔岑望溟渤，數帆渺渺懸朝烟。遠野漸低片雲去，碧天無際孤鶴還。鄭公去今幾千載，筆迹剝落蒼苔斑。摩挲所得尚八九，好古自幸緣非慳。岣嶁徒傳數千載，琅琊空見龍螭蟠。蘇子當年讀石鼓，鉗口畫肚何其難。想見繼美蒞斯郡，登攀幾日勞雕鐫。片言隻字盡可寶，鬼神呵護無由刓。便當摹挲揭萬本，廣播斯世長流傳。俯仰古今一搔首，松風蕭颯波潺湲。

　　肥城縣孝堂山《隴東王感孝頌》，述郭巨軼事，如分財雙季、獨養一親、客舍凶弭、兒埋福臻，則當時埋兒，別有客舍凶弭之事，不似《搜神記》所言矣。千百載後，賴此一闡明之，尤金石文之有關風教者。

　　鄒縣尖山摩崖十種，武平六年刻，俱八分書，字徑尺餘。內有一種刻"書晉昌王唐邕妃"，"晉昌王"上有"書"字，未曉其義，或拓者有遺漏也。案：吳山夫《金石存》載《北齊唐邕寫經碑》，中列銜稱"特進驃騎大將軍開府儀同三司尚書令并州大中正食司州濮陽郡幹長安縣開國侯晉昌郡開國公唐邕……眷言法寶，是所歸依。以爲縑緗有壞，簡策非久，金牒難永，皮紙易滅，于是發七處之印，開七寶之函，訪蓮華之書，命銀鈎之迹，一音所説，盡勒名山，于鼓山石窟之所寫《維摩詰經》一部、《勝鬘經》一部、《學經》一部、《彌勒成佛經》一部，起天統四年三月一日，盡武平三年歲次壬辰五月廿八日"云云。據此則唐邕寫經摩崖非祇一處，惟不知鼓山石窟在何處耳。又案：山夫所載碑文稱"晋昌郡開國公"，此刻則稱"晋昌王"，與《齊書》邕傳合，因並識之。

泰山石經峪《金剛經》，八分書，徑尺餘，年久磨滅，存者無幾。拓工以一紙拓一字，未詳文義，因取《金剛經》核對，祇存二百九十六字。聶劍光《泰山道里記》以爲北齊王子椿書。元案：吳山夫《金石存》載《北齊唐邕寫經》，有《維摩詰》諸經，不止一種，今鄒縣尖山摩崖亦有《晋昌王唐邕題字》，筆法與此相同，或出邕書，未可知也。

益都雲門山陽石洞有隋開皇、仁壽年間造像十四種，長清五峰山蓮華洞亦有隋時造像三十種，皆段赤亭於乾隆乙卯春親至其地搜得之，從無著錄者。

《唐故徐州都督房彦謙碑》，在章丘縣西南七十里趙山之陽，文云："彦謙七世祖諶，燕太尉掾，隨慕容氏南度，寓於齊土。宋元嘉中，分齊郡之西部置東冀州東清河郡繹幕縣，仍爲此郡縣人。"案：《宋書·州郡志》："文帝元嘉九年，分青州，立歷城，割土置郡縣。"《文帝本紀》："九年六月，分青州，置冀州。"《元和郡縣志》同此。皆不載東冀州。考《志》言"立歷城"，即冀州治所也。歷城在青州之西，又在冀州東，故云"置東冀州"，與《宋書》轉相證明矣。此云"東清河郡"，而《志》有"南清河太守"，當是"東"字之訛也。碑云"植，公之十三世祖"者，《宰相世系表》："植，後漢司空。"考《後漢書·桓帝紀》："永興元年冬十月，光祿勳房植爲司空。"植即其名也。碑云"曾祖、伯祖，州主簿、齊郡内史、幽州長史、□行州事"，《魏書》本傳："歷齊郡内史、平原相，轉幽州輔國長史。"而《隋書·彦謙傳》載此稱"齊郡、平原二郡太守"。據碑言"行州事"，則攝太守耳，非正官也。平原亦非幽州，是《傳》不如碑之實也。彦謙歷官，所載多與《傳》合，惟《傳》稱"大唐馭宇，追贈徐州都督、臨淄縣公"，未實其歲月，以碑證之，貞觀三年十二月，下詔"贈使持節都督徐、泗、仁、譙、沂五州諸軍事徐州刺史"，[①] 四年十一月，又"發詔追封臨淄公"也。趙氏《金石録》云："彦謙自曾祖而下，三世皆封壯武侯，隋唐史，玄齡所書皆同此，碑作'莊武'，未知孰是。"案："壯"與"莊"古皆通用，趙氏殆未細審也。碑陰記載賵贈、會葬之盛，皆近代所無。其云"文官式令，例無鼓角，亦特給送至於葬所"，考《舊唐書·音樂志》云："五品官婚葬，先無鼓吹，唯京官五品得借四品鼓吹。"彦謙在隋，官終涇陽縣令，又非京官，得借之例，故云"特給"也。其卒在大業

---

① "沂"，原誤作"泝"，據光緒二十六年江蘇書局重刻本改。

十一年，至貞觀五年三月葬，當時依唐令典如是。碑側記立碑年月，并李百藥撰文，歐陽詢八分書，爲著録家所未見，尤可寶也。

《唐岱嶽觀題名碑》，俗呼"鴛央碑"。題字凡三十四段，書體、大小參差不一。此碑著録自國朝顧亭林始。予至山左，更搜拓全本，較顧爲多。内稱"大歷十四年二月廿七日同登泰嶽爲淄川刺史王圓"，案：天寶元年改刺史爲太守，此當大歷時，稱刺史，由至德二載官名復舊也。又建中元年二月，有節度判官中大夫檢校尚書工部郎中兼侍御史敬謇，見《唐書·宰相世系表》。謇，建州刺史，書"謇"爲"騫"，《表》誤也。又有朝散大夫行任城縣令權知乾封縣令楊序，序亦見《表》，觀王房，但未著其歷官，亦有闕漏也。又有文林郎守兗府兵曹參軍，兗州爲大都督府，故有府稱。其稱節度驅使官者，藩鎮自所署置，威權移於此矣。顧氏自述來游數四，募人發地，得其全文。今元更爲補遺如此，益嘆搜奇難盡也。

莒州泰山東麓有《省堂寺殘碑》，爲州牧許紹錦訪得，以州境僻遠，拓工難覓，手録此文寄予。其文云"第一行剥泐不可辨，第二行可辨者'迴山掀海，經天緯地'等字，第三行有'密州莒縣慕賢里'等字，第四行有'正議大夫王須達、孫定國、東莞縣正審道顯'等字，第五行有'武驍尉孫

104

子貴、飛騎尉徐道’等字，第六行有‘張仕達、唐德威、副督公亮’等字，第七行有‘合三十六人等，共捨五家之財，建立佛堂’等字，第八行有‘於是運石他山，求師外國’等字，第九行有‘丹道昆侖’等字，第十行有‘雕題刻削’等字，第十一行有‘妝婧以洛浦之珠，雕繪以藍田之寶’等字，第十二行有‘輕雲映月’等字，第十三行有‘伏惟國主帝王’等字，第十四行有‘沸騰縱橫嶵嵬’等字，第十五行、十六行有‘瓊田香草，綉柏文桐，交柯相映’等字，第十七行有‘鳧雁鴛鴦’等字，第十八行有‘重申言頌，其詞曰’等字，第十九行有‘元氣混屯之初，陰陽創建，日居𠈃諸’等字，第二十行、二十一行有‘東西正直，南北相當，如來湛湛，菩薩陽陽’等字，第二十二行有‘不敷春秋，不落秋冬’等字，第二十三行止半行，① 文更漫滅，第二十四行有‘大唐永□元年，歲次庚□四月’等字，餘皆不可見”云。案：所録皆審正無訛，惟“不敷春秋，不落秋冬”，上句重一“秋”字，當是“夏”字之訛。又“永”下空一字，唐以“永”紀號者凡六：永徽、永隆、永淳、永昌、永泰、永貞。惟永隆元年是庚辰，此碑“元年”下有“庚”字，爲“永隆”無疑也。

---

① “二十三行”，原誤作“三十三行”，據光緒二十六年江蘇書局重刻本改。

　　《唐修闕里孔廟碑》，在大成門前，李邕撰文，張庭珪八分書。案：《舊唐書》邕本傳云"開元三年，擢爲户部郎中，左遷括州司馬，後徵爲陳州刺史。十三年，玄宗車駕東封迴"云云。據碑立于開元七年，邕署銜爲渝州刺史，當由左遷括州司馬時，已轉渝州，而史失書也。何夢華云，碑陰額間尚有元人題名墨迹數行，惜無人拂拭之。

　　唐玄宗《紀泰山銘》，後刻諸王、群臣題名，凡四列，字徑一寸四分，有方界格，皆爲明人加刻大字，橫貫交錯，遂使湮毁無傳，無有過而問者。何夢華佐余修《山左金石志》時，就空隙處細爲辨出，補圖記之。上列"開府儀同"，下有"憲"字。以《唐書》傳記證之，憲爲睿宗長子讓皇帝憲也。"岐王臣範"者，睿宗第四子，本名隆範，後避玄宗雙名，改稱範，睿宗踐祚，進封岐王。"太子"下空五格存"業"字。業，睿宗第五子，本名隆業，後改單名，睿宗時進封薛王，開元八年遷太子太保，是缺處當作"太保薛王臣"也。"司空邠"，案：章懷第二子名守禮，神龍中遺詔進封邠王，先天二年遷司空，後以開元二十九年薨。"司空邠"下字雖殘闕，爲"守禮"無疑。《玄宗紀》："開元十三年，改豳州爲邠州。"此刻於十四年，故從新改作"邠"。"阝王臣涓"，即鄂王涓，玄宗子，初名嗣初，後改名瑶。"亻王臣氵"，恐是"儀王臣璘"，玄宗子璲，初名維。"永王□下"，案：玄宗子璘，封永王，初名澤，殆即其人。“□王臣清”，玄宗第十八子瑁，初名清，封爲壽王也。“延王臣”下衹存“彳”旁，案：玄宗第二十子玢，初名洄，封延王。“盛王臣沐”，玄宗第二十一子沐，封盛王，改名琦。“嗣韓王臣訥”，《宗室世系表》有“嗣韓王太僕卿訥”。以上諸王名號皆與史傳合。後段姓名可辨者惟盧從愿、盧龍秀二人，龍秀附見《唐書·桓彦傳》，中宗時官監察御史，傳作“襲秀”，當依石刻爲正。次列可辨者庭珪、李仁德。庭珪闕姓，殆即張庭珪也。三列姓名皆殘毀。四列有李元紘、孫元慶、陸去泰、尉大雅、王敬之、譚崇德諸銜名。案：《本紀》“十四年四月丁巳，户部侍郎李元紘同中書門下平章事”，碑稱“遥知造碑使者”，似非扈從之臣。陸去泰附見《唐書·儒學·褚无量傳》，歷官左右補闕、内供奉，今銜名存“左”“補”二字，正相合也。

　　《唐齊州神寶寺碑》，在長清縣本寺門前，八分書，開元二十四年立。撰、書人名已缺。碑側刻《心經》一卷，文中叙神寶寺所起，先有沙門諱明，以正光元年象運仲秋，立此伽藍，以“靜□”爲號，大唐御宇，以寺北有寶山，東有神谷，因改爲神寶寺。案：《史記·天官書》：“斗爲帝車，運于中央，臨制四鄉。分陰陽，建四時，均五行，移節度，定諸紀，皆繫於斗。”所謂“象運仲秋”，即斗運也。此寺舊額爲"靜□"，惜闕下一字，無從考證。

靈巖神寶寺訪碑　　益都段松苓

犖埆復犖埆，驀山履絶壑。嶺翠全排松，巖紅始吐藥。
亂塔聯叢祠，狐竄並狼邵。高峰何嶔岈，當年巢白鶴。恐類
玄奘樹，無能辨鼠璞。攜屐逾翠微，石磴苦回數。瞥見山下
村，平林似攢稍。有碑峙道旁，辨是雲根琢。中有雷轟痕，
開元字不剥。波磔師中郎，偏旁猶程邈。不意臨池人，靈根
栖鷲鷟。摩挲未忍歸，午雞唱咿喔。王褒重約僮，爾須晨
來拓。

趙明誠《金石録》云："《唐靈巖寺頌》，天寶元年，李
邕撰并行書，未詳所在。"國朝徐壇長集云"李北海書《靈
巖寺碑》在長清縣長白山寺中，尚完好"云云。案：長白山在
長山縣境，距靈巖尚遠，此必有誤。《寶刻類編》亦載是刻，下注
"齊"字，蓋此碑在長清本寺也。元至山左，屢飭拓工訪求，
未得。嗣見趙晉齋魏所藏舊本，魄力雄偉，爲北海得意筆，
惜祇存上半，下截已闕。每行翦褾多誤，不能定其原次矣。
趙君仁和茂才，好古士也，收藏金石至四千餘種，近無其匹。

青州府西門内閻王廟田間有陳渥書經幢，後晉天福六年
七月立，上下皆有殘闕，銜名中有稱"牽攏軍使者"，頗新
異。當時國事繁促，職官多隨事命名，非有定制。吳越自天

福元年奉晉正朔，官屬皆其自署，此稱"吳越鎮海軍討擊使兼監察御史顧承威"等，想亦奉使之臣，與《雲門山功德記》所列彭、湯、李三人，皆可補《十國春秋》之遺也。

雲門山洞南佛龕下刻後周廣順三年《功德記》，內稱"功德主吳越國前攝金吾衛引駕長史彭仁福""同會弟子吳越國延恩院隊使銀青光禄大夫檢校國子祭酒兼御史大夫上柱國湯仁□"，又"吳越國大□院隊使銀青光禄大夫檢校國子祭酒兼御史大夫上柱國李□□"。案：周顯德三年，其時吳越國錢俶已奉正朔。據歐公《五代史》載："吳越自唐末有國，而楊行密、李昇據有江淮，吳越貢賦，朝廷遣使，皆由登萊泛海，常有飄溺之患。……至顯德五年，王師征淮，克靜海軍，始就陸路。"此碑在廣順三年，貢賦尚須海運，碑中彭、湯、李三人或即吳越使臣，泛海至青州，故有此功德也。

諸城縣學蘇東坡八分書題名云："禹功、傳道、明叔、子瞻游。"凡三行，左讀，字徑一寸二分。案：禹功，喬叙字，明叔，趙杲卿字，傳道，章傳字，《東坡集》中並有唱酬之作。三人字在前，獨子瞻居後，是其所書無疑。王士禛云："坡迹遍天下，八分僅見此石也。"諸城縣宋時屬密州，東坡於熙寧七年自杭州通判除知密州，至九年十二月移知徐州，此碑不署年月，當在甲寅以後、丙辰以前也。

　　泰安岱廟環咏亭壁間有《會真宮詩》題跋二石。案：《縣志》云："《會真宮詩》，种放撰并書，久佚，今存題跋二石，移置岱廟。"又云："會真宮在城東南隅，古之奉高宮也。宋真宗東封駐蹕，改今名。"據此碑韓退跋，稱會真在皇上未封祀前有太平之號，至回蹕，始覥今額。是奉高宮又名太平宮矣，而志乘皆失之。《宋史·种放傳》"放字名逸"，跋稱"明逸先生"，殆《史》訛也。題跋者二十餘人，或真，或行，或篆，或隸，或飛白，胡宗回、李宗諤、宋綬、韓退、李孝昌、邵餗、唐異、蘇子美、魏閑、范仲淹、王洙、歐陽修、蔡襄、程戡、梅堯臣、韓琦、沈遘、張伯玉、楊傑、皇甫遘皆當時鉅公。其云"越"者，周越也；"曼卿"者，石延年也；"秘演"則曼卿之友而僧者也；"才翁"者，蘇舜元也；"不疑"者，邵必也；"廣淵"者，王廣淵也。

　　米南宮書《孔子手植檜贊》，舊在檜樹旁，歲月既久，再罹火災，殘闕更甚。乾隆辛未，孔中翰繼涑得襄陽墨迹於華亭張文敏家，結體較小，而風神骨格無異，因重摹一石，移舊刻於同文門下。

　　山左趙德甫題名凡五種：一在泰山開元摩崖之東側，政和三年與王貽同游；一在臨朐仰天山水簾洞，與趙仁約、謝克明同游，無年月；其三在臨朐沂山，政和元年與同人游，自書題名一，宣和三年與仁甫、能甫、盧格之、謝叔子五人同游，題名二。德甫事迹不載於《宋史》。案：李易安《金石録後序》云："余建中辛巳始歸趙氏。……侯年二十一，在太學作學生。……後二年，出仕宦。後屏居鄉里十年，……復連守兩郡。至靖康丙午，侯守淄川。……建炎丁未，奔太夫人喪南來。……明年十二月，金人陷青州，故第皆爲煨燼。戊申九月，起復，知建康。己酉三月，罷。……五月，知湖州，駐家池陽，獨赴召。八月，以病痁而卒。"計其享年，當四十九歲。則是政和元年爲三十一歲，其游沂山、泰山，正屏居鄉里十年時也。宣和三年，再游沂山，爲四十一歲，似連守兩郡之日。其守淄川則年四十五矣。出處之可考者大略如此。

鉅野縣治"穄芳亭"三字石刻，徑一尺一寸，左刻石九棨跋。《縣志》載："宋時邑人當秋成報賽，詣亭致祭，僉欲鑴石亭中，因延王維翰書額，未至，有妓女謝天香者，以裙裾濡墨，大書'穄芳'二字，未竟，而維翰至，續書'亭'字，如出一手，王、謝遂爲夫婦偕老。"今案："穄芳"二字狀如飛帛，多燥鋒，"亭"字則渾然雄健，洵屬兩人書格，特字體大小相稱耳。

濟寧州學有党懷英書《王荆公詩刻》云："烏石岡邊繚

繞山，柴荆細路水雲間。拈花嚼蕊常來往，只有春風似我
閒。""紅梨無葉芘花身，黃蘜分香𨳝路塵。歲晚蒼官才自保，
日高青女尚橫陳。""萬事悠悠心自知，強顏於世轉參差。移
牀獨向西風裏，臥看蜘蛛紒網絲。""松篁不動翠相重，日射
流塵四散紅。地上行人愁暍死，那知高處有清風。"凡四石，
每石四行，字徑三寸，第一石首行之右小八分書題"竹溪党
懷英書"六字，極清勁。"竹溪"當是承旨自號，《中州集》
及《金史》本傳皆不載。錢辛楣少詹云："懷英以篆隸擅名
一代，此詩用古文篆，尤精妙可愛。其云'黃蘜分香𨳝路
塵'，蓋借'𨳝'爲'委'字。《漢書·淮南王傳》'皇帝𨳝
天下正法'，揚雄《長楊賦》'𨳝屬而還'，師古曰：'𨳝，古
委字。'《張表碑》'旌命𨳝任'，亦以𨳝爲委也。云'臥看蜘
蛛紒網絲'，借'紒'爲'結'。《儀禮·士冠禮》'將冠者
采衣紒'，注：'紒，結髮。古文紒爲結。'《詩》毛氏傳'象
弭所以解紒'，疏云：'紒與結義同。'"

　　濟寧太白樓在東南城上，下瞰南池，其外運河帆檣雲集，
爲名流宴會必經之處。每當夕陽西下，明月東升，縱目原野，
極憑眺之趣。壁間吟咏甚多，旁有元人楊桓篆書《太白酒樓
記》。按：《元史》本傳，桓於中統四年補濟寧教授，召爲太
史院校書郎，選秘書監丞，博覽群籍，尤精篆籀之學。此碑
篆法遒整，可見一班。王漁洋《秦蜀驛程記》謂是大篆，乃

記載之訛耳。

　　《元濟南郡公張宓神道碑》在歷城縣東和山前張林。案：《縣志》載："張榮之墓在和山之陽。"此碑立于張宓墓上，宓乃榮之孫也。榮墓有碑，張起巖撰，已靡碎。《元史·張榮傳》"榮字世輝，歷城人"，歷官與此碑同，而不載"追封濟南王，諡忠襄"，子七人，第七子邦憲，但言"官淮安路總管"，而不載"追封濟南郡公，諡貞毅"，孫四十人，但稱"宏襲邦傑爵，改真定路總管"，而不載宓官諡，則據此碑以補史闕者正多也。

卷 四

　　泰山碧霞元君廟在天柱峰之東，聶欽《泰山道里記》云："元君之祀，傳述不一。《瑤池記》以爲黄帝所遣玉女，《博物志》以爲泰山神女。明人崔文奎獨有取於'坤道成女'之説，蓋謂岱岳毓神，上通乾象，降靈下土，故曰天仙玉女碧霞元君。於義吻合。而劉禹錫《送東岳張鍊師》詩云：'久事元君住翠微。'是在唐時已有元君之名，蓋由來久矣。"

登岱謁碧霞元君廟　　阮元

　　元君唐代宅，帝女巽宫封。向背分齊魯，高明冠岱宗。萬山階下小，雙曜殿前逢。斗柄迴霄極，霞標建日舂。銅瓴栖翡翠，藻井倒芙蓉。恍惚堂生樹，精誠牗見松。臨軒增地厚，卷幔發天容。帔接星文動，裳垂水綉襪。洪河衣帶闊，滄海鏡花鎔。挽洗盆疑罩，開關闕並嵩。玉華留宋璽，篆迹失秦峰。木德元宜穀，神功盡在農。棗梨香税歇，鐙火夜梯重。縋鎖登先早，循牆走獨恭。翠微寒氣積，赤綴午光濃。試拜生雲石，應飛降雨龍。私懷雯饋志，敢接向禽踪。明日雲亭路，難聞上界鐘。

劉子駿《檄博士書》云：“若立辟雍、封禪、巡守之儀，
則杳冥而莫知其原。”辟雍、巡守，世儒皆知大典，而封禪，
世多疑之。以史公之書頗述符瑞，幾於燕齊迂怪之說，此亦
可謂不知其原者也。余嘗推求其本，爲《封泰山論》，未知
有合於古否也。

封泰山論　　阮元

泰山者，上古大山，居天下之中者也。封泰山者七十二
代，易姓而王，祭天刻石，以紀號也。上古淳質，無史册，
刻石紀號者，著一代之史也。是故封禪爲古大禮。古者開創
之帝王，雖功德有醇駁，而皆得行之。秦始皇、漢武帝之求
長生，光武帝之用讖緯，宋真宗之得天書，皆以邪道壞古禮，
不足爲封禪咎。秦始皇、晉武帝、隋文帝、唐太宗議封禪，
或行或不行，非也。此皆易姓一天下之君，當刻石紀號者也。
漢武帝、魏明帝、北齊文宣帝、唐高宗、玄宗、宋真宗、明
成祖議封禪，或行或不行，亦非也。此非易姓一天下之君，
不當刻石紀號者也。竊嘗考之古矣。泰山曰“岱”，岱者，
代也，古帝王告代之處也。《後漢書》注云：“泰山者，王者告代之
處，爲五岳之宗，故曰‘岱宗’。”所居曰“齊州”，齊者，中也，
居天下之中也。《爾雅》曰：“齊，中也。”又曰：“中有岱岳。”《列
子·湯問》篇言齊州，《黃帝》篇言齊國，皆中州、中國也。上古水土

未平，中國地褊，泰山、齊國地高而無洪水，遂爲天下之中，有王者起，德教足以服衆，功力足以制人，即可以朝諸侯，有天下，登泰山而封之，七十二代豈皆如黃帝、堯、舜之德歟？其以雜霸之力收天下之權，如後代秦、隋者，必有之矣。其時文字始造，史册未興，設非大朝會，升中于天，刻石岱宗以紀之，則天下之權猶未一，代興之號猶未正，且其君之姓名亦無以傳于後世也。惟其盛衰興廢，三古迭更，受命易姓，必有封禪以定之。是以管夷吾所記者十有二家，不能以受命易姓之辭窮齊桓公，乃設爲嘉祥未臻之說。嗚呼！豈知後世文人昧管氏之大義，反以其所設之辭侈爲符瑞，以飾封禪，致迂儒疑封禪非古禮，豈不慎哉！

《泰山道里記》，泰安聶劍光釴所著，記明神宗時參政張五典竿量之法。其法豎竿一，長一丈，刻以尺寸，端置一環，橫竿一，亦長一丈，中五尺製一環，以繩繫橫竿之環，貫於豎竿之環，使牽繩之尾，則橫竿可上可下，以豎竿所立之處，視橫竿所立之處，則五尺爲一步矣。此以量其遠近也。若在平地，則橫竿由端以至豎竿，前後俱著於地，若前高後下，則橫竿前著於地，而後懸於空，視竿所懸處至地尺木若干，此以量其高下也。由山下至絕頂，凡量得三百八十六丈九尺一寸，中除倒盤低十八丈五尺七寸抵高數外，實高三百六十八丈三尺四寸。余在泰安試院，嘗於堂皇空處用重差術測之。

樹兩表，同高近時裁尺八尺，表相距九丈，人目距前表一丈
六尺四寸四分，距後表一丈六尺七寸五分，人目距表之較三
寸一分，用爲所有率，表間九尺，用爲所求率，表高八尺，
爲今有數，求得高二百三十二丈二尺五寸八分三十一分之二，
加表高得山二百三十三丈〇五寸八分三十一分之二。又以人
目距表較爲所有率，表間爲所求率，人目距後表爲今有數，
求得山頂距後表四百七十七丈二尺九寸〇三十一之一〇，視
五典所量爲少。試院之地苦於跼促，時亦無測器，所測未必
準合，然如竿量之法亦未足據，無論黍絫而度，至寸必差，
而斜側之勢，一丈之竿，豈易齊平。總之，泰山之高何止二
三百丈。蓋山之基實延袤泰、兗、濟、沂數府之地，由蒙陰
以北、歷城以南，環至泰安府城，其地基已高于沂水、齊河
等平地數百丈矣。特至泰安府城，山始見耳。且黃河遷徙，
自北而南，其迹皆遠避泰山之基于千里外者，地勢由漸而高
也。游者未至泰山，其意中之泰山不知巖巖者幾許，及至泰
安見泰山，每覺所見不逮所聞，殆未以全勢揆之矣。

元于欽《齊乘》于山左古地載録甚確，近時聶劍光敘
《泰山道里記》載泰山道路、碑石，旁及徂徠、靈巖諸山，
亦甚詳。皆游篋中不可少之書。

漢高密鄭司農祠墓，在濰水旁礪阜山下，承祀式微，不

能捍采樵者。濰沙乘風内侵，其深及牆，祠宇頹没。元率官士修之。祠南門外積沙深遠，遂改門東向，植松楊行栗于西南，以殺風勢。修齊正殿，改書木主，增建旁屋三楹，爲官吏祭宿地。建坊，書"通德門"，以復孔文舉之舊。祠外田廬號"鄭公莊"者三，散據高密、安丘、昌邑三縣地，鄭氏苗裔百數十人居之，務農少文，而譜系世守猶可考。擇其裔孫憲書，請於禮部，剟爲奉祀生，給田廬，使耕且讀。是役也，掘沙之工半於土木。趙商漢碑見于著録，今求之不得。得金承安重刻唐萬歲通天史承節所撰碑，搨其文讀之，知承節之文乃兼取謝承諸史，非蔚宗一家之學，其補正范書，昭雪古賢，心迹非淺也。碑高六尺三寸，廣三尺四寸，文廿九行，正書。承節以萬歲通天元年奉敕於河南道訪察，至高密，因父老之請爲文，文成，未書碑而卒。開元十三年八月，密州刺史鄭杳始命參軍劉胐刻石于墓。唐所刻石今無存，賴金承安五年三月所重刻知之。據《金石録》云，承節碑乃雙思貞行書，今金碑改爲正書，削唐人書碑舊名，然其文則皆因唐，無所竄改。元以范書《鄭康成列傳》校之，《傳》"先始通《京氏易》"，碑無"先"字；《傳》"東郡張恭祖"，碑作"欽祖"；《傳》徵爲大司農及與袁紹之會數事，碑皆次於《與子益恩書》前；《傳》"故太山太守應中遠"，碑作"太山守"；《傳》"所注《周易》《尚書》《毛詩》《儀禮》《禮記》《論語》《孝經》"，碑多《周官》，無《論語》；《傳》"苔臨

孝存"，碑作"孝莊"；《傳》"不爲父母群弟所容"，碑無
"不"字；《傳》"獲覿乎在位通人、處逸大儒，咸從捧手，
有所受焉"，碑省其文作"大儒得意，有所受焉"；《傳》"乃
歸供養"，碑作"乃歸鄉"；《傳》"遇閹尹擅勢，坐黨禁錮"，
碑載其事入銘辭中；《傳》"舉賢良方正"，碑作"方正賢
良"；《傳》"公車再召"，碑作"再徵"；《傳》"其勖求君子
之道"，碑無"其"字；《傳》"末所憤憤者"，碑作"凡某
所憤憤者"；《傳》"亡親墳壟未成"，碑作"吾親"。凡此異
同，比而核之，可釋學者積疑，蓋有三焉。司農《戒子益恩
書》乃歸老疾篤時事，故宜在漢公車徵爲大司農及袁紹邀至
冀州諸事後，而范書反載《書》文於前，使事績先後倒置，
一也。所注《儀禮》《周官》《禮記》，范書無《周官》，案：
司農《周官注》完善無缺，世所共學，而范書遺之，二也。
"爲父母群弟所容"者，言徒學不能爲吏以益生產，爲父母
群弟所含容，始得去廁役之吏，游學周秦，故《傳》曰：
"少爲鄉嗇夫，得休歸，常詣學官，不樂爲吏，父數怒之。"
夫父怒之而已，云爲"所容"，此儒者言也。范書因爲父怒
而妄加"不"字，與司農本意相反。三也。至于易"恭祖"
爲"欽祖"者，金避顯宗允恭諱也。"孝存"作"孝莊"者，
唐碑本行書，石或剥落，金時不省，而誤"存"爲"莊"，
"莊"爲漢諱，未有不避者。其他異同，與范書可互校正，
故急表而錄之，以告同志。鄭杳見《宰相世系表》，北祖房

官至婺州刺史。劉胐亦見《表》，彭城房官至汴州刺史。

重修鄭公祠碑　　阮元

　　元嘗博綜遺經，仰述往哲，行藏契乎孔、顏，媺言紹乎游、夏，則漢大司農高密鄭公其人矣。公當炎祚陵夷，清流沈錮，泊然抱道，邃情墳典，卻謝車服，隱德彌脩。所學《易》《書》《詩》《禮》《春秋》《論語》《孝經》，箋注百餘萬言。石渠會議，無以逮其詳貫；扶風教授，不足擬其旨趣。又嘗比核算數，甄極毖緯，兩京學術，用集大成，天下師法，久而彌篤，不以齊魯域焉。今皇帝惇崇儒術，表章經學，纂定《三禮義疏》，多采鄭説，是以海內學人翕然依向。言性天道，無敢騁其虛悟；禮度書文，靡不通其原本。庶幾孔壁簡策，得以訓言；儒生耳目，未傷瞽聵。被公之教，斯爲至矣。公墓祠在高密西北濰水東岸，四牡結轡于鄭公之鄉，高車並軌于通德之門，是北海太守孔文舉所開建也。元以視學蒞止斯土，展省祠墓，圮陁實甚，宰木不捍于樵采，驚沙坐見其飛積。趙商漢碑，未傳於著録；承節摹碣，埋蝕于泥土。遂乃倡搢紳之夙願，鳩木石之工材，始於乾隆五十九年冬十月，至六十年秋八月成。掘沙百尺，門防易以東向；植樹四垣，饗堂翼其南榮。聽事啓楹，則長吏齋祀所止息也；茅廬栖畎，則賢裔耕讀便躐除也。復將擢彼秀異，用請于朝，以奉登俎，世世勿絶。庶使大儒之祀，不致忽諸之嘆；治經之士，無歉仰止之懷。居斯鄉者，績學砥行，感憤而起，不益偉與？爰樹樂石，表德刊銘。其辭曰：秦焰威經，漢學證聖。
於鑠鄭公，禮堂寫定。罔括衆典，束脩懿行。學徒知歸，異
說反正。子雍多毀，仲翔善諍。日月豈逾，藐彼敏政。礪阜
之旁，濰流湯湯。草銜有帶，沙走無囊。林薄新雉，蔭彼墮
牆。廟貌聿崇，祀事孔明。長白之領，別啓釁堂。粵惟兹土，
司農之鄉。

武進臧在東鏞堂，篤志研經，尤精校勘。寶應劉主事台斗
詒余書云：“臧君學問，非特英年之士僅見，即求之前輩中，
亦不可多得。”時偕畢秋颿先生至山左，常來積古齋。所著
《拜經日記》極精核。時余重修鄭公祠，撰碑銘，在東亦有
《鄭公神坐記》，文甚佳。

先師漢大司農北海鄭公神坐記　　臧鏞堂

《禮・文王世子記》“釋奠于其先師”，鄭注引《周禮》
曰：“‘凡有道者、有德者，使教焉，死則以爲樂祖，祭於瞽
宗’，此之謂先師之類。若漢《禮》有高堂生，《樂》有制
氏，《詩》有毛公，《書》有伏生，億可以爲之也。”是先儒
精通一經，足垂世立教者，後人奉爲先師。公生東漢末，集
先秦兩漢諸儒大成，遍通六經傳記之文，一一爲之箋注，其
功在周公、孔子，非伏生、毛公輩一經可擬也。所著書或不
盡存，而《毛詩箋》《三禮注》如故，其逸者時散見於他說，
學者綴緝之，猶足補六藝之闕，矧所稱有道有德，尤足爲百

世師哉！然則以公爲先師，允矣。鏽堂年十九，見光禄卿王
鳳喈《尚書後案》，好之。退讀高祖玉林公《經義雜記》等
書，始恍然有悟，知推考六籍，必以公爲宗。遂盡棄俗學，
而專習公學，九年於今矣。習之益久，信之益篤。竊以擬之
尼父之門游、夏之徒，功遠過焉。《孟子》云："以德服人
者，中心悦而誠服也，如七十子之服孔子也。"鏽堂於公之謂
矣。宋王伯厚輯公《周易注》，鏽堂述公《論語》，區區願學
之忱尚在於是。故奉爲先師，供其神坐於家塾，以爲師範。
自今以往，公之神靈時在左右，啓牖小子，俾小子心源日濬，
學術日茂。而小子者，亦庶幾夢寐通之，無異一堂之上親授
受焉，他日於六經之道，或粗有證明乎？

浣筆泉在任城東門外，傳爲太白浣筆處。有祠，祀太白
及賀監、少陵三賢。乾隆辛亥，沈青齋觀察啓震重葺而新之，
土中得詩碣云："蘇蝕殘碑枕廢池，開元吟客剩荒祠。空庭古
柏吹風處，秋草寒泉落日時。誰采澗毛修冷寺，我沽村酒讀
遺詩。唐宮漢寢無人記，獨有才名到處知。"署爲木蘭山人劉
浦題。詩頗跌宕感慨，不知何時人也。一時達官貴人，尊酒
相屬，題咏甚多。青齋和韻云："源分泗水闢方池，座列三賢
葺舊祠。人地廢興原有數，主賓今古宛同時。新移竹影亭前
畫，細辨苔痕壁上詩。尊酒落成兼送別，高情留與後來知。"
和者長洲顧莪庭禮琥一詩最佳，云："仙在高樓月在池，池光

千載抱荒祠。幸逢元老重開宴，轉惜先生不並時。渌水瀾迴
沈彩筆，舊碑林立待新詞。吳都狂客今初到，未要尋常賀令
知。"遣詞命意，皆不苟然也。

曹州牡丹之名，幾與古之洛陽相埒。然紀載闕略，不言
所自始，亦未有專爲著録者。同年余伯扶鵬年主重華書院，時
翁覃溪學士爲學使者，偶語及此，曰："何不爲譜以述之，使
與范、歐并垂永久耶？"伯扶爰爲《曹州牡丹譜》一卷，次
第其色爲三十四種，附記七則，載栽接之法。書成，學士題
三絕句云："玉璺如結黍苗陰，壤物原關樹藝心。何事思公樓
下客，花評不向土圭尋。""細楷憑誰續洛陽，影園空自寫姚
黃。挑鐙爲爾添詩話，西蜀陳州陸與張。""我來偏不值花
時，省卻衙齋補謝詩。乞得東州栽接法，根深培護到繁枝。"
伯扶自有序，甚核。

《曹州牡丹譜》序　　余鵬年

《素問》："清明次五日，牡丹華。"牡丹得名，其古矣
乎。考《漢志》有《黃帝内經》，《隋志》乃有《素問》，非
遠出也。《廣雅》："白茅，牡丹也。"《本草》："芍藥，一名
白茅。"崔豹《古今注》："芍藥有草、木二種，木者花大而
色深，俗呼爲牡丹。"李時珍曰："色丹者爲上，雖結子而根
上生苗，故謂之牡丹。"昔謝康樂謂"永嘉水際竹間多牡
丹"，又蘇頌謂"山牡丹者，二月梗上生苗葉，三月花，根

長五七尺，近世人多貴重，欲其花之詭異，皆秋冬移接，培以壤土，至春盛開，其狀百變”，斯其始盛也歟？唐盛於長安，在《事物紀原》。洛陽分有其盛，自天后時已然。有宋鄞江周氏《洛陽牡丹記》，自序求得唐李衛公《平泉花木記》。范尚書、歐陽參政二譜，范所述五十二品，可考者纔三十八，歐述錢思公雙桂樓下小屏中，所錄九十餘種，但言其略。因以耳目所聞見，及近世所出新花，參校三賢譜記，凡百餘品，亦殫於此乎？陸放翁在蜀天彭爲花品，云皆買自洛中。僧仲林《越中花品》，絕麗者纔三十二。唯李英《吳中花品》，皆出洛陽花品之外。張邦基作《陳州牡丹記》，則以牛家纏金黃傲洛陽以所無。薛鳳翔作《亳州牡丹史》，夏之臣作評，上品有天香一圍、萬花一品。東坡所云：“變態百出，務爲新奇，以追逐時好者，不可勝紀已。”曹州之有牡丹，未審始於何時，志乘略不載。其散栽於它品者，曰曹州狀元紅、喬家西瓜瓤、金玉交輝、飛燕紅妝、花紅平頭、梅州紅、忍濟紅、倚新妝等，由來亦舊。予以辛亥春至曹，其至也，春已晚，未及訪花。明年春，學使者閣學翁公來試士，謁之，問曰：“作花品乎？”曰：“未也。”翁公按試它府，去，緘詩至，曰：“洛陽花要訂平生。”蓋促之矣。乃集弟子之知花事、園丁之老於栽花者，偕之游諸圃，勘視而筆記之。歸而質以前賢之傳述，率成此譜。歐陽子云：“但取其特著者，次第之而已。”

　　山左地土高燥，不宜種梅。曹州人間有養成者，多以編柏護花，名曰柏牆。予與江定甫、焦里堂在臨清試院，曾賦盆梅聯句云："直北春多晏，定甫。江南樹可移。渡河寧變杏，里堂。寄石擬生芝。帶月輕鋤土，伯元。衝寒乍載椪。陳根雖易接，定甫。苔草必深滋。淮右沙棠輯，里堂。曹東鹿韭籬。山左牡丹、梅花多自曹州養成。柏牆花户結，伯元。樓綫圃師縻。托體紅瓷盎，定甫。澆泉碧瓦巵。挂枝皴蟹爪，里堂。屈幹作鱗而。尺計惟三兩，伯元。盆栽或偶奇。含苞催臘鼓，定甫。待暖翦春旗。入坎印烘炭，里堂。迎離日暴曦。隔窗晴色透，伯元。出檻曉風披。鶴夢栖難穩，定甫。蜂鬚採尚遲。雅堪眠紙帳，里堂。冷欲護書帷。潤借冰壺滴，伯元。橫依鐵硯攲。屏山圍半面，定甫。鏡水照雙岐。清卻塵埃染，里堂。香於几席宜。微吟官閣裏，伯元。縮本畫圖時。庾嶺雲分潤，定甫。江城笛漫吹。美人能掌上，里堂。蒼叟定肩隨。同几有矮松一盆。驛使詩千里，伯元。奚囊玉一枝。漕帆同載得，定甫。賢牧忽遺之。臨清牧張君以供行館。雪色猶爭白，里堂。聯句時正夜雪。燈花且并垂。橫斜疏影在，伯元。鄉國共相思。定甫。"

　　《左傳》注"北海平壽縣東有寒亭"，即寒浞建國處也。按："唐武德二年，復置濰州，領北海、漣水、平壽、華池、成都、下密、東陽、寒亭、濰水、汶陽、膠東、營丘、華苑、昌安、都昌、城平十七縣。"而新、舊兩《唐書》寒亭本寒水、訾亭二縣，各脱去一字，混併爲一，不合十七縣之數矣。

寒亭　　阮元

五千年下讀遺經，濰水橋東馬暫停。海右無如此亭古，斟尋亭北有寒亭。

同作　　孫韶

月夜寒亭驛，登臨眼界開。平沙浩如雪，大石叠成臺。地控斟尋起，山橫渤澥來。五千年舊國，覽古重徘徊。

萊州城北數十里，即渤澥也。風濤黯淡，一望無際，故余題《海濱獨立圖》云："山根連海海連天，著我其間思渺然。同是蒼茫千古意，不知生後與生前。"

萊州府西八百里，海中有蜉蝣島，浮沈水面，如蜉蝣然，俗訛曰"芙容"。余有詩云："山根走入海，出海更成山。一碧揩銅鏡，孤青擁鈿鬟。潮生春蟄起，月黑夜珠還。誰復能齊物，蜉蝣天地間。"

萊州地處海濱，三月間按節至此，寒氣猶似嚴冬，未斂除也。嘗作《萊州試院曉寒》詩云："渤澥陽和猶未回，遙聞昕鼓發輕雷。山風入院旆初動，潮氣滿城關未開。昨夜清樽思北海，何人博議似東萊。此時頗讓江南客，官閣春深落古梅。"

登州遠出海東，山川險阻，而風土清淑，人物秀發，頗與西郡有異。惟山田多沙，近時開墾略盡，民多泛海至遼東墾地，商賈往者極多。六百里海程，視若斷港。故予有句云："南洋連楚越，北岸接遼關。小賈輕航海，餘丁出墾山。"

登州雜詩十首　　阮元

愜睡分圖遠，萊牟鑿徑通。山高餘怪石，海闊有長風。
鹵地魚鹽薄，沙田黍稷豐。我來千里外，小住一城東。

鎖院浹旬久，驚寒夜轉加。地東天早曙，春遠樹遲花。
夜雨開三月，雲濤落萬家。成連在何處，耳底七弦譁。

三面瀛洲水，舟行繞岸回。風波休轉漕，斥堠必登臺。
漁戶編船住，番夷納賮來。去年英吉利，受吏過蓬萊。

城闕通帆舶，滄濤壓女牆。旌旗風裏壯，鼓角地中藏。
秋泛丹崖險，春耕竹島長。晚潮人散後，飛鳥上樓航。

桑田言本幻，日主祀無名。人到之罘島，雞鳴不夜城。
秦碑湮舊迹，漢使失回程。當日求仙處，皆從蜃市行。

冠山開傑閣，吐氣接洪濛。東戶宜賓日，低檐可避風。
捲環皆碧玉，磨鏡出青銅。何處攜東海，坡公一袖中。

南洋趨楚越，北岸接遼關。小賈輕航海，餘丁出墾山。
人家挂繶羽，時節望刀環。略有唐風儉，惟留歲晚閒。

山川饒毓秀，風土亦能寒。春女皆稠髮，鄉民愛素冠。
比居千户靜，近市一街寬。見說民稀訟，清閒是長官。

俗樸難佻撻，衣衿相與青。何人同獻賦，有士始橫經。

謂諸生牟廷相。古嘆才難得，今求地有靈。當年施與宋，風雅
總飄零。

人歇新耕後，閒情在小村。雨烟垂曉路，花柳發春園。
石壁支茅屋，蔬田結枳樊。轉慚歸客過，車馬一時喧。

登州試院作　　孫韶

三面滄波擁郭門，扶桑地近易朝曦。一城蜃氣天常濕，
四月羊裘夏不溫。斗極宵臨孤館正，登州初昏，看北斗正臨人頂，
不覺其在北也。潮聲晝挾萬軍奔。來游日侍歐陽坐，東海人文
與細論。

登州雜詩　　福山謝寶田

一海環牟郡，蒼茫與漢通。蓬山雲影外，竹島浪花中。
室淨藏烟客，沙平謁海童。會須投六博，輕駕鯉魚風。

鰲極功雖定，鴻濛缺尚傳。環峰生密雨，破壁失晴天。
素液疑鐘乳，流珠瀉醴泉。黍苗如仰待，即此遍桑田。

色象凌空構，無煩禱海神。戴鰲浮翠嶺，吐蜃起滄津。
簾蜷蝦鬚動，橋通雁齒新。遙思仙嶠內，應有掣鯨人。

欲問盧生藥，層層近嶺青。珠巖移蠟屐，銅井汲銀瓶。
雲起迷獅洞，風回響鶴汀。天池知未遠，鵬化到南溟。

登州聽海濤聲　　阮元

海雨濕土春初晴，癡雲自北趨南行。風來渤澥暮轉急，
吹落萬派驚濤聲。初疑驅車來遠道，輪雷欲動遲而輕。後如
閉閣伏虛枕，簷前凍雨千條傾。或是汝南馬旋磨，不則試院

茶煎鎗。相視不語共欹耳，出戶仰首巡南榮。天空晝靜日將
落，頗有鹵氣來山城。城頭雉列屋鱗次，其中直作波浪鳴。
丹崖田戍近三里，長流迴洑聞縱橫。日行北陸海底暖，潛陽
蒸起蛟龍鯨。歡聲騰沸島嶼振，夕汐淘汰沙石清。洋洋一洗
耳底淨，心體虛豁無凡晴。人生不俗即仙骨，豈有大藥真長
生。更待夏仲望岱岳，遠收青色歸雙睛。奇情至此嘆觀止，
或令聾瞶開聰明。

　　蓬萊閣在登州水城上，几席之外，海天萬里，沙門諸島，
浮青數痕耳。予兩至此，皆天氣晴朗，風清日麗，絕未見所
謂"海市"者，故余有句云："天能包括鯨波靜，日有光輝
蜃氣銷。"余考史書地志，山東沿海諸縣多有海市，唐以前絕
無海市之說。凡《史記》所稱秦始皇見仙人之地，皆今有海
市之地，一一相合。然則方士所以惑始皇者，皆是物耳。

登蓬萊閣　　阮元

　　下見滄溟上絳霄，城頭一閣獨超超。天能包括鯨波靜，
日有光華蜃氣銷。島外帆移千里目，坐中人壯午時潮。曾游
《山海東經》內，酈注江河總寂寥。

登蓬萊閣　　孫韶

　　高城懸海勢孤危，萬古濤翻石不移。一閣獨臨天盡處，
三更先見日生時。何年風雨棗初熟，如此波瀾文始奇。徐福
樓船終不返，三山雲影到今疑。

蓬萊閣觀海市　　蓬萊張柯

海中豈有錦城叠，林表何緣現樓闕。試窮幻象驚溟墟，海水壁立與雲接。蓬萊高閣臨城開，閣下三島濤聲來。有時微風少女靜，碧環青鏡浮螺堆。濃烟一縷島邊起，金支翠蓋空明裏。馮夷擊鼓群靈趨，須臾散漫成五都。鐵網十丈牽珊瑚，往來鮫客爭賣珠。市廛漸没光蕩漾，涌作瓊樓矗丹崿。綺窗洞敞雲水流，霧縠冰綃施布障。仙人手拍雕闌干，似笑塵寰亦虛妄。吁嗟乎！漢帝求仙滄海東，樓船遠載男女童。焉知縹緲白銀闕，不在蜃蛟嘘氣中。

蓬萊仙院　　栖霞牟廷相

地接黄腄古，津通渤海遐。靈風吹蜃雨，苦霧隱山花。斥鹵人多賈，濱夷島作家。祇今秦漢使，猶未返仙槎。

　　蓮水同余按試登州，畢，登蓬萊閣觀海，皆有唱和之什，並倩友人作《觀日出圖》，以紀勝游。

　　蓬萊閣側，天后宫前，有巨石六，大如屋，兩兩相比而南，余名之曰“三台石闕”。

　　蓬萊閣下，彈子窩石至今尚多。蓋碎石爲海濤衝擊，歲久，圓瑩細滑如彈子，即坡公取以爲枕者。今文登出文石，五采陸離，大如雞卵，惜坡公未見此。

文登縣文石，五采皆具，勝於彈子窩石，許勛齋總鎮^{世臣}以百枚相贈，詩以報之　　阮元

將軍旄節駐瀛洲，月底乘槎下斗牛。贈我天孫雲錦石，海東風雨逗清秋。

淘沙散采滿文登，可惜坡公見未曾。若使百枚攜滿袖，硯中綺語更飛騰。

青州紅絲石硯，堅滑不能鍥墨，黿磯島石太粗，既有端溪，不必慕古而不便于用也。

青州紅絲石硯　　聊城朱柯年

青州貢怪石，紅絲定其一。丹黄雜斑斑，斸文抽乙乙。飲水精采生，鑿山經緯出。君子裁作硯，寶之慎毋失。

聊城朱榮年

匏媧煉石去，一片落東國。再受嬴秦鞭，摑痕凝赬色。繭絲紛牛毛，質黄理不泐。剷之爲硯材，嘆爾終近墨。

淄川石門澗石硯　　館陶李果

硯出石門澗，其狀樸而拙。堅殊楚廟磚，色近晋臣鐵。金星與蘊玉，珍異可並列。^{淄川之金雀山又出金星、蘊玉二石，可爲硯。}當年范參政，山居手所挈。

聊城竇鴻漸

石門磵下水，漱激石玲瓏。雲腴發清潤，磨墨光融融。鸜眼無柱碧，雁足飄穗紅。殷勤誰贈與，多謝鹿皮翁。

鼉磯石硯　　　寧海李逢吉

海物多幽奇，鼉磯産硯石。蓄積滄溟間，宛轉殊潤澤。
豈無蛟龍護，不受漁樵惜。一旦攜持歸，方圓削圭璧。

施愚山先生出使過青州，夢人投刺，自署曰“愚公”。
後視學至青州，閲地志知有愚公谷，遂以爲號。元按：愚公
事見《韓非子》及《水經注》。夫以“愚山”爲號，是施公
一生事業屬之愚公，則夢中之愚公以此賺施公矣，當不然也。

青州夢愚堂兩楸樹，高十丈，百年外物也，三月末，花發滿樹，正極穠麗　　　阮元

開我夢愚堂，坐見雙老楸。參天幹已古，入地根必遒。
泉深土亦厚，膏液能上流。萬葉生不盡，餘力垂花頭。東風
拂枝過，繁艷搖人眸。不意蒼勁質，復爾含温柔。松柏冬始
秀，桃李春方稠。華實難并茂，視此應同羞。古人不可作，
餘子徒沈浮。安得愚公來，相對論春秋。

《方輿紀要》云：“魯繆公改邾曰騶，① 因山爲名。”又嶧
山南二里有鄒城，于氏《齊乘》謂邾遷于繹，故有此城。孟
廟在今鄒縣城内，即孟子故宅。

---

① “改”，原誤作“以敗”，據顧祖禹《讀史方輿紀要》卷三十二“鄒縣”條改。

鄒縣謁孟廟，晚宿孟博士第中　　阮元

霸王代謝百年間，夫子風塵又轍環。若使靈臺開晉國，豈能秦石上鄒山。遺書賴有邴卿較，古廟惟餘博士閒。今夜斷機堂外住，主人鐙火照松關。

益都段赤亭松苓，博洽多聞，淹通經史，著有《益都金石志》，考證精核。予嘗謂東州宿學無過此人。修輯《山左金石志》時，引之為助。孫淵如觀察曾薦其孝廉方正，力辭不就。其虛懷高節，尤不可及也。

靈巖神寶寺訪碑　　益都段松苓

犖嶨復犖嶨，騫山履絕壑。嶺翠全排松，巖紅始吐葯。亂塔聯叢祠，狐竄並狼邸。高峰何岹岈，當年巢白鶴。恐類玄奘樹，無能辨鼠璞。攜屐逾翠微，石磴苦回數。瞥見山下村，平林似攢稍。有碑峙道旁，辨是雲根琢。中有雷轟痕，開元字不剝。波磔師中郎，偏旁猶程邈。不意臨池人，靈根栖鷲鷟。摩挲未忍歸，午雞唱咿喔。王褒重約僮，爾須晨來拓。

登州畢恬溪以珣，為東原太史高弟。聰穎特達，小學最深，能窮聲音訓詁之理，于《尚書》尤多新說。孫淵如觀察愛重之，徵舉孝廉方正。

　　《尚書》訓詁，自孔、鄭以來，猶多繆誤。近惟高郵王伯申引之，暨登州畢恬溪，能以精銳聰明解釋之，精確無穿鑿之病，古人復起，當爲首肯。恬溪嘗爲壽光縣名所自始詳考之，曰：古斟灌、斟鄩氏故國皆在漢北海郡境，或言斟鄩在河南，斟灌在畔觀，皆非也。《山東通志》引《漢書》薛注云：“陽夏，今太康縣，太康所都。”考《漢志》，淮陽國有陽夏縣，無太康縣，薛瓚不應知太康縣名，《通志》引書謬矣。又引《括地志》云：“斟鄩在洛州鞏縣。”按：《括地志》但云故鄩城在洛州鞏縣，不云斟鄩也。《左傳》昭廿三年：“二師圍郊。癸卯，郊、鄩潰。”杜預《釋地》云：“河南鞏縣西南有地名鄩中。”此即《括地志》所云鄩城也。京相璠云：“今鞏洛渡北有鄩谷水，東入洛。”《史記音義》云：“鞏縣有鄩谷水。”《水經注》云：“洛水東北歷鄩中水。又有鄩城，蓋周大夫鄩肹之舊邑。又有羅水，亦曰羅中，蓋肹子鄩羅之宿居，故川得其名爾。”若然，則鄩中城乃周大夫鄩肹之邑，羅中乃肹子鄩羅之居，其不涉斟鄩可知，《通志》引書又謬矣。《通志》又引《漢書》薛注云：“斟觀即東郡觀扈。”按：東郡有畔觀縣，無觀扈縣。《國語》“啓有五觀，謂之奸子”，蓋其地也。即《左傳》言“虞有三苗，夏有觀扈”，特以諸侯不用命者言之，非謂觀、扈爲一。考扈則有扈氏，《尚書》所謂“有扈氏不服，大戰于甘”，其地在扶風扈縣，觀則五觀，是不容強合爲一。且即以畔觀言，書傳亦祇云“五觀”，不云"斟觀"也。《通志》引書又謬矣。應劭注《漢書》云："古斟灌，禹後，今壽光觀亭是。古斟尋，禹後，今平壽斟城是。"杜預《春秋釋地》云："樂安壽光縣東南有灌亭，北海平壽縣東南有斟亭。又平壽縣東有寒亭城，東萊掖縣北有過鄉亭。"京相璠《土地名》云："故斟尋國，禹後，西北去灌亭九十里。"《郡國志》云："平壽有斟城，有寒亭。"《水經注》云："溉水北逕斟亭西，又北逕寒亭西，堯水東北逕東西壽光二城間。"張敖《地里記》云："平壽縣，其地即古斟尋國。"《括地志》云："斟灌故城在青州壽光縣東五十四里，斟尋故城，今青州北海縣是也。"歷考書傳，皆言斟尋在平壽，斟灌在壽光，無異說也。《水經注》又云："淳于縣，故夏后氏之斟灌國也，周武王以封淳于公。"《括地志》因之。此說與他書傳頗不合。然淳于、壽光境土相接，雖云傳疑，猶在北海郡境也。又按：《漢·地里志》："北海有斟縣。"班固自注云："故國，禹後。"則班固固言在北海郡境矣，復何疑乎？其以斟灌、斟尋不在此者，特因"后相居帝丘，依同姓諸侯斟灌、斟尋"一言，遂以致誤耳。相既居帝丘，去北海且千里，何可云依，故薛瓚為《漢書》注亦疑之。然考《左氏傳》襄四年："魏絳言：澆滅斟灌及斟尋氏，靡收二國之燼，以滅浞立少康。"哀元年："伍員言：有過殺斟灌以伐斟鄩，滅夏后相。"亦皆未言相依諸侯斟灌、斟尋氏也。其言依斟灌、斟尋者，特出于《竹書紀年》。考《紀年》一書，

晋太康間出于汲冢，原非僞書。然本魏一國之史，猶魯之
《春秋》、晋《乘》、楚《檮杌》，不容兼載前代王者事迹。其
兼載夏、商、周者，晋人之僞作。兼載黄帝、顓頊以及堯、
舜者，又宋人之僞作也。知者按：文王伐黎事，《詩正義》
引《殷傳》云："西伯得四友獻寶，免於虎口而克耆。"又
《大傳》："得三子獻寶，紂釋文王而出伐崇。"《大傳》又言：
"五年伐耆，六年伐崇。"是皆以爲文王時事。《紀年》于帝
辛四十一年云"西伯昌薨"，于四十四年云"西伯發伐黎"，是
直以爲周武王事，與諸書違異。又"黎"或作"耆"，或作
"阢"，《史記》又作"阢"，皆同。《紀年》不知"黎"即
"耆"，因《大傳》有"文王戡耆"之文，故云"三十四年，
周師取耆及邘，遂伐崇"。因《尚書》有"西伯戡黎"之文，
在微子前，故于後復書云"西伯發戡黎"，是其作僞之端已
可考見。又《紀年》云："成王元年秋，周文公出居于東。"
按：周公居東者，周公東征之事也。《書·金縢》云："我之
弗辟，我無以告我先王。"辟，治也。言我不治其事，則無以
告我先王也。許氏《説文》引作"我之弗嬖"。嬖、辟同，
皆治也。下云"周公居東二年"，則東征之事，"罪人斯得"，
則誅禄父及管叔也。自後來注者不達"辟"字之義，謂是辟
而去之，則居東謂之辟居于東。考《逸周書·作雒解》："周
公立，相天子，三叔及殷東、徐、奄及熊盈以略。周公、召
公内弭父兄，外撫諸侯。元年夏六月，葬武王於畢。二年，

又作師旅，臨衛政殷，殷大震潰，降辟三叔。"是其間并不容有辟居二年之事也。《百篇序》云："武王有疾，周公作《金縢》。武王崩，三監及淮夷畔。周公相成王，將黜殷，作《大誥》。"下云"唐叔得禾，王命唐叔歸周公于東"，則周公黜殷，在東之事。"周公得命禾，旅天子之命，作《嘉禾》"，亦在東之事。其間亦不容有辟居二年之說也。今《紀年》云"成王元年秋，周文公出居於東"，使是書果爲周人之作，何與《逸周書》《尚書序》皆不同，而獨沿襲漢後學者之誤義，因而附會之？其僞可知。又云"成王二年秋，大雷電以風，王逆周文公于郊"，是又不知《尚書》"秋大熟"以下乃《亳姑篇》之錯簡，因而傅會之。說詳《百篇序》《太史公書》及孫氏《亳姑逸文考》。且《尚書》之錯簡，自漢代出壁中時顛亂致誤，何由周人之書已先知其錯簡，因而同之耶？其作僞之端，不能自揜矣。又《歸禾》在《大誥》之後，封唐叔之前，是周公在東之事也。《紀年》于"三年克殷"之後，于十一年云"周文公出居于豐，王命唐叔歸禾于周文公"。按：《百篇序》明言"歸周公于東"，《紀年》竟忘之耶？《序》又云"周公既歿，命君陳分正東郊成周"，乃《紀年》于十一年歸禾之後云"王命周平公治東都"，至廿一年始云"周文公薨于豐"，其舛誤抑何太甚耶？又黜殷周公之事，踐奄則復辟之後成王自行，故《書序》于《召誥》《洛誥》後始書踐奄事，而篇名則曰《成王征》，以別于前此周公東征也。今《紀年》云"三年，王師滅殷，遂伐奄"，下又云"王在奄"，竟以爲伐殷，成王自行。按：經文"伐殷"在"復子明辟"之前。又《百篇序》言"王命唐叔歸周公于東"，則成王未親行明矣。《百篇序》言"高宗祭成湯，祖己訓諸王，作《高宗肜日》《高宗之訓》"，乃《紀年》于武丁二十九年云"肜祭太廟"，至祖庚時始言"作《高宗之訓》"，又非矣。《百篇序》及《史記》皆言"夏后仲康時，羲和湎淫，允往征之"，鄭君云"允，臣名"，是也，今《紀年》作"允侯往征之"，誤。《左傳》言："寒浞殺羿，因羿之室，生澆及豷。"《楚詞》王逸注言："浞取羿妻而生澆。"今《紀年》云"帝相八年，寒浞殺羿，使其子澆居過"，徒欲襲《左傳》"處澆于過"之文，而忘殺羿之時，尚未有澆也。其疏舛之失，作僞者不能自揜矣。又"后相居商丘"，即帝丘，所謂"顓頊之虛"，衛成公自楚丘徙此也，非宋之商丘。按：宋之商丘，於天星屬火，《左傳》云"閼伯居商丘，相土因之"是也。此商丘於天星屬水，帝顓頊居之，故云"顓頊之虛"。后相又居之，故《左傳》言衛事云"相奪予享"。夏伯昆吾又居之，故《左傳》又言"衛侯夢于北宮，[①] 見人登昆吾之觀"是也。今《紀年》云："相居商丘。九年，相居斟灌。十五年，商侯相土遷于商丘。"此又不明兩商丘之爲二，作僞

---

① "衛侯"下原衍"輒"，"北宮"原誤作"此宮"，據《左傳》哀公十七年刪改。

時誤合爲一也。《束晳傳》引《紀年》云："益干啓位，啓殺益。"《紀年》又云："太申潛出自桐，殺伊尹。"按：《百篇序》及《史公書》皆言沃丁時葬伊尹于亳，當太甲時，伊尹固未歿也。《紀年》好爲不經之言以惑世，謬矣。至云"天大霧三日，乃命其子伊陟、伊奮復其父之田宅而中分之"，則又猥瑣鄙劣，決非周人之筆矣。如此之數，遽數之不能終，《紀年》之不可恃如此，而猶據之以證斟灌、斟尋之迹，不亦惑乎？至兼載唐虞以前，又出于宋時之僞，晋唐諸人皆未之見，故《束晳傳》、杜預《春秋後序》皆言《紀年》紀夏以來，亦稱魏國之史。《經籍志》言《紀年》起自夏、殷、周三代王事，無諸侯。至《太平御覽》引《紀年》語，止有夏以後事，無黃帝、顓頊、帝嚳、堯、舜，是其時尚無此僞作也。且既云《紀年》，黃帝後不載少昊，有此史例乎？其意徒以《大戴禮·五帝德》篇不載少昊，馬遷因之，故遂缺少昊，而竟忘其本書之爲《紀年》也。右説爲吳司馬人驥采入《壽光志序》。司馬復爲繹之曰："《紀年》於夏后時一言居斟鄩，再言居斟灌，似斟灌即畔觀也。然《紀年》於後又云：'梁惠成王二年，齊田壽帥師伐我，圍觀，觀降。'此即畔觀之觀也，而胡不名斟灌？前後之文，分別觀之，真僞固較然矣。又諸儒所以疑斟灌、斟鄩之迹者，徒以《紀年》'依同姓諸侯'一語，然《紀年》已自云'澆伐斟鄩，大戰于濰'，則亦以爲在北海境。夫北海之地，去帝丘千餘里，何可云依，

豈非沿襲之時忘其不合，遂致自爲矛盾乎？然則畢君之論
《紀年》，其言審矣。考《隋志》于《紀年》云‘汲冢書，并
《竹書同異》一卷’，然則當時傳本故不同，以故《水經注》
引《紀年》多殤叔以後事。至所載《通志》言，如云：‘今
惟壽光之灌城、濰縣之寒亭在焉，餘皆廢。蓋古人圖志，詳
名故國廢城，立亭以爲表識，後世蕩析不存，可惜也。’按：
‘立亭以爲表識’之言頗不達。古人城聚或言鄉。鄉，所也。
或言屯。屯，聚也。或言亭。亭，亦聚也。故漢代十亭一鄉，
封建有鄉侯，有亭侯。亭者，城聚之名，今云‘立亭以爲表
識’，竟謂是亭臺之亭，抑謬已。外此如紀者，春秋紀國，漢
曰‘劇縣’，然《魯連子》曰：‘胸劇之人，辯者也。’劇之
名，不始于漢。大抵考古之事，不厭詳核，故必博以徵其信，
審以求其事，會通以得其意也。”

　　曲阜孔叢伯常博廣林，撝約編修之胞兄。專治鄭康成氏一
家之學，裒輯遺經，手自校録，爲《鄭學》四十二卷。凡
《周易》《尚書》《論語》《孝經》《尚書大傳》《中候》諸注，
及《詩譜》《三禮目録》《六藝論》《駁五經異義》《箴膏肓》
《起廢疾》《發墨守》《禘祫志》《鄭志》等書，靡不一一采
集群書，折衷訂正。末作《叙録》一卷，以發明作者之旨，
與述者之意，海内治經之人，留心鄭學者如常博，斯可謂專
且勤矣。

後儒説經，每不如前儒説經之確，何者？前儒去古未遠，得其真也。故孔、賈雖深於經疏，要不若毛、鄭説經之確。毛、鄭縱深于《詩》《禮》，更不若游、夏之親見聞于聖人矣。予謂《易》《書》《詩》皆有古學。古學者何？商周之卿大夫、魯鄒之諸聖賢、秦漢之諸儒是也。故《書》曰“克明德”，則《大學》所論，勝於孔、馬矣。《詩》曰“夙興夜寐，無忝爾所生”，則《孝經》所論，勝于毛、鄭矣。而且孟子深于《詩》《書》，荀卿嫺于禮制，董仲舒、賈誼諸儒所引經以證事者，皆可反引其事以注經。余向有《易》《書》《詩》三經古學之輯，惜尚未成，少暇，當補成之。

“方鏡詩”，前輩多咏之者。試昌樂，閻學海云：“橫徑量來知第幾，一奩風雨四圍秋。”

方鏡　　昌樂閻學海

月芒星角渺然收，削破玻黎樣豈侔。屏影乍看雲母色，圭稜不曲寶刀頭。誰臨夷則操金尺，卻對寒塘記玉流。橫徑量來知第幾，一奩風雨四圍秋。

予曾以“咏鐵如意詩”試士，詩鮮佳者，自擬一律示之云：“六朝清望盡風流，握裏錚錚鐵一鈎。談笑空能尚名理，指麾誰與定神州。珊枝擊碎收金谷，壺口敲殘下石頭。豪士壯心兩無著，何人自比武鄉侯。”

莱州頗多詩人，予以"和孫黃門窟室畫松歌"試士，得膠州宋繩祖、濰縣郭壇二首，不讓漁洋在北海時《濤音集》中詩也。郭作稍有疵，今不存。

窟室畫松歌和孫黃門韻　　膠州宋繩祖

金璧道人藝工絕，海邊浪迹懸鶉結。飄然獨具松柏姿，況有胸懷凜冰雪。畫松窟室臨幽泉，雲烟咫尺如深山。觀者摩挲類盤鼎，縑素空自糜金錢。黃門題句何磊落，皎若雲中雙白鶴。詩情畫意共淋漓，拂拭讀之交錯愕。我聞張珍畢宏並畫松，虬龍蟠屈勢壓千尺峰，寧知落筆直入石骨中。昔者王公猶及見，我來可惜蒼苔封。吟哦舊句坐嗟惜，臼窠柱礎知誰厄。試從紙上想毫端，蒼茫如見凌空碧。吁嗟乎！窟室畫松作龍形，誰其畫者乃吴生。星精日氣妙題品，始信筆墨真通靈。將無龍形之松化成真龍去，只今惟有亞祿山青青。

滕縣龍嶺，詩才清雋。予尤愛其二絕句。《稻花》云："吠蛙閣閣早秋秧，嫩蕊疏花趁晚涼。猶憶日斜人去後，蘭陵城外水田香。"《蘋花》云："裊裊秋風淡淡波，采菱歌續采蓮歌。日斜江冷人歸去，欲問西洲奈晚何。"

"簾鈎詩"。萊陽宋維云："香生寶篆渾無賴，花發中庭便不聞。"海陽高光甲云："歌罷刀頭環已斷，夢回花底月初殘。"蓬萊葛翹楚云："最是春寒銀燭炧，打門初覺晚風添。"福山王餘師云："乍可爐烟留一榻，還同斜月貯當檐。"皆佳句。

“豆花詩”。歷城張瀠云：“何當細雨沈沈後，香靜疏簾入晚枰。”滕縣龍嶺云：“昨來偶過南山下，踏破清香信馬蹄。”

豆花　　歷城張瀠

六枳籬邊綻小英，西風緯絡弄秋聲。何當細雨沈沈夜，香靜疏簾入晚枰。

德州封大本

一望秋原似畫圖，豆花開處雨模糊。夜來月上風初定，棚底有人閒話無。

滕縣龍嶺

一頃新苗種未齊，原田滿目草萋萋。昨來偶過南山下，踏破清香信馬蹄。

滕縣楊黼

秋草望離離，山田自膴膴。風吹牛背涼，豆花落如雨。

霑化韓寶鍔《咏燕泥》云：“堂前舊迹思王謝，梁上新詩惜道衡。”儷事雅切。

“秋螢詩”。益都朱沇云：“誰家此夕停銀燭，獨對清秋冷畫屏。”聊城朱蘭春云：“月寒依暗草，風急墮閒庭。”

試青州“白桃花詩”。昌樂閻學海云：“華髮又來前度客，紅顏空憶去年門。”掖縣翟云升云：“莫道無言卻有情，官奴細葉可憐生。夜來多少春江月，祇向秦淮渡口明。"諸城王榕齡云："一片雲還迷燕子，二分春欲誤漁郎。"濰縣陳官俊方十三歲，云："惆悵武林溪上客，清風皓月再來時。"皆有才調。桂未谷亦有句云："雪滿空山人獨立，記曾古德悟來時。"詩徑獨異。友人孫蓮水云："托根曾記傍瑤池，畢竟仙姿未入時。昨夜東風簾外過，吹紅祇上海棠枝。""十載尋春玉女家，青溪兩槳蕩紅霞。分明纔隔天台路，回首春風鬢已華。"神味尤雋永也。

新城王祖昌，詩能守漁洋家法，雖粗服亂頭時時有之，而清警渾脱亦復不少。予嘗試以"論詩絶句"，得三十首，與膠州宋繩祖相埒。

登五蓮山寥天閣　　王祖昌

高閣矙諸天，曉空立浩渺。此間到者誰，萬古一飛鳥。

重游瑯琊有感

關山迢遞幾時歸，重到瑯琊心事違。頗憶北臺春色好，那知東武故人稀。盧敖洞口花空發，韓信祠前鷗自飛。猶是昔年行樂地，臨風迴首淚沾衣。

尋友人不遇

園林今獨過，風雨憶交親。竹外空啼鳥，花間不見人。螺青山自暮，鴨綠水還春。駐馬遥情結，無書寄紫鱗。

過浯山灤

瀟灑浯山灤，行人載酒過。峰高秋色迥，水闊夕陽多。
驛騎穿紅樹，漁舟出綠荷。徘徊不能去，長嘯白雲阿。

旅夜

寶劍佩干將，相逢驛路旁。鳴鞭向高館，繫馬在垂楊。
夜盞飛鸚鵡，冬裘脫驌驦。雄談不能寐，朝梵出僧房。

懷李紹唐

亂峰深處開三徑，天外孤鴻入杳冥。竹榻去年因我下，
風泉別後與誰聽。春歸石上生芝草，秋老松根長茯苓。何日
扁舟乘興往，海山攜手看銀屏。

村居

垂簾臥清晝，幽事自相關。庭靜生芳草，牆低出遠山。
花鋤新雨後，藥晒夕陽間。時倚門前柳，遙看牧豎還。

山左兄弟並才者，有淄川高中謀、宴謀，乃高念東侍郎之
後。日照辛貢、辛昂，聊城朱柯年、榮年，其才亦相伯仲。

掖縣翟云升，賦才甚長，試"新月賦"云："玦休相贈，
金寒叩不成聲；鏡是新磨，匣小未能交蓋。"蘭山宋灝，試
"煖研賦"云："倘教攜出禁中，不言溫樹；若使洗來水側，
請就湯泉。"

乙卯夏，錢塘馬秋藥比部履泰、曲阜桂未谷馥、顏運生崇槼兩學博同在濼源書院，偃師武虛谷進士億寓小滄浪，仁和朱朗齋明經文藻寓四照樓，嘗與余集小滄浪，極文宴之樂。適孫淵如比部星衍觀察兗沂曹道，余以詩促其速之官，云："濟南池館傍湖開，湖上西風且漫催。萬朵荷花五名士，一時齊望使君來。"淵如報詩云："扶容池館報花開，驛騎傳詩一路催。不爲時需訪碑使，元時有此官。也應天與衆星來。"朗齋和詩云："明湖香擁瑞蓮開，酒被花光面面催。共訝使君迎不到，慶雲一朵卻先來。"未谷云："湖裏蓮花四照開，道旁驛騎遞番催。人間天上中秋近，可要乘槎犯斗來。"時湖中花事將殘，最後得碧蓮一枝，四朵並蒂。適觀察又以足疾，遲至秋半，始由天津泛舟來濟南，未谷後二語似豫爲兆矣。

自歷下之官兗鎮作　　孫星衍

驄馬紅旌靜不喧，玉京回首憶高寒。三齊名士爭投刺，一路青山送到官。使者車單如客過，聖人家近借書看。時清不用矜風節，慚愧儒冠換豸冠。

小滄浪亭雅集和馬秋藥前輩　　阮元

北渚離塵鞅，明湖浸翠微。濠梁宜客性，山水願人歸。樂趣莊逢惠，吟情孟與韋。孤亭復虛榭，徙倚意無違。

每有論文暇，游懷相與偕。豪華非絳帳，踪迹共青鞵。軟草平侵路，圓荷半貼階。隨時齊物理，生也亦無涯。

乙卯八月下旬，元奉調任浙江之命，與淵如觀察諸君子屢
宴小滄浪亭。惟未谷以赴銓北上，而余伯扶鵬年、周曼亭雋兩
同年、元和陸直之繩、錢塘何夢華元錫、歙吳南薌文徵、鄭研齋
光倫、益都段赤亭松苓、歷城郭小華敏磐同爲坐客。斯時秋蘆作
花，湖山清斂，相與捧手題襟，悵將別矣。蓋觀察與曼亭將之
兗州，秋藥、運生北行，元與朗齋、夢華南下，虛谷、伯扶諸
君多有去歷下者，湖亭風月，屬之後來者管領。別緒縈懷，勝
游難再。因囑小華作圖，諸君子仍用寄淵如“開”字詩韻題
之，金匱徐閬齋同年嵩亦有寄詩。閬齋後改名鑠慶。

小滄浪雅集用前韻　　馬履泰

南皮高會綺筵開，北渚秋光著意催。説與滄浪亭子聽，
百年名輩幾人來。

人生會合真難事，北馬南船月夜催。此後鵲華秋色裏，
惟應涼夢拂空來。

段松苓

方塘菡萏記曾開，蘆荻西風一色催。水上浮鷗可相忘，
青衫依舊段生來。

武億

著意秋客罨翠開，隔旬詩債又相催。此間容我留三月，
日日滄浪亭上來。

顔崇榘

尚有名華四照開，官閒不覺簡書催。湖邊白鷺連拳立，

城外青山倒影來。

浹旬且喜旅懷開，録別新詩擊鉢催。它日團茅湖上住，不知舊雨幾人來。

余鵬年

波澄如酒酒筵開，湖上西風鬢畔催。楊柳一圍山一帶，紛紛跨屋闖湖來。

吳文徵

明湖水色鏡奩開，亭角新涼一夜催。荷葉未黃蘋未白，遣詩先與約秋來。

何元錫

一幅秋容眼底開，思歸更著鳥頻催。時偕閣學南下。正愁少箇湖山主，又見文星天上來。謂淵如。

徐嵩

北渚壺觴花底開，鵲華秋色簡書催。二公共有雲山興，我亦思隨李杜來。

阮亨

霜冷明湖一鑒開，那堪歸思夕陽催。鵲華正好看秋色，黃葉西風策騎來。

定香亭筆談

叙

　　余督學浙江時，隨筆疏記近事，名曰"定香亭筆談"。
殘篇破紙，未經校定。戊午冬日，任滿還京。錢唐陳生雲伯
偕余入都，手寫一帙，置行篋中。己未冬，雲伯從余撫浙旋
南，孝豐施孝廉應心復轉寫去，付之梓人。其中漏略尚多，
爰出舊稿，屬吳澹川、陳曼生、錢金粟、陳雲伯諸君重訂正
之。諸君以其中詩文不妨詳載，遂連篇附録於各條之後。余
不能違諸君之意，因訂而刊之，並識其緣起如此。

　　嘉慶五年長至日，揚州阮元記。

卷 一

揚州阮元記　嘉興吳文溥録

浙江杭州學使署西園有荷池，池中小亭翼然，四圍竹樹蒙密。入夏後，萬荷競發，清芬襲人。亭舊無名，余用放翁詩"風定池蓮自在香"意，名之曰"定香亭"。命青田端木子彝國瑚賦之，清思古藻，絕似齊梁人手筆。

定香亭賦　　端木國瑚

謝公水月，杜老乾坤。抗心古哲，怡志名園。榜修月斧，階斲雲根。井惟客轄，市豈臣門。神清藻想，氣馥蘭言。聞空香而入妙，儼寂定而無喧。榜曰定香，亭宜標碣。地展三弓，居容十笏。碧淺楹低，緑沈屏凸。晨光雨後，三徑草薰；午韻晴初，一欄花發。友相問兮冰心，世不知兮仙骨。噓翰墨以繪林，招烟霞而彌窟。水曲雲平，橋連虹斷。鴨緑頭低，雁紅齒短。露氣沈寒，日光抱暖。苔侵午潤，蝸舍紋移。藻漲春陰，魚闌影散。簾疊浪而香連，簟含漪而翠滿。人疑陸海潘江，地是蓬壺桂館。亭則宜春，梅花絕俗。塵不凝紅，莓還襯緑。紙帳搴幃，銅瓶臥褥。品逸於仙，心閒似鵠。句

152

淨鏤冰，神清照玉。愛處士之清淺黃昏，遇高人於水邊籬曲。
綠檻晨潤，朱華夏榮。露白羽淨，霞紅衣明。香空月淡，影
重風清。碧筒醉淺，白社緣輕。翠凌波而脈脈，芳襲袂以盈
盈。問騷人兮何多怨，愛君子兮未忘情。梧蔭初長，桐陰遠
送。碧抱吟蟬，香披么鳳。一闌涼影，彩筆分題；半榻清音，
瑤琴微弄。黃葉烟疏，蒼苔月空。不知秋思誰家，莫道秋光
如夢。檐空四壁，竹擁千椽。疏陰碎地，密翠浮天。綠圍虛
幌，青護重筵。昏黃佇月，深碧流烟。湘枝按曲，玉版談禪。
招此君而入座，共歲暮而忘年。時若座拱冰壺，軒懸玉界。
金石紛披，琳琅密挂。唾散珠璣，氣澄沆瀣。棋憑客聽，石
供丈拜。梨雲蘇軾之詩，蕉雪王維之畫。來物外之清虛，去
胸中之芥懥。高密列座，公幹升堂。擘箋韻僻，擊鉢聲長。
虹光躍硯，霞氣流觴。性諧荀令，文述歐陽。蜺頭雲暗，麈
尾風涼。句奪五花之簪，心嘔古錦之囊。爲想永和人物，雅
宜江左文章。額已留題，碑誰作記。手淨薔薇，心清茉莉。
古綠摹文，硬黃搨字。筆花夢驚，墨藻心醉。寶色星迷，神
光電萃。地惟奎壁之虛，案是玉皇之吏。

　　定香亭避暑最宜，夏日余嘗坐此校書。客有過訪者，茶
瓜清宴，流連竟日。竹陰沈水，游儵在空，不知人世正三
伏也。

題定香亭　　謝啓昆

一簾虛白自生光，鼻觀微參別有香。鷺立影橋新雨過，校書人在水中央。

蓮性時時淨與通，非關花氣撲疏櫳。小池縐碧茶烟散，一陣風來憶放翁。

華亭張子白若采至杭州，七夕，攜撢石翁畫荷花展讀於定香亭上。池荷瀉露，盆蘭吐芬，把酒論詩，極一時清興。余題畫云："蓮花過雨清宜畫，蘭箭臨風韻似詩。記取丁年秋七夕，定香亭上晚涼時。"

定香亭在池中央，由石橋三折乃達。余名石橋曰"影橋"，作文記之，以其爲衆影所聚也。

影橋記　　阮元

浙江學使者駐於杭署，在吳山螺峰之下。宅西有園，園有池。池中定香亭與岸相距，由石橋三折乃達，余名之曰"影橋"，蓋衆影所聚也。池中風漪渙然，是有池影；亭倒映於池，是有亭影；亭與橋皆紅闌，是有闌影；岸邊豆蔓、牽牛子離離然，是有籬影。其樹則有女貞、枇杷、桐、柳、榆、穀；其花則有梅、桂、桃、荷、木芙蓉；其草則有竹、蘭、女蘿。是皆有影。每當曉日散采，夕月浮黃，輕雲在天，繁星落水，霞圍古垣，雪糁幽石，而影皆在橋。魚躍于下，鳥度于上，蝶乘風于亭午，螢弄光于清夜，而影亦在橋。至若把卷晞髮、挈榼攜燈度橋而來者，其影無盡，皆可以人之影繫之。故余以影名橋，爲衆影所聚也。而橋之自有影於池也，不與焉。

余初至杭州，於大門内及内宅西園補種桃、梅雜樹數百本，作《補樹詩》。夫使星三年而易，樹木十年而成，是所望於後來者之培植矣。

補樹詩　　阮元

繞樹數春花，出牆量古木。當年種樹人，此意良不俗。官閣雖清嚴，三年若郵宿。矧兹奉簡書，日月隨轉轂。與樹相盤桓，一年尚不足。去者或不戒，毀薪且徹屋。不見新樹栽，惟見舊樹仆。我從歷下來，住此吳山麓。蒼苔三徑深，老桂一冬綠。所嫌行栗彫，如髮漸宣禿。橐駝負樹來，隙地數弓斸。小梅影橫斜，春意半含蓄。門庭植桃李，左右各六六。植根必使深，膏雨及時沃。譬如爲學人，慎勿苦局促。春風一以吹，鳴鳥樂清淑。夜深明月來，虛窗橫畫幅。吾情欲陶寫，素不愛絲竹。惟此栽者培，頗可娛心目。百年計樹人，一年計樹穀。十年樹木心，所冀來者續。

余值南齋時，與秦小峴、錢裴山二君，每五鼓，在禁中，即橐筆相見。其時，小峴、裴山皆值軍機處也。及余視學來

浙，適小峴觀察杭嘉湖，裴山亦在杭州，嘗以雨後招游西湖，
余有句云："共舒中禁鐙前目，來看西湖雨後山。"

秦小峴觀察招游西湖，晚謁表忠觀，適錢裴山同年過訪，未
值　　阮元

天使浮雲自往還，春晴喜借一舟閒。共舒中禁鐙前目，
來看西湖雨後山。吾輩冠裳烟水上，君家祠宇竹松間。好將
千首新題句，都就詩人子細看。<small>時新得諸生表忠觀落成詩千餘首。</small>

嘗侍家大人射鵠子於西園，與諸友人聯句。余有句云
"投石散水暈"，客以爲摹擬克肖。天長林庚泉道源以"他心竟
能度"對張子白"其衷將直取"，又以"臍射道成惡"對子白
"志傳爾雅名"，一用經語，一用史語，亦工亦確。

嘉慶元年正月人日，同人射鵠子於浙江學署之西園，即事
聯句

虛亭開春首，<small>西崟胡廷森。</small>修竹挂日脚。朋戤盍素心，<small>子白</small>
<small>張若采。</small>耦進踐清約。揚觶酒已具，<small>庚泉林道源。</small>射鵠興可托。
鵠鼓音微轉，<small>中之程贊和。①</small>"射鵠"二字，今北音讀如時鼓。時射韻
非錯。對棚借梅列，<small>定甫江安。</small>量步破苔薄。西十北十符，<small>里堂</small>
<small>焦循。</small>左个右个作。護骲藉之茅，<small>伯元阮元。</small>當箭懸以幕。加楅

_____

① "贊和"，原誤作"贊寧"，今改。時有程贊寧、程贊和二人。贊和，字
中之。贊寧，字定甫。

委聱奴，西崟。設侯用文鞝。尺璧肉倍好，子白。大泉輪滿廓。五花叠成圓，庚泉。兩儀換丸躍。星緯各成天，中之。月望不留魄。紅點嵌星星，定甫。白堊圍矚矚。囧圙雜元黃，里堂。紛披範青朡。揹者竹象爻，伯元。維之林爲索。敦弓我既張，西崟。鳴鏑匠復削。志傳爾雅名，子白。臍射道成惡。混沌破七竅，庚泉。相攘出六鑿。講譜法深穩，中之。湘圃封君，年六十三，射法最深穩。編須人矍鑠。西崟先生年七十八，須長，盧弦拂，編辮乃射。攽決看誰先，定甫。祖衣盍云各。燥濕擬重輕，里堂。陰晴辨今昨。恃力挽取強，伯元。敢遠立反卻。心摹飛衛神，西崟。笑勝投壺樂。竿將一一吹，子白。淵遂深深拓。是謞者呿者，庚泉。亦翩若矯若。吻厲驚飢癰，中之。翰飛聽匪鶚。旁人不及瞬，定甫。喝者或曰著。叩鳴善於問，里堂。響應真如諾。投石散水量，伯元。擲彈碎花萼。儳絲貫於鍼，西崟。若鎖投以鑰。其衷將直取，子白。他心竟能度。虛中窺轂輲，庚泉。無極存匡郭。或挈貳叠雙，中之。或連參斷繳。或四鏃井儀，定甫。或五兩綂落。或觸植顛墮，里堂。或維綱縮綽。揚或隼出塵，伯元。抑或蛇赴壑。止或陷區臾，西崟。斜或拂枝格。拙每成獨笑，子白。巧翻致眾愕。既徹待獲旌，庚泉。乃飲無算爵。功力相箴規，中之。得失互嘲謔。雖藝近乎道，定甫。此禮其猶醨。當風醒薄酲，里堂。臨池度曲汋。餘情看洗馬，伯元。畫者更盤礴。西崟。時周采巖爲封君作《洗馬圖》。

學署西園，賓客所居，有花木池館之勝，下榻此地者，分韻擘箋，殆無虛日，有《西園詩事圖》。

蘇州江補僧鏐，艮庭先生之子。習浮圖家言，長齋持偈。作字苟不合六書者，不下筆也。居西園者三年。

武進臧在東鏽堂，通儒玉林孫也。受業於盧召弓學士，經史、小學，精審不苟，殆過其師。每歲除夕，陳所讀書，肅衣冠而拜之，故又字曰“拜經”。歲戊午，居西園，爲余理《經籍籑詁》事。其弟禮堂學亦深，持父喪，白衣冠而處，不與人見。

元和李尚之銳，錢辛楣宮詹高弟，深於天文算術，江以南第一人也。居西園，爲余校李冶《測圓海鏡》，推算立天元一細草。

重刻《測圓海鏡細草》序　　　阮元

《測圓海鏡》，何爲而作也，所以發揮立天元一之術也。算數之書，《九章》尚已。《少廣》著開方之法，《方程》別正負之用。立天元一者，融會《少廣》《方程》，而加精焉者也。李敬齋《自序》稱：“老大以來，得洞淵九容之説，日夕玩繹，而鄉之病我者，使爆然落去而無遺餘。”蓋其精心孤詣，積累數十年，而後能神明變化，無不如志若此。洎乎明代，算學衰歇，顧箬溪應祥作《測圓海鏡》《分類釋術》《測圓算術》等書，以立天元一無下手之處，每章輒刪去細草，而但演開帶從諸乘方法，舍其本而求其末，不知妄作之罪，應祥實無可辭焉。國朝梅文穆公肄業蒙養齋，親受聖祖仁皇帝指示算法，始悟西人所譯借根方，即古立天元一之術流入彼中者，於所著《赤水遺珍》中論之甚悉。於是立天元術又得章明，文穆之功，斯為鉅矣。其為術也，廣大精微，無所不包。大之而躔離度數，小之而米鹽凌雜。凡它術所能御者，立天元皆能御之；它術所不能御者，立天元獨能御之。自古天文家若元郭太史守敬所造授時術，中法號為最密，而其求周天弧度，以三乘方取矢，亦用立天元術，載在《授時術草》者，可覆而按，則其為用亦神矣哉。以元論之，又非獨如是已也。今歐邏巴本輪、均輪、橢圓、地動諸法，其密合無以加矣。原其推步之密，由於測驗，測驗既精，濟以算術，則有弧三角法；所以算弧三角者，則有八綫表；所以立八綫表者，則先求六等邊、四等邊，以至十四、十八等邊；其求十八等邊、十四等邊二法，則用益實、減實、歸除；所謂益實、減實、歸除者，究其實，即借根方；借根方即立天元一。然則西法之精符天象，獨冠古今，亦立天元術有以資之也。試以是書所列一百七十問反覆研究考之，於二千年以來相傳之《五曹》《孫子》諸經，蓋無以逾其精深。又證之以數萬里而外，譯撰之《同文算指》諸編，實不足擬其神妙。而後知立天元者，自古算家之秘術，而《海鏡》

者，中土數學之寶書也。惜流傳之本，不可多得。元視學浙江，從《文瀾閣四庫書》中鈔得一本，寧波教授丁君小雅杰又以所藏舊本見贈，但通之者鮮，因屬元和李君尚之鋭算校一過，其文字隱奧難曉，及立術於率不通者，李君又雜記數十條於書之上下方。蓋敬齋此書爲數百年絕學，元知學友中惟尚之獨能明之，其精通妙悟，即今之敬齋也。且其所以發明古人之術，闡繹聖祖之言者，爲功亦鉅矣哉。歙縣鮑君以文廷博請以是書刊入《知不足齋叢書》第二十集，即以畀之，及其刻成，而爲之序如此。

《測圓海鏡》跋　　李鋭

天元如積之學盛於元，亡於明，而復顯於本朝。梅文穆公《赤水遺珍》天元一即借根方，解發三百年來算學之蒙，可謂有功矣。惟立天元術相消，與借根方兩邊加減實有不同，文穆於此，似猶未達其旨。蓋相消之法，大略與方程直除相似，但以右行對減左行，或以左行對減右行，故曰相消。西人易爲加減，雖得數不殊，究不如古法之簡且易也。浙江學使阮閣學雲臺先生，學貫天人，振興絕業，以言立天元者，莫詳於《海鏡》，惜其流傳未廣，將重付剞劂，出所藏舊鈔本寄示，命爲校勘。爰依術布算，訂其算式，間有轉寫、脱漏、設數偶合處，輒因管見所及，是正其訛，凡若干條，極知固陋，無補古人，質之閣學，幸垂誨焉。

歙方湛崖溥，能文，工小楷。嘉定張農聞彦曾，辛楣先生弟子，經史、算術，詩畫、篆隸，靡不精妙。吴江程竹厂邦憲、揚州程中之贊和，皆工書，能詩，居西園二年。

歸揚州懷西園四律　　程贊和

一載名園住，高枝許共栖。不分牀上下，小隔屋東西。竹徑濃雲合，蕉窗夜雨低。歸來看屐齒，猶有舊苔泥。

碧沼新荷發，香風透薄綃。池清常浴鳥，泉遠不通潮。小閣玲瓏啓，虚廊曲折遥。還思集吟侣，同過赤闌橋。

日午逡巡起，無人爲報關。偶偕棋客去，常共睡僧閒。謂補僧。倚樹墜涼葉，開窗延遠山。往時游賞處，一一畫圖間。

良夜清如許，吟儕興尚乘。歌聲迴落月，人語聚寒鐙。此別路千里，相思墨幾升。何當重喚渡，鴻迹儘堪憑。

興化顧藕怡仙根，詩境澄澹。嘗至杭，與余同游西湖諸山，歸時余贈以一絶云：“湖光山色上吟衣，幾日閒游便欲歸。歸去詩情定何許，清晨登隴看雲飛。”

吴江郭頻伽麐，以《萬梅花擁一柴門圖》屬題。頻伽先有《水村圖》，吴江女士汪玉軫題之云：“深閨未識詩人宅，昨夜分明夢水村。卻與圖中渾不似，萬梅花擁一柴門。”頻伽乃倩奚鐵生補圖，余和前韻題之云：“香夢夜飛梅萬樹，不知春水隔江村。屬君細逐夢行處，一路栽花直到門。"

　　元和蔣蔣山微蔚，治經史、小學，兼通象緯，著述甚精。詩文才力雄富，無所不有。歲丙辰，與余爲越東之游，走筆爲《甬東》詩八首，傳誦至海外。有《少游》《浙游》諸集，余爲總訂之曰《經學齋詩》，並序之，謂其"研精覃思，夢見孔、鄭、賈、許，時不失顏、謝山水懷抱也"。

蔣蔣山《經學齋詩》

題阮雲臺學使《琅琊訪篆圖》

　　琅琊山色青逶邐，扶桑海水搖漣漪。一臺特立頹殘碑，先秦之刻今猶垂。當時秦皇此登陟，平沙萬騎堂堂馳。從官再拜頌功德，虎視六合無雄雌。鑴銘泐石示不朽，傳之二世方畢之。臣斯擲筆就斧鑕，臣高引鹿來堂墀。望夷宮中忽荊棘，千年此石荒山陲。荒山野火幸不到，不然亦如成山嶧山之罘泰頂無孑遺。吁嗟古刻在人世，殘星落落如娥羲。岣嶁詰屈強作偽，天門粗暴無文辭。此碑止存八十有六字，風吹日炙山鬼悲。高臺三成石僵立，海神禮日初專祠。何時祠圮碑欲裂，海雲昏黑埋蛟螭。使君好古多風雅，遣官曾到山之下。披圖示我認須眉，云是當年訪碑者。訪碑剔洗松煤揩，華蕤漸吐雲烟開。年深肉好變雄勁，生馬控勒去復回。珊瑚之枝紫芝蕚，翩翩鸞鳳充庭階。我聞使君兩載按齊魯，力搜金石披蒿萊。公孫吕戈破土得，師曠墓畫出家纏。緪山入水力求索，丁尊辛鬲羅胸懷。當年賓從惜無我，儻得親行手拓尤當佳。官齋坐覺發光怪，幀頭詩筆罩溪諧。

阮雲臺閣學出所藏竇武印見示，並屬作歌

井中玉璽奪月光，銅盤折矣天蒼涼。桓靈之際代更嬗，無端一印關興亡。蟲沙名姓紛無數，龜紐至今猶左顧。知是將軍一片心，土花蝕損精靈護。中官得志黨錮危，大臣何用椒房私。批鱗特俟黃門獄，想見庭前解綬時。笕霸雖休李杜死，明年竟應童謠矣。長樂初收北寺寒，此印定然隨指使。太白灼爍宮門開，刊章中變臣之罶。五校既散臣力竭，大將軍敗非天哉。漢家自此悲無奈，轉眼雒陽城又破。火氣銷將國運殘，一十八朝彈指過。煌煌手鑄蛟螭文，黝澤化作荒郊雲。可憐不得此印力，慟哭都亭授首人。肘後藏來餘寸組，棄置甘心埋故土。漫隨壞鐵到人間，恨不親鈐誅節甫。摩挲陡覺雙眸明，銀章流落難為情。小物千秋增感喟，誰傳賣印是游平。

過蓮花莊訪趙子昂故居

西風試問苕溪渡，碧浪秋蘋零曉露。風流不見趙王孫，醉踏道場山下路。荒烟千頃淨玻璃，曾是王孫染翰時。移家更卜湖西住，門外殘荷鼓棹遲。道昇為室雍為子，一門風雅真鐘美。只餘隱恨感滄桑，司户居然作承旨。一聲白雁起風沙，蕉萃秋江菡萏花。蝦蟆更急三宮去，國破王孫尚有家。

蒼松團雪圍香葉，月明元鶴淒涼泣。王孫此際老無悰，止向
豪華誇事業。詩情畫意自千秋，粉謝香消水發漚。老屋摧殘
人代速，空亭三十六鳬鷗。只今訪古重停躑，采蓮不唱當時
曲。桐孫雖在石無存，洗出清波依舊綠。水晶宮畔月河邊，
身後王孫亦可憐。一樣青門傳舊裔，召陵猶劇種瓜田。

團扇曲

湘雲掩素流華月，秦娥小鳳驂金闕。西風不到六銖衣，
齊紈皎潔如霜雪。裁作團欒空寄遠，可惜相憐卻相怨。一夜
哀蟬激玉階，蘭房鬂頷啼紅淺。願君溝水常無波，空遣庭樹
彫涼柯。君不見深恩如水羅衣薄，已向尊前奏花落。

謁王文成公祠

良知學始文成公，左顏右孟相離容。心齋語固出莊叟，
尼山一貫將毋同。初歷曹郎見風節，龍場謫豈吾道窮。苗獠
化導居非陋，蠻貊行矣本在躬。督師電掃淨橫洴，寧藩南贛
空言功。爾時讒佞惑簧鼓，九華宴坐君心通。程朱正學公豈
背，後儒自作長城攻。鄉賢有派足興起，公非於陸無折中。
白沙定山雜儒釋，況公並未稱禪宗。人生之蔽在無恥，赤子
心足開昏蒙。廷杖既開士習廢，闔門奔走斯澆風。公倡是學
挽末俗，狂瀾復障歸諸東。試觀後來士習振，三案與國持其
終。念臺清修世所尚，系出公學追公踪。東林高顧亦私淑，
九死必不附進忠。實學之效乃如此，有明一代昭發矇。我過
公里謁祠宇，真才名世豐趺隆。龍谿德洪皆嫡嗣，猖狂止一

顔山農。大書壁間止公謗，在天正氣如長虹。

秋夜

初月在簾鈎，清輝似水流。秋風與秋露，和月作新愁。秋露下河漢，秋風涼女牛。若爲傳此意，西北是高樓。

甬東咏古八首

螳闘紛紛浪自誇，至今舊俗尚繁華。空留君子六千户，猶記甬句三百家。海外風濤多島嶼，夢中軍士半蟲沙。夫差瞑目無强滅，又見東甌走傳車。

回浦章安劇變遷，孤城築後少烽烟。誰云陽朔更州治，不信孫恩號水仙。漢代尚傳南部遠，晋家失計一隅偏。三江口外頻防禦，故轍齊梁豈偶然。

改郡開皇自不同，匆匆唐室廢興中。幸看巨寇干戈戢，得見遺氓費賑通。浹口森嚴安巨鎮，鄞江守護詫奇功。千年府治從兹定，奏稿分明憶薛戎。

武肅英風拓土疆，鎮名底事自朱梁。丸泥獨力支磐劈，鐵弩餘雄及大洋。航海建炎心湏洞，關心德佑事興亡。東錢湖畔增惆悵，史相頹祠尚夕陽。

鋌險黃巖起國珍，醢徒何意有經綸。十年竊據分諸縣，一道降師散浹旬。金鉢山深狼露靜，石蟬門黯海舟淪。可憐血戰慚吳楚，枉受元封負此身。

信國舟防老將才，三時分哨令嚴哉。何期中葉經倭入，復見南塘備海來。烽影嶕生螺髻嶺，炮聲潮涌碇江臺。舟山本自稱天險，鎖鑰無端爲寇開。

招寶巖前番舶過，蛟門控扼竟如何。七場齯竈新丁盛，四所軍營舊衛多。海月江珧齊入市，浹湖甬浦盡通波。居人指點靈山岸，一髻烟中見普陀。

鮫宮蜃市出危樓，千里驚潮一郡收。風挾剛威來颶母，山盤遠勢自台州。天封塔古唐碑廢，阿育王空梵迹留。此地海東門户重，壯懷不僅爲清游。

蔣山年甫冠，弱不勝衣，而學問淵博，未可輕測。兄事余。余贈以詩云：“君年纔可著儒冠，眼底何書不盡看。平子算章通象緯，少陵詩律老波瀾。耳如能聽尤當慧，我竟爲兄大是難。喜得談經開左席，官齋行舫共春寒。”蔣山重聽，故五句及之。

蔣山以治耳聾食符，久之，無驗。余嘲以詩云：“君是最智者，毋爲智者愚。豈真特健藥，恐是詅癡符。”

蔣山兄于野莘，弟希甫夔，皆能詩，幾於王、謝家子弟，人人有集矣，人稱“三蔣”。

丙辰春，余與林庚泉道源、蔣蔣山徵蔚同至甬上，以“春夜江上聞角”聯句。余有句云：“南國春情多在夢，古人心事重防秋。"庾泉極賞之。

春夜江上聞角聯句

　　一江花月換邊愁，<small>此鉛山蔣修隅知廉句也，春夜偶談及此，共補</small>
成之。頓覺蒼茫滿客舟。<small>庾泉。</small>南國春情多在夢，古人心事重
防秋。<small>雲臺。</small>詩中我已驚吹鬢，<small>庾泉。</small>城上誰能獨倚樓。半夜
潮生風獵獵，<small>蔣山。</small>壯懷銷盡爲清游。<small>庾泉。</small>

　　松江楊簣山之灝，與蓉裳、荔裳爲昆弟。簣山與蓉裳同守
伏羌，圍城時，曾親射殺一賊。荔裳從征廓爾喀，今又襄苗
疆軍事。皆近日文人所罕見者。簣山工詩，詞尤清艷，余贈
詩云："楊氏毗陵號二裳，簣山更足號三楊。一家詩事兼戎
事，共織弓衣入戰場。"

　　嘉定錢可廬<small>大昭</small>，辛楣宮詹之弟也，著作等身。嘗助余山
左、浙江兩地校士之役。可廬注《廣雅》，有《蕉窗注雅
圖》，余題之云："蕉之爲物《雅》所無，稚讓所學在《漢
書》，列傳嘗解馬相如。《埤蒼》傳至曹江都，選學須問曹公
徒，試注子虛之巴苴。"案芭蕉始見於《上林賦》，於古無
聞。《說文》"蕉"字即"樵采"之"樵"，《列子》以蕉覆
鹿，即所樵之草木非芭蕉也。

　　武進陸邵聞<small>耀遹</small>，詩才清拔，非唐人不道隻字，詞更清空

婉約，劇似宋人，其季父祁生繼輅，詩筆超妙，於太白清放、側艷之處兩得之，人稱"二陸"。

石門吳曾屼，余易其名曰"曾貫"，能五言長律。時修表忠觀新落成，命之賦詩，曾貫用八庚全韻爲五排，不遺一字，於工穩中時露神韻，余稱之曰"吳八庚"。嘗贈以句云："秦家五字劇縱橫，曾出偏師陷長卿。寄語蘇州漫相許，語兒還有小長城。"仁和周雲熾亦有《百韻詩》。

試杭州時，新製團扇適成，紈素畫筆，頗極雅麗。嘗以"仿宋畫院製團扇"命題，詩佳者許以扇贈。錢塘陳雲伯文杰詩最佳，即以扇與之，人稱爲"陳團扇"。杭州向無團扇，因是盛行焉。

仿宋畫院製團扇　　陳文杰

江南三月春風歇，櫻桃花底鶯聲滑。合歡團扇蔚輕紈，分明采得天邊月。南渡丹青待詔多，傳聞舊譜出宣和。入懷休說班姬怨，羞見曾憐晉女歌。班姬晉女今何有，攜來合付纖纖手。闌前撲蝶影香遲，花間障面徘徊久。樓臺花鳥院中春，馬畫楊題竟逼真。歌得合歡詞一曲，祇應留贈合歡人。

翁名濂

春深羅綺裁宮中，鶴翎鸞羽承雕欂。霓裳三叠織圓月，玉階一夕迴輕風。蘭膏鬢鬢嬌初起，簾捲碧陰涼似水。妝成

匣底對菱花，衫趁風前飄杏子。當年院體學宣和，畫狀元稱
没骨多。花鳥寫生工宛轉，雲烟過眼任摩挲。馬遠圖中留一
角，仿佛徐黃慣雕琢。添得楊家妹子詩，六宫粉黛爭相握。
今番畫本是誰傳，剪出圓規儼昔年。憐他袖底團團影，不逐
秋風成棄捐。

陳甫

南宋冰紈北宋遺，草蟲没骨花折枝。澄光緻緻出機素，
玲瓏畫月秋遺規。漢宫春深已無色，霞綃霧縠風烟蝕。宣和
沿及渡江來，待詔諸公有遺式。當日河陽擅寫生，馬家一角
筆尤精。紅梅貌出宫紈艷，留得楊家妹子名。舊迹收藏藥特
健，半是明宫半元汴。檀柄筠邊仿製工，春羅重剪團團面。
當年障面是何人，今日臨風更寫真。一輪擎出懷中月，還是
錢塘舊日春。

趙振盈

團扇復團扇，冰絲織就鵝溪絹。製出團團明月形，巧式
由來傳畫院。當時宫樣剪裁新，圖成滿面江南春。紹興祇候
知多少，可似宣和待詔人。今番學得當年樣，花卉翎毛各殊
狀。金碧樓臺寶鏡中，綺羅人物冰輪上。動搖懷袖生微涼，
纖雲一片凝清光。秋氣不生長信殿，春風好入奉華堂。欲倩
良工製一握，漫遣芳姿歌捉搦。但畫長安漢苑春，不畫殘山
馬一角。

杭州諸生之詩，當以陳雲伯文杰爲第一。其才力有餘於詩之外，故能人所不能。其詩舒和雅健，自然名貴，於七言歌行，尤得初唐風範。同時能詩者有陳曼生鴻壽，其才略亞於雲伯，而峭拔秀逸過之。陳瀛芝甫又亞於曼生。余嘗稱爲“武林三陳”。雲伯弟文湛亦能詩。曼生弟穀曾善屬文。

陳雲伯《綠鳳樓詩》

鐵笛

梅根飛出仙雲黑，不鑄鐵簫鑄鐵笛。元冰一握朱唇寒，青天吹作芙蓉色。螺文百結螺花鋪，秋星歷歷排明珠。昆吾夜斷瘦蛟脊，誰與作者來南圖。笛上款。我聞中郎舊截柯亭竹，寧王醉弄唐宮玉。秦庫昭華不可尋，唐家玳瑁今誰屬。尺八何如鐵鑄成，水仙夜舞雌鳳鳴。江城楊柳不堪折，倚樓愁聽關山聲。草堂夜雨開金粟，淚痕洗盡湘江綠。鐵厓曾賦《冶師行》，玉山誰奏《花游曲》。八月秋風下洞庭，魚龍夜伏暮山青。鐵心譜出《梅花弄》，吹與群仙月下聽。

琅嬛仙館所藏漢李廣銅印歌

嗚呼飛將軍，數奇不封侯。結髮大小七十戰，惟餘一印千秋留。將軍起家良家子，得士能令士心死。無雙才氣泣公孫，刁斗行軍安足比。雁門秋老生邊塵，將軍此印應隨身。篆文劃斷瀚海雪，虹光透出天山雲。紅沫稜稜土花暈，定爲將兵作符信。謝罪曾鈐幕府書，酬功誰授梁王印。我思漢文

恭儉稱賢主，禁中頗牧思良輔。賈生不相廣不封，縱遇高皇
亦何補。又聞武帝恢雄圖，丁零郅善開邊隅。但以私親封衛
霍，不使名將當單于。老去藍田甘棄置，東道行師復何意。
一代威名右北平，但留虎鈕旁邊字。銅花不覺摩挲久，當年
曾綰英雄手。志士成功自古難，庸夫獲福從來有。君不見李
蔡爲人居下中，肘後黃金大如斗。

月夜海上觀潮

雙臺夜靜風蕭蕭，日潮不足觀夜潮。明月照海海水白，
碧雲捲盡青天高。漏聲初起潮未起，夜色沈沈越山紫。萬里
滄溟靜不波，一片空明接天水。須臾戰鼓轟如雷，潮聲已逐
風聲來。玻璃世界忽破碎，水底涌出金銀臺。百道銀河向空
立，是水是月迴難別。娥輪照影魚龍飛，雪浪濺空星斗濕。
靈胥白馬驂翱翔，頃刻應已臨錢唐。寒潮涌月月不去，依然
雲盡天青蒼。歸來小臥劇清曠，花影如潮滿秋帳。鄉夢驚迴
夜不眠，尚有餘聲來枕上。

夢游羅浮吟

仙鬟雙立天風迴，海濤捲雪羅浮開。瘦蛟唅月癡龍苔，
白雲一抹羅浮合。羅浮之山四百峰，峰峰亂插青芙蓉。濕翠
滿衣風浩浩，夢中識是羅浮道。冷雲臥地枝橫斜，月明光照
千梅花。梅花如雪月如影，美人翩翩衣袂冷。霓裳淡襯仙雲
嬌，倚樹爲我吹瓊簫。瓊簫一曲聲嗚咽，滿地紛紛落香雪。
酌我酒，贈我花，雲中遙指仙人家。醉邀胡蝶爲我舞，流珠

簌簌月當午。一聲長嘯歸去來，側身東望思蓬萊。四面花光
暗成霧，月中不辨來時路。

漢宮詞

九雛釵壓雙鬟重，紫雲帳掩流蘇夢。漢家火德正靈長，
連臂深宮歌赤鳳。宜主纖細合德香，帝子甘老温柔鄉。碧睡
初染石華袖，朱唇小點慵來妝。年年相見張公子，倉琅燕啄
王孫矢。白頭博士淖方成，已向披香悲禍水。長信宮中秋復
春，合歡團扇舊承恩。捲簾悵望昭陽月，誰省當年卻輦人。

齊宮詞

趙鬼西京工讀賦，玉壽芳華起無數。夜夜風搖九子鈴，
玉兒穩踏蓮花步。一雙寶釧摩紅肌，重樓新換青琉璃。寶孫
別喚王倀子，阿兄更有梅蟲兒。玳瑁帖箭銀鏤弩，射雉歸來
還捕鼠。雉頭鶴氅白鷺縗，早有吳儂憐貨主。三橋鳳度長圍
長，練兒已軍朱雀航。寶卷尚作女兒臥，飛仙帳底春夢涼。
建康龍鬥激淮水，太息崔陳枉如此。鳳輦無端迎蔣侯，虎賁
有救停荊子。雲龍門外虎幡揮，閲武堂前舊市非。玉笙鈿笛
吹花落，楊柳年年作雪飛。

隋宮詞

大業垂楊初賜姓，迷樓面面宮腰凭。錦帆行樂不思歸，
零落故宮仁壽鏡。三千殿脚扶龍舟，香風吹暖長淮流。寒螢
影奪二分月，景華夜照仙人游。十斛甲煎鏁香靄，院院花枝
紛作隊。紅迎鳳輦寶兒花，綠寫蛾眉絳仙黛。長星勸汝酒一

杯，李花已逐楊花開。麗華含睇歌《玉樹》，紅梁未醒吳公臺。瓊花歸去春魂慼，金合同心葬寒綠。十年歌舞劇繁華，空留《南部烟花錄》。紫泉宮殿冷栖鴉，曾是當年帝子家。太息阿㜑墳畔草，年年青到玉勾斜。

贈吳丈澹川文溥

馬首秦關雪，樓船大海風。平生奇絶處，都在一編中。草檄驚戎幕，橫刀挹上公。歸來何所適，湘漢待征篷。

烏栖曲

美人進酒雙玉壺，燭花艷照紅氍毹。銀河珊珊珠斗小，老烏一聲天下曉。

蟲聲唧唧鳴東壁，迴文小字當窗織。銅龍夜轉雙蛾低，欲栖不栖烏夜啼。

暮春

樓閣半斜暉，開簾待燕歸。落紅飄畫扇，新綠上春衣。竹露和烟滴，楊花貼水飛。靜中忽聞響，梅子墮階肥。

餞春和吳蘭雪嵩梁即送旋里

聽鶯時節正天涯，自酌清泉餞落花。每到春深如送別，況逢客裏是浮家。耆卿小調歌楊柳，謝傅閒情感琵琶。我亦新愁消未得，憑闌每到綠陰斜。

秋夜

木葉西風正怒號，雁聲流響落寒濤。匣中夜夜秋鯨吼，笑看月明橫寶刀。

京口

江流萬里海天長，門戶金焦鎖建康。北去雲帆通楚越，南來戰壘臚齊梁。重重樹色開秋霽，衮衮潮聲走夕陽。獨倚蓬窗酹杯酒，隔江燈火認維揚。

邗江

邗江流水學羅裙，歌吹聲遥不可聞。山色綠沈禪智寺，草心紅上阿麼墳。蕪城鴉散春堤雪，隋苑螢飛日暮雲。莫向珠簾問消息，年年愁煞杜司勳。

康山懷古

檀槽翠袖佐金樽，絕代風流此狀元。七子詩壇留片席，二分明月弔詩魂。已拚姓氏酬知己，尚有名山當子孫。三百年來訪遺宅，琵琶聲斷畫樓存。

塞下曲

長城萬里接陰山，老戍荒邊未許還。倦枕髑髏眠不醒，夢魂飛度玉門關。

百戰威名百戰身，年年戰血洗邊塵。封侯畫像尋常事，生縛樓蘭最快人。

陳曼生《種榆仙館詩》

游道場山

家居傍湖山，春和愜遄賞。半年殢吳興，奇勝阻孤往。命儔峴山麓，舍船逐林莽。近畦俯葱鬱，遠嶼挹涼爽。石亂泉響競，篠密炊烟上。疏紅補女蘿，瘦雲削仙掌。其勢折而北，群附獨雄長。拾級轉漸南，絕頂露平敞。塔鈴瘖不聲，天風落虛幌。衆鳥起舊枝，一磬度清響。碧湖渺杯水，烟翠撥雙槳。此時塵慮空，昔游固可仿。頗聞孫太初，兹山結霞想。

方干舊詩侶，近苦纏病魔。瀹茗資沁脾，神旺欲薦瘥。希真動狂態，休文流高歌。天氣黯將夕，猶復捫烟蘿。始知素心侶，形迹無偏頗。新綠媚晴嶂，恍惚逢雙娥。低頭暈霞頰，如此花光何。相憐更相照，顏色愁春波。

渡揚子江

落日銜霞上柁樓，大江烟水赴鄉愁。風兼鶺鴒盤雲度，浪蹴兼葭帶岸流。吳楚橫分瓜步月，金焦直送秣陵秋。牙檣錦纜紛如織，可羨忘機自在鷗。

訪吳丈澹川東津溪舍

長嘯華山頂，唫詩滄海秋。步兵餘白眼，從事有青州。草長柴門遠，花開野水流。相看不知老，爛醉更何求。

夢游羅浮吟爲雲伯弟作

羅浮四百三十有二峰，峰峰落月香芙蓉。芙蓉欲殘冷紅瘦，磵底盤雲澀苔綉。梅花如雪一萬株，花酣月大來仙姝。羅裙艷妒五色蝶，蝶夢如烟冒花黶。青鸞舞采喚不醒，玉簫一闋愁娉婷。月姊偷窺動銀押，花奴解事防金鈴。碧海橫影，玉龍含腥。膡六睥睨吹鵝翎，虛空擊碎琉璃瓶。寒氣憭慄不

可以久處，仙之人兮向我語。斯是朱明曜真之天，上接清虛
廣寒府。試逐輕飆整鸞驂，夜深同按霓裳譜。

湖州郡齋壁間管夫人畫鵑

叢篁拂青霄，新雨沐翠痕。傳神到閨闥，搖筆溪烟昏。
餘工畫飛奴，雜沓幕上翻。其數且累百，厥徒乃實繁。斂神
遂生物，俾彼造化恩。啄息無所求，羅網安足論。嘉名溯官
齋，薌澤異代存。琉璃嵌作籠，目眩手重捫。隱約膌四頭，
意態翔游鷗。比翼露神俊，靈孕自吐吞。不受塔鈴怖，詎佐
人日殪。驚詫飽眼福，賓客戒勿喧。碑版盡埋沒，墨妙輸淑
媛。紅羊換塵劫，底用哀王孫。

白蓮花

縞衣仙人顏如花，凌波緩步飛素霞。明璫翠羽艷冰雪，
闌干十二馳香車。吹香不散墮入水，縠紋冷浸銀蟾死。香月
團團結淨因，瓊枝綽約瑤池起。瑤池隔斷水晶簾，一片空濛
夜氣嚴。祇覺月華添皛皎，教誰香味挹虛恬。無情有恨離離
重，天末相思誰與共。記得南山第一橋，鐵簫聲破閒鷗夢。
湖頭女兒打槳迎，折花欲贈珠淚傾。嬌紅未乞鄰家種，荷葉
荷花空復情。花枝低鞸催吟急，鉛華洗盡春痕濕。一群翠羽
背人飛，十隊霓裳向風立。花如彼姝姝不如，容華絕代讓芙
蕖。晚涼池館碧雲合，醉倒花魂月魄初。

題朱丈唫陔齋壁

蕭蕭兩三个，不減萬箇篁。疊石臥清影，開簾受細香。

雨絲寒酒盞，花片艷琴囊。遲我十年到，春橋舊草堂。

題錢恬齋昌齡所藏王元章《萬玉圖》

懶迂十萬圖，夷門詫奇絕。就中霏古香，萬樹橫溪雪。雪消溪流清，月落霜華綴。照見冰玉姿，點點同心結。創奇煮石農，但寫聲騷屑。空色窮形相，麋丸著靈潔。疏密間橫斜，規連復矩洩。一枝十丈強，一瓣波三折。滿幅蕩春光，餘景不一設。我昔蘊槎枒，畫理商老鐵奚岡。腕底苦不運，說者輒宛舌。回溪草堂開，茶瓜供小愒。先澤富貽留，行行標鑒別。茲圖五百年，豈受六丁掣。收藏歷三世，縑素未磨滅。奇奧究造化，題句破禪悅。開拓萬古胸，過眼白雲曳。圓類珠走盤，勁擬筋入節。萬玉誰瑕疵，瑤階寸肪截。始知宗伯畫擢石先生，胚胎授神苑。文孫幼穎悟，含飴聆緒說。弄筆塵俗捐，清芬久掇擷。小鶴丁子復真詩豪，發唱走煩熱。戞玉必萬響，我遇氣先竭。主人繼其聲，雜沓促報決。書來誇飛仙，那許閡寒劣。羅浮夢綿邈，西溪篸幽咽。何如招吟笻，鄧尉探芳洌。衝烟踏瓊瑤，臨風振蘘薛。相遇無極翁，共扣長生訣。

敝裘二首

一裘三十載，檢點劇生憐。尚為嚴寒禦，難同敗絮捐。感如新白髮，雅稱舊青氈。阿母曾縫紉，相看淚涌泉。

故交吾與汝，歲晚不勝情。策蹇江南夢，投竿富渚盟。清貧人跌宕，奇暖酒縱橫。俗眼空皮相，披襟為不平。

題畫

萬縷千條織晚春，溪烟如夢月如塵。扁舟只送落花去，行盡江南不見人。

雪夢圖

冷香壓夢夢不飛，夜深月上梅花肥。花魂幻出翠眉嫵，雪色翻亂紅綃衣。梨雲漠漠不識路，縹緲羅浮憶前度。瘦影難教倩女支，明妝欲奪姮娥素。珊珊卻下疑無踪，雲膚花貌參差逢。緩步筠廊情宛轉，忍寒紙帳語惺忪。夢中天地同長久，夢醒年華總孤負。一聲玉篴起高樓，飛花如雪空搔首。人生難忘是仙緣，蟾鏡分明夜夜圓。雪霽花明江上路，春歸夢到渡頭船。

塞下曲

白骨青燐瀚海頭，琵琶一曲起邊愁。眼前滴盡征人淚，併作黃河地底流。

弓彎霹靂射天狐，驚落雙雕萬衆呼。好語將軍休見妒，凌烟容得幾人圖。

桃花馬上雪花殷，飛過崑崙第幾山。回首江南好明月，祇應夜夜夢中還。

湖上餞春同吳蘭雪、郭頻伽、何夢華

一雨失春紅，衆山如夢中。不知芳草路，綠遍畫樓東。別意黯湖水，吟箋擘晚風。歸雲近南浦，底事太忽忽。

解后得良友，春殘酒不辭。人兼色香味，船載畫書詩。

孤岸晚花瘦，暮溪新燕遲。小園留一宿，梅子解相思。

葛嶺

明月香風十二樓，平章湖上恣清游。半閒未許神仙占，後樂寧知將士憂。蟋蟀聲驕蘋草捷，鬼車啼斷木棉秋。福華編就看如夢，流水桃花爲爾愁。

文橋小園

平江足烟水，送客渺愁予。復爾賦高會，可當讀異書。冷花晴蝶外，秋草夜蟲餘。此月照今古，勿憂雙鬢疏。

湖樓夜集

風水搏不起，悄然雙白鷗。流雲過高樹，銜月上層樓。落葉遥山夢，鳴榔隔浦秋。胡爲殢游興，閒繫木蘭舟。

陳瀛芝《蕡香閣詩》

泛河渚觀蘆花宿秋雪莽

沙河繞郭縈彎環，回頭尚見皋亭山。延緣數里棹百轉，只在白水明沙間。秋光蕭爽秋水窄，秋林渡頭楓葉赤。一灣一曲路乍無，劃然開出連天碧。夕陽欲落風蕭蕭，白鷗浩蕩秋心遥。幾度吳霜清雁路，催成秋雪滿江皋。昨夜秋聲吹淅瀝，萬叠飛花入蘆荻。栖鴻驚作雁門看，叫殘冷月無顏色。棹波人影如剡溪，雪花一片迎人飛。又疑臥游香雪海，千樹萬樹光迷離。一庵緣流花四面，面面花深庵不見。人間六出未成花，老僧八月先知霰。此中風景武陵源，春到桃溪水有痕。蟹舍漁汀疑斷港，烟光鳥影又前村。霞梢一抹鐘催暮，棹入漁郎棹歌處。若教寫作水村圖，天邊只少遙峰露。

宿萬松嶺聞松濤

高城百叠盤連岡，湖光江色長蒼蒼。重門一徑入空翠，此下舊是松門坊。我來三月暮，桃柳餘春芳。日落不落半江黑，月升未升千林黃。忽聞聲自天半來，四座不語驚且僵。疾如鐵騎奔天闉，風雨雷電隨飛揚。又如洞庭廣樂張，湘君鼓瑟聲琅琅。伍子之山胥母場，意中水天河微茫。開門尋聲不可見，但見江鸛水鶴飛迴翔。須臾海門匹練起，銀山雪浪相撐搪。松頂明月森光芒，上開諸天下龍堂。奇相弄珠，冰夷調簧。瘦蛟驅海黿成梁，戈戟復振摩雷砢。松影滿地秋心涼，夢游恍惚驂飛凰。

送人之虔州

鬱孤臺下碧連天，曾泛崎城下瀨船。貢水東來灘八百，庾雲南接路三千。故關鎖鑰山程雨，暮客帆檣水郭烟。暇日榕陰凭遠目，諸公吳語憶當年。謂古巢昆仲。

紅豆

山薑子老木棉飛，點點殘紅秋樹垂。珠海有林皆作紺，珊人無淚亦凝脂。西風幾度勞纖手，隔幔誰家唱艷詞。多事門前見梧子，一般零落動相思。

西湖采蓮曲

湖山湖水空濛裹，一角曉涼三十里。鴛鴦好夢沙際圓，

猶有采香人未起。宿烟半窮開湖雲，菱花菱葉秋鏡分。歌聲
彷彿湖東去，雙槳含情兩回顧。可憐斷絲徹底柔，可憐苦心
常悠悠。昨夜涼堂月如水，參差一聲出簾底。三更畫船風露
多，花光人影紛婆娑。回頭不見玲瓏月，一堆蒼烟浸遙碧。
曉蟬聲出柳毿毿，次第輕風花氣酣。喚醒湖頭涼夢足，隔堤
猶唱《好江南》。

雲伯自言，近體詩抒寫性靈，不及仁和龔素山^應。嘗誦
其佳句，如《送弟》云：“貧賤始教身作客，文章終望爾成
名。”《寄友》云：“年壯漸悲分手易，家貧纔覺讀書難。”
《留別》云：“人生知己多岐路，客子歸心入暮秋。”《客中除
夕》云：“殘歲來朝成過客，故園今夕亦天涯。”《謝人招看
桃花》云：“我緣漁父曾迷棹，說著桃花便轉頭。”又云：
“重來祇恐花惆悵，依舊劉郎未得仙。”皆極纏綿悱惻之致。
又“夜從花影轉，秋帶樹聲聽”，十字殊妙。

素山詩亦有極幽艷跌宕者。曼生復爲誦其《不寐》句
云：“胡蝶夢醒花得月，蝦蟆更斷雨兼潮。”《西溪》云：“明
月白諸嶂，梅花香一溪。”《夜坐》云：“花影入秋方有韻，
竹聲如雨不生愁。”《焦山梅花》云：“花開太古雪，香入大
江潮。”《栖霞》云：“松根分石瘦，山勢抱江圓。”《胡蝶》
云：“影留芳草不知瘦，夢入落花惟有香。”《旅懷》云：“孤

館秋聲皆入耳，高樓月色有同心。"

　　頻伽，纏綿悱惻人也。詩文皆極幽秀生峭之致，詞尤雋永，謝蘊山方伯謂與蘭雪相伯仲。居西園者月餘。

郭頻伽《靈芬館詩》

九日鳳皇山登高作

　　朝暾欲上浮雲走，好事天公作重九。青山入夢呼起來，萬朵芙蓉一招手。客中節物尤可憐，坐窗不遨何其傎。故人導我九節杖，上挂三百青銅錢。前時意行不知路，只向萬山深處去。今朝有説須登高，已輕列岫同兒曹。舍舟不覺遠，徑指南山南。雲中鳳皇翩欲下，鞭笞鸞鶴飛相參。慈雲之嶺據其腹，四角方亭一峰獨。其上十八盤，一盤路一曲。前者回頭獲善顧，後者僂行鶴俯啄。一盤一盤行不止，一峰一峰來腳底。忽然望眼開，其頂乃如砥。平原淺草五百弓，海色江聲一千里。烏虖！世間萬事不到絕頂安得奇，半途而止長已矣。排衙石古作人立，石色蒼然如積鐵。披蘿帶荔山之阿，疑是陰厓鬼神入。當時南渡何匆匆，萬里不見龍媒通。君王好武仍好色，教戰無乃同吳宮。冬青樹老鳥呼風，嚴霜初上秋林紅。寒鴉落葉紛紛而來下，白日忽墮蒼烟中。起尋別徑行緩緩，有竹僧房門可款。歸去方知腰腳疲，悲來祇覺登臨懶。我生三十一重陽，多在他鄉少故鄉。故人歸計明年遂，相約攜壺問上方。

莫釐峰望太湖作

一峰明一峰，七十二芙蓉。遠水欲浮去，暮烟相與濃。斜陽穆金碧，人影亂魚龍。便擬移家具，因之買釣蓬。

雨中放舟

晴即登山雨放舟，看山冒雨坐船頭。可憐樵子不知滑，腳下白雲如水流。

西湖餞春偕吳蘭雪、陳曼生、何夢華

湖頭誰浣紗，湖面明朝霞。良友忽相見，暮春初落花。船如天上坐，人以水爲家。蘭雪襆被舟中已三日矣。及此渺然去，我生安有涯。

雨過

浴罷新涼透葛輕，隔簾時墮濕流螢。微雲不道天空闊，愛向銀河疏處行。

蘭雪出近作相示，即書其端，送歸西江

閉戶何年著此身，天涯風雨感茲辰。出爲小草能如我，夢有名山肯待人。應俗文章游子淚，及時鰕菜異鄉春。憑君早晚匡廬住，海內相望亦比隣。

觀潮

秋風不肯自作氣，卻遣江潮助聲勢。群山相顧爲斂容，子胥文種後先至。八月十八聞尤雄，月魄消長與渠通。螺蛳門外沙岸廣，林林衆影如沙蟲。老黿窟中自打鼓，殷殷薄雷

催作雨。天山萬馬夜合圍，緣邊四郡色如土。一痕微白一綫長，蟹眼試作初熟湯。玉繩轉斗河漢澹，電影劃破琉璃光。小舸鳧雁波中翔，若進若退低復昂。屏息以待屹不動，斗然遇之如蹶張。兩岸聚觀數千指，鼻息不聞面灰死。呼吸深愁立不牢，腳底饞鯨白齒齒。我從去秋發興狂，所見不逮一豪芒。豈知壯觀得今日，海若有意相誇張。天公何惜萬金藥，重起枚叔出奇作。我無筆力挽萬牛，歸對秋鐙坐孤酌。

湖上雜詩

油壁車輕緩不妨，暮烟澹澹水生光。雷峰一塔頹唐甚，只替游人管夕陽。

一湖純浸四山陰，萬鼓鏗敲日照林。尚有數峰晴不得，又吹飛雨過湖心。

頻伽詩佳句，如《友人過訪》云："故人舊約梅花記，遠客歸心小草知。"《即事》云："月與梧桐尋舊約，秋將蟋蟀作先聲。"《仰蘇樓》云："樹搖殘滴有時響，雲與暮烟相間生。"《小集》云："滿眼青山秋士老，打頭黃葉酒人來。"《謝人餉梅花水仙》云："詩人冰雪陳無己，寒女神仙謝自然。"《西湖春感》云："湖山跌宕朝廷小，花月平章蟋蟀秋。""二月落花如夢短，一湖新水比愁多。"《偶成》云："山低風急兼疑雨，夢醒月明如有人。"《夜發》云："水當殘夜自然白，我與露蟲同此涼。"《夜聞潮聲》云："吹水魚龍

秋有力，側身江海夜初長。"《述昏》云："卻月橫雲張遇墨，
宜男長壽阮修錢。"皆吸露餐霞、不食人間烟火者。

　　吳蘭雪嵩梁，江西東鄉人。余於《邗上題襟集》中讀其
詩，欽爲才士。戊午春，蘭雪來游湖上，襆被宿湖舫十日。
值春暮，與江浙詩人賦詩餞春，打槳而去。

吳蘭雪《香蘇山館詩》

秦良玉錦袍歌

　　五花戰馬千金戟，馬上紅妝能殺賊。健兒羅拜秦將軍，
氣蓋西川貌傾國。平臺召見詩寵行，天子臨軒賜顏色。宮錦
歸來換戰袍，鏤金錯綉皆天澤。崇禎之季軍政荒，本兵獨倚
楊嗣昌。盡驅流賊入巴蜀，斬刈黔首如牛羊。白桿縱橫三十
萬，將軍盡室來酣戰。旌旗五色陣雲高，帳下女兒亦驍悍。
烽火連天箭震地，殺賊逾多氣逾厲。賊中望見錦袍來，百萬
雕戈同日棄。雪花如席天漫漫，錦袍雖暖邊風酸。寄衣一千
五百襲，將軍愛士同飢寒。張令軍前鼓聲死，本兵不恤將軍
恥。峒兵二萬請分廩，妾家甘爲朝廷毀。巡按巡撫嗟何人，
劉之勃與邵捷春。按圖扼要十三處，奇策不用徒因循。此時
錦袍慘無色，半污蠻血沾征塵。沙場百戰蛾眉老，畫像敢望
登麒麟。成都一破金甌裂，石柱孤城堅似鐵。巾幗蒙恩四十
年，耿耿丹心照邊月。美人名將兼純忠，天以壽考酬其功。

左家良玉愧且死，晚節一敗非英雄。思陵身殉福王走，南渡
衣冠復何有。六宮紈綺燒成灰，秦家錦袍猶世守。海內承平
二百年，岷山劍閣無烽烟。匹婦何敢奮螳臂，窮寇乃與相鈎
連。計日王師大斬獲，擲汝鼎鑊供炮煎。攻心有術當革面，
內地戡亂殊籌邊。宣恩一檄定感泣，各習井臼投戈鋋。請爲
將軍崇廟祀，祠官奉職春秋虔。忠義所昭魑魅化，一矢不用
三軍旋。錦袍樂府蠻女唱，弓衣合繡都官篇。

蝫磯靈澤夫人祠

虛堂劍珮晝無聲，門外青山遠黛橫。宮女如花猶列陣，
洞房燒燭記論兵。銷魂萬古黃陵廟，遺恨三分白帝城。比似
湘靈心更苦，寒江嗚咽暗潮生。

舟中自訂癸丑、甲寅詩卷述懷

燕市蹉跎百感侵，歡場未散已沾襟。吹笙易醒游仙夢，
擊筑難銷壯士心。海氣青蒼連碣石，岱雲浩蕩接淮陰。支離
病鶴籠初放，隻影江湖瘦不禁。

盛名何敢匹鄒枚，一代公卿盡愛才。幕府高秋張宴出，
元戎小隊送詩來。座中跌宕揮金戟，花裏沈酣倒玉杯。午夜
軍門猶未掩，記從湖上棹歌回。

平生襟抱托青霞，鳳泊鸞飄亦可嗟。十載論文交海內，
群公傾蓋慰天涯。放翁團扇摹詩社，賀監金龜擲酒家。曾許
俊游陪杖履，山陰夜雪鏡湖花。

石溪春暖燕南飛，誰誦新篇入翠帷。五色繡絲傳唱滿，

千金賦價倦游歸。盧儲知己推紅袖，羅隱逢人問白衣。辜負
瘦吟樓上句，才兼仙佛古來稀。

　建業姑蘇又廣陵，當筵彩筆最飛騰。樓臺春晚頻移棹，
絲管宵闌獨翦燈。年少風懷花正綺，天寒離緒酒初冰。誰知
縱飲酣歌地，中有唐衢淚數升。

　寶幄鈿車白玉驄，瓊花璧月錦帆風。山橫北固斜陽裏，
寺在南朝細雨中。越水浣沙誰絕艷，吳門乞食有英雄。登臨
莫抱千秋感，身世茫茫亦斷蓬。

　富春江色釣臺邊，朵朵芙蓉浸碧漣。素鯉上竿鱗未損，
紅妝照水影都妍。經過雲樹俱無恙，我與溪山最有緣。二十
四鷗相識久，往來不避載書船。

　屐印衫痕翠未消，湖山入望又迢迢。西泠花信遲三載，
南渡風流訪六橋。叠雪樓頭天漠漠，涌金門外柳蕭蕭。錦袍
鐵弩今安在，請爲錢王賦射潮。

　江寧孫蓮水韶，工詩，師事隨園，絕有家法。嘗佐余校
士山左，倡酬頗多。別後寄其《春雨樓詩》見示，佳句如
《西溪草堂》云：“綠水紅桃雙畫槳，斜風細雨一青蓑。”《聞
鶯》云：“圓到十分同調少，訴來三月別愁多。”《銅陵江夜
行》云：“天空疑化水，燈遠欲沈江。”《上畢秋帆尚書》云：
“名世文章軼燕許，狀元風度陋蕭曹。”《揚州》云：“紅蓮雨
歇秋燈亂，白紵衣涼小調新。”《贈王夢樓太守》云：“風雨

驅馳一枝筆，江山歌舞兩船花。"《望九華山》云："殘雨吹風斷，遥青渡水來。"《泊彭湖大姑塘》云："多情月每隨歸棹，再到山如檢舊詩。"《永濟寺》云："江光搖佛面，石色上僧衣。"樓名"春雨"者，蓮水有《春雨詩》最爲隨園所賞故也。余見隨園詩弟子，當以蓮水爲第一。

孫蓮水《春雨樓詩》

寄懷蔣藕船、吳蘭雪

雨過月如洗，天涯渺素心。琴聲滿庭雪，花影半牀陰。春夢風前短，江雲別後深。何時理歸棹，邗上共題襟。

春雨

當窗不斷雨絲斜，引得苔痕上碧紗。入夜最宜新種竹，捲簾可惜早開花。誰家破竈燒寒葦，一路香泥殢鈿車。應有綠蕪門外長，教人無夢不天涯。

無限關河兩鬢絲，潺潺偏值冶春時。寒侵幽夢重衾覺，水長平湖畫舫知。芳草色濃迷路遠，啼鶯心倦出花遲。祇愁綠葉從今滿，又誤尋春杜牧之。

吳孃一曲總消魂，走馬江城晝欲昏。客路怕逢寒食節，酒家慣住杏花村。遠烟如夢迷山影，新綠和愁上柳痕。多少樓臺圖畫裏，玉鞭敲遍不開門。

濕雲壓屋夜冥冥，落盡春紅響未停。孤枕夢驚千里斷，小樓人坐一鐙聽。尋來舊事愁空結，問到流年酒欲醒。九十韶光彈指去，天涯樹色又青青。

漢上

輕裝漢上暫勾留，載酒春宵汗漫游。如此江山又明月，看花直上最高樓。

寄王西林

吳江楓落記分襟，柳色晴川感客心。小別信如春雁杳，相思情比暮潮深。畫橋烟雨青溪舫，落日雲山碧海琴。良夜花關渾不掩，知君或有夢來尋。

游赤壁遇雨

不辭觸熱到江樓，捲地風來暑忽收。萬片頹雲沈赤壁，一天急雨過黃州。夕陽嵐翠晴猶濕，古木平臺爽似秋。欲看西山千丈瀑，更從樊口下輕舟。

西山寒溪寺懷古

寒溪寺外青山暮，山中百道飛泉注。曾是吳王避暑宮，沿溪尚有前朝樹。紫髯霸業定三分，一面風當百萬軍。秣陵王氣雄天塹，赤壁江聲走陣雲。此地當年盛樓閣，閒攬江山入寥廓。蜀江波浪自黃牛，漳河臺榭空銅雀。轉眼舟師下武昌，千尋鐵鎖盡沈江。殘磚猶刻吳黃武，賸土都歸晉太康。於今廢址人經過，寒烟衰草牛羊臥。右憑鄂渚左蘄陽，蒼茫戰壘愁無那。徙倚臨風日又曛，赤烏遺事忍重論。老僧指點山頭石，猶帶當年試劍痕。

曉過京口

片帆東指海門遙，唱罷天雞正上潮。風露滿身人獨起，半江紅日看金焦。

錢唐張鄒谷迎煦，余以試詩古識之。補弟子員，旋侍其尊人雪濤淦至兩粵吉制府幕。時黔中狆苗不軌，擾及粵西，迎煦與父同在戎幕，飛書草檄之暇，不廢吟咏。從征一年，大功告竣，以軍功得學博。嘗呈其《從戎草》一册，多喬梓倡和之什。雪濤幕游半生，故福郡王尤契重之。自云足迹遍天下，所未至者，吉林、伊犁、西藏諸地而已。常從征臺灣，功成，可得五品官，辭不受，亦奇人也。著有《之萬集》。

張雪濤《之萬集》

臺海從軍詞

弱冠登壇掃穴庭，凌烟勳業早圖形。於今上相臨戎帳，那有欃槍未墜星。

殊恩特錫左旋螺，百道樓船鎮駭波。唱徹潮雞罷鼓歇，不知海道幾更過。海洋以更計程。更，六十里。

霓旌席捲陣雲重，狡穴摧殘兔絕踪。一夜水沙連地名。外火，灰飛九十九尖峰。山名。

射生矯捷筍弓小，度水輕便莽葛新。刳木濟渡，番人呼爲莽葛。鯨影潛消雙鹿耳，蛟涎不捲七鯤身。

凱歌鐃唱互琤瑽，竹馬銅鳩戀節幢。萬斛舟輕雙席穩，青山一髮是蚶江。

琴劍飄蕭遍九州，從戎踠晚涉滄洲。金鰲背上揚帆渡，奇絕平生是此游。

大軍征苗端江舟中作

邊關此日想犂庭，星掩天狼羽檄停。荷役重尋迴雁路，黔、粵皆舊游地。彎弧休上射烏亭。蠻江屈曲流應赤，愚鬼啁啾燐不青。笑爾么麿成底事，空憐踥蹀馬蹄腥。

百色進兵

耕市靜無驚，嫖姚捲甲征。險穿虵蚓路，倦聽鶹鴣聲。紅飯青葵裹，烏蠻赤脚行。王師洵神武，玉石自分明。

官軍收者浪

飛騰峻阪鐵衣群，戰氣雄開瘴嶺雲。八陣遠勤諸葛略，五溪重度伏波軍。怒螳奮臂身先縛，黠鼠潛踪穴已焚。十萬降苗馬前拜，好安隴畝事耕耘。

西隆新月

少年映月能作蠅頭書，摩挲老眼愁今余。冰輪三五花隔霧，何況一鈎斜出纖纖初。荒邊戰罷瘴雲捲，牽牛猺狔侵夜犁菑畬。銀弓幕挂影熠燿，寶鏡匣漏光羅疏。蠻峰嶙嶙叠屏障，秋林髣髴環山陔。欃槍夜落妖鳥盡，談兵底事還躊躇。軍門橫槊歌繞樹，衡廬倚杖思前除。咄哉兒女見高不見闊，想見清輝滴淚同蟾蜍。

八渡戎帳作

細柳圍營鼓角鳴，氈廬地占數弓平。雨聲似打烏篷急，鐙影疑聯棘院明。斥堠依崖蜂聚落，刀矛列隊蟻縱橫。老夫笑指圍棋局，一著分明未落枰。

張鄒谷《讀畫樓詩》

樟樹鎮

六師未動報功成，黃石磯前妖鳥驚。定策幾先平大難，觀兵事後笑無名。千秋碑碣蒼崖嵽，王文成公《討宸濠紀勳碑》在廬山。兩戒山河赤手擎。太息金川門早啓，當年誰與挽天傾。

夜過峽山飛來寺風利不泊

日落滄江暮靄霏，深林遙映佛燈微。扁舟絕似抛梭急，古寺曾傳挾雨飛。蠟屐一雙懸後約，齋鐘百八息塵機。歸帆他日容吾到，千仞岡頭笑振衣。

虎頭門泛海

曙色潛衝宿霧昏，明霞百道涌朝暾。煩冤精衛填難盡，鎖鑰於菟勢獨尊。十粵渺如浮地肺，三山好去探雲根。輕舠也擬乘槎客，斜趁秋潮出海門。

端江舟晚

據關酉虜遲來庭，角吹樓船去不停。鞈鞈晴波搖夕照，貔貅小隊列津亭。村村榕蔭濃垂綠，朵朵蓮峰遠送青。醉倚吳鈎一長嘯，魚龍驚起晚風腥。

鬼子劍

鬼子之白白如雪，鬼子之黑黑如漆。對客含笑雙眼碧，腰間插劍長三尺。解劍長跪奉上官，劍未出匣氣已寒。陰風蕭蕭霜氣團，上有奇字橫闌干。細如錐，薄如紙。光鑒髮，柔繞指。以刺人，人立死。鬼子劍，殺苗子。吁嗟乎！我兵一萬三千人，安得人人盡持此。

營眺次韻

雙聳吟肩細柳間，孤城環列百重山。勛名新息標銅柱，威勇昆侖破石關。萬幕戈鋋屯虎豹，千絲網罟制魴鱮。爾曹畢竟成何事，誰是生公爲點頑。

西隆新月次韻

竹訊久闕平安書，清宵立月常愁余。從戎萬里閱春夏，又見素魄生秋初。西隆城西一鈎挂，昏黃淡映蕎花畬。遠火明滅星影動，蠻峰晻靄蟲吟疏。令嚴人静夜寥寂，但聞刁斗聲環陟。鄉園此日美鱸稻，刀環入夢心躊躇。明河耿耿自迢遞，離緒乙乙難祛除。何時乘風放歸棹，滄波咏對銀蟾蜍。

大兵渡紅水江

千山環翠壁，一水滾紅沙。舟楫波心鷁，旌旗谷口霞。樹懸人面果，岸發象蹄花。乞命多猱貁，牽羊伏路叉。

游桂林栖霞洞

桂林山最奇，有骨而無肉。幾點栖霞山，玲瓏洞聯六。洞門六重，俗呼爲六洞。選暇此散策，路陡兩崖蹙。老僧篝火來，導我入山腹。下行百餘級，洞門廣如屋。土紋纏靈芝，洞口地俱芝紋。石室黯蒼玉。洞暗火光得，境窄語聲促。上下與左右，怪石相排矗。或平如刈田，或高如張幄。或攢如蜂窠，或窄如蝸角。壁上趺笑佛，蓮花繞其足。漁人立頎然，撒網向江隩。渟泉無底深，相傳有龍浴。石牀薄如葉，仙人作棋局。垂空騰怒螭，橫道駭奔鹿。鐘乳千萬年，珠孔八九曲。后土不容脚，羲馭折翻軸。忽焉啓雙門，路岐步躑躅。右洞至者少，云通九疑麓。寒風吹颸颸，微窺逼矑盰。褰衣向左行，略彴臥飛瀑。咿喔聞鳴雞，熹微露朝旭。蛇行四五里，至此躬猶鞠。劃然別有天，疑不在塵俗。開朗桃花源，黑暗阿鼻獄。直是穿胸脅，豈徒識面目。袖間出浮雲，目中無列岳。回首望諸峰，蒼烟裏崒嵂。作詩紀奇景，追逋剪雙燭。同游者郭三，名棟字春木。

胥江舟夜

水月浩無際，遥山一抹微。宵然流梵磬，知是近禪扉。沙白照成雪，江空寒到衣。風帆疾如鳥，吟罷過巢磯。

梅關

五嶺雄關半壁支，盤空磴道雁飛遲。將軍一去長留姓，丞相千秋尚有祠。明發便非炎瘴路，得歸剛及筍櫻時。題橋誰奮相如筆，他日重來未可知。

　　石門方蘭坻薰，山水、花卉得宋元人之秘法。同時錢塘
奚鐵生岡，亦以山水、花卉擅絕武林。斯時浙東西求一鼎足
者不可得。蘭坻工詩，有《山靜居詩鈔》。

方蘭坻《山靜居詩》

白鴿篇爲桐鄉程氏所蓄雙鴿作也。明義抱節，不意見之微禽，因書其事。

　　翩翩雙白鴿，玉立栖花房。主人殊愛惜，調護非尋常。
雕籠貯深幄，紅粟開陳倉。屏雀少顔色，軒鶴難輝光。朝放
夕來歸，鈴聲隨風颺。主人一朝貧，有鴿無餕糧。衆鴿難忍
飢，聯翩適他方。惟有兩白鴿，徘徊主人堂。朝飛尋燕麥，
野啄充飢腸。夕歸畏貍奴，貼羽依空梁。素翰日摧頹，相顧
增淒涼。恐負主人恩，他適亦不祥。雌雄不相捨，歲月情如
常。虺蛇夜深至，一雄搆其殃。雌也急鳴救，力弱勢莫當。
奮身奪毛羽，銜泥瘞秋塘。啄食不敢吞，先爲死者嘗。悲鳴
守其側，終夜哀枯桑。淚落杜鵑赤，碧草不肯芳。寧爲並命
鳥，不作逆毛鶬。生被主人愛，死戀主人旁。感茲白鴿義，
懦士心懷剛。

畫墨竹

　　山澤閒臞不知肉，從事毛錐頭已禿。硯池中有梅花泉，
一竿兩竿寫蒼玉。纖風午夜搖空庭，鳴璫翠羽來湘靈。湘靈

清怨入瑤瑟，二十五弦聲泠泠。散入深宵不成夢，影上闌干舞青鳳。酒醒香殘看未真，墨痕著處秋陰重。

漢銅龍虎轆轤鐙歌

蒼銅模糊土花蝕，雁足高擎漢時物。無足曰鐙有足錠，金藕玉芝光奪月。乍疑鷥杓肖形模，卻訝羽觴差仿佛。器憑機鈕名轆轤，象畫辰寅定時日。斡旋玉虎並牽絲，缺落金龍尚存質。花燦曾迴舞袖翻，蠟殘還憶歡筵別。星分衡璧珠旖旎，雨斷空階正明滅。題詩樊榭名姓留，稽古汲郡原委失。呂大臨《考古圖》不載年月、出處。或云荒冢闢幽光，攜出陰房貯膏漆。生用長檠照珠翠，死憐孤焰明骸骨。魂銷底作有情癡，身後猶留子孫吉。上篆文曰"宜子孫吉"。病夫經眼意千載，忍凍摩挲嘆奇絕。夜深刻燭賦難成，眼前爲有西京筆。

書趙子固畫《水仙卷》

玉葉金蕤欲狀難，王孫辛苦托豪端。魏塘夜月花前出，汴水春風畫裏看。一片丰神無俗韻，十分清瘦逼人寒。故宮草沒冬青老，歷劫猶憐墨未殘。

鐵生曠達耿介，閉門謝客，雖要津投刺乞畫，非其人不可得見，亦不能強也。六法之外，隸古篆刻，靡不精妙。詩抒寫性靈，超然絕俗如其人。汪稼門方伯志伊欲以孝廉方正徵之，不就。

奚鐵生《冬花庵詩》

游寶石山

我登寶石山，山瘦削寒碧。巍然窣堵波，天半卓孤立。迴淼蕩空林，霜葉鳴策策。側步怯迴梯，逼面起蒼石。賞奇心固幽，造極境忽闢。屬目送飛鴻，烟江一痕隔。冉冉去野雲，轉瞬已無迹。浮生正如斯，胡爲苦形役。不若來山中，優游愜所適。前轉青蘿岡，遂造佛子宅。山僧頗解事，挈瓶聘歡伯。狂醉卧松根，不知烟磬夕。

龍挂

墨雲擁山天地黑，狂飆怒捲波濤立。蜿蜒曳尾垂海東，水氣冥濛腥霧濕。是時旱魃恣作威，勢列赤幟牽朱旗。田禾焦槁溪澗涸，疲民苦渴仍苦飢。一朝茫洋薄光景，睹此神物蟠空飛。行人咋舌不敢語，舟子紛拏無泊處。俄驚霹靂震山谷，雨點滂然急飛鏃。我方探奇向巖麓，湖漘獨僦僧廬宿。一夜掀扉翻瓦屋，曉看拔起千年木。

墨竹

蕭郎兩重吾未見，老可千畝誰爲傳。平生食筍不計數，有時吐出胸中烟。涼堂汲水潑清影，一一小鳳飛秋天。夢魂今夜落何處，滿篷明月行湘川。

吕紀畫雁

昔觀徽廟寒磧圖，雪色凜凜開江湖。西風蕭颯吹黄蘆，陽鳥十百如相呼。閒廳今展青瑤軸，又見衡湘秋一幅。誰其作者吕指揮，老筆盤旋驚衆目。能開生面寫荒寒，衰柳疏花散碧灘。萬里來時關塞遠，一行飛處水天寬。指揮昔直仁志殿，豈特徒工寫群雁。進規立意秉忠貞，藝苑今猶稱筆諫。宅相雙石能繼聲，畫禽最得禽之情。誰知更有吕文英，贏得人呼小吕名。

題畫絶句

小閣平闌映水光，東風無樹不鶯簧。桃花記得江南岸，一片春帆帶夕陽。

沙岸風微水不波，林居高下隱巖阿。便當此地從耕釣，月一犁鋤雨一蓑。

茅屋高低烟樹重，陰崖飛瀑玉淙淙。溪翁不放尋詩艇，荷鍤劚雲何處峰。

竹烟松露濕蒼苔，小結團茅面水開。不覺秋容已如許，時流紅葉過溪來。

一徑緑通千个竹，三間青繞萬重山。客來蕭澹無他供，臥聽秋聲晝掩關。①

一片春烟濕酒旗，杏花紅壓竹間籬。雨多到處溪流急，獨拄吟筇立少時。

臨水數峰無限好，最宜雨裹復雲中。今朝溪上移舟去，看到斜陽又不同。

————————

① "晝"，原誤作"畫"，據《花雨樓叢鈔》本改。

夕陽流水繞孤村，數盡歸鴉烟樹昏。怪底竹風無賴甚，又吹寒月入柴門。

一片秋心寫亦難，霜痕雪影散晴灘。琵琶撥盡當時淚，賸有飛鴻叫暮寒。

千頃蘆花看作雪，數峰寒翠遠堆烟。道人撥棹不歸去，自愛五湖秋水船。

錢塘高邁庵樹程，善畫山水，雖未及鐵生，而筆有士氣。詩學李昌谷，頗有奇古之致。姚嗣懋花卉法惲南田，山水亦秀逸。

高邁庵《咏雪八首》

碧翁有情媚詩客，碎翦吳雲作飛雪。草堂四照盡梅花，麗戰千珠萬珠結。夢寒肌粟生被池，畫屏書幌冰蟾姿。高吟靜玩太古色，曉寒炙硯調冰絲。草堂。

粉色爲天玉爲地，萬落千村失幽翠。柴門晝閉婦子閒，不説奇寒説奇瑞。東隣西舍多農家，長林偃仰頹垣斜。連雲宿麥已如願，醉眠何意聞啼鴉。村舍。

迴風絕界天如夢，塔鈴無語雲衣凍。四座曇華照石臺，一色玉毫圍鐵鳳。音塵寂寂僧兩三，放慵睡味方清酣。水澄象澈倩誰悟，古佛無語香凝龕。佛寺。

雪花浸漫撲溪水，斷板橫斜排雁齒。蹇驢躑躅興自豪，獨挂偏提沽酒子。東坡《賦序》："南方釀酒，未大熟，取其膏液，謂之酒子。" 流漸欲斷水底天，短蘆叢棘清無烟。無聲詩合有聲畫，多在寒林老屋邊。野橋。

銅龍轉絲澀瓊液，密壓紅闌暗雕格。簾鈎半卷濃笑春，白地光明錦千尺。妝成怯繡倚隱囊，竹爐漸暖瓶笙簧。鶴翎縛帚未須掃，小試心傳切玉方。妝閣。

頹雲壓波落如掌，乾坤淨拭冰壺爽。估客休嗟行路難，一笛江天景無兩。大帆峨峨挂虛空，三湘五湖西復東。看山玉照一千里，柁樓倚醉呼長風。客舟。

銀濤蒼茫山影破，側翅哀鳴雁難過。江天萬里一老漁，醉來便著蓑衣臥。短篷出沒興未孤，清響戛戛鳴殘蘆。富春磻溪兩不識，船頭篤速輕加鼻。漁蓑。

駿骨連錢汗流血，弄雪搏風四蹄熱。游龍小隊踏銀沙，勁箭穿空獸迷穴。千乘萬騎西海頭，雪花浴鐵刀光浮。追奔殺賊亦如此，直送黃河出塞流。獵騎。

仁和高爽泉塏，工書，楷法絕似虞永興《夫子廟堂碑》。能詩，如《梅莊餞別徐惕庵太守大榕》云："古洞春深龍有氣，澄潭秋老水無波。""從此詩城屯虎豹，請看天上下麒麟。""庭宇不除欽仲舉，英雄已去弔蘄王。桃花一港空明月，古木千章自夕陽。"《春草》云："新愁舊恨縈三月，細雨斜陽送六朝。""連天綠意迷酥雨，一片紅心葬落花。"皆極清麗。同時工書者，錢唐張賓連國裕、江聽香步青。

　　國朝詩餘作者與宋元並軌，遠軼明代，六家詞分擅其勝。其以學術餘事爲之，而兼有衆美者，惟小長蘆釣師。嗣後屬徵君樊榭，清空婉約，得白石、叔夏正傳，建炎湖山之妙，尚可於移宮換羽間得之。近者吳穀人太史錫麒、汪劍潭學正端光，並稱高手。吳最縝密，汪則哀艷。而郭頻伽麐、尤二娛維熊，後起獨出，一時並秀。頻伽仿表聖《詩品》，撰《詞品十二則》，深得三昧。

頻伽《詞品》

　　千巖巉巉，一壑深美。路轉峰迴，忽見流水。幽鳥不鳴，白雲時起。此去人間，不知幾里。時逢疏花，娟若處子。嫣然一笑，目成而已。幽秀。

　　行雲在空，明月在中。瀟瀟秋雨，泠泠好風。即之愈遠，尋之無踪。孤鶴獨唳，其聲清雄。衆首俯視，莫窮其通。回顧藪澤，翩哉飛鴻。高超。

　　海潮東來，氣吞江湖。快馬斫陳，登高而呼。如波軒然，蛟龍牙須。如怒鶻起，下盤浮圖。千里萬里，山奔電驅。元氣不死，乃與之俱。雄放。

　　夫容初華，秋水一半。欲往從之，細石凌亂。美人有言，玉齒將粲。徐拂寶琴，一唱三嘆。非無寸心，繾綣自獻。若往若還，豈曰能見。委曲。

　　美人滿堂，金石絲簧。忽擊玉磬，遠聞清揚。韻不在短，

亦不在長。哀家一梨，口爲芳香。芭蕉灑雨，芙蓉拒霜。如
氣之秋，如冰之光。清脆。

雜花欲放，細柳初絲。上有好鳥，微風拂之。明月未上，
美人來遲。卻扇一顧，群妍皆媸。其秀在骨，非鉛非脂。眇
眇若愁，依依相思。神韻。

人生一世，能無感焉。哀來樂往，雲浮鳥仙。銅駝巷陌，
金人歲年。鉛水迸淚，鵾雞裂弦。如有萬古，入其肺肝。夫
子何嘆，唯唯不然。感慨。

鮫人織綃，海水不波。珊瑚觸網，蛟龍騰梭。明月欲墮，
群星皆趨。淒然掩泣，散爲明珠。織女下視，雲霞交鋪。如
將卷舒，貢之太虛。奇麗。

好風東來，幽鳥始呀。陽春在中，萬象皆動。一花未開，
衆綠入夢。口多微詞，如怨如諷。如有玉管，快作數弄。望
之邈然，鶴背雲重。含蓄。

清霜驚秋，微月白夜。其上孤峰，流水在下。幽尋欲窮，
乃見圖畫。愜心動目，喜極而怕。跌宕容與，以觀其罅。翩
然將飛，倘復可跨。逋峭。

雜組成錦，萬花爲春。五醖酒釀，九華帳新。異彩初結，
名香始熏。莊嚴七寶，其中天人。飲芳含菲，摘星抉雲。偶
然咳唾，如珠如塵。穠艷。

名士揮麈，羽人禮壇。微聞一語，氣如幽蘭。荷雨夜歇，
松風夏寒。之子何處，秋山槃槃。萬籟俱寂，惟鳴幽湍。千

漱百嗽，奉君一丸。名巂。

仁和錢金粟福林，綜覽經籍，兼工詞翰，下筆機速，刻晷可待，華實並茂之士，此爲翹楚。福林本名林，以時有同名者，改今名。偶見其《懷人詩》，錄之。

錢金粟《懷人詩》

風引雙旌度玉關，臨岐西望慘離顏。誰能更作還鄉夢，萬里黃河一片山。沈武威震。

疏雨梅花總斷腸，銀爐春夜細凝香。樓頭憶煞紅襟燕，公子三年住晉陽。邵上舍垂德。

不曾識面鈔詩與，憶在髫年感更多。埋骨蒼涼何處是，潺潺秋淚落如河。武進黃景仁。見余少作，以詩册相寄，皆《吳會英才集》所未收者，可知散佚者多矣。

攜家聞道赴滇池，從此歸期未有期。問訊西風好憑仗，秋江鴻雁欲來時。許昆明悼。

春暮枕琴眠綠陰，千巖萬壑引人深。鯉魚只隔半江水，三日不來煩我心。王舒濤。

征騎蒼茫不肯還，喜唫詩句效南蠻。無端恨別兼懷古，秋雨秋風六詔間。汪鴻文。

欒家石瀨響潺潺，文杏幽篁靜掩關。吟罷五言斑管膩，背他春鳥畫春山。袁蘭村通。

清明寒食味淒淒，細草狂花古尉犁。頭白孤臣易垂淚，不關萬里望金雞。全太守士潮。

生計天涯作未曾，老來猶似打包僧。家鄉好景君知否，
冬釀唐花舊馬塍。再仲兄種。

天禄藏書任與看，更騎驄馬踏長安。玉臺一序鈔都遍，
誰識徐陵是諫官。從兄御史栻。

一笑居然鷓鷺儔，花前薄醉厭鳴騶。故擁胡牀學鄉語，
畏人強喚作黔州。從兄開州樹。

一片黃榆下早秋，關門黯黯閉鄉愁。知君立馬無窮意，
畫角殘陽古薊州。家兄謝庵枚。時從歸方伯出塞。

渾源洲前沙草春，昆明池畔淚沾巾。不堪兄弟分南北，
萬里同爲旅食人。舍弟叔美榆。時客昆明。

仁和孫思澧仁屈，能詩，氣格清穩。尤長于詞。詩句如
《春柳》云："細眼欲窺新水色，長眉初畫遠山痕。""素絲影
散縈經剪，金縷衣裁懶叠箱。""當門葉暗驊騮繫，垂手枝長蛺
蝶飛。"《對菊》云："秋光放眼十分好，白日吟詩一字無。"

錢塘陳秋堂豫鐘，深於小學，篆、隸皆得古法，摹印尤精，
與曼生齊名。秋堂專宗丁龍泓，兼及秦漢。曼生則專宗秦漢，旁
及龍泓。皆不苟作者也。曼生工古文，擅書畫，詩又其餘事矣。

"落葉詩"佳句甚多。馬秋藥履泰云："虛白一時添客舍，
冷紅隨意落漁罾。"吾弟仲嘉亨云："夕照紅翻雅背重，荒山
黃踏馬蹄多。"

卷 二

揚州阮元記　錢塘陳鴻壽錄

丙辰秋，按試至嘉興。與試詩人雖多，尚未厭余所望。試畢，將行，有諸生獻其父詩《南野堂集》二帙，舟中閱之，知爲嘉興吳澹川文溥所作，披吟終日，定爲浙中詩士之冠。《關中草》《閩游編》，尤爲直逼古人。澹川居湖北汪撫軍新戎幕。及歸浙，謁余於杭州，與語兩湖戎事，瞭如指掌，頗具才略，不可徒以詩人目之。余出先大父征苗刀示之，澹川走筆作歌，震奪一席。

吳澹川《南野堂詩》

入關

前山復後山，莽莽山頭月。古人復今人，纍纍山下客。朔馬當風嘶，征車夜中發。星河落人面，冰雪棱馬骨。壁立上蒼蒼，雞鳴關影白。

太華青濛濛，三峰開芙蓉。聳身踏落雁，危步攀蒼龍。高高白雲上，倏忽生虛空。窅然天地始，六合惟清風。自此九萬里，不知其所終。黃河走碧海，攬結衣帶中。逝將洗頭畢，濯足扶桑東。

我行越陝州，清曉望潼關。終南散霜氣，衣上峰影寒。解鞍息僕馬，登城眺屏顏。風雲起四塞，渭洛交我前。東北橫大河，中斷龍門山。恃險不能守，爭雄良可嘆。

信宿驪山下，雨歇聞林鳩。虛巖韻幽籟，返照明高秋。韋公蘊真素，想見逍遙游。泉石餘綺麗，衣冠邈巢由。勝事行已矣，空山我何求。

九嵕何巑岏，涇水注其麓。山風吹野色，霜草寒無綠。去鳥戀餘暉，流雲動疏木。當時祀睢上，佳氣連黃屋。炎精颯已遙，神物代相屬。鬱鬱松柏林，下有狐兔宿。立馬意蕭條，秋山問樵牧。

太乙下深黑，雷霆駐虛空。有龍宅其湫，飛雨白日中。南游女媧谷，北上銅人原。荒岡翳叢楚，古闕生墟烟。山河美如此，人壽速若彼。去去且為歡，沽酒新豐市。無使明月來，照我持空杯。

跨馬出咸陽，緩轡行平疇。清吟菀柳下，迴眺陂塘秋。笑言展嘉宴，漁弋陪良儔。蒲苴引微繳，詹何颺輕鈎。素心既已諧，畢景彌悠游。商風忽驚暮，颯然吹古愁。甘泉廢馳道，玉樹凋崇丘。往者能幾時，我懷殊未休。

藍田好山水，渼陂秀蘭杜。蒼然紫閣雲，暮入終南雨。漠漠藤蔓村，梢梢竹團圃。荷蓧過前林，歸漁聞別浦。藹此父老情，爲我致清酤。久客憶江南，興盡非吾土。

　　青青原上麥，烏鳶自相逐。我行苦朝飢，藹然飽春綠。望雲陟高丘，采芳下西麓。念我堂前圃，白華有餘馥。愧彼循陔詩，徙倚迴車轂。

杜陵曲

　　金鞍玉勒杜陵客，駐馬垂鞭望南陌。楊花如雨不濕人，竹枝如烟澹暮春。忽憶江南春暮好，踏青湖上多芳草。如此風光獨異鄉，杜陵花月使人傷。

秋夜曲

　　華星耿耿月當户，美人池上歊歌舞。芙蓉香老秋風多，風吹流螢亂如雨。夢裏輕羅不覺寒，醒來步韈生離緒。滿天清露送歸人，隔院啼蛩續人語。

紫騮馬

　　紫騮馬踥蹀，萬里何雄哉。不追赤日到西極，安知河水從天來。昆侖落空小於指，星宿滿地紛如埃。紫騮馬，去復回。生還醉倒酒泉郡，馬頭春色桃花開。不見前年大雪十丈高連天，人馬凍殺青海邊。

青門觀侯生舞雙劍贈益都沈八丈歌

　　侯生袖中有秋水，飛出芙蓉亂青紫。虛堂白日走精靈，夾電穿空血人眥。須臾一擲幾千里，碧海無聲老蛟死。座中蒼髯七十翁，滿酌金罍爲生起。自言年少時，頭角亦頗奇。彈棋與擊劍，游戲無不知。雲門山中有老屋，穆陵關南春草

207

綠。千年猛虎射殺之，徒手向前拔箭鏃。朝馳燕馬問盧龍，夜脫胡鈎舞鸛鵒。美人如花客如玉，往往哀絲間豪竹。分金呼管鮑，作賦邀鄒枚。肝膽時因酒邊露，笑口卻向杯中開。聞道秦皇古碑在，興酣獨上琅邪臺。當時搔首隘八極，未肯埋沒隨蒿萊。豈知如今意蕭瑟，入蜀游秦計轉拙。青門瓜落秋風多，白頭看劍當悲歌。途窮景短奈老何！嗚呼！途窮景短奈老何！

招勇將軍寶刀歌

將軍偉然淮海豪，身長九尺腰帶刀。讀書萬卷不得意，要扶鰲極搏鵬霄。天生奇材必有用，持戟殿前色飛動。名標宿衛蒞親軍，出試戎韜歷蠻洞。乃者紅苗暗九谿，苗氛毒漲谿東西。夾岸旌旗天杳杳，萬山鼓角風淒淒。將軍手提三尺鐵，夜半橫行入虎穴。飛落空中霹靂聲，白是刀光赤人血。五寨榛蕪路已通，南山隅負尚潛踪。爾時總制張經略，馳檄將軍趨首功。將軍突出間道口，矢石在前追在後。裹瘡轉戰九死餘，縋險梯空身不有。捷書申報大府來，枷杻赤立啼塵埃。力勸受降止盡殺，豈知骸骨半成灰。橫坡老稚將不免，苦賴將軍丐殘喘。好生惡殺天地心，忍以民命同雞犬。至今九谿千萬家，將軍功德流無涯。試看當時寶刀在，英靈出匣生風沙。不見于公駟馬呂虔佩，早卜他年子孫貴。公侯將相非偶然，義結仁深動天地。此刀殺人復活人，蛟龍氣涵江海春。寄語世間報恩子，勿棄螻蟻爭麒麟。

吴大帝廟

殿角響琅璫，松陰壓畫廊。神鴉寒觸火，石馬夜窺霜。山色金陵在，江流玉殿荒。飛揚懷古意，烟月墮茫茫。

落雁峰

黃河洗秋色，太華削青金。飛雁不到處，白雲吹滿襟。天清玉女下，日出蓮花深。我欲此為宅，蒼然萬古心。

三原夜發

馬背江南夢，春星滿客衣。可憐楊柳月，空照故園扉。累歲依人活，全家飽食稀。老親應倚望，無米亦來歸。

登華山

二華中天積翠開，巨靈高掌壓雲臺。無邊紫塞秋風起，一片黃河落照來。呼吸便應通帝座，登臨誰是謫仙才。蓬萊清淺昆侖小，人代茫茫去不回。

琅邪臺

琅邪臺古穆陵秋，指點金銀十二樓。天地東來橫碣石，滄溟北去抱神州。秦皇功德誣三季，夏諺諸侯勸一游。往事浮雲向空盡，老懷飛舞不能休。

江頭野步

未暝見斜月，獨行聞遠鐘。秋風先我至，江上落芙蓉。

白荷

已愛輕羅步韈新，更憐珠露洗秋塵。卷簾垂手明如玉，月滿西洲不見人。

元大父招勇將軍，於乾隆五年征苗，有戰績，家遺佩刀，澹川作歌，後兩浙詩人繼有作者。

招勇將軍寶刀歌　　朱彭

秋河閃閃明星高，當天拔鞘天爲搖。鯨鯢可斷鐵可截，瞥見百鍊將軍刀。將軍起家備宿衞，八尺身長氣精銳。引滿時彎玉靶弓，騰空獨縱金絲彎。龍鱗袋貯吕虔刀，獨立昂藏一戎帥。憶昔旌麾駐九谿，跳梁犵狫喧鼓鼙。青布纏髻身裏皮，短刀林立利若犀。懸厓絕壁紛攀躋，綿亘山谷連東西。狼烟沖天鳥不集，將軍提刀竟深入。一片刀光電影飛，鹿駭猺奔盡驚逸。五寨居然一日平，報捷軍門抑何疾。南山大箐賊尚屯，將軍間道披荊榛。墮坑傷足不暇捫，直搗巢穴清餘氛。生擒俘虜幾千輩，苗欲乞生向刀拜。將軍殺叛不殺降，那忍株連同拔薤。後車捆載獲芻糧，勁卒搜羅陳器械。笳鼓喧闐奏凱還，鐃歌作罷真雄快。餘苗歸洞荷生成，謀建生祠奠醑醨。歌呼跳月醉蘆酒，五十餘年慶太平。近傳騷動辰州旁，出洞摽掠還遠颺。嗚呼！安得再生將軍鎮苗疆，賣刀買牛輸官倉，聖世服疇歌樂康。

湯禮祥

將軍一身萬人敵，腰橫寶刀鐵三尺。飛空一片夜霜寒，壁壘旌旗盡無色。昔年奉檄征紅苗，九谿寨前殺氣高。負力恃險黠且驕，深林密箐愁猿猱。黃雲慘慘黑風急，將軍提刀

出復入。戰血模糊戰袍赤，髑髏滿地行不得。報捷軍門五寨
平，南山餘孽尚縱橫。此時再戰兵再接，萬帳降人馬前泣。
將軍受降不殺降，降苗羅拜歸苗疆。戰績戎韜邁前代，犵狫
聞名說遺愛。至今重人兼重刀，不數區區呂虔佩。酒酣月落
共摩挲，蛟龍躍出腥風多。若將此刀鎮蠻府，威靈所到無兵
戈。君不見漢家將軍馬伏波，天南銅柱高峨峨。

朱爲弻

靈臺偃伯清妖氛，平苗之績推將軍。將軍已往佩刀在，
凌烟玉具同銘勳。䴉鶒碎花靈鋥鍔，螭獸喪膽逃紛紜。何年
金精司鼓鑄，拔鞘迸落星辰紋。苗民當日肆刲掠，九谿賊砦
屯如蝨。飛毛坪前檄馳羽，龍家溪畔鳴鼓鼕。將軍提刀奮神
勇，電光閃處開風雲。短兵相接斬萬級，呼聲震谷迴斜曛。
餘賊橫坡息殘喘，神鋒所值破竹分。渠魁既殲欃槍落，刀乎
此日無乃勤。將軍凱旋報經略，自洗血刃湖之濱。雅歌投壺
整以暇，部勒諸將屯輇輵。腰間三尺示不用，纏以鹿皮裹元
繻。降苗如蟻來紛紛，男者面縛女足鞁。經略大炮聲砏礴，
將軍入辨色闇闇，奈何崐岡玉石焚。遂開軍門受降虜，白虎
秋氣化作春氤氳。至今祠廟峙銅柱，辰州苗疆有銅柱，乃馬楚時所
立。見吳任臣《十國春秋》。苗民奔走薦苾芬。秋堂傳觀奇寶出，
蛟龍白日氣員員。忠仁之心脫光守，匣中夜吼聲不聞。從來
名將不黷武，必有哲嗣光斯文。將軍文孫今昌黎，泰山北斗
士望殷。寶此赤刀作大訓，文章黼黻佐聖君。行看奕世偉鐘

鼎，呂虔三公何足云。

陳文杰

風棱滿堂秋氣來，寶刀出匣驚龍雷。星辰搖搖海水立，白虹一劃青天開。將軍昔日初通籍，入直明光親執戟。腰間三尺青芙蓉，英風顧盼生顏色。詔書命典荊江兵，獐花犵鳥迎雙旌。戰氛欲起白日暗，寶刀夜作蛟龍鳴。苗人鑄刀尺有咫，鵝膏如雪洗龍子。一夜狼烟九谿起，短刀林立三百里。萬夫矷陣聲震天，將軍突出爲衆先。霹靂在手陰風旋，髑髏墮地輕於烟。九谿寇黨南山連，負嵎虎踞崇山巔。縋險轉戰驚飛仙，苗降爭拜刀光前。令嚴殺賊不殺民，以殺止殺全窮鱗。寶刀拭淨不復用，戰場花草生青春。畏威戴德苗心死，從此苗人不反矣。甲兵洗盡事春農，匣中刀臥銀河水。淮南學士將軍孫，秋濤三折開龍門。家傳文武世忠孝，手編家乘書前勳。秋夜沈沈月如練，滿堂賓客開文宴。寶刀捧出四筵驚，一片寒光射人面。想當蕩決陣雲開，萬馬聲中激飛電。百戰歸來血洗稜，健兒十萬傳觀遍。古來戰績紀紛紛，殺戮成功從未聞。君不見秦國銳頭白豎子，漢家猿臂李將軍。

歙鮑以文廷博，居湖州之烏鎮，長往來武林。博極群書，家藏萬卷，雖極隱僻罕見著錄者，問之，無不知其原委，嘗刻《知不足齋叢書》及《四庫書提要》。有《夕陽詩》，盛傳於時，人呼爲"鮑夕陽"。余贈以詩云："清名即是長生訣，當世應無未見書。何處見君常覓句，小闌干外夕陽疏。"

仁和朱朗齋文藻，能詩，留心文獻，好金石。老而貧，居艮山門外清溪前。丁巳、戊午間，助余編録兩浙詩數千家，雨久穿屋流。余贈詩云："雨後清溪繞屋流，藤牀著膝看魚游。先生竟似陶貞白，萬卷圖書不下樓。"

錢塘何夢華元錫，博雅嗜古，精審金石。久居曲阜。乾隆乙卯，與余同至杭州，僑居西湖。余嘗贈以詩云："卻因風木常多病，不爲清狂始咏詩。一種閒情誰解得，夕陽林外讀碑時。"夢華昔在曲阜，嘗步行孔林外，得漢《孔君碑》，黃小松司馬易爲寫《林外得碑圖》。

仁和趙晋齋魏，博學，精於隸古，尤嗜金石文字，歐、趙著録不是過也。予試杭州，得其《書牆暗記移花日》一詩，決爲名士，拆卷，果晋齋也。

錢塘陳春渠振鷺，年七十，清癯似鶴。楷、隸並得古法。恬然閉戶，以詩自娱，蘇公詩云"神清骨冷無由俗"，斯人頗似逋翁也。鄉人重之，舉孝廉方正。

錢塘何春渚淇，詩翰翛然遠俗。清介自守，老於布衣。

余以孝廉方正徵之，春渚以詩卻云："章服榮身孰肯辭，性耽疏放未能移。閒臨遠水荷衣稱，深入雲嵐竹笠宜。薦士孔融真可感，思親毛義不勝悲。此情尚冀垂憐察，況是才非十駕時。"予荅詩云："清聲無奈左雄知，老戀林泉未肯離。若論不求聞達好，此人曾賦卻徵詩。"

錢塘朱青湖彭，老詩人也，著有《抱山堂詩集》，杭之學詩者皆宗之。家故貧，甫能雕板，旋毀於火，青湖累被火，至是凡三矣。遷居後，仍近吳山，乞余書"抱山堂"扁。其舊扁爲丁龍泓所書。余贈詩云："白髮吟詩獨閉關，著書常被八人刪。龍泓未見山人癖，別起書堂又抱山。"

朱清湖《抱山堂詩》

七夕詞

烏鵲過，停金梭。思之子，望銀河。銀河混濛流晴雪，半規月上遥山缺。天邊牛女遠相望，不獨人間眷離別。吳姬妝成出畫樓，水晶簾卷涼雲秋。彩縷穿成月半落，花陰漠漠凝雙眸。月影花陰相度處，漸覺熹微天欲曙。天欲曙，黃姑去。淚汍瀾，灑秋雨。

寒夜對月聽李玉峰彈《塞鴻曲》

天寒夜靜孤月明，百衲古琴几上橫。霜飆忽向七弦起，滿座都作飛鴻聲。鴻雁銜蘆過塞下，斷續飛鳴自嘔啞。黃沙白草遠連雲，天作穹廬蓋四野。聲聲掩抑風摧毛，風前相失求其曹。如繩不斷戍樓外，一聲直上狼烟高。乍隔狼烟看不見，金軫旋揮調忽變。千仞誰將矰弋施，將軍欲啟頭鵝宴。振翮高飛避尉羅，殺虎城邊競傳箭。瞥然孤影向關來，傷弓更覺鳴聲哀。邊笳亦嗚咽，邊馬皆徘徊。龍沙回首一南望，明妃愁上單于臺。愁對斜行乍明滅，交河日暮行人絕。隴外漫漫去路長，側耳遙聽尚淒切。此時流響不在弦，月光滿地寒如雪。玉峰子，舍爾琴，爾琴漫作邊關音。《水仙》一操移人意，與爾還從海上尋。

叠浪崖歌

攝山之高百餘丈，中有危崖屹相向。纍纍碎石千萬重，游屐來觀疑叠浪。上有撐空如繖之高峰，下有六朝不彫之古松。此崖迴合入樵徑，浪花都帶嵐烟濃。蒼茫仿佛春江瀉，長風欲把濤頭駕。乘興堪爲汗漫游，石帆高挂從天下。定有琴高控鯉魚，山前招手遙相迓。我疑五丁力獨神，鑿石散作波鄰鄰。又疑天吳移海水，一夕忽變青嶙峋。造物茫茫不可測，諧談未許憑胸臆。且自支笻崖畔過，芒鞵踏浪看山色。

月夜訪孫楚酒樓遺址，過城西聞笛作

一醉下高樓，揚舲向石頭。伊人渺難即，異代迥含愁。風月自千古，江山又九秋。城西誰擪笛，閒步亦清游。

登妙高臺

長江遠自岷峨來，金鰲昂首高崔巍。樓閣千尋白浪涌，

山川四望青天開。林烟匝岸見歸鳥，雲氣蕩胸無點埃。誰留
坡仙看落日，浩然獨棹輕舟回。

垂虹橋秋望

楓葉蘆花遍遠灘，蕭蕭風露作新寒。秋光三萬六千頃，
獨向垂虹橋上看。

　　山陰邵夢餘無恙，詩學極深，各體皆善，標格稍遜吳澹
川，而性靈才調過之，真勁敵也。佳句，五言如《陶然亭》
云：“秋聲千樹盡，雪意萬山來。”《宿舊縣》云：“霜樹寒生
野，天河靜對門。”《清涼山》云：“泉聲松頂落，花片竹陰
飛。”《吼山》云：“石隨雲過水，樹對屋飛泉。”《夜發秣陵》
云：“水門沈夜月，山影上秋河。”《渡太湖》云：“雲懶眠孤
嶺，湖平立遠帆。”《自吳門旋白下》云：“古岸生春水，長
江擁夜雲。”《栖霞》云：“山花眠麝暖，池月照魚涼。”七言
如《燕臺》云：“雲覆黃沙吞朔塞，河流白日下燕山。”《北
固山看雪》云：“雲痕四合沈諸島，雪色中開見大江。”《永
濟寺》云：“莎草綠盈三月雨，桃花紅入六朝山。”《姑蘇》
云：“四時花月《吳趨曲》，兩國兵戎《越絕書》。”《晚泊石
城》云：“荒壘齊梁猶上月，大江吳楚自分星。”《禹陵》云：
“風雨鬼神趨古殿，鶯花士女拜春山。”《戢山》云：“婦女同
仇兵氣合，山川重秀霸圖開。”《九日登通州城樓》云：“霜
下邊聲來朔塞，日斜河色上城樓。”又云：“地夾關河三輔

合，天無風雨萬山開。"《燕子磯暮望》云："霜中草樹聲難靜，月下江山影倍寒。揚子暮潮空自落，秣陵秋色幾回看。"《雨泊三塔灣有懷》云："大江殘夜生新水，微雨扁舟夢故人。"《晚過揚州留別》云："烟際白帆浮甓社，雪中紅樹認揚州。"《渡江》云："丹徒城郭烟中度，白下江山雪後看。"《棲霞放舟》云："青山入夢曾知己，明月同舟當故人。"《蘇堤曉步》云："一湖靜臥群峰影，小雨香生萬樹花。"《秋夜》云："鶴影倦依涼月立，雁聲寒帶夜霜飛。"皆清新俊逸，雅近自然。夢餘原名驑，曾官江南。越中啇寶意後，僅見此君。

邵夢餘《蕉雪齋詩》

京江晚渡

遠海淡無色，微風夜潮長。陰霞江面生，新月渡頭上。放舟出瓜步，衝波時蕩槳。大江無靜流，浪打石城響。

鳳凰山對月

離離雙梧樹，泠泠流素輝。朗月令人曠，興言上翠微。崇厓緣古堞，面面層巒圍。中橫萬里江，烟水空霏霏。東指栖霞嶺，西望采石磯。夜山如殘畫，淺碧痕依稀。席地群呼飲，金波漾餘輝。長嘯拍洪厓，清妙暢天機。空谷苔遙響，籟息聲漸希。醉臥仰明月，四空星滿衣。俯視松頂雲，卻在鳥下飛。晶晶玉宇闊，竟御天風歸。

發龍潭至白門作

捨舟踏亂山，一路入空碧。村墟方曉霽，屋帶斷雲濕。
虛谷多回風，松響滿孤石。暗水流廢畦，初陽照蒼壁。空野
見微綠，中有早春色。一峰稜稜明，認是栖霞雪。十載江南
游，層巒多所歷。行客與青山，相見如舊識。林岫雖故蹊，
烟景自新得。譬彼清泉流，涓涓無滯迹。人行元化中，奚用
感今昔。歲去不可留，百年皆過客。且酌白門酒，勞此髮未
白。今宵照梅花，已非昨夜月。

題《望雲思親圖》

朔風無寧日，老樹無寧枝。枝繁根乃枯，成茲憔悴姿。
親年不滿百，百年有窮期。子知養親日，已非親壯時。事親
日苦短，況乃長別離。白雲東南來，招搖西北馳。親舍隔萬
里，眠食何由知。朝得父母書，長跪讀書詞。得歸慎莫留，
不歸慎莫思。煢煢父母心，淚下如緪縻。仰視南歸雲，猶在
天一涯。

送章芝厓出塞

男兒既不能脅肩濫吹王門竽，又不能赤腳歸荷南山鋤。
短衣揖客上馬去，北游直踏醫無閭。我聞路出飛狐道，北方
健兒身手好。箭血秋紅幕下麋，鬼燐夜碧原頭草。古來戰壘
長城多，花開塞下歌邊歌。已報將軍營鐵嶺，不須甲士枕雕
戈。陸海自昔稱不毛，十年生聚成腴膏。如花女兒十五六，
晝騎槖駝夜炰羔。送君曉度居庸口，夕陽繫馬關前柳。一夜

新霜簞簀寒，行人爛醉邊城酒。城上黃雲如水流，松山白月
挂城頭。西風吹起遼東雁，無限關山望越州。

道出白溝河書初白先生《夾馬營詩》後

平沙颯颯來陰風，萬木脫盡飛蒿蓬。白溝自昔界遼宋，
百年戎馬曾交攻。黃袍聖人真英雄，鼎定洛邑開岐豐。玉斧
劃河棄勿有，豁達大度誰能同。五季殺戮禍已亟，拓疆忍復
興兵戎。兒孫孱弱成南渡，安可追咎祖若宗。錢王入夢索舊
土，中有天意非夢夢。汴京破壞宮闕毀，藝祖寧不悲塵蒙。
燕雲十六州作賂，事由石晉難為功。若云割界太示弱，亡宋
況復非遼東。我聞德至四裔守，無德焉用爭提封。君不見秦
滅六國吞寰中，長城萬里防邊烽，楚人一炬咸陽空。

游焦山飲梅花樹下贈楊明府

一山如斷雲，四圍海氣白。中有千蕊萬蕊梅，江流倒漾
花光碧。楊侯邀我酌梅花，拂衣便坐花陰石。夕陽沈沈不到
地，交柯密蔭幹若鐵。幽根半埋霹靂厓，寒枝高壓虬龍宅。
一度花開一歲春，孤清不鬥江南雪。試問梅花爾誰植，昔年
曾否焦仙識。碧海風迴有異香，空山雪滿無行迹。我疑古梅
花，即是高士魄。一客為橫琴，一客為吹笛。玉管朱絲調未
終，綠英飛下流霞席。我抱梅花醉欲眠，一身都化青天月。

題唐陶山仲冕《岱覽圖》

赤日躍海危巒紅，九土色破青濛濛。活雲如虬踏雙足，
嘯聲吹墮松風中。碧天飛下雙白鶴，化為綠髮青玉童。為言

洪厓在絕頂，方攜雲笈還崆峒。名山五千禹域内，茲岳如海
稱朝宗。獅蹲虎伏不可數，牛眠鵲起多幽宮。山川圖經久廢
蝕，幾人筆力開鴻濛。廿年冥想結崇巘，君夢所見將毋同。
豁然頓悟振衣處，即此萬仞高穹窿。三十六盤重復重，天門
浩浩來天風。一枝七尺披雲筇，一兩不借踏雪椶。凌雲醉拂
日觀峰，袖間攜滿青芙蓉。釋山自號陶山子，況近先隴悲楸
松。君母厝于陶山，即岱山支麓也。遂著《岱覽》三十卷，自號“陶山
子”。著書聊述倚廬志，作圖尚感前游踪。惜我五岳未登一，
正思開拓層雲胸。名山入手如可從，徑欲吹竹騎蒼龍。乞君
奇書秦樹東，手披或有仙人逢。

望岱

　　陟巘層雲起，蒼然見岳形。勢盤平野闊，色聚萬峰青。
草樹浮春氣，烟霞降帝靈。東封七十二，時有翠華經。

出都

　　此去猶爲客，何嘗是故鄉。獨憐霜雪盛，其奈道途長。
雲氣屯空塞，河聲響夕陽。迴瞻關路晚，烟樹極蒼蒼。

登長干塔

　　聳身窺萬仞，一鳥上雲來。日月摩空得，江山劃地開。
松藏靈谷寺，草歇雨花臺。滿目南朝迹，憑誰話劫灰。

泊栖霞

　　不到栖霞麓，蒼茫已八年。一帆涼月下，重泊寺門前。
高樹橫秋漢，空山響夜泉。幽居聞最勝，應探碧峰巓。

履海

一片東溟土，狂濤蕩四邊。雲橫成列嶂，潮白失青天。
戍屋懸魚網，沙田藝木棉。太平寧廢武，橫海盛樓船。

登香罏峰，大雪，折從西嶺而下

到此天如握，雲低千萬重。層陰生海角，大雪下罏峰。
乍喜過危石，偶然來遠鐘。野僧歸荷篠，多在半山逢。

送李雪帆之楚

萬木變秋聲，西風滿帝城。高樓一夜雨，曉送故人行。
杖策游燕願，狂歌入楚情。獨憐關北雁，辛苦共長征。

逢婁鑒塘

北風吹雨雪，深夜故人來。酌酒聊相勸，孤懷且暫開。
烟霞同抱癖，山水獨憐才。遲爾西泠去，輕舠訪野梅。

錢唐懷古

鐵騎長嘶薄建康，議和議戰總淪亡。鵁鶄春散將軍壘，
蟋蟀秋開宰相堂。海上孤兒沈趙氏，夢中故土索錢王。須知
天意成南渡，艮岳山先號鳳凰。

天后廟

闕下銀濤萬里來，霞宮遠對紫溟開。月高旌旆排雲出，
風定魚龍拜浪回。千炬神鐙飛遠艦，百花香樹擁層臺。明禋
願獻安瀾頌，秋雨秋潮靜九垓。

曉過故關

朝暉遠射嶺烟開，鳥壘高盤漢將臺。山勢劃天分岸立，

河聲驅石過關來。戍樓雲擁旌竿滿，戰地風迴畫角哀。今日時清仍設險，少年誰是弃繻才。

渡滹沱河

燕臺畫角動邊歌，木末平原見大河。皁帽烏裘歸上黨，黃沙雪浪渡滹沱。荒村日淡收蘆荻，空磧風寒飯駱駝。獲鹿城頭西指去，暮雲紅處亂峰多。

次龍安驛

白雲深處見栖霞，古戍樓明夕照斜。馳道四圍開碧嶂，宮門一路近桃花。江山自古稱佳麗，野老逢人說翠華。曾讀去年《蠲賦詔》，帝心深念野人家。

重過金山題寺壁兼示龔春林

四年浮宦江南路，往返揚州十六回。昨歲春風二三月，醉吟一上妙高臺。載邀良友扁舟去，又見名山古刹開。好語遠公莫相笑，過門原是昔人來。

永濟寺題壁

人語近江樹，犬吠出叢薄。夜聞桹杜聲，知有孤舟泊。

客夢破孤磬，漸聞啼曉鴉。一夜山風歇，僧掃門前花。

萬松嶺

種松三萬株，翠滿亂峰頂。夜半山月生，一松一月影。

舟行

紅杏花開客放舟，春風日日泛春流。一帆明月投淮浦，兩岸青山出兗州。

遠戍空濛接呂城，微風料峭半帆行。一江春雨絲絲暮，
臥聽吳孃轉柁聲。

出白門

杏花如雪柳絲輕，渡口濛濛細雨生。惆悵行人過江去，
十三樓畔正清明。

蕙

百畝風光轉漸和，幽芳也入楚臣歌。從來香草如君子，
但得花開不厭多。

錢塘宋茗香_{大樽}，官國子助教。嘗裹糧爲天台之游，所爲
詩飄然凌雲，有謫仙之意。其子咸熙，通經學，嘗注《夏小
正》。

嘉慶元年，詔舉孝廉方正之士。浙江舉者十二人：仁和
邵右庵_{志純}、翁蓮叔_{名濂}，錢塘陳禮門_{振鷺}，海寧陳仲魚_鱣、
楊純一_{秉初}，嘉興莊韶九_{鳳苞}、李中玉_毅，海鹽張芑堂_{燕昌}，
鄞縣袁陶軒_鈞，慈溪鄭簡香_勳，定海李申三_{巽占}，義烏樓萃千
_{錫裘}。辭不就者四人：錢唐何春渚_淇、奚鐵生_岡、朱青湖_彭，
鄞蔣樗庵_{學鏞}。

山陰陳默齋騎尉_{廣寧}，以難蔭官，有孝行，敦氣節，甚具
才略。精審金石，兼工詩翰。所著有《壽雪山房詩》。余題

之云：“古人原不厭粗官，只恐新詩遇賞難。誰似憐才李文靖，馬前識得夏金壇。”余欲以孝廉方正薦之，辭不就。

海寧陳仲魚鱣，於經史百家，靡不綜覽。嘗輯鄭司農《論語注》諸書而考證之，浙西諸生中經學最深者也。舉孝廉方正。江南陳方伯奉茲嘗謂所舉孝廉方正，江蘇錢可廬大昭、安徽胡雒君虔、浙江陳仲魚三人可概其餘。余謂方伯之言誠能識拔宿儒，然安徽當以程易田瑤田爲第一，而胡君亞之。

海寧錢馥，布衣也，精於六書、小學。年四十矣，余欲以弟子員屈之，不就試，旋卒。其友邵右庵志純拾其餘論，爲書一卷。右庵，余所舉孝廉方正士也，古文有法。秦小峴觀察深於古文，於右庵有深契焉。

海鹽張芑堂燕昌，舉孝廉方正。入省，有胥吏弄文阻之，欲其來解也。芑堂拂袖去，云：“吾若與猾胥接一言，有負辟薦矣。”予聞之，即徵來省，特列薦章中。芑堂本王韓城師所舉優行生，名望素符，真士無虛聲也。尤嗜金石，嘗自摹吉金貞石文字，爲《金石契》。又嘗登范氏天一閣摹北宋石鼓文，勒石于家。余借其本，合明初拓本，重橅十石，嵌置杭州府學明倫堂兩壁。並贈芑堂詩云：“銘鑄鼒彝款象犧，每看一字百摩挲。卻因好古生偏晚，不見蘇頲韓獵碣多。”

　　陳雲伯《擬曹堯賓〈小游仙詩〉》有云："曾向紅雲侍玉皇，羽衣長染御爐香。海棠萬樹愁春雨，夜夜通明問綠章。"此意非堯賓所及。堯賓身肥重，岳陽守云："余初得堯賓詩，以爲可驂鸞鶴。今見之，牛不能載。"錢塘梁眉子_{祖恩}云："百首仙詩破曉寒，羽衣來謁岳陽官。千年重見堯賓過，不跨青牛跨彩鸞。"

　　"游仙詩"佳者甚多。俞雲莊_{寶華}云："夢入仙宮賦曉寒，黃金爲屋玉爲欄。衍波箋上唐人韻，記得銜名署彩鸞。"方蘭塍_{懋嗣}云："朱鳥窗深戶半扃，月明間愛鶴梳翎。紫雲一曲彈神雪，多少仙人花下聽。"龔素山_鷹云："猶憶當年舊謫居，詩巢花護未攤書。有人獨折芙蓉立，多少神仙總不如。"姜怡亭_寧云："司香內史劇娉婷，苕菡衣垂九子鈴。閬苑無風門不閉，萬花堆裏誦《黃庭》。"

　　"春草詩"佳者。陳雲伯云："南朝烟雨重三節，北里鶯花第五家。小院空階迷蛺蝶，荒陵春水問蝦蟆。"又云："客路有時愁細雨，天涯何處不斜陽。玉關消息知何似，綠遍前朝舊戰場。"陳曼生云："梅花夢後春纔到，燕子歸時客未還。"陳瀛芝云："屐痕淺淡連宵雨，簾影淒迷一片山。"許柯云："青袍欲借階前地，綠鬢愁生鏡裏顏。堳埒生春皆礙馬，蘼蕪望遠莫登山。"孫夢麟云："綠楊細雨清明路，紅杏

225

春風上巳山。"吴清漣云："美人若贈同瑶珮，燕子如歸正
落花。"

"春草詩"多清麗芊眠之作。陳壽蘇文湛詩云："雁塞龍
堆道路長，客愁如海正茫茫。烟濃古戍思盤馬，落日平原好
牧羊。萬里秦關春似綉，千秋漢冢土猶香。遥知紅袖刀鐶夢，
歌到蘼蕪已斷腸。"可謂淋漓悲壯矣。

余以"海塘賦"試杭士，陳文杰、許柯、胡敬、陳傳經
文皆壯闊。胡敬《水仙花賦》，僅三百字，孤弦冷韻，一時
傳誦。又有《闌干賦》，亦佳。

水仙花賦　　胡敬

爾乃冰堅曲沼，雪積閒庭。凡卉彫景，仙葩吐馨。藉玉
盤之瑩潔，貯金屋之娉婷。芳心綻黄，稠葉披緑。艷質纏金，
幽姿琢玉。揚秣陵之素華，展凌波之芳躅。含脈脈之深情，
隔盈盈之一曲。顧影裴回，將開未開。移春有檻，避風無臺。
若妃逢洛浦，曳輕裾而乍來。日暄烟藹，搓酥洗黛。珠璣綴
裳，瓊瑶結佩。若神來洞庭，迷綽約而多態。碧沙文石，淺
步無塵。閉門獨笑，幽懷泥人。恍如神女，逢交甫于漢濱。
冷艷涵虚，澄波微濺。神光陸離，芳悰恍恍。又如湘靈，鼓
雲和而來往。羌窈窕兮纏綿，濯寒波兮色鮮。映玉壺而莫辨，
照銀魄以增妍。羅襪凌風，銖衣叠雪。與畹蘭兮比貞，同庭

梅兮表潔。洵含芳兮足嘉，亦餐英兮可悦。伴歲寒于吾廬兮，對形影之清絶。

闌干賦　　胡敬

玉階迢遞，金鏁葳蕤。微雨宵霽，和風曉吹。户暗虚掩，簾長正垂。望遠情怯，憑虚境危。何緣徙倚，得暢追隨。則有十二闌干，橫斜位次。疏不遮風，長還竟地。亭畔橫陳，池邊低置。礙竹斜通，妨梅巧避。苔點香浮，露含光膩。倚遍迴廊，寒生半臂。爾其碧玉珍奇，迴文形勢。石氏新樣，楊家奢製。七寶裝成，百花繁綴。掩映璇閨，周遭瓊砌。盡態極妍，增華崇麗。南朝隋帝之樓，西漢王根之第。窈窕瓏玲，際檐傍櫨。值物賦象，任地班形。接芙蓉之行障，連翡翠之迴屏。春老則飛絮如雪，人去則涼蟾滿庭。至如鬥草閒娃，吹簫侍妾。戲罷秋千，慵移步屧。院古苔新，徑回林接。小立花陰，低垂星屬。同凭如玉之春纖，微露留仙之裙褶。若乃巡檐索笑，負手吟詩。茶烟漾際，雨花散時。黄絹千首，紅藤一枝。繞百匝而未厭，愛四圍之並施。屈曲扶遍，欹斜步遲。況復層巖翠滴，飛閣丹明。虹霓迴帶，井幹崢嶸。夾翠磴以直上，亘丹霄而乍橫。盤空陡豎，倒景孤生。眩轉難定，攀躋屢驚。與夫鬥鴨聲喧，流螢光炯。點綴紅橋，迴環金井。藥苗烟叢，石涵秋影。莫不采錯熒煌，雕搜完整。護金谷之穠華，助玉津之芳景。沈香亭北倚多時，無限春光心已領。

"闌干賦"。陳雲伯句云："宛轉迴文，玲瓏卍字。花片分紅，苔痕引翠。畫閣三重，迴廊十二。晝靜無人，月來有影。芳草閒階，梧桐古井。鸚鵡籠低，鴛鴦瓦冷。愁看花落，笑指雲生。烟波白舫，神仙碧城。簫韻一窗，琴心三叠。荷葉搴珠，桃根繫楫。銅鐶屈戌，玉篆罘罳。移來花影，冒住柳絲。小作勾留，此日閒凭之處；[①] 最堪惆悵，昨宵敲遍之時。"陳荔峰復亨句云："桐陰徑轉，花影窗移。蝦鬚簾押，麂眼笆籬。地勢橫斜，天然位置。雅稱名園，亦宜蕭寺。院靜晝長，廊迴路接。吟聳詩肩，步傳響屟。虛堂敞處，涼夜深時。蛩語欲碎，漏聲轉遲。曲連畫檻，平接雕楹。樓空月上，亭古苔生。"皆有神韻。復亨今改名嵩慶。

杭州諸生，能以明人法律爲時文者，湯畫人錫藩爲最，根柢亦深。

錢塘有王仁，仁和有王立仁，海寧有王有壬，其詩文工力，亦相近也。

嘉興李毅，有孝行，嘗割股以救親，鄉人稱之。余曰："毀傷肢體，非孝也。然以親故爲之，則凡可以愛其親者無不爲矣。且吾知其若仕必能致身於君矣。"時舉孝廉方正，予特

徵之，列薦章中。

試嘉興時，兼以繪事。有老諸生周封者，山水蒼秀，於風檐中寫《秋山聽瀑圖》，即前一日試士詩題也。此外有錢善揚，乃籜石翁之孫，花卉極有家法。陳球、吕鈐、沈瀚之山水，虞光祖之花卉，皆録之。

杭州試畫，錢塘朱壬，山水、花卉、翎毛皆有法。壬即青湖子也。徐鉽之山水，梁學、姚榕之梅花，張國裕、陳國觀之花卉，皆録之。

嘉興有三李，超孫、富孫、遇孫，皆秋錦先生良年後人，克繼家學。

嘉興吴侃叔東發，老諸生也，博古能文，識古文奇字。嘗爲《石鼓文章句》，謂石鼓文中，有次章即用首章之前半，重叠讀之，如《毛詩》之例。徒因刻石簡省，不重書刻之耳。所言頗爲前人所未發。

嘉興有二吴，吴澹川可謂登高能賦，吴侃叔可謂鑄器能銘。

嘉興張叔未廷濟，詩文斐然，留心金石。於海上得漢晉磚八。曰"萬歲不敗"，曰"蜀師"，曰"太康二年"，曰"永寧元年"，曰"元康二年"。其不全者，曰"吳氏"，曰"儒墓"，曰"萬因"。以八磚顏其齋，予爲書"八磚精舍"額。平湖朱椒堂爲弼賦九言長歌贈之。

八磚精舍歌贈張叔未　　朱爲弼

周家磚埴之工不可見，最古惟數西京五鳳磚。炎精入地字帶土花紫，建武建初俱載《洪氏編》。古鹽官地近接蛟蜃窟，潮落寶氣騰出黃沙邊。此氣非金非銀非瓊玉，文人慧眼下燭窮九淵。赤脚入水水退四五尺，手持鐵網網得珊瑚鮮。"萬歲不敗"篆追冰斯古，文同吉陽利善祈延年。"蜀師"例與景師蜀夫合，良工合土功致名乃傳。其餘"太康""永寧""元康"作，隸法寶鼎天監相後先。滄桑劫餘僅存二三字，缺月隱霧斷虹凌秋烟。拊掌大笑攜歸嵌齋壁，常伴一枝檇李春秋前。精舍前有檇李。歐陽衡文兼精金石學，要收爨下桐木柯亭椽。恭王翁仲銘識君能釋，知君碑版鐘鼎皆精研。君攜繭紙命我作長句，謂我曾讀《急就》《凡將》篇。并出脱本贈我凡五紙，一十四字字字珠璣連。丹甑銀瓮已見地寶出，方今聖人稽古真同天。夫君著作韓碑兼柳雅，他時蘭臺粉署稱神仙。一語贈君君宜銘座右，莫學八磚學士耽高眠。

嘉興楊蟠父謙，嘗注《暴書亭詩》。父子並深朱氏掌故，余命之修《竹垞小志》。蟠尤長於詞，嘗試"花影吹笙圖"詞，擅場。

疏影題"花影吹笙圖"　　楊蟠

生綃瑩淨，看幾番皺出，烟色初暝。柳外惺忪，簾額羅疏，微黃淡月相映。翛然坐到深宵好，奈料峭、春寒猶凝。對冰蟾、半臂添來，壓住滿身花影。　猶愛玲瓏石畔，玉笙細弄處，清韻堪聽。冷浸丹唇，響轉銀簧，度出林梢花頂。笛家琴調吹簫譜，把一一、新聲重訂。算生來、不是神仙，怎得者般清興。

余試嘉興詞人，偶憶范石湖"花影吹笙，滿地淡黃月"詞意，以"花影吹笙圖"爲題，調《疏影》。佳者凡五六闋，既乃屬石門方蘭士薰、錢唐顧西梅洛補二圖。吳江郭頻伽、錢唐陳雲伯皆有詞。

疏影題"花影吹笙圖"　　郭麐

空庭潑水，正玲瓏澹月，簾影垂地。悵望銀河，閒弄參差，箇儂知是誰思。橫枝清瘦疏花活，漸篩滿、薄羅衫子。只枝頭、翠羽雙栖，窺見那時情事。　難忘黃昏院落，畫闌十二曲，曲曲同倚。半攏春纖，半度脂香，炙暖一行銀字。年來白石風情減，有自作、新詞誰記。但每逢、花月嬋娟，便想畫中雙髻。

陳文杰

苔階露濕，正晚風料峭，輕涼時節。小院無人，閒理瑶笙，香唇定然寒徹。南朝玉塞關山遠，訴別恨、聲聲嗚咽。漸滿身、花影玲瓏，吹醒一天明月。　猶憶小樓清夜，笛儂在月下，鵝管徐歇。倚遍闌干，羅袖微揎，纖手映來如雪。綉囊銀字都零落，空夢斷、餘音清越。料袛應、花外銀蟾，照見斷紅雙屧。

暴書亭久廢爲桑田，南北垞種桑皆滿。亭址無片甓，而荷鋤犯此地者，其人輒病，豈文人真有靈魄耶？余就其址重建暴書亭，石階、石柱，可久不廢。

"暴書亭"扁爲嚴太史繩孫所書，亭圮而扁未毀，仍懸亭中。舊有楹帖，爲吾鄉汪檢討楫書竹垞集杜句，云："會須上番看成竹，何處老翁來賦詩。"聯木久無，余重書，刻于石柱間。

暴書亭　　阮元

久與垞南訂舊銘，江湖踪迹髮星星。六旬歸築三間屋，萬卷修成一部經。綉野灘頭秋芋熟，落帆亭畔古槐青。笛漁早死雙孫老，誰暴遺書向此亭。

檢討後人藏有《竹垞圖》，海陵曹秋岳岳所畫。余屬周采巖、方蘭士摹之，並和檢討《百字令》詞，和者三十餘人，載《竹垞小志》。

百字令和朱檢討自題《竹垞圖》原韻　　　阮元

先生歸矣，記江南春雨，扁舟初泊。自種垞南千箇竹，老讓懶雲閒托。繭綫牽魚，弓枝射鴨，足伴填詞樂。畫圖長在，肯教踪迹零落。　今日水淺荷荒，巖低桂蠹，殘址難斟酌。何處牆邊樓影小，曾展秋窗風幕。儒老乾坤，書懸日月，莫漫悲亭壑。重摹橫卷，遠山還染三角。

王昶

南湖放棹，正春殘兩岸，楊花漂泊。一卷生綃重畫取，仿佛前賢栖托。茅屋灣環，蓮漪瀁沱，負此幽居樂。潞河羈旅，潮生還看潮落。　料是投老歸來，書亭醼舫，昔雨同弦酌。記向竹西頻話舊，淒絕苔荒井幕。耆碩凋零，雲礽衰謝，重見開丘壑。丁丑、戊寅間，余與稼翁同寓邗溝，又與伯承同官陝右，語及南北垞蕪廢，悵惘久之。今稼翁早歸道山，伯承亦下世，而芸臺學使將修復之，是可喜也。他時過訪，叢筠應滿籬角。

吳錫麒

二分竹外，記江湖載酒，歸來曾泊。老盡篔簹人不見，往迹畫圖重托。菱葉波長，藕絲鄉闊，讓與閒鷗樂。寥寥琴趣，翠聲天半吹落。　誰復黃雀風中，鬥雞缸滿，相對斜陽酌。秋水藉袈橋口路，遮護幾層雲幕。危石能扶，虛亭更葺，高致傳巖壑。明年筍候，一尖還迸紅角。

錢楷

五湖三畝，嘆斯人仙去，落荒蓬泊。一片研經心事在，研經室，學使齋名。賸向畫圖尋托。流水門前，綠楊牆外，買斷垞中樂。竹猶無恙，幾番青復吹落。　擬向梅里停橈，小樓添處，整頓還商酌。學使有重修暴書亭意。且覓丹青傳粉本，依樣圖書簾幕。舊句重翻，新詞競唱，別又成丘壑。攜歸日下，填詞聲價爭角。

張若采

長蘆秋老，有乘槎仙使，荒灣初泊。棖觸研經心一片，多少古懷難托。看竹敲節，披圖岸幘，更印林泉樂。礬綃樵取，翠雲千片飛落。　還憶歷下移碑，鄭鄉表墓，到處羞清酌。試展畫圖仙館似，學使有《琅嬛仙館圖》。清影斜飛簾幕。亭廢重修，書殘更暴，對畫成林壑。圍牆栽竹，游人遙識亭角。

朱文藻

柳邊竹外，後百年星使，畫船重泊。亭北垞南遺址在，韻事丹青堪托。萬卷藏書，雙周甲子，藝苑談資樂。舊圖作于康熙甲寅，今圖作于嘉慶丙辰，相距百二十三年矣。烟雲新染，免教名迹流落。　憶昔景仰宗風，手編年譜，系述勞斟酌。文藻曾編《竹垞年譜》一卷。綉水横塘曾蕩槳，何處春風柔幕。褦襶詩窮，鬅鬙鬢改，歲序蛇奔壑。江鄉歸老，敝廬同此牆角。

修暴書亭落成重題一闋　　阮元

南垞荒矣，問書船潞水，何人停泊。經卷詩篇零落後，魂夢向誰栖托。把酒能招，披圖相慰，畢竟歸來樂。結成亭子，我今重爲君落。　　才見五馬行春，雙鳬漾水，攜畫同斟酌。尚有孫枝桐葉在，護爾秋風簾幕。叠石栽花，引牆圍竹，依舊分林壑。者番題柱，夕陽休礪牛角。

余以"養蠶詞"試杭州詩士，得絕句四十餘首。錢塘江鑒云："美人莫惱秋羅薄，一箔紅蠶兩鬢絲。"仁和諸嘉樂云："蠶孃若肯拚荒歲，金屋新妝頓減來。"著意相反，便覺新警。他若陳甫之"記得前溪寫簾箔，鳩聲梯影畫江南"，沈毓蓀之"流水潺湲桑不斷，東風吹出翦刀聲"，徐鈲之"誰家少婦看花去，猶恨羅裙繡未成"，陳復亨之"葉價怕昂絲怕賤，蠶孃心事費評量"，皆能自出機杼。嘉興以"鴛鴦湖咏鴛鴦"命題，亦得絕句數十首。張霖云："阿儂生小湖邊住，見慣雙飛雙宿時。"丁子復反之云："阿儂生小湖邊住，不見鴛鴦相對飛。但見鴛鴦湖畔水，雙流相合不相違。"曹言純詩云："湖邊盡種連枝樹，好讓鴛鴦到處栖。"沈大成反之云："知他水鳥成雙宿，開得芙蓉自並頭。"楊蟠云："曾記數來三十六，果然十八對成行。"吳曾貫云："度卻金鍼還倦繡，有人斜倚畫闌看。"亦佳。

　　偶閱《韓江雅集》，有陳授衣章《養蠶》句云"蠶孃養蠶
如養兒"，用意甚佳。金匱錢梅谿泳有《養蠶贈內絶句》云：
"支持兒女眠初穩，十萬生靈正待餐。"又云："經綸吐盡爲
人用，留取輕身一對飛。"皆吐屬不凡。余苔梅谿詩云："蠶
利蠶工賴長官，蠶多葉少養蠶難。梅谿更有驚人句，十萬生
靈正待餐。"梅谿工於八法，尤精隸古，與山左桂未谷馥齊
名。欲以八分寫十三經，復鴻都舊觀。

　　余試嘉興，既限"鴛鴦湖咏鴛鴦"，復限"射雕"七律，
戲謂幕中友人曰："既歌石帚《暗香》《疏影》，不可不唱東
坡《大江東去》也。"嘉興吳書城詩云："日落邊城耀錦袍，
將軍射獵試烏號。雕盤峭嶺千尋出，帛裂秋雲一箭高。記取
平蕪灑殷血，定知清塞失霜毛。歸來解帶應酣飲，猶有腥風
出繡裻。"可謂興酣落筆。丁子復有句云："自有將軍能絶
塞，共看都尉獨過橋。"用北齊斛律光事對李廣事，亦典雅
可誦。

　　嘉興試"銀河篇"，佳者頗多。惟丁子復"烏雲一抹起銀
浦，灑作承平洗兵雨"二句最洽余意。余亦有擬古《銀河
篇》，蔣山謂頗似唐人。

銀河篇　　阮元

七月銀河秋露涼，八月銀河絡角長。九月銀河終夜轉，

曉天殘月已飛霜。儂家生小長安住，漢家轉戰輪臺戍。儂在黃姑渡口行，郎向銀河最西處。銀河夜夜入高樓，樓上風清易覺秋。更有高樓在城北，樓中想亦有人愁。鳳城砧杵停中夜，珊珊疑聽河聲瀉。河聲若肯向東流，乘槎會見征人下。可惜華年若逝波，年年清露入秋多。宮中百丈銅仙老，為問紅顏更若何。紅顏半在鴛鴦殿，多少秋風落紈扇。不見昭陽日影紅，惟有銀河鎮相見。安能三五月常盈，掩住銀河不得明。又恐流光千萬戶，愁人別有一般情。

丁子復

秋河伴月案戶牖，蒼龍掉尾連箕斗。白雲飛盡夜未曉，金波無聲瀉空杳。仙槎徑渡水清淺，癡牛服箱車輪轉。白練橫斜冷不收，宵寒織室機聲秋。靈鵲飛來濡兩翼，鈎星耿耿秋繩直。欃槍埽落摧寒芒，西流向曙迴清光。烏雲一抹起銀浦，灑作承平洗兵雨。

金衍宗

秋羅雲薄涼蟾入，金井梧桐珠露濕。銀河案戶聲西流，夜深烏鵲南飛急。練痕遙挂暮天長，新月如鈎欲讓光。十二樓中簾盡捲，不知隔斷是紅牆。盈盈一水橫銀浦，城上烏啼聞戍鼓。刀鐶望斷玉關秋，砧杵敲殘雲渡古。此時別殿晚風天，紈扇西風又一年。秋屏銀燭涼初透，玉枕薰籠悄未眠。況復高樓愁水夜，天街一片金波瀉。羅帶風飄下玉階，流蘇月冷臨芳樹。別殿高樓共幾時，仙槎何事獨歸遲。人間悵望銀灣畔，碧海青天那得知。

金光烈

井梧葉落秋風起，碧天夜靜涼如水。箕南斗北火西流，耿耿銀河千萬里。仰視流光照女牛，羽車雲輦幾經秋。素影遙連鳲鵲觀，清輝先入鳳凰樓。鳳樓鵲觀夜還曙，一水盈盈不可渡。縹緲如聞玉宇笙，高寒下滴金盤露。誰家機杼動離情，天漢無聲似有聲。蟋蟀階前霜乍冷，芙蓉塘外月還明。關山萬里同今夕，惆悵河梁終歲隔。天上虛傳織錦梭，人間那得支機石。奉使尋源憶漢家，客星遠訪遍天涯。若從井絡西邊去，試泛張騫八月槎。

桐鄉金以報，有詩才。幼孤，賴其長嫂節婦王氏教育成之。余書其《貞壽圖》後云："昔宋興宗幼立風概，謹事寡嫂，南齊韓靈敏事節嫂如母，並重于史官。以報其益敦品力學以副之。"

余在吳興，試"蘋花詩"，佳句如歸安孫五封云："五字風流在，江南日暮春。"武康徐熊飛云："小朵最宜涼雨後，清芬無奈晚風時。"孝豐施應心云："幾點輕鷗閒似爾，一秋

涼水淡於前。"歸安芮寅云："細雨清香通欸乃,① 晚烟深影
聚蜻蜓。"烏程馮潮云："八月疏香依水木,一年好景記汀
洲。"安吉郎遂鋒云："八月涼波何澹沱,六朝清韻重徘徊。
江南花事日應晚,湘水故人應未來。"

余於丙辰秋按試吳興,中秋日,試詩士,以"咏東坡丙
辰中秋作《水調歌頭》事"命題。烏程張秋水_鑒詩云："離
合悲歡十二時,一番圓缺一番思。前身本是來天上,除卻君
王總不知。"可謂得詩人敦厚之旨矣。

張鑒《菱花詩》云："漁婦曉來皆對鏡,隣舟歸去便成
歌。"用典雅切。

德清許積卿_{宗彥},績學甚深,於天文尤能會中西之通。徐
養原,乃西灝編修_{天柱}之子,天算之功頗精,自言學之二十
年矣。

歸安楊鳳苞,予初見其《西湖秋柳詩》,以爲才士也。
繼至吳興,鳳苞以經解入試,于先儒之説,剖析原委,甚爲

---

① "欸乃",原誤作"欸乃",據文意改。欸乃:象聲詞。行船時搖櫓或歌
唱之聲。

精核，尤深于音韻之學。謝蘊山方伯聘之入幕，以侍老母疾，辭不就。

孝豐施小憨應心，年未及冠，詩學漢魏六朝，以近體作"鐃歌橫吹"諸題，舊錦新裁，甚爲奪目。

施小憨《今樂府》

上之回

萬乘向回中，蕭關野燒紅。樓臺望行月，箛鼓警邊風。西極來天馬，前軍拂彗虹。甘泉故宮在，落葉滿秋空。

將進酒

終日勸君醉，良工未可觀。江河杯酌盡，天地酒人寬。對月金尊滿，圍風繡幕寒。放歌心所作，得意且爲歡。

石留

流黃搗錦石，石上水曾經。南浦春波綠，西洲蓮子青。寒沙明遠渚，涼雨散繁星。載酒何人過，蘭橈不暫停。

隴頭

隴頭流水去天涯，隴上征人苦憶家。寒雁自憐蘇屬國，驕驄不戀李輕車。秦川萬里開冰彩，嶺樹千年著雪花。嗚咽數聲驚別夢，朔風何處動清笳。

洛陽道

長秋寒夜幾聞鐘，大道春光是處濃。遥憶層城見楊柳，

相看雙闕似芙蓉。龍銜寶帳三千所，鳳卸珠簾十二重。蕩子
更工蘇合彈，五花驄馬好游從。

紫驑馬

黃雲海樹隱邊笳，滿路烽烟滿磧沙。老去秋風移首蓿，
羞看夜月映桃花。獨栖聊謝紅梁燕，共飲難將白鼻騧。錦作
連錢珠作絡，馳歸應是日初斜。

孝豐吳蘅皋應奎，余兩試其文，均置高等，不知其能詩。
試畢，自呈其《讀書樓初稿》，苦吟綺思，絕似長吉，樂府
歌行尤佳。始知錦囊佳句，不受風檐迫促也。設非吳生自呈
其稿，則吾失此人矣。然則吾所未見之才亦多矣，爲之憮然。

吳蘅皋《讀書樓詩》

古艷曲

秋來明月照高樓，少婦當窗黯欲愁。驄馬長年驅遠道，
芙蓉別浦隔空洲。重重芳樹浮雲合，穆穆金波亂水流。書札
不堪頻目斷，天邊莫問大刀頭。

熟知絲布澀難逢，莫唱吳聲最懊儂。不分房空栖病鵠，
誰憐骨出比飛龍。長檣鐵鹿三千里，大道朱樓十二重。浪語
移湖安屋裏，繞牀那得種芙蓉。

十重樓閣九重牆，本是盧家舊畫堂。院院東風紅芍藥，
池池春水紫鴛鴦。柔桑婀娜嬰蘭婦，憎馬琅琊大道王。相望

含情不相見，祇憑飛夢越河梁。

油壁青驄記舊游，團團初日正當樓。齋房芝草皆連理，露井桃華總並頭。巫峽巫山真是夢，江南江北別經秋。文通才盡《西洲曲》，錯道君愁我亦愁。

思翁辛苦唱妃稀，日暮增城怨落暉。西北牽牛長獨處，東南孔雀任孤飛。秋風裊裊欺團扇，明月盈盈鑒薄帷。多事定情繁主簿，愁悲也道結中衣。

機聲啞軋隔窗聞，每想雞鳴到夕曛。合匹不成三葛斷，流黃初染色絲棼。寒更銀燭紆紅淚，春晝梨花入夢雲。織得迴文無可寄，空箱伴疊石榴裙。

香印成灰玉化烟，開經壬子正今年。神山別有三珠樹，雲路休看七寶鞭。洛浦巫峰原是夢，清塵濁水罷相憐。笙歌何處繁華會，乍著青裙尚惘然。

武康徐雪廬熊飛，幼客平湖，備受孤寒之苦。勵志于學，詩有才力，尤工駢體文。嘗有啓投余云：“春風未至，先欣桃李之心；時雨將來，已動蘭苕之色。”是能不失唐人風範者。

徐雪廬《風鷗詩鈔》

登支硎山曠然亭

遠山來自天目峰，元氣盤結蒼精龍。龍行一曲一城郭，地脈騰躍皆趨東。觀音山頭萬丈壁，上有磴道凌烟空。湖光山色抱三郡，氣勢收納亭之中。我昔倒拖青玉筇，登高手摩竹柏桐。繁霜既降山骨露，木葉掩映斜陽紅。浮雲出山風轉蓬，今日又到空王宮。吳郎石子存舊約，桃花落盡重相逢。連山草木吐萌甲，春雨一洗爭蔥蘢。紛紅駭綠森滿眼，洪濤鼓蕩千芙蓉。飛流濯足興未窮，飄飄更倚巖前松。扶輿靈秀莽奔放，下方一片青濛濛。人生何事戀榮辱，白髮容易摧春容。掉頭竟泛五湖去，豁然天地翔孤鴻。

登穹窿山

我昔手攜赤藤杖，紅樹林中躡星上。丹霞滿山風裂破，天雞不斷空中響。二十年來孤往客，芒鞋又踏山邊石。入林恍惚失來徑，四面崇巒插天碧。山頭雪瀑挂千仞，溪上桃花深一尺。花間磴道苔蘚斑，玉清洞府非人間。眼前突兀耀金碧，靈真出沒松風寒。森然動魄翠微裏，七十二峰生足底。鬼神驅使洞門雲，遮斷微茫太湖水。上山下山一片白，呼吸雲華生羽翼。古臺嶕嶢臨不測，我忽登之亦奇絕。空山萬古春茫茫，放眼一氣同青蒼。征帆過雨去不息，遠山多處吾家鄉。田園半荒歸未得，夢寐長在天一方。赤松仙人倘可遇，此身願學張子房。

焦山尋《瘞鶴銘》

仙人御風行，控鶴如控馬。何年委靈骨，遺迹荒山下。長江湛春容，月共寒潮瀉。幽竹碧濛濛，廊陰雨飄瓦。殘碑叢古苔，林樾映清灑。瑤池失清唳，露白仙音寡。天末三層樓，吹笙懷隱者。

與京口諸子重登蒜山春波閣

蒼然淮楚到尊前，勝侶重逢啓別筵。高樹濤聲過白晝，大江帆影落青天。驚心風雨登臨日，回首英雄戰鬥年。十萬長刀殲寇地，那堪海道尚烽烟。

徐雪廬《蓮花莊懷趙子昂》詩云："花時鶴徑仍芳草，門外鷗波易夕陽。"施小憨《歸雲庵懷孫太初》詩云："庵前漁唱晚來起，月下鶴聲秋裏聞。"俱饒神韻。

董思翁最喜趙吳興《鵲華秋色圖》，所撫不止一本。余藏其癸卯年所臨畫幅，帶水長林，浮烟遠岫，草窗松雪，風韻雙清。吳興山水以清遠移人，然濟南據岱巚之北，七十二泉隨地涌出，匯爲明湖，水木明瑟，萬荷競發，流出城北，瀠洄華不注前。每當秋霖初晴，橫雲斷巚，真如圖畫中矣。余兩年歷下，復至吳興，思翁此幅常懸行館，自題長句，且命多士題之。

吳興試院題董文敏《摹趙松雪〈鵲華秋色圖〉》　　阮元

思翁本是江南客，老與吳興鬥風格。一卷分從舊墨林，自染青山上生帛。歷下青山有鵲華，山前元是草窗家。吳興清遠家何處，碧浪秋蘋自作花。道人同住鷗波裏，爲畫齊州好山水。秋色山光尺幅中，西風鄉思千餘里。我曾兩載按齊州，萬朵荷花百尺樓。七十二泉流不盡，青烟兩點鵲華秋。
鵲華山色真奇絕，畫意詩情不能說。螺黛濃開邢尹眉，劍鋒
碧削昆吾鐵。白雲如帶樹千株，雲外單椒翠影孤。若愁難到
雙峰下，試看華亭此幅圖。華亭妙筆朝朝見，壁上雙峰壓吳
練。我今攜畫到吳興，空見秋山大如弁。弁山南畔小詞場，
秋士題詩千百行。好山到處看不足，又上何山山名。望弁陽。

蔣徵蔚

明湖秋水明如練，我在江南不能見。鵲華山色鬱蒼寒，
我向吳興畫裏看。此圖本是鷗波筆，點染生綃誇第一。癸辛
街破草窗寒，流傳更到香光室。香光妙筆擬鷗波，平遠青山
擁髻螺。無端描出單椒影，想見豪端秋氣多。雙峰秀澤橫雲
表，暮靄朝嵐青未了。練帶頻將跗注躔，天容畫出眉痕小。
有時著意作深秋，樹杪千尋紫翠浮。雨點空蒼留不得，風烟
早已遍齊州。三間屋近依山住，本是齊州栖隱處。可憐泗水
老潛夫，苦憶當年山下路。作圖聊復慰思鄉，一段風流未可
量。只今讀畫多生趣，想見丹青各擅場。朅來我訪鷗波屋，
菡萏霜清殘竹木。鵲華深惜不親游，欲乞弁陽成小築。

徐熊飛

秋山卓立秋波清，古香觸手烟霞生。單椒秀澤忽在眼，
林巒婳嬧明秋晴。香光主人足天趣，簪綬不淡山林情。幽花
開老畫禪室，染筆欲與鷗波并。螺峰兩角落縑素，絮雲一抹
橫輕清。點綴生青塗活碧，嵐光澄淡波無聲。昔聞公謹溯苕

245

雪，弁山深處開柴荊。王孫特爲寫鄉思，鵲華青峭當軒楹。
雲烟過眼入檇李，幾時尺幅歸華亭。華亭所摹非一本，今觀
此本尤爲精。華不注山岱麓北，明湖倒浸青蓮莖。霜風淒緊
木葉脱，秋氣白若銀河傾。吳興山水但清遠，安能瘦削由天
成。想當林臥契巖谷，粉黓墨黮勞經營。古來妙手兩文敏，
每借山水通仙靈。試來展讀白蘋館，齊烟千里飛空青。

　　烏程陳無軒學博燽，勤學修節，能詩，工書。鄉黨以孝
廉方正薦之，以有官之人未能合例，中止。

　　道場山歸雲庵有孫太初墨迹手卷，并明人字畫極多，陳
無軒彙裝爲三卷。余在湖州，以官帖向山僧取觀，留帖爲券。
閱畢，仍以卷易帖，以防胥吏竊匿，且爲後來長官取卷之例。

題孫太初墨迹卷後　　阮元

　　山人化作秋雲飛，吳山松冷雲初歸。草庵白塔不能至，
惟見白雲明夕暉。去年道場山上去，杖策直叩枯禪扉。聽詩
頗有古錦版，侑茶不用黃金徽。今秋移文入山去，直取朵雲
來棘圍。滿堂賓客共翦燭，把卷群嘆所見稀。山人詩翰清似
鶴，華陽真逸猶嫌肥。後來過客五百載，縑楮半爲山人揮。
蒼烟過眼月露濕，疑有雲氣沾人衣。此卷不可染塵俗，送爾
以詩歸翠微。

以"元人《十臺懷古詩及序》"試湖州，詩各有佳什，序文尤多沈博絕麗之作。武康徐熊飛云："瀟湘過雨，雲夢生烟。章華之鷺珮璆然，朝陽之蛾眉宛若。彭城水落，項王有戲馬之鄉；督亢霜高，燕昭築求賢之館。亭長歸來，已爲天子；泉鳩謚後，空怨僉人。歌風則雲氣連天，望思之苔華滿地。雲擁愁來，波流恨去。山圍故國，鶯啼三楚之花；火入荒陵，鴛化六朝之瓦。"烏程張鑒云："浮雲南北，憐舊曲於銅鞮；溝水東西，惜商歌於玉樹。皋盤細馬，徒呼劉表之鷹；夜冷蚖膏，不下武王之鴨。金仙已去，聽漳水而無聲；玉馬徒留，寫昭陵之遺影。臺邊鴛瓦，虛覆寶衣；帳上銅溝，愁窺鵲鏡。"烏程周聯奎云："鹿游茂苑，三層少碧玉之階；蓮落梧宮，滿地有紅心之草。笑當塗之鑄雀，二喬已嫁英雄；誦賦筆之凌雲，七子獨推貴介。歆凌暑避，如迎北牖之風；鳳去臺空，漫鎖南朝之月。銅仙已別，淚灑秋香；鐵馬頻來，露飄夜月。"歸安姚樟云："重踏乾谿之雪，來攀鶴市之花。花谿茂苑，懷春之蘿苻猶香；翠被玉鞭，問鼎之英雄安在。殘山賸水，偏歌金縷聲聲；衰柳斜陽，吹落碧雲片片。冀北山川，遙通朔氣；九州人物，盡自東來。鄴下之霸圖已歇，漳水東流；金陵之王氣全收，雲山北向。香分履賣，憶春朝寒食之期；燕冷烏栖，正白下西風之候。歌殘金鳳，路指銅臺；聲怨紅鵑，洲寒白鷺。桂宮星暗，依稀愛子之來歸；玉碱塵生，仿佛麗人之入夢。三千年，一萬里，歌臺舞榭，盡

247

平沙落日之中；前三國，後六朝，蘭殿珠宮，生春草秋風之感。"

姑蘇臺　　徐養原

風冷梧宮怨若何，越來兵燹等閒過。捧心士女愁麋鹿，嘗膽英雄枕甲戈。香徑平烟迷夕照，寒村浣石冷秋蘿。生憎枹鼓親援日，消得高臺幾度歌。

章華臺　　周聯奎

度材巑岏氣憑陵，誰信三休到未能。驕志曾隨長鬣相，雄風偏愛細腰登。投龜肆詬真同戲，當璧爭端曷可憑。卻笑乾谿終走死，渚宮荒冢野花凝。

黃金臺　　溫純

嘆息昭王尚有臺，英雄於此劇憐才。春歸黍谷思鄒衍，秋掃苔基問郭隗。濟上論功昌國最，薊門長望霸圖開。誰言天下無奇士，不爲黃金不肯來。

朝陽臺　　胡澍蒼

巫山雲雨本荒唐，一夢千秋枉斷腸。譎諫何曾原宋玉，微辭從此感襄王。須知神女心無玷，其奈文人筆太狂。暮暮朝朝空想像，楚天極目但青蒼。

歌風臺　　姚樟

大風雲起古臺平，莽莽河流泗水聲。帝業已歸三尺劍，長陵不與一杯羹。祖龍歲月先奔逝，逐鹿山河幾戰爭。知道他時王諸呂，九原猛士泣韓彭。

戲馬臺　　邵保初

虞歌雖逝總消沈，百尺高臺自古今。竟有浮雲齊沛水，苦無王氣壓淮陰。彭城九日空秋草，垓下千年有壯心。輸與尚書臺上客，百僚祖餞發高吟。

望思臺　　唐晉錫

嫡孽稱戈且莫論，綉衣持節最驚魂。求仙下策成巫蠱，開塞荒兵到子孫。突出銅人原可怪，遽頒金玦豈無冤。傷心不待壺關請，未上高臺已淚痕。

銅爵臺　　鈕芳春

清漳流水繞荒墳，猶見三臺倚夕曛。文獻鄴中傳七子，英雄天下竟三分。名香綺履埋荒草，古瓦殘甌落暮雲。太息當塗貽祚短，墓門誰表漢將軍。

鳳凰臺　　孫姚桂

振衣直上鳳皇臺，鳳去千年竟不迴。三國遺風空寂寞，六朝舊事重徘徊。依依飛鳥望中沒，葉葉征帆天際來。莫負崔家黃鶴句，較量終遜謫仙才。

凌歊臺　　施應心

宋主凌歊遠擅名，當年于此會群英。揮戈遂使群奸戢，伐獲從知霸業成。百里湘潭搖翠堞，三千歌舞住雕甍。可憐丁卯橋邊客，雪水雲烟動古情。

歸安嚴元照，沈潛經史、小學，淡於時名。余於《錄遺》識之。所著《娛親小言》，頗精核。

　　吳興風土宜蠶，桑田之多，與稻相半。丁巳八月下旬，按部至此，西風落葉，騷騷然有深秋意矣。因成四律，以邀和者，且以課郡中詩士，時江浙和者數十家，惟錢唐陳雲伯"獨有扶桑倚東海，一枝仙椹四時紅"二句，意境闊大，得未曾有。

秋桑　　阮元

　　扁舟衣袖乍驚寒，下若桑林綠意殘。初響天風知半落，未逢夜雪已先乾。樓前有日蒼涼出，陌上無箏錯雜彈。若使秋胡今始到，黃金一色樹頭看。

　　西河古社重徘徊，木葉應知庚子才。淇水秋期貧婦怨，晉廷九月餓人來。采菱纖手空成妒，舞柘輕腰不共迴。偏是吳儂感蕉萃，十年牆下記親栽。

　　疏陰十畝間青黃，誰向花前喚索郎。釀秫時光宜薄醉，調弦情緒動清商。但教天下輕綿暖，何惜林間墜葉涼。試種東坡三百尺，芰來終比暮春長。

　　漁陽八月已空枝，還是吳興霜露遲。飛鳥雨晴猶護羽，野蠶風定尚懸絲。遠揚試伐深秋後，光景能收落照時。料有苕溪老桑苧，垂虹秋色滿新詩。

　　　伊湯安

　　秋老桑畦落葉填，野人籬落興悠然。雞鳴隔巷增涼意，鴉亂疏林淡夕烟。陌上風高懷《靜女》，隆中樹古想名賢。祝他比戶皆輕暖，繪入《豳詩》第幾篇。

花間戴勝記新陰，啼鴂聲中思不禁。剩有風枝掃茅屋，尚留霜葉襯楓林。明年春繭須如甕，薄暮秋胡莫贈金。好待樹頭紅甚熟，勸農時節重相尋。

秋桑用王阮亭《秋柳詩》韻　　蔣徵蔚

阿儺何處黯秋魂，放棹重來過石門。五畝小牆涠沃影，一林寒露認柔痕。當時筐執吳孃手，此日杯傾箸下村。擬種原蠶知未得，金鈎輕鬜更休論。

猗猗本是不經霜，枯盡天風到野塘。看處莫教連柘館，折來猶記覆蠶箱。塵乾東海愁仙客，寒重西虞記穆王。更乞成都栽八百，醜條從此老閒坊。

愁絕秋人正授衣，紅閨禁忌事全非。綠梯踏罷路猶在，黃日照將枝漸稀。少女年華憐欲老，寒禽牖户不禁飛。幸他未化機絲去，憔悴深知節序違。

如薲滿箔劇堪憐，疏幹而今只聚烟。無奈林中難戀宿，有人樓上欲裝綿。交交黃鳥空三月，采采青裙又一年。爲語羅敷休悵望，來春證取綠雲邊。

江振鵾

收盡原蠶樹半空，疏枝搖曳暮秋中。休將怨綠題餘夢，卻爲知寒耐晚風。篷户樞機吟索莫，玉人爪甲膩玲瓏。輸他綺綉先春去，賺得丹黃對錦楓。

零葉猶堪飽夜霜，西風又送馬頭孃。略留閒畝春陰在，空使歌臺舞袖長。牙尺才分人冷暖，筠筐休説價低昂。羅敷本是貧家女，誰壓江南黃竹箱。

蕭條白日上牆陰，墜葉陳根春事沈。半載雨晴誰料理，一園霜露最侵尋。唐梯仄徑無人到，柘館寒川落影深。祇有野蠶僵不得，又成寒蝶入荒林。

千樹平圍碧浪湖，客懷銷落一株株。使君五馬來何晚，寒士單衣望未孤。漫使銀尊翻釅落，先看筠管響蒲盧。閒吟且勿傷遲暮，老繭抽絲紡得無。

陸繼輅

獨客禁寒待寄衣，吳興秋色太離披。一林風冷初傾釀，幾葉春殘未化絲。秦女攜筐歸緩緩，陳王讀曲記枝枝。我來偏動流年感，小字空傳未嫁時。

秋閨閒挂桂枝鈎，日出東南不下樓。敗葉有時栖蛻蝶，空林無復聽鳴鳩。織成虛訂黃姑約，落盡非關青女收。何必陌頭衰柳色，短牆一步動離憂。

鬢影衣香似隔生，漁陽歌歇事頻更。乍抛春女悲秋淚，訝聽涼宵食葉聲。似爾飄零真不負，幾人刀尺未催成。爲他八百孤寒望，早發春芽慰別情。

天風枯盡正愁予，且喜猶傳氾勝書。寒甚轉依斜照裏，感深尤在嫩涼初。相君老去思荒宅，處士秋來戀敝廬。衣被功成休更問，閒閒十畝未全墟。

端木國瑚

桑落西風郭外稠，枝頭誰復挂金鈎。雞豚影散村陰寂，
秔稻風寒社事秋。無藉烟花連杜曲，任教菱葉采汀洲。征人
未返羅敷老，五馬重來爲爾愁。

曾記桑陰綠過牆，半年閒煞馬頭孃。晞風葉剩并刀影，
覆露枝空野繭香。春好也曾彈陌上，夜寒猶自夢漁陽。最憐
賣盡新絲後，卻共天寒翠袖涼。

更補《豳風》畫裏看，分明村景見闌珊。柴門客話夕陽
落，柘館人稀秋雨殘。月冷機聲繅露寂，鳥空梯影踏烟寒。
世間若有冰蠶種，綠老霜前尚未乾。

萬家衣被一春償，自耐閒閒十畝涼。繭種蝶魂迷古陌，
絲團蟲影挂斜陽。鶯花郡宅誰供圃，雞黍田家獨面場。晚乞
使君桃李課，也將餘蔭問江鄉。

童槐

天風昨夜到枝頭，無復當時繞指柔。帝女緣空辭晚歲，
秦娥夢杳隔深秋。黃綿人散村前社，紅葉聲多陌上樓。我亦
清寒依十畝，絲絲不斷憶春愁。

矮林疏禿乍經霜，勁影餘暉戀女牆。旅語新尊話重九，
邯鄲舊曲怨清商。幽禽心事營巢戶，處士秋情仰屋梁。留得
雙蛾憐已老，前身依約認空桑。

已教羅綺遍南州，獨忍荒涼奈爾愁。遠道夢殘驚促織，
故園秋老賦鳴鳩。烟埋亂葉提籠徑，影斷斜梯削桂鈎。豈有

紅顏來采采，惟開菱唱隔蘋洲。

記得深閨蠶事忙，馬前濃綠見攜筐。重經上箬霜初白，錯認東坡樹本黃。千戶侯門殊冷煖，一時仙侶說滄桑。秋風病骨南陽思，舊日琴絲亦漸荒。

徐熊飛

雁信先催下若寒，叢條遍野雨初殘。田家客到酒方熟，樹杪雞鳴露未乾。柘屐任教乘興去，銀箏還記盡情彈。近來不厭多黃落，雜樹柴扉畫裏看。

征途何處動低徊，木落漁陽想漢才。木末已無蠶妾隱，林間誰訪索郎來。白蘩帶露村村曉，黃蝶從風故故迴。滿耳蕭騷鳴碎葉，陽春曾向陌頭栽。

蕭晨極目葉垂黃，林外郊居是沈郎。綺日光寒剛八繭，天風聲歇已三商。粉榆古道秋烟晚，槐柳荒村霽色涼。三宿匆匆感栽植，寸心還與水流長。

斷垣高下映烟枝，無那江南雁信遲。落日叢條淒碧野，濃春桂籠繫青絲。西風古驛蟬嘶後，涼露東皋雉狋時。瀚筆為圖憶松雪，盡收黃落入《豳詩》。

張鑒

翻翻落葉下柔枝，舊部爭傳樂府詞。才見使君來遠道，不堪女伴阻前期。黃雲戍上西風緊，紅粉樓頭暮雨遲。懶向曲腰問消息，湖池遙望已離披。

蘆簾紙箔滿比鄰，三月深閨少婦情。玉勒再來成舊夢，金環重探認前身。垂垂寒蝶迷空社，格格鳴鳩過別津。比似吳門仙迹斷，滄田東海又揚塵。

閒卻金籠更玉鈎，山蟬啼罷忽當秋。竹根夜冷傾紅友，城窟霜乾踏紫騮。虛憶美人空北部，幾時高士話南州。祇應寡女絲猶在，彈作清商上陌頭。

神仙丹葚本虛無，凋盡成都八百株。斜日螵蛸懸老樹，晚寒鼚落倒新鑪。于今拈葉悲秋士，向後攀條屬小姑。禿樹只應同白髮，誰栽黃竹到句吳。

陳鴻壽

下若驚迴淅瀝風，綠雲吹起碧湖中。攀條別意遲青女，療眼奇方覓宛童。桑落酒傾陶令宅，柘枝舞散楚王宮。野人不解愁搖落，祇喜斜陽到檻紅。

彎彎涼月唱初三，折與兒童當篠驂。刀尺聲中人似舊，牛羊牧去路偏諳。寒雞向暖飛枝北，野叟尋秋過屋南。虛説星精能駐歲，不如托命是紅蠶。

柴門仍借遠山遮，烏柏丹楓艷歲華。著作林疏望歸雁，文章樹老待栖鴉。寒濤碧海仙人地，野火殘烟帝女家。莫怪機絲虛夜月，一時散繭尚騰花。

驚心女伴促裝綿，話到漁陽思悄然。秋陌春閨渾似夢，三榆五棗互生烟。年豐早賽雞豚社，風緊初開雕鶚天。羅綺叢堆誰省識，憑渠衣被總年年。

陳文杰

寒林葉葉響天風，秋在疏烟細雨中。牆外空條仍裊裊，陌頭圓影尚童童。三更冷露迷梁苑，二月春風憶鄴宮。獨有榑桑倚東海，一枝仙椹四時紅。

指點疏林蔭綠潭，夕陽惆悵使君驂。書編《淮海》春非昔，圖展《豳風》景尚諳。憶我曾經歌陌上，有人對此話江南。莫教蟲食清陰減，留飼吳儂八月蠶。

春郊曾憶綠雲遮，蕭瑟江鄉換歲華。五畝新涼飛野雉，四衢殘照隱歸鴉。箏彈秋月羅敷宅，琴譜西風漢相家。檢點寒袍感衣被，論功壓盡洛陽花。

家家妝閣熨吳綿，話到三春事惘然。繞宅清陰流曉露，連村疏樹瘦寒烟。西河舊夢紅蠶月，南陌新愁白雁天。寄語吳孃莫惆悵，鳩聲梯影待來年。

陳文湛

指點寒林傍野塘，西風蕭瑟冷啼螿。隔牆裊裊陰猶綠，繞屋疏疏葉漸黃。女伴春游懷陌上，美人秋夢到漁陽。丁寧纖手休輕折，玉露宵來分外涼。

一片疏黃隱遠畛，柔桑無復媚三春。連宵涼露鳴鳩斷，十畝清陰野雉馴。紅雨筠籃迷舊迹，綠雲刀翦憶前因。使君五馬躊躇過，目斷當時采葉人。

胡敬

微黃比似鞠衣痕，幾樹蕭疏蔭蓽門。材美早需當世用，價高留待異時論。禦寒祗爲蒼生計，歷久空餘直幹存。多少綺羅叢裏客，可曾根本與酬恩。

西郊昨夜有霜侵，減卻茅檐一片陰。但使陽和調晚節，幾曾經緯負初心。春闈自昔相須急，寒士于今得庇深。菊秀蘭芳休把玩，直垂青眼到疏林。

龔隝

兩度攀條意最長，憐他東海舊栽桑。百年偏易逢秋夕，一樹曾經捧太陽。重遇使君紅叱撥，已拋天女綠衣裳。吳孃嫁後工相憶，憶到青青也斷腸。

轉眼離披照影微，橫梯落蔺事都非。盤中絲盡春蠶老，陌上車回涼葉飛。兒女生涯渾似夢，田園風景不如歸。城西柘館依稀認，冷雨寒風又打扉。

江鏐

普利真成色相空，息心名義誤從同。天興寺裏蕭疏雨，願會堂前淅瀝風。僧錫未妨三宿戀，佛華虛借一枝紅。衲衣若復求絲縷，忍向春時憶折荵。

錢唐方芷齋夫人芳佩，汪芍陂中丞新之室也。幼工吟咏，曾問字於杭董浦、翁霽堂兩先生，著《在璞堂詩集》，於閨秀中卓然稱大家。亦有《秋桑和章》，時楚北用兵，中丞督師籌餉，戮力王事，夫人歸里省墓，故第二章結句云然。

秋桑和作　　方芳佩

閒閒十畝淡烟遮，寒日疏林噪晚鴉。葉落漁陽愁篳篥，
枝空鄴院冷琵琶。陌頭重訪人如夢，苕水初波客憶家。衹有
珠江風景好，依然紅遍佛桑花。

雜樹丹黃隱四衢，仙山寒重說西虞。樓頭雪箔人今昔，
海上冰絲事有無。偶檢鹽書懷帝女，因吟樂府話羅敷。烽烟
未靖征車老，閒卻成都八百株。

閒同女伴話前游，無復唐梯與桂鈎。蓋影尚留天子氣，
箏聲如訴美人愁。涼波瑟瑟湖池曲，疏樹依依陌上樓。惆悵
垂虹橋畔路，重來已是白蘋秋。

酒香時節晚陰寒，此際農家亦閉關。黃蝶飛來梯影寂，
紅鹽夢斷翦刀閒。吟殘柘館西風裏，畫向柴門夕照間。聞說
使君詩第一，大裘心事似香山。

鄞縣蔣孝廉學鏞，乃全謝山高足弟子。老年閉戶，於學無
所不窺。甬上萬氏，得藜洲之傳，史學冠天下。萬氏沒，謝
山得其傳，謝山沒，學鏞得其傳。縣令郭文鉽以孝廉方正徵
之，辭曰："余老且病，安能遠至杭州，折節於諸大吏之門
耶？"卒不就。余益以是高之。兩至鄞，不得一見。

范氏天一閣自明至今數百年，海內藏書之家，惟此巋然
獨存。余兩登此閣，閣不甚大，地頗卑濕，而書籍乾燥無蟲

蝕，是可異也。閱其書目，龐雜無次序，因手訂體例，遴范
氏子弟能文者六七人，分日登樓，編成書目，屬知鄞縣事張
許給以筆札。閣中舊版書極多，因修録其序跋及收藏家題識、
印記，以資考證焉。

《天一閣金石目録》，乃錢辛楣宮詹大昕修《鄞縣志》時
所編。

鄞縣袁陶軒鈞，工詩，能古文，專治鄭康成一家之學。
余因《擬岑南陽〈江上春嘆〉》詩識之。陶軒於甬東耆舊詩
文、事迹尤多掌録，故余録兩浙詩於甬東最詳。

擬岑南陽《江上春嘆》　　　袁鈞

寂寞嘉州客，春風又一年。江花空自發，江柳更誰憐。
飄落雲波闊，枯榮歲序遷。閒愁誰共遣，芳草暗遥天。

定海李巽占，有孝行。嘗授徒於某姓，不食其晚餐，蓋
家甚貧，歸侍其母，同食番薯，不忍在館獨御稻肉也。又嘗
受富家課子之聘，既而知友人挾權力謀奪，乃固辭之，終就
其館穀之儉者。其他行類此。余曰：“此真士也。”以孝廉方
正薦之。焦里堂有《番薯吟》一章紀其事。

番薯行　　　焦循

母食米，兒食薯，母心不豫。母食薯，兒食米，兒能不

泣涕？海水洶洶浪拍天，中有斯人行獨賢。使君與金謝不受，
無名得此身之咎。使君曰："汝勿卻。姑買市中珍，歸爲賢母
樂。"李生叩首納金去，兩眼紛紛淚如雨。

慈谿鄭簡香勳，乃曉行太守梁之玄孫，以《曉行》詩得
名，朱竹垞檢討常贈以詩。簡香以墨迹示余，余和之，有云：
"別擬建堂尊二老，竹垞經義《曉行》詩。"簡香因建堂，祀
兩先生，余爲書"二老堂"額，秦小峴觀察爲文記之。簡香
又畫《二老重逢圖》，取竹垞"別久重逢轉傾倒"詩意。

鄞縣童萼君槐，刻意爲文，詩賦亦皆名雋。余試甬上，
雜詩最愛其"桃花風細魚苗賤，幅幅漁蓑入畫圖"二句，饒
有畫意。

余於山陰童試，得吳傑《越海風潮》詩，灑然異之，及
唱名，乃十二齡童子也。因以"登臥龍山望會稽禹陵詩"面
試之，曰："爾知此題難乎？"對曰："難在兩地成一事耳。"
其首句云"臥龍不化梅梁飛"，余拔之，並字之曰"梅梁"。

越海風潮　　吳傑

秋波不合積飛雪，怪底黿鼉眼前掣。一綫潮來天地青，
奔騰獨駕東風烈。排山倒海雪花吐，海若前驅馮夷舞。聲搖
赭嶺翻雲車，勢泪龕山震雷鼓。素車白馬空恨吞，錢唐折向

蕭山奔。控弩將軍不敢發，掣鯨學士驚詩魂。桐廬江上銷風
雨，輕帆平處痕如縷。飛濤雄壯能幾時，何事怒心亘千古。
君不見銀河之水靜無波，洗盡兵甲滋嘉禾。

登臥龍山望會稽禹陵

臥龍不化梅梁飛，玲瓏佳氣騰翠微。風雲萬里護名鎮，
百神朝罷迴靈旗。蒼松翠柏儼成列，玉書金簡精光結。宛委
山頭雷雨開，窆碑亭下龍蛇掣。岣嶁石氣涵餘青，玉帛千重
會大廷。回首蓬萊舊城闕，鷓鴣啼破雲冥冥。越王宮殿銷歌
舞，衰草荒烟自終古。瑯琊北徙爭中原，一朝金玉藏黃土。
豈如不封不樹明德馨，馭下九龍臥風雨。

蕭山王進士_{宗炎}，越中第一學人也。其弟紹蘭，文學並
茂，爲朱石君師所賞，其學實出於宗炎。宗炎子端履，頗傳
家學，熟於經疏，有詩才。嘗作《乞巧》絕句，有云："願
得巧如荷上露，一回分散一回圓。"又試《金銅仙人辭漢
歌》，奇麗頗似長吉。

擬李長吉《金銅仙人辭漢歌》　　王端履

漢家宮樹啼鴉急，瓦當苔綉鴛鴦濕。通天高闕日瞳矓，
銅人獨背西風立。西風吹老萬年枝，猶憶銅人初鑄時。望氣
迎來汾水鼎，通爟拜罷竹宮祠。上陵霍霍磨刀吏，豈有神仙
妖妄耳。吉雲寶甕起狼烟，銅人淚滴金盤水。許昌宮殿漳河
船，授禪碑前露溢田。願爲黃鵠三千歲，移得金莖五百年。

氈裹駝裝辭漢始，躍入河流牽不起。没髻還揚砥柱波，題胸羞勒當塗字。河上行人説未央，摩挲故物總淒涼。他年銅雀風吹折，空有三臺對夕陽。

蕭山徐北溟鯤，深於小學，精審不苟，王少寇昶、段大令玉裁皆深重之。

蕭山傅學灝，老諸生也，頗能數典，文亦有法。

余在紹興，作《焚香夜坐》詩，蓋別有所托也。次日，以此題試士，餘姚吳大本云：“一簾花影不宜夢，半榻鬢絲閒似禪。”顧廷綸云：“絳帳即今聞衆妙，幽齋誰與識清嚴。”可謂各極機杼。

焚香夜坐　　顧廷綸

宵分何事下疏簾，愛護濃薰故故添。絳帳即今聞衆妙，幽齋誰與識清嚴。閒依榻枕看茶鼎，自撥爐灰數漏籤。萬籟無聲人悄悄，半窗明月映棋奩。

試“擬陸劍南《芳草曲》”，余最賞山陰謝照二句云：“一道裙腰雙屐齒，和烟和雨踏青來。”會稽車同軌作亦多風調。同軌後改名雲龍。照又有《題姚允在〈仙山樓閣圖〉》七古一篇，極凌雲御風之致。

擬陸劍南《芳草曲》　　　謝照

　　天涯無處無芳草，芳草爭如故鄉好。春風幾日到湖頭，定知綠遍方干島。湖波蕩漾淨無塵，畫舫輕搖載酒人。柳姑祠外虹橋畔，幾疊青衫映繡茵。此際詩情近寒食，萬里懷歸歸未得。惟有綿州古驛詩，礙馬有情舊相識。何時鑒水重徘徊，柳絮含烟桃蕊開。一道群腰雙屧齒，和烟和雨踏青來。

車同軌

　　鏡湖湖上草萋萋，三月黃鶯恰恰啼。兩岸春風梅墅外，一堤濃露畫橋西。清明時節千絲雨，嫩綠初翻鳴杜宇。胡蝶雙飛踏馬蹄，綠波碧色傷南浦。鬥草歸來日已斜，踏青南陌輾香車。裙腰一道湖南路，片片飛來有落花。放翁五十猶豪縱，錦城一覺繁華夢。鏡湖春色在誰家，舊游欲說無人共。快閣書巢鏡水邊，滿湖芳草發年年。酒旗淺落春波影，詩卷遙收劍閣天。美人已去空傷碧，浣紗賸有溪頭石。東風抹地燕齊飛，湖上三山務觀宅。

題姚允在畫《仙山樓閣圖》　　　謝照

　　爛熳朱霞接天起，皓鶴垂翎啄秋水。方壺縹緲見樓臺，雲構瓏瓏碧空裏。露壇月館仙所都，丹砂爲牀玉作鋪。青鸞背滑控不得，夢游要倩仙風扶。十二層城耀金碧，斜曛半挂紗窗格。松花滿地石泉香，如聽敲棋簾影隔。瑤島春風吹不盡，此中合貫仙槎影。流霞飽嚼挹天漿，愛煞仙山樓閣靜。圖成簡叔妙烟鬟，濯魄冰壺絹素寒。試向蓬萊尋舊侶，彩雲盤屈作闌干。

顧廷綸

瓊樓十二紅闌干，蓬萊水淺生微瀾。罘罳屈曲界棋局，珠簾不捲凝曉寒。彈指雲烟麗金碧，軟風吹放星榆白。芙蓉城闕仙官居，廣寒宮殿嫦娥宅。月地雲階宛轉通，銅鐶魚鑰啓玲瓏。青鳥掌書鶴守戶，下界但見雲濛濛。虹橋影落黃姑渡，銀浦無聲瀉珠露。玉笙一曲隔花聽，天雞叫醒扶桑樹。偶從瀛海泛枯槎，知是仙山第幾家。松陰滿地無人到，但有雙鬟掃落花。

蕭山蔡應襄《方干別墅》云："暮雨題詩客，孤雲下第人。"絕似三拜風調。

山陰何起瀛，長於駢儷之文。鏁院試"擬顏延年《三月三日曲水詩序》"及"擬《賀平苗表》"，皆沈博絕麗，於風檐寸晷得之，尤爲能事。

擬顏延年《三月三日曲水詩序》　　何起瀛

臣聞周公成洛，流觴之典肇興；秦王制西，捧劍之神斯出。昔摯虞之對，非令節攸關；緊束晳所言，乃良辰由昉。風俗相傳，其來舊矣。我大宋高祖武皇帝誕受天命，撫有函夏。度邑靜鹿丘之嘆，遷鼎息大坰之慚。宮鄰昭泰，荒憬粢寧。東漸日域，西被月觟。南暨朱崖，北訖天墟。莫不樹頷蛾伏，稽首來王。我皇纘承丕緒，潤色鴻業。興禮制樂，登三咸五。偃革辭軒，銷金罷刃。尚廉舉孝，惇周官之典；養老引年，循王制之舊。協律總章之司，序倫正俗；崇文成均之職，道德齊禮。挈壺宣夜，辨氣朔於靈臺；書笏珥彤，紀事言於仙室。肺石無窮獨之民，棘林少爭訟之眾。百辟師濟，庶績其凝。流大宋之愷悌，蕩亡晋之毒螫。是以耆年興衢壤之謠，稚齒有含哺之樂。侮食來庭，左言入侍。髽首椎髻之邦，重舌貫胸之國。輮譯而至，請受纓縻。文鈬碧砮之琛，奇幹善芳之貢。紉牛露犬之玩，乘黃茲白之駟。盈衍外府，充牣郊虞。而況天瑞降，地符生，澤馬來，山車出。植華平於春圃，豐朱草於中唐。雲潤星暉，風揚月至。江海呈象，龜龍載文。淵乎鑠哉，功既成矣。可以順時應令，作樂崇德也歟。維莫之春，粵上斯已。桐華鼠化，萍生虹見。采蘭殷鄭國之士，求桑勤幽人之女。禊飲之日在茲，風舞之情咸暢。皇帝乃登玉輅，乘時龍。鳳蓋棽麗，和鸞雍容。七萃連鑣，九斿齊軌。魚甲烟聚，貝胄星羅。虎賁趨蹌，翠華旖旎。臨幸乎樂游之苑，葆佾陳階，金匏在席。召鳴鳥於弇州；追伶倫於巋谷。發參差於王子，傳歌舞於帝江。正樂既闋，羽觴斯進。臨水祓除，與民同樂。上有如天之福，下獻南山之壽。有詔曰：“今日嘉會，且餞二王。凡屬有位，咸可賦詩。”並命小臣作序，爰拜手稽首以誌其事云。元嘉十一年三月三日，太子中庶子臣顏延年奉詔謹撰。

會稽陶綬，年四十，與童子試，苦吟《越舟六咏》，屬稿畢，而真本未完，日暮投卷出矣。余以此六詩爲擅場，招之再試，則已廢然歸村居，越日始至。稿項黃戭，不類其詩之韶秀也。

越舟六咏　　陶綬

買道山陰入會稽，畫圖行處櫓聲齊。劃驚錦鬣翻萍出，撥訝晴虹飲練低。兩岸柔風來翡翠，半溪花影浸玻璪。笑他欸乃清湘曲，[①] 日暮烟沈泊大堤。畫櫓。

教箬編成當短篷，濃雲淡墨潑來工。螺痕浸處微分碧，漁火明時忽露紅。客去岸邊鴉點點，人來港口雨濛濛。最憐烏柏村前路，泊盡斜陽又曉風。烏箬。

竹竿籊籊纂頭施，施釘於竿首謂之鑽頭，越音讀若纂。小泊當堤仗汝持。弄影不隨流水逝，安眠方羡此君宜。一篙魚浪難勝處，三月春流正穩時。莫訝南人船似馬，臨波垂策莫狂颸。竹碇。

波急灘懸路正遙，海櫻絢索曳條條。曉霜貼岸幾人影，春水一肩何處潮。宛轉客心縈錦纜，滯淫鄉思繫蘭橈。自經戰雨搖風後，蓑影軫聲共汝描。櫻纜。

春波渺渺影徐徐，尺布縫將錦不如。山好忽驚遮欲斷，雲低偏信挂還虛。潮平隔岸輕懸候，風急危檣半落初。安穩

---

① "欸乃"，原誤作"欸乃"，據文意改。

行人定無恙，來朝應報過江書。布帆。

遮莫舟簾爲雨裁，晴湖春泛一窗開。波光倒碧涵詩簏，山色飛青落酒杯。過眼忽驚雲似馬，倚人宜聽笛番梅。莫嫌所見非空闊，漏得斜陽入牖來。① 篷窗。

"越舟六咏"佳句甚多。"畫櫓"則山陰沈王臣之"最宜三月浪，不礙半江秋"，諸暨周桐之"紋開新緑水，聲隔小紅橋"，新昌陳承然之"花氣一奩搖曉鏡，練痕雙綬落春波"。"烏箬"則有沈王臣之"浴爭鴉背淨，糝受柳花輕"。"竹碇"則有會稽胡佳之"常教客夢通宵穩，量取山光隔岸齊"。"櫻纜"則沈王臣之"拖殘晨岸月，界破晚湖烟"。"布帆"則有蕭山陳應坡之"不知春雨重，但見遠山移"，周桐之"三分花月夜，一幅水雲秋"。"蓬窗"則有沈王臣之"暗移春岸過，虛受夕陽來"。

蕭山教諭俞超，海寧人。擬作《櫻纜》詩云："每值橫風日，猶思戰雨時。"諸人皆遜此渾脫。

臨海洪頤煊、震煊兄弟，篤學士也。余嘗謂："台郡能讀書者惟此二人。台郡自齊次風侍郎之後，能學者甚寡，頤煊、

---

① "入牖"，原誤作"八牖"，據光緒二十五年浙江書局重刻本改。

震煊文采詞翰或未足，而精研經訓，熟習天算，貫串子史，實有過於侍郎之處。"台人聞之以爲詫。《淮南子》云："以篙測江，篙終而以水爲測，惑矣。"

余於天文、算法中求士，如臨海洪頤煊、震煊，歸安丁傳經、授經，錢唐范景福，海鹽陳春華等，皆有造詣，然以臨海周治平爲最深。治平拙於時藝，久屈於童子試。余至台州，治平握算就試，特拔入學。治平精於西人算術，通授時憲諸法，明於儀器。余有詩云："中法原居西法先，何人能測九重天。誰知處士巾山下，獨閉空齋畫大圜。"

處州山川險阻，人物樸陋，掄才者至此，鮮不廢然矣。余試青田"畫虎賦"，得端木子彝國瑚，才調斬新，得六朝真意，歸語秦小峴觀察曰："此青田鶴也。"橄之來杭州，讀書敷文書院，貧不能自給，以《鶴訴篇》陳觀察。余乃命之居西園，使得壹志於學，學日益進，《天台》《雁蕩》諸詩尤極奇麗。武進陸邵聞通耀于時賢罕所折服，獨於子彝心折焉。余有句云："誰是齊梁作賦才，定香亭上碧蓮開。括州酒監秦淮海，招得青田白鶴來。"

鶴訴篇　　端木國瑚

仙人下太清，種芝香滿閣，鸞鳳已成群，遠招青田鶴。翩然鶴西來，羽毛何蕭索。處之玉池頭，雲水隨所托。萍花晚不生，菱葉秋更落。蒼苔入夢寒，白雪憐影薄。奇氣鬱青霞，瘦立驚非昨。翹頂問仙人，敢訂餐霞約。丹還玉帳深，慨想爐中藥。

秦小峴觀察試敷文書院"木棉花詩"，國瑚有句云："詩人庵老吟何苦，游子衣寒綻可憐。"最爲雅切。

試紹興，以"雲漢賦"命題，少厭心之作。因命鄞縣童蕚君槐、青田端木子彝國瑚撰之，並極壯麗。槐有云："何日倒傾滄海，匯爲天上文瀾；有時瀉落青霄，流作人間璧水。"國瑚有云："秋泛一槎耿耿，聞仙家耕織如常；春涵雙劍沈沈，知武庫兵戈不玩。"

金華土田沃衍，民俗淳樸，士雖未文，然亦不陋，讀書負耒，尚有四先生遺風。其士之佳者，則有東陽盧炳濤、永康潘國詔、東陽徐大酉、浦江張汝房。盧炳濤《擬題崔白〈健翮鷙風圖〉》詩云："高秋試向雪壁懸，直似秦兵能苦戰。"張汝房云："平蕪搏擊灑毛血，直以六翮爲六軍。"潘國詔云："畫風得勢先畫木，萬竅刁調皆怒號。收縮遠勢歸咫尺，匹練有似蒼天高。"徐大酉《自公堂後雙古柏》詩云："參天倚地幹如鐵，崛然孝子忠臣節。雪花已試歲寒心，獨飽風霜看橫絕。"

金華試院宋自公堂後雙古柏　　阮元

自公堂後雙古柏，六百餘年老宋客。蟠根想已透重泉，生氣勃然出堂脊。一株樛轕紋節轉，一株皮厚腹中坼。等閒鶯燕不敢來，絕頂花雕刷寒翮。瓦溝殘日落青子，蒼鼠奮髯嗽其液。此堂支柱多古礎，乾道七年魏王宅。湯陰惡檜剗不盡，鞏洛松楸種何益。此柏幸栽節度家，頗有清香凝畫戟。徒恨苔身長百尺，未與冬青樹爭碧。堂陰誰可話疇昔，六碑首問熙寧石。堂後有石碑六，皆兩宋物。

開化山邑荒陋，然地接婺源，頗有實學之士。戴金溪太史敦元，少負神童之目。此後有張立本者，叩以《說苑》《列女傳》《白虎通》《釋名》諸書，皆貫穿而發明之，年未及冠，所至似未可限量。

黃巖施彬，經史皆能背誦。余嘗試以"列代臨雍考"，於二十一史中舉行典禮，徵引極為詳贍。

浙東西兄弟皆才者，二洪之外，則有丁小雅杰之二子授經、傳經，博學多聞，有父風；邵二雲學士之二子秉衡、秉華，並傳家法，兼通經史；歸安邵保初及弟保和，少年能文，並通經術；烏程周中孚，博聞強記，而文筆甚拙，其弟聯奎，能詩文，而疏於經術，然亦可謂二難矣。

　　平湖朱椒堂爲弼，通經學，兼長詞翰。成童喪父，其祖含叔以兄事牽累，羈成都獄待質，三十餘年始歸，旋卒。椒堂事祖母高、母吳，克盡孝養，撫諸弟讀書，皆成立。方蘭士爲寫《慈竹居圖》，余題之云："卌載玉關淚，飲冰寒自知。艱難貞苦節，突兀見孫枝。不盡報劉意，猶憐説項遲。春陰覆慈竹，爲咏少陵詩。"

卷　三

揚州阮元記　仁和錢福林録

　　西湖群山以靈隱爲最，飛來峰、冷泉亭諸勝境，使至者頓忘塵慮。由此至韜光，山徑迁折，真如行緑雲海中，尤爲幽絶。余至浙始得游之，並以此題課士。錢塘王仁云："嵐翠下侵苔磴濕，竹光深擁寺門圓。"林成棟云："靈泉百道飛涼雨，古磴千盤入亂雲。"項棟云："巖垂溜影半飛雪，逕繞竹陰全上衣。"會稽顧廷綸云："穿林窈窕雲生袂，酌澗清涼雪滿瓢。"謝肇漁云："四面湖山當檻合，六時鐘磬入雲深。"蕭山汪繼培云："門擁白雲分樹色，泉穿寒澗落峰陰。"陸棻云："修篁千个雪圍檻，清磬一聲雲抱樓。"新昌余天櫨云："鷲嶺飛雲當檻入，蛟門涌雪截江來。"皆極模山範水之妙。余有句云："泉竹石分雙寺地，江湖海共一僧窗。"紀其實也。

　　丙辰九日，同徐惕庵農部大榕、陳古華太守廷慶、孔幼髯國博廣林、陳無軒學博焯、何夢華上舍元錫登靈隱西峰，古華

272

賦九言長歌，同人皆和之。

陳廷慶

我從檇李喜睹阮仲容，約我九日登臨湖上峰。波寬碧浪
開舟去浩渺，雲停弁山軺節開蒙茸。好景收拾詩囊與畫卷，
奇文奄有秋實兼春穠。蘋花菱花水境有真賞，蘇堤白堤風雨
欣重逢。堂堂使君先躡篁嶺屬，飄飄仙侶又攜石筍笻。仿之
竹林七賢君少佺，奚啻赤壁二客公之從。昨憐果下駛騄溪路
迥，今遣輕箯接引沙江衝。妙因難證僧出繙經葉，妙因閣藏有
宋貝葉經並丁龍泓詩。形勝再入仙握朝京蓉。數日前曾游形勝山，寺
中芙蓉未開，今始放數朵。將翔未翔巒翠烟籠竹，欲落不落竽籟
風搖松。直欲攜琴同訪隱君館，安能作歌獨繼天隨踪。北嶺
歸雲舒卷明復晦，西湖新月妝抹淡且濃。陪游徐陵何遜與北
海，元方洎我豪氣追元龍。

阮元

城中風雨騷屑不我容，相約來登湖上之高峰。江山湖海
向我共磊落，安能苦吟寒菊花蒙茸。前輩豪興較我更十倍，
先使研中硬語除纖穠。近來塵疴不藥而自愈，惟覺高秋爽氣
來相逢。憶昔策馬秋過華不注，徐君與我健足皆無笻。直穿
百丈石壁龍洞出，巖下餘客瑟縮不敢從。又曾登岱題字摩崖
下，籃輿出入動與雲霞衝。其時亦值九月上弦後，足底羅列
萬朵青芙蓉。即今石筍峰前樹奇絶，焉比對松巖外之長松。
諸君有未游者有游者，終當繼此禽向雙高踪。歸舟狂興入詩

亦入酒，西山峰影競落深杯濃。回看白雲橫斷共登處，高樓百尺合臥陳元龍。

何元錫

湖山九日雨後開新容，岩嶤同上白衲庵前峰。藍輿雜沓一徑入幽邃，巖花澗草到處呈纖茸。飄飄凌虛共有出世想，秋光寥沉澄淨殊春穠。初從鷲嶺轉東復迤北，徑路拗折時與猿猱逢。在昔祖公無擇政閒頻過此，蘇黃秦趙相繼聯吟笻。即今峰底層層縱遐矚，奇石林立勢欲來追從。捫蘿覓字荒渺不可得，雲根雲葉倒捲寒飆衝。江湖一綫隱約出樹杪，摩穹朵朵高插青芙蓉。三叢兩叢對此蔽門竹，百尺千尺試問何年松。良辰雅集幸預群公末，此時心迹直溯前賢踪。歸舟向晚雙堤夾明鏡，回指北岫一抹蒼烟濃。鐙紅酒綠促坐興轉劇，爭看健筆揮洒如游龍。

戊午五月二十六日靈鷲峰銷夏聯句

出郭緬澄波，奉賢陳廷慶古華。沿堤快新霽。綠罨千樹濃，安邑宋葆淳芝山。紅擎萬荷麗。筍輿先後來，婁縣楊之灝簣山。松磴兩三憩。疊足山巃嵸，錢塘何元錫夢華。撲眼石凌厲。泉喧橋影圓，儀徵阮元芸臺。亭敞茶烟細。呼猿已無聲，古華。飛鷲頗有勢。張翼障日高，芝山。垂咮啄雲銳。迦陵遠流音，簣山。圓澤近同諦。結夏慧理巖，夢華。論古咸和歲。開山自晉咸和始。蠟屐穿玲瓏，芸臺。藤杖閱迢遰。一泓瀉龍泫，古華。千盤擁螺髻。具相嵌莊嚴，芝山。題名雜分隸。洞窺一綫天，簣山。

臺譯千佛偈。登頓竟忘疲，夢華。脫略了無繫。高軒尋補梅，
芸臺。靈隱東軒有老梅，已枯，余屬僧補栽之，爲題"補梅軒"額。層
椒遲訪桂。往迹追白蘇，古華。忘形到支惠。佳筍浸清寒，芝
山。伊蒲出新脆。解衣任劇譚，簣山。臨池更游藝。畫法尚夏
圭，夢華。時芝山作畫數幅。硯懷抱劉蛻。余藏晋咸和磚硯及唐劉蛻
研。竹陰午夢清，芸臺。槐院晚蟬嘒。歸思趁吟鞭，古華。涼風
襲行袂。出山尚聞鐘，芝山。臨湖重鼓枻。回指翠微間，簣山。
卻語烟波際。此游殊耐吟，夢華。後會良可繼。暑歊翻避人，
芸臺。我東日西逝。古華。

　　丁巳秋七月，校士之暇，適吳穀人侍讀錫麒在杭，因招同
人爲西湖月夜之游。時上弦初過，月輪漸滿，涼露曖空，明
河案戶，同人皆有詩紀事。余囑方蘭士寫《湖心夜月圖》，
侍讀作文紀之。

《西湖泛月圖》記　　吳錫麒

　　丁巳之秋，七月三日，芸臺學使招同秦小峴觀察、陳桂
堂太守集於湖上。薄醉方適，豐澍已臻。披披遠青，響合萬
葉；淰淰斜白，氣彌半湖。延林潋之鮮娛，薦雲烟之綽態。
奇賞標於物外，勝情溢於目前。余因徵杭諺云："此所謂
'晴湖不如游雨湖'也。"學使欣然續之曰："然則雨湖不如
游月湖乎?"乃申前約，訂後游，期於月之十有二日，將謀卜
夜之歡焉。夫秉燭有述於古人，夜飲無愆於小雅。是以永夕

之契，馨陶陶於尹班；申旦之談，滋款款於袁謝。矧吾黨心均竹柏，贄洽弦韋。翹思則葭水引懷，展覿則苓風入抱。際此歸塵乍析，殘暑新斸，有眷幽遐，藉抒結轖，則篘索郎之酒，羹宋嫂之魚。銷金之鍋，用咨風露；浮梅之檻，兼設琴尊。豈必怵斜照於鯨鐘，警重闉於魚鑰乎？是日也，輿從不喧，述偶相召，並承夙戒，臨乎水涯。而沈霧浸淫，陰霞韜晦，慮負駕言之願，翻重有滐之嗟。主人媵斝酬賓，扣舷發唱，度還雲之曲，咏明月之篇。俄而游氣褰，輕飇扇，群岫洗頭而媚夕，一鷗矯翅而嬉晴。當此之時，喜可知已。於是扶橈送緩，候景迎徐。塔迥光回，橋長響入。遂掠三潭而北，放於湖心而休焉。淥水中央，紅亭四面。溜穿苔而細迸，雲脫樹而爭歸。味得幽多，空真碧極。未幾沖魄流照，高輝躍華。孕朧朧於始波，表晶晶於餘泫。狂呼樹底，驚孤鵲之先飛；招手天邊，快老蟾之可語。時則山沈黛細，林隱青微。幽火飄螢，澄波出鯉。乃有傍堤美女，隔浦蓮童。歌采采其猶稽，唱彎彎而未已。月移花而瘦度，花愛月而濃遮。霞放玲瓏，開如十丈；烟無邊際，蕩此一珠。清到滿身，轉無香之可嗅；掬之盈手，訝非水而能涼。莫不影臥微瀾，目飛明鏡。折秋杯而疏酌，荅風笛以輕謠。渺渺乎不覺零露之沐首，斜漢之挂檐也。是知時地有遷，崇眺靡盡。風物如積，冥會不同。雖游歷至恒，要求屆乎所適。精感緣應，人欲天從。鬱蒸之煩，而曲澤行建；霖潦之患，而圓景倏呈。乃悟宇宙之大陶，信遭遇之一致。甄其所覵，豈山水而已哉。日月逝矣，光音幸留。在水一方，永言君子之慕；別路千里，不隔美人之思。爰假毫端，各述心曲，吟咏既集，眷焉記之。是日會者五人，其未與前游者，程也園吏部也。

邀同人西湖晚泊湖心亭看月　　阮元

　湖心有客夜停船，白露如烟月滿弦。風裏雲霞無定色，水中星斗落高天。直愁銀漢浮身去，惟見金波著地圓。亭是月中山樹影，四圍虛湛玉輪全。

　座中仙侶認瀛洲，一片清光共舉頭。極浦荷花騰夜氣，出懷詞筆破涼秋。人因地勝方能聚，景是天開恐易收。來有微雲歸遇雨，三更霽色爲君留。

張若采

　紅衣瑟瑟白衣涼，并做秋宵一段香。搖動綠雲風萬柄，潑翻荷露洗鴛鴦。

　星期過後夜惝惝，桂魄團欒貼滿襟。手摘驪珠三萬斛，白雲堆裏和龍吟。

　添酒迴燈客緒開，江城畫角莫催哀。青天盡變芙蓉色，可有飛仙踏月來。

陸繼輅

　扁舟劃破碧琉璃，水面輕寒上葛衣。如此湖山如此月，醉來欲化白雲飛。

　欸乃隨波去復回，嫩涼天氣合銜杯。采菱艇子輕於葉，也趁清光入畫來。

采采波光剪剪秋，露華香動藕花洲。愁心豪氣都銷盡，一片空明澹不收。

何孫錦

閒心一片狎輕鳧，粘緑三篙入畫圖。山作屏風湖劃界，雲含宿雨月如珠。乍疑涼髥驚秋早，轉問飛仙似我無。人籟蕭疏天籟寂，此身位置有冰壺。

露荷香氣襲羅衣，載酒人來槳似飛。醉後詩情同月涌，夜闌涼夢約雲歸。題名可借山千叠，倚曲誰攀柳十圍。憐煞烏篷三尺浪，仙風太緊客星微。

程邦憲

一片輕羅貼水流，琉璃界裏放扁舟。山如約我看殘照，客盡能詩賦近游。樹影連雲低雨脚，波光涌月上峰頭。何當直挾飛仙去，共餞西湖不夜秋。

湖心亭子曲闌紅，剪剪涼生水面風。散葉林光疑月碎，濕衣烟翠覺山空。芰荷香淡秋將老，鷗鷺情閒夢與通。一點虛明在何許，此身著處總玲瓏。

無錫華秋槎瑞潢，博聞能詩。爲臨海令，落職，僑寓西湖斷橋之德生庵十餘年，舟子、寺僧、酒媼、牧豎皆能識之。柳洲二賢祠、龍井秦淮海祠、孤山蘇公祠皆其所監修者。

　　青浦陳花南韶，詩才清妙，爲王蘭泉司寇昶所賞。以通判
攝湖州同知，旋告病，寓西溪慶忌塔下，地名桃花港，即韓
蘄王宅舊址也。依水成園，顏曰"梅莊"，冬梅、夏荷，足供
孤賞，塵市中人夢不到此也。

　　南屛僧主雲際祥，工畫，習董北苑皴法，予常贈以句云：
"南屛秋色歸詩版，北苑春山證畫禪。"

　　南屛萬峰山房僧小顛，嗜酒，能詩。自其祖至小顛七代，
皆能詩，予爲題"七代詩僧精舍"扁，又《秋日過萬峰山
房》詩云："淡雲斜日作深秋，況是山房最上頭。行盡竹林
風正起，一番涼雨客登樓。"

雲臺學使贈"七代詩僧"扁賦謝　　小顛

　　七代傳衣翰墨緣，新標齋榜竹林賢。文如北斗尊韓子，
集少紅樓愧廣宣。淥漲拍堤初過雨，妙香浮檻乍開蓮。萬峰
深處山光好，不讓題梁玉局仙。參寥智果寺梁爲東坡題字。

　　出杭州艮山門，未至半山，有甘墩村，春日桃花數千樹，
紅雨絳雲，搖眩心目。戊午春，予兩次放舟，與蔣蔣山、陸
邵聞、陸祁生諸君來游，皆年未三十，而詩筆老成，故予詩

云："詩裏情懷畫裏身,① 坐中慘緑盡詞人。若非才子樽前筆，辜負臨平二月春。"

邀同人游皋亭山看桃花　　阮元

皋亭山下多春風，千樹萬樹桃花紅。江城愁雨二十日，放晴小舸來花中。三篙新漲紅到底，一片絳雲飛不起。仙子霞裳住赤城，麗人靚服臨春水。蘭槳摇摇行復回，横塘香霧轉輕雷。薄寒小雨燕支濕，留住濃酣緩緩開。兩年我爲行春去，每到花時不相遇。崔護重來似去年，劉郎又到成前度。詩裏情懷畫裏身，坐中慘緑盡詞人。若非才子樽前筆，辜負臨平二月春。

阮雲臺閣學師招游皋亭看桃花，因病不赴　　陸繼輅

西陵春色慵如許，衙齋一月聽春雨。雙栖燕子亦無聊，盡日雕梁作蠻語。花朝五日是清明，一樣簫聲唤賣餳。金鴨香銷留麝篆，玉鈎風悄下簾旌。仙官曉策探春騎，賞花不減憐才意。一路流鶯引出城，萬樹紅圍一峰翠。此時山中雲正晴，此時客緒如中酲。桃花識我倘相憶，不見花面知花情。故園亦有春如繡，花光紅染羅衣透。趙女工調錦瑟弦，慈親笑酌蘭陵酎。作客平生第一春，感公清宴慰酸辛。他時雅集應圖畫，添我花前小病身。

---

① "畫裏身"，原誤作"畫裏春"，據下文《邀同人游皋亭山看桃花》改。

奉陪阮雲臺學使皋亭看桃花　　陸耀遹

　　皋亭春水疑天上，縠影半篙生細浪。紅襟燕子掠波來，小語呼人上銀舫。緣堤芳草綠無涯，曲曲青溪響柁牙。是處仙源知有路，等閒弄水見浮花。花深路轉春陰護，蘸影空濛若初曙。赤城玉女偶相逢，步障圍綃暗香霧。東風吹雨裛芳洲，十里紅酣住客舟。岸上踏歌調別曲，尊前流水動離愁。一半陰霾壓溪重，濕翠閣雲雲不動。瀰天花雨泛紅潮，春氣濃薰欲成夢。共惜芳菲倚畫橈，載香艇子去迢迢。舊山幾日花如霰，寂寂春寒掩綺寮。

蔣徵蔚

　　朝烟霏微將作雨，一朵白雲向空吐。弄晴嬌鳥喚行人，水泛花光花滿塢。昨宵臥病諱言愁，早共花心入畫樓。旅舍鐙殘初中酒，歸裝寒峭尚披裘。今朝共策花前騎，誰憐酒醒花猶睡。芳草連天色更青，曉山漬雨嵐多翠。此時花氣襲人衣，萬片紅雲香四圍。興酣長嘯入雲際，落花滿空停不飛。琅嬛仙使文章伯，首唱清詞兼屬客。元龍豪氣二陸才，花前跌宕揮金戟。相逢載酒共看山，只是新愁未許刪。洞口桃花人易別，西湖楊柳不勝攀。玉簫自倚春風裏，此去仙源知幾里。惆悵尋春春易歸，眼見華年送流水。勸君莫更催雙蛾，我憐花謝花前歌。吳山越水別春去，其若楊花似雪何。

　　戊午六月既望，予與泰州宮芸欄^詔、元和張淥卿^詡爲月夜之游，自金沙港策騎過十里松濤，月色浩潔，深林無人，夜鳥相應，至冷泉亭將二更矣。泉聲泠然，塔影自直，宿補梅軒，聽揚州偶然上人彈琴，接榻小夢，東方達曙而歸。淥卿填《步月》一闋以記之。

步月　　張翊

　　碧巘雕雲，玉壺卷暑，老蟾夢醒瑤闕。露華潑翠，濺廣寒冰屑。俯流泉一掬秋心，移晚鏡滿林晴雪。松陰靜，蟹眼乍翻，素瓷凝滑。　朱絲清弄發，疑喚起姮娥，環珮葉葉。璚田萬頃，更新涼萬叠。問裝就七寶樓臺，記留我桂叢香窟。徜徉處，休嫋醉鄉倦蝶。

　　歲寒厓在孤山俞公祠後，石壁間橫刻正書"歲寒厓"三字，逕一尺四寸，下刻"郭令公歷中書二十四考，廣成子居空同萬八千年"，隸書，二行分列，字徑七寸。《西湖游覽志》皆以爲出東坡手筆，隸法尤古勁，惜無名款可考。今厓下左側爲秦小峴觀察建蘇公祠。

　　西湖並無蘇文忠公專祠，嘉慶戊午，秦小峴觀察始得地於平湖秋月范公祠後，專設栗主祀蘇公，屬余書扁，並爲楹語。余作聯句云："願共水仙薦秋菊，長留學士住西湖。"蓋宋時杭人呼公爲學士，不稱姓也。謝蘇潭方伯有詩紀事云："杭人思公七百載，築祠乃在嘉慶年。"

蘇公祠西堂無扁，余在山左曾拓得熙寧十年坡公爲張龍圖掞所書“讀書堂”三字碑，因即雙鈎其字爲扁。公之祠扁得公自書，一時稱快。

嘉慶三年西湖始建蘇公祠誌事　　阮元

蘇公一生凡九遷，笠屐兩到西湖前。十六年中夢游遍，況今寥落七百年。西湖之景甲天下，惟公能識西湖全。公才若用及四海，德壽不駐湖山邊。區區明聖一掌耳，易補缺陷開塞填。長堤十里老葑捲，北峰頓與南峰連。雨雲雪月入吟袖，裝抹濃淡皆鮮妍。水枕競與山俯仰，百吏散後登風船。可憐紗穀歸不得，欲歸陽羨愁無田。江頭班白説學士，碑在口上無勞鑴。三百六十寺興廢，竟無一屋祠公焉。前載我飾書院像，聊以山水娛四賢。柏堂竹閣今尚在，一祠究竟公當專。淮海秦公世交後，謂小峴觀察。辦此釀出清俸錢。歲寒巖下百弓地，宅有花樹池多蓮。“讀書堂”字公手迹，一扁橫占屋十椽。吁嗟乎！公神之來如水仙，靈風拂拂雲娟娟。樓臺明滅衣蹁躚，萬珠跳雨生白烟。琉璃十頃清光圓，水樂驚起魚龍眠。我歌公詩冰絲弦，薦秋菊以孤山泉。神歸來兮心超然，望湖樓下湖連天。

嘉慶戊午九月二日，予乘筍輿過保叔塔後山，沿西溪秦亭山入河渚，泛小舟至茭蘆菴。數十里中，松竹梢糝，桑麻黃落，豆花瓜蔓，映帶秋水，風景迥與西湖不同。菴內古梅二株，枝幹橫斜，高出檐際。老僧梅嶼震山無俗韻，詩亦清遠，與此庵相稱。董香光書庵榜爲"茭蘆"，予謂："《楞嚴經》云'中間無實性，是若交蘆'，此禪家謂性虛妄若交蘆耳。書'交'爲'茭'，失其旨矣。"梅嶼手繕經證予言而悦之，且言其師太虛能詩，以"交蘆"對"舉葉"。舉葉者，張得天書《維摩經》義以名其堂也。庵之西里許爲秋雪庵，北高峰正當其南，蘆田千畝，白英初生。此地荒寒，有隱趣，人罕至者。歸舟書此紀游，且貽梅嶼。

余嘗以八月既望觀潮於海寧，浙潮海寧爲大，至錢塘已減半矣。故予詩云："錢塘江潮秋最巨，未抵鹽官十之五。"海潮之説，自來不一。海寧俞思謙有《海潮輯説》，於盈縮消長之理頗多發明，余爲序之。

《海潮輯説》序　　阮元

海寧俞子思謙，老于海濱，邃于經。余初至浙，即於片言間識之。俞子出所撰《海潮輯説》以質於余，觀其引據浩博，辨論詳晰，可謂賅備矣。竊謂人知潮汛之應乎月，而未知其所以應月之理也。人知潮汛之盛於朔望前，衰於朔望後，而未知其所以盛衰之理也。人知月當正南北子午位而潮汛生，而不知其所以生于子午之理也。所以應月者，何也？月生水，日生火，火本燥，及其炎上也必苦，水雖淡，及其潤燥也必鹹，故鹹訓大苦，海水有火。蜀中火井、鹽井同其淺深，鹹

苦每相因也。日光爍地，積熱成燥，得水即鹹，故以水沃灰
必有鹹鹵，其明驗也。是以日燥大地，地中有火，水歸於地，
海所以鹹，鹹者重而下沈，沈則無潮汛矣。然而月生水，月
之水淡，淡入於鹹，鹹者必輕而浮矣。海以水類從乎月，氣
騰若沸，亦必輕而浮矣。故海雲作雨，雨水必淡，月水入海，
海水必輕，輕則必浮，浮所以有潮汛也。此潮汛應月之理也。
所以盛於朔望前，衰於朔望後者，何也？日月合朔，相距最
近。月行之天，最附於地；日行之天，更遠于月。月近而日
遠，燥氣不敵濕氣，濕氣盛而陰水入海，則潮汛生。若生明
之後，日月漸相差，以至相距至一象限，則日燥乎月，而潮
汛衰矣。至望又盛，日月相望，相距最遠，遠則日不燥月，
而月之濕陰又盛。若生霸之後，日月漸相近，以至相距一象
限，則日又燥乎月，而潮汛衰矣。朔望後二三日，潮汛尤盛
於朔望者，譬之寒水在釜，薪火方盛，當火之盛，驗水之沸，
既而火雖稍衰，水轉大沸，火大衰矣，水乃不沸，此朔望盛
衰之理也。所以生於子午位者，何也？水性就下，止者必平，
平者其性橫，橫則當卯酉位，以月行卯酉位，是在水之側，
不能使之升降，故潮汛未生。惟行至南北之中，在天當午，
在地當子，水準地平爲橫，月正地心爲縱，其氣全以相感，
月之水精入於海，海之水氣應乎月，此潮汛生於月當子午位
之理也。至於一年之中，月與潮并盛於八月者，四五六月日
光太燥，月之陰濕不能敵之，至秋日燥減而月濕生，以濕沃

燥，而地味鹹，以濕入鹹，而水氣升，所以盛也。譬之初熄之灰，以水沃之，其味與氣烈于寒灰遠矣。所以冬日之潮反不及秋中也。海外諸書紀潮生之候，一日之内，或有遲早，里差故也。至於朔望盛衰，則天下同之。唐宋説部、性理諸書，惟高陳其理，而未實驗其事，西洋天學諸書略能於事求理，而未抉其微。余觀古人之書，兼采泰西之説，妄爲扣槃捫燭之論，惟期其理明事實而已。嘉慶二年八月十八日，元至海寧觀海塘，且候大潮，舟次書此，以諗諸俞子，俞子以爲然否耶。

八月望後至海寧觀潮　　阮元

　　錢塘江潮秋最巨，未抵鹽官十之五。我來鹽官塘上立，月初生霸日蹉午。江水忽凝不敢東，海口哆張反西吐。夜潮流去晝流回，順水能文逆能武。吴道子畫有《文武水》。潮不推行直上飛，水不平流自僵豎。海若馮陵日再怒，地中回振千雷鼓。馬銜高坐蛟鼉舞，拔箭倒發錢王弩。須臾直撼塘根去，搖動千人萬人股。如捲黑雲旋風雨，如駬陣馬鬥貙虎。如陰陽炭海底煮，如決瓠子不能禦。三千水擊徙滄溟，十二城隳倒天柱。氣欲平吞於越天，勢將一洗餘杭土。吁嗟乎！地缺難得媧皇補，大功未畢悲神禹。此是東南不足處，豈爲當年文與伍。滄海桑田隔一堤，魚龍黎首相隣處。我皇功德及環瀛，親築長防俾安堵。全用金錢叠作塘，不使蒼生沐鹹鹵。邇來亀赭漲橫沙，卻指尖山作門户。雁齒長椿十萬行，魚鱗巨石三層礁。觀其揚汩擢拔形，枚乘以後少奇語。吁嗟乎！
此塘此潮共千古，詞人心樂帝心苦。

奉陪阮雲臺學使海塘觀潮　　蔣徵蔚

疾雷怒走三神山，海水倒卷迴洪瀾，歆氣出雲以自閒。
忽然一綫罡風還，吹出天地青無邊。當其沉瀄衝閶間，沈沈
極盧何沈湲，揚汩四際清瀾安。紛紜流折成驚湍，滂濞澶漠
兼沱涎。儻俶儻儻微睋睚，虛煩中怠意且屛，出日入月心神
捐。翩然白鷺飛萬千，銳頭怒突崢函關。浩如匹練飄長天，
矯若駿馬相騰騫。須臾帷蓋何綿聯，白龍下墜蛟螭淵，頃刻
密雨珠回旋。壯士大呼三軍前，曲隊列伍行重蜎，鐵騎旁作
摩戈鋋。交綏忽又迴旌旃，霹靂應手飛弓弦。柱矢萬道殷如
蚴，絡繹迸作宜僚丸。訇礮轅轔轔填填，大白麾掔生長烟。
雌霓皓潔才連蜷，雷泯電激漂八埏，少進便覺乾坤顛。此時
壁壘援中權，金輦山立從玉輦，重門密蔽常完堅。上有旆旌
下緌繁，左有戚戍右彄彌，前有鬱律後豹貙。迴擊肆碑神曼
曼，巨靈擘破雙厓端，夸娥暴出萬劍攢。短兵隘接心胸刓，
耽耳厥痍血兩肩，憂心挾怒不可痊。忽又滅沒潛重川，空中
樓閣十二環。璇璣玉衡色闌玕，十十百百自相連，一一五五
相嬋蜎。江妃窈窕翔蹁躚，體生光華氣香蘭，蒼錦雲衣舞龍
蟠。朝霞骨采仙乎仙，明璫玉羽珊乎珊。飛行六合風雲駢，
芬芳罿布羅蓀荃。呼吸靈氣入丹田，菲狗微沫零露溥。羽服
一舉屢變遷，海若蓄憤意未闌。此時合戰龍鬼撣，千鉦合擊

張空弮，萬馬蹴沓臍不完。赤岸直簪扶桑巓，溟池九萬鯤鵬
搏。捷霆儵習追神奸，惡蜃挈攫椎凶頑。閃尸噲噲吹鴻漣，
焰焰陰火疑潛燃。崩壞虧覆扶傷殘，餘怒猶欲窮九泉。嗚呼！
潮汛真大觀，海鰌出入秋不眠。冰池焦釜然不然，神龍變化
元復元。高卑天運移星躔，圓靈晦魄舒兩弦。大地噓吸血脈
偏，鴻鈞鼓鑄一氣盤。天水外應生虛員，歸墟升降無關鍵，
五行不在陰陽先。晝夜只使雙丸摰，子午自結盈虧緣，二十
九度妙洄沿。合朔辰會遲速愆，左旋右旋理不傳。卯辰應位
誰復詮，陽藍陰盛常自全。銀濤渺渺靈巫潛，前胥後種思誰
賢。祖龍血石何由鞭，東游入海真堪憐。銀山動地神魚擐，
令人空憶錢王年。鐵幢萬弩潮痕穿，我來觀罷神猶寒。金堤
千古堅如磐，一吞渤澥何其寬。

　　丁巳秋七月，將按試浙東。十五夜，舟泊蕭山湖內，張
農聞爲作《蕭山泊月圖》，同人題之。余最愛張子白“無數
彩雲攔客住，[①] 一杯先酹苧蘿秋”二句。

蕭山泊月　　阮元

　　纖雲卷盡早涼天，越水清泠夜泊船。猶恐中秋無好月，
今宵先借一回圓。

　　西湖其奈鏡湖何，百里遥天瀉玉波。看到三更齊轉首，

---

① “攔客”，原誤作“闌客”，據光緒二十五年浙江書局重刻本改。

清光到底浙西多。

陸繼輅

一峰秀色留吟舫，百斛秋光瀉酒杯。珍重臨平湖畔月，也隨仙節度江來。

張若采

柁樓晚飯放扁舟，卻趁涼宵載月游。無數彩雲攔客住，一杯先酹芋蘑秋。

齊拓蓬窗話寂寥，侍郎雅興盡三蕉。笑他壬戌秋宵客，苦爲飛仙怨洞簫。

山光月色兩徘徊，曾見千絲越網來。此是浣紗人去路，柔波猶膩好青苔。

遥憐雲子芙蓉色，獨倚玻璃憶鑒湖。那得夜涼騎白鳳，同尋仙夢抱冰壺。

丁巳秋，至山陰，邀同人修禊蘭亭，高旻蕭爽，林泉共清，一時逸興，不減永和上巳。同人賦《秋禊詩》，奚鐵生爲之補圖，余作序記之。

《蘭亭秋禊詩》序　　阮元

在昔典午中移，啓江東之雲岫；瑯琊南徙，持吳會之風流。山林之秘競呈，觴咏之情咸盛。雖悟老易之旨，猶切彭殤之悲。豈非神州不復，易興陸沈之嘆；中年已往，莫釋哀樂之懷。鐘情既深，發筆斯暢。是以林表孤亭，結山陰之幽契；定武片石，傳永和之逸軌矣。元以嘉慶二年八月上巳按部於越，嘉賓在坐，簿領既徹，游情共馳。再揚曲水之波，展修秋禊之禮。浴沂溯典，本無間于春風；采蘭賦詩，實有異于溱水。是時清風未戒，白雲午晴。幽谷屢轉，重山爭峻。發崇巖之桂氣，起秀麓之松嵐。迴谿接步，緬陳迹于古人；爽籟入懷，屬高情于天表。夫倦心既往者，撫韶景而亦悲；撰志咏歸者，臨蕭節而彌適。況今朝野殷闐，敬修名教。吾輩游歷，皆在壯年。白駒未縶，動空谷之雕輪；旅雁群飛，集江湖之素羽。振翰無采，雖愧元長之才；侍晏承恩，曾效廣微之對。良會已洽，清吟紛來。內錄賓客戚黨之詩，外納僚屬生徒所咏。凡有作者，皆著于篇。

余至會稽，謁大禹陵，作詩有云："子玄誕妄太白陋，亂引《汲冢》疑重瞳。夏家天下子亦聖，曷爲薄葬於越東。"蓋古人死陵葬陵，死澤葬澤，故舜葬蒼梧，禹葬會稽。自《竹書紀年》妄言舜爲禹遷，死蒼梧，劉知幾《史通》因之，遂以魏晉禪奪上疑三代。太白詩言："堯幽囚，舜野死。"皆毀經蔑聖之尤者。試思禹傳子，子亦聖人，曷爲野死乎？此可破千古之疑矣。

謁會稽大禹陵　　阮元

會稽巨鎮東南雄，宛委巒嶂摩青空。文命之陵據呂墨，朝衣九拜揚春風。典謨有字遷有紀，豈假弱筆陳豐功。惟思

禹德在於儉，無間再嘆世折衷。山川主名遍天下，此山不載
《禹貢》中。揚州域廣漸海表，刊定未紀夷與戎。東教躬勞
遂道死，參耕壟畝封葛桐。陵者葬陵澤葬澤，蒼梧之野將毋
同。豈如後人詭且侈，沙丘還至咸陽宮。子玄誕妄太白陋，
亂引《汲竹》疑重瞳。夏家天下子亦聖，曷爲薄葬於越東。
試以吾言問二子，無稽之説將立窮。我拜既畢題穸石，白雲
滿穴春陽紅。帝之瑞應氣郁郁，神所出入光熊熊。重黎受命
地天絕，惟有陵鎮猶相通。

游山陰水石洞

飛夢下天姥，餘情入吳越。鏡湖波逼山，石簣水搜窟。
飛梁駕重門，立柱抗高闕。冷壁悟禪面，瘦峰露仙骨。定役
靈匠心，莫謝天機伐。削成夏圭斧，奇拜米顛笏。清風漱玲
瓏，澄潭倒嶀崒。紅樓四月寒，烏舫一篙滑。藤枝青已長，
蘋花香未歇。勝境豈在多，覽古興超越。緬想山阿人，沿流
弄明月。

由山陰至上虞，渡曹娥江，經梁湖，山深水曲，林木蔚
然，遠勝七里灘。

渡曹娥江　　阮元

雨歇雲意懶，霽色動孤岫。曉渡餘薄寒，初陽出春晝。
重山既清深，衆松亦喬秀。叢祠扃幽闃，破碣不可讀。登舟
幽抱愜，澄江淨無溜。緬懷東山人，清望著華冑。委懷山水

間，風鶴已奔走。孤情每自揆，所蓄諒非厚。行矣及中田，良苗正華茂。

焦循

西望錢塘百里遥，曹娥江口夜停橈。青松鵠立白雲起，鐵弩不鳴秋不潮。

梁湖道中　阮元

屈曲梁湖水，舟行屢過橋。山深皆有路，浪靜不通潮。暮色浮松頂，清香動麥苗。謝公吟賞處，踪迹祇漁樵。

過謝氏東山

雲水東山春放船，謝公裙屐憶當年。蒼生寄托傷溫浩，青史功名冠石玄。捫蝨有人知喚鶴，圍棋無暇笑投鞭。始寧殘墅今何處，惟聽風泉似管弦。

蔣徵蔚

早臥東山養重名，從教出處繫蒼生。瑯琊一代風流相，絲竹中年哀樂情。破敵軍書方絡繹，賭棋別墅正縱橫。誰知坐鎮當機事，捫蝨原知草木兵。

上虞縣　阮元

曲水平穿岸，長林綠壓垣。石橋多似路，山縣小於園。白舫依官渡，紅梯倚戍墩。劇憐溪谷裏，考績尚稱繁。

戊午上巳日，過桐江，風日清美，江山佳麗，同張子白、陸邵聞諸君把酒臨江，賦詩終日，挂帆連舫，直至釣臺。

上巳桐江修禊　　阮元

去年秋禊到蘭亭，今日春江倚畫舫。上巳風光晴更遠，富陽山色晚逾青。要將觴咏臨流水，須向綸竿拜客星。濯遍塵纓何處好，釣魚臺下碧泠泠。

陸耀遹

春到重三愴客心，篷窗同倚對遥岑。一江晴浪桃花煖，百斛香醪竹葉深。昨日便須支上巳，子白《游大慈山》詩有"預支芳節約湔裙"句。此間原不讓山陰。清游佳話傳修禊，應繪仙查到碧潯。

春愁如水水如天，篷底潮生覺晝眠。惜別遠山低曉黛，斷魂垂柳化晴烟。忽驚客路逢三月，負此芳辰已二年。去年今日余在皖江道中。衣上征塵衫上淚，可堪還向此中湔。

桐江夜泊次芸臺先生《修禊詩》韻

桐君山下見離亭，共卸征帆繫小舲。日莫歸雲千樹碧，天涯芳草數峰青。螺烟接水浮新月，漁火沿江出遠星。客路滄波信無極，此流已不到西泠。

浙中山水，游者但見武林嚴瀨，罕有遍歷浙東者，惟學使者能於三年中再游之。予初由富春至嚴瀨，已覺山重水複，出人意想。次至蘭溪、金華以上，過永康、縉雲，溪壑幽秀，松石清蒼，似非塵世。及過桃花嶺，縋深陟險，出于雲雨之上，栝蒼山色，遠在天表，境更勝於前矣。過麗水，放舟入甌江，觀青田石門瀑布，下永嘉，登江心寺，巖泉清閟，江山平朗，此境又變。渡甌江，至樂清，宿芙蓉村，登四十九盤嶺，入雁宕山，窮極大龍湫、靈巖、靈峰諸勝，奇險怪僻，此境又勝於前。經黃巖、臨海諸山嶺，數百里中，處處有嚴瀨之勝，而樹色泉聲過之。及至天台赤城，由國清登山，遍觀石梁瀑布、華頂、萬年嶺諸勝，下天姥，入南明，二百里中，出世凌虛，飄飄然有仙意矣。

過富春數十里，未至桐廬，有九里洲。丁巳春，余侍家大人至此，值梅花盛開，青山隱天，澄江東瀉。居民種梅花爲業，花滿九里，約三萬株，家大人云：“余足迹半天下，從未見如此香海。”

九里洲侍家大人觀梅　　阮元

梅花三萬樹，一色綿九里。上接戴山松，下照桐江水。目力所難到，花勢殊未已。雪光晴不落，香海浩無底。詩人誇鄧尉，較此百一耳。卸帆登中洲，漸入深林裏。十圍合抱圓，數仞拔地起。拂帽更礙路，眩轉聊徙倚。疑別有山川，不知何甲子。滿身花影來，一笑親顏喜。

題《九里洲觀梅詩册》　　陳文杰

春水綠春洲，春風上柁樓。梅花三萬樹，香入大江流。有客看山去，因之載鶴游。詩情同浩蕩，三十六閒鷗。

金華夜泊即事　　阮元

百里春風滿，群帆暮色橫。遠山連野色，淡月下灘聲。塔影自孤直，津頭將二更。千家尚鐙火，遲我婺州城。

冒雨由縉雲趨麗水，道出桃花、交青、黃龍諸嶺，得詩四首

春城晚逾暖，四山雲氣蒸。曉發縉雲南，雨勢方奔騰。延緣起修磴，巖壑紛填膺。眼前快磊落，足底愁凌兢。傅壁凜傾澗，接石升高陵。路窮嶺直立，一一衝雲登。雲深不見路，叱馭將毋能。

涉險有辣志，探奇多曠情。松篁易成響，況以風雨聲。雜花滿四山，紅白垂繁英。上有千仞峰，蒼翠流餘清。下有百道泉，亂石交喧鳴。足底山徑滑，白雲橫庚庚。

嶺上多桃花，花落初生葉。芳草何芊眠，染濕綠蝴蝶。不知升愈高，轉覺平易躡。迷漫十步外，白雲飛貼貼。浮嵐青數痕，中有峰千疊。若令廊清霽，飛鳥去猶懾。

青巖亦已轉，陵緬山之陽。林壑正懷烟，花澗猶屯香。降隨猛泉落，升共高雲翔。翔雲扶我行，冷逼春衣裳。欲招青田鶴，矯翼來低昂。仙都在何許，雲海空茫茫。

栝蒼山雨示端木國瑚諸生　　阮元

栝蒼之山應天符，粵惟群仙之所都。軒皇既遠洞天閉，何處尚有仙人閭。我來茭嶺疊足望，但見青峰萬丈矗立東南隅。是時仲春日已炙，陰巖起蟄蛟龍蘇。盤厓百里直到郡，觸石已見雲合膚。一日二日雷車驅，三日四日雨始濡。春城

295

夜聽溜滂沛，青天晝看烟模糊。遥知風門天井響，飛瀑濺起
萬斛光明珠。穿林度樾散成霧，濕氣沍結松千株。棠溪管溪
流並急，箭栝不受山縈紆。陽開陰閉復幾日，此時真有群靈
趨。仙臺福地不能到，誰來示我經與圖。卻喜甌江水新漲，
石門山色迎川途。我行寫此示國瑚，有山不吟毋乃爲腐儒。

端木國瑚

天入栝蒼天欲低，翠微直上雲與齊。盤空觸破雲中壁，
萬丈芙蓉散馬蹄。軒皇已去空烟霧，靈異獨叱真龍護。蒼然
鱗甲不可攖，蟄雷震起蟠髯怒。勢薄光景寒欲森，濕氣沍結
千林素。倒吸銀河作雨飛，珠璣噴薄光無數。陰陽開闔蕩層
冥，奇變雜沓來仙靈。丹氣冲虹鼎火赤，劍光躍電鑪烟青。
嵐疏翠密競欲滴，高空洗出山容醒。忽開霽景數峰外，丹霞
一道凌紫庭。行人路出桃源中，衣上雨點桃花紅。足下走雲
如走馬，撲面爽氣涵青空。山靈有意弄譎奇，窅然深翠開鴻
濛。清光颯颯雨際出，不數劖刻誇神工。千載高風揖隱吏，
烟雲飽眼心如醉。只疑此境隔人間，誰識仙山在平地。

曉發縉雲登桃花嶺　　陸耀遹

羈魂警遥夕，離燭輝未盡。檐聲斷疏雨，緒風尚淒緊。
既晨感群動，裹遠駕征靷。宿霧紛漠漠，初陽辨隱隱。崖傾
雲構發，路轉峰勢引。長林或妨幀，仄巘但容軫。盤紆得少
憩，徒侶亦勞憫。穿雲石疑走，投烟鳥如隕。回壑鳴潺湲，
連山失崇蘊。勢挾海潮動，聲與天漢近。延賞景屢遷，窮躋

步多窘。覽物各有愜，超興固無本。仙都結遐想，高騫謝
塵坋。

春盡日，阻風青田，和張子白原韻　　阮元

又放甌江黃篾船，餘寒料悄透輕綿。山來一一重相見，
春去堂堂不受憐。栝嶺清流千百轉，秣陵秋雨十三年。今宵
良話應無夢，泊近西堂對榻眠。

恐是芙蓉海上城，仙都坐見月初生。宵來料有胎仙過，
春去應無杜宇聲。屐齒溪山閒後想，燈花詩句客中情。請聽
一夜船頭浪，已覺東風暗裏更。

游古永嘉石門，觀瀑布，用歐蘇禁體

永嘉謝守弄奇譎，康樂《石門詩》在江西。以青田當之，自太白
始。手擘石門山壁裂。侵晨直上青雲梯，一派寒泉迸龍穴。
崖頭百丈直如削，逼令泉飛出其缺。當其欲落未落時，衝擊
紛披忽三折。坐教破碎飄輕清，不使渾淪成注泄。偶經宿雨
更爭來，少得迴風便旁掣。橫拖雲氣派將亂，影漏初陽眼尤
瞥。沾衣濕意詫沈陰，撲面清光仰霏屑。澄潭半頃綠最淨，
石柱千年洗真潔。老僧新焙春中茶，燒松煮水快一啜。櫻桃
蔗漿漫相勝，誰復此時猶內熱。暑天風日諒不到，寒想冰絲
半空結。安得誅茅四時住，坐對天紳自怡悅。出山一步一迴
顧，隔斷青林始忍別。試看雁蕩大龍湫，與此相衡孰奇絕。

自麗水放舟至永嘉

桃花楊柳背通津，十里溪山掭舵頻。面壁每驚無去路，

望烟始識有居人。怒流不怕千迴折，窮谷應遲半月春。若使
客星逃更遠，此間幽瀨好垂綸。

　　雲徑歸樵忽有歌，數家小屋倚坡陀。斫松爲圈思擒虎，
鑿嶺成田便種禾。岸下停舟妨亂石，磴前躡屐挽修蘿。不知
如此荒寒趣，比似銷金地若何。

　　夜眠只合在深溪，月黑巖高望已迷。但見峰頭爭上下，
偶依斗柄認東西。舟人寄碇先尋夢，山鬼驚鐙或暗啼。且挂
風帘護紅燭，小瓶春色看棠梨。

　　石立雙門向水開，鑿山須有謝公才。廿年細讀雲梯句，
今日才看瀑布來。指破晴虹化烟雨，吹迴春谷動風雷。近前
不惜沾衣濕，天寶題名半綠苔。

　　東甌國在海山邊，十里江城萬井烟。已見颶風傾老屋，
誰憑鯨浪駕樓船。三盤島嶼參差出，百粵帆檣雜遝連。那似
登州高閣上，碧環千里接遼天。

江中孤嶼謁文丞相祠

　　獨向江心挽倒流，老臣投死入東甌。側身天地成孤注，
滿目河山寄一舟。朱鳥西臺人盡哭，紅羊南海劫初收。可憐
此嶼無多土，曾抵杭州與汴州。

陸耀遹

　　信國孤忠垂宇宙，乘潮曾度海門邊。江聲夜撼風雲色，
塔影秋高日月懸。故國山河無半壁，新亭涕淚此中川。飄零
壯志難回首，猶認碑題德祐年。

端木國瑚

百戰飄零越海東，烟塵滿目寄孤篷。欲回天地波濤上，只剩山河涕淚中。渡雁有聲催宿雪，扶鰲無力墜秋風。此心不逐狂瀾倒，半壁猶縣氣似虹。

一偶勢已失偏安，馬角崎嶇歲月殘。海外有天移北極，塵中無地著南冠。浮雲孤嶼隨潮變，暮雨荒陵入夢寒。千載斷雲詩可讀，丹心猶似舊時看。

浙東諸山，以天台、雁蕩爲最。雁蕩以險怪勝，其奇秀處皆在衆嶺之下。天台以高妙勝，其清虛處皆在萬山之上。天台以孫興公賦始著於世，雁蕩爲謝靈運所不能到，雖相傳有大通年碑，實至宋始顯。山川險阻，游者難至，余兩度游此，有深幸焉。

將過雁蕩，前一日宿扶容村　　阮元

一行分兩戒，其南極雁蕩。重壓沙海頭，險扼東甌吭。永嘉山水滋，康樂尤清放。度嶺惟斥竹，緣溪阻修障。天地惜靈秀，不易使人創。及其終難秘，疏鑿任靈匠。已勒大通碑，更示詎那相。坡公游山分，生平頗自仗。惟以詩酬圖，未足供跌宕。龍湫百二峰，吾耳久知狀。竊疑形容者，奇幻言或妄。今年渡甌江，温台落掌上。瑤嶺據海澨，風潮午初漲。筍輿厲石梁，足底走鹹浪。晚程猶未歇，兹山已入望。情隨嵐氣清，心與飛雲壯。且投村屋宿，行李聊摒擋。吾徒

侈清游，一飯若轉餉。損之又損之，勞費已莫償。惟願明朝晴，風谷動清曠。同行若歸雁，斜向峰頭掠。懸知今夜夢，先受山靈覎。

宿芙蓉村　　陸耀遹

雲裏疑無路，山中別有村。暗風通野氣，初月淡烟痕。薤葉展宵簟，松花香客尊。清游待明發，仙夢擷芳蓀。

曉發芙蓉村　　端木國瑚

飛翠失空山，游夢兀然醒。人語夜堂深，簾曉燈猶熒。寒暖戒衣裝，共取芙蓉徑。綠樹脫蒼烟，遠媚溪光靜。鳩啼雨後聲，山認雲邊影。村仰綠陰高，堲度香風永。雁峰落何處，四十九盤嶺。

曉過四十九盤嶺至能仁寺　　阮元

曉程將何之，四十九盤嶺。嶺高盤愈仄，曲折緣修緶。肩輿未及上，相顧色已警。陵緬惑回棧，心怯息尤屏。平生磊落懷，到此不敢騁。既登丹嶂高，坐見海天永。白雲涌潮聲，初陽生樹影。越嶺下西谷，倏忽闢靈境。奇變出恒情，震蕩不自省。行行至招提，幽籟泛虛靜。中慄既已平，嵐重衣裳冷。

大龍湫歌用禁體

山迴路斷谿谷窮，靈湫陰閟龍所宮。眼前無石不卓立，天上有水皆飛空。飛空直落一千尺，鬼神不任疏鑿功。絕壁古色劃爾破，山腹元氣沖然通。涓涓靜注絕不動，羲輪下照神和融。有時飛舞漸作態，已知圓嶂生微風。一甌春茗啜已盡，水花猶復搖玲瓏。颯然乘飆更揮霍，隨意所向無西東。不向尋常落處落，或五十步百步皆濛濛。豈料仙境在人世，誰作妙戲惟天公。雲烟雨雪銀河虹，玉塵冰縠珠簾櫳。世間變幻那足比，若涉擬議皆非工。石門飛瀑已奇絕，到此始嘆無能同。惟有天柱矗立龍湫中，突兀萬古爭雌雄。

常雲峰

怪石立屛顏，濃雲常在山。翻疑碧峰走，出没白雲間。雲氣無時盡，此峰終古閒。遥知滄海上，認取挂帆還。

寄雁蕩

我聞雁蕩波連頃，卻在最高峰上頭。雲裏龍鱗接烟水，泥中鴻爪識春秋。欲攀危磴千層去，難向深山一日留。果有經行古尊者，擲詩應使逆波流。

馬鞍嶺

林薄無疏景，川谷莽回互。崖轉得新蹊，境深忘舊路。延緣入東谷，修嶺詎可度。盤磴引高情，飛泉入危步。沈雲散靈風，萬石盡谽露。停策聊憩息，於焉蔭嘉樹。宿心既申寫，景物相昭遇。徘徊下層巒，嶺脊難久住。

**　端木國瑚**

磴道苦紆迴，突兀復此嶺。行色滯前旌，峭絕無由騁。梯空踏斷壁，踵觸後人頂。斗上復垂下，勢不憩一頃。懸路失欹扶，足到目先警。高風落厓壑，鳥墜空無影。危步較分寸，餘力借榛梗。有奇不暇賞，出險即云幸。山林且崎嶇，投迹能無省。

靈巖寺小憩，觀西內谷諸峰及小龍湫龍鼻水，用唐人《陸渾山火》詩韻　　阮元

靈巖真氣常渾渾，莫測其巔窮其源，惟天敢壓海敢吞。安禪洞口雲舉軒，如岱封中柴烟燔，覆鐘撞恐驚九原。萬鈞銑隧載厚坤，霞屏連嶂丹無垠。東嶢魏闕環高垣，響巖互荅聲在門。虧蔽高春藏朝暾，石室破漏啼清猿。白雨潭暖冰小黿，上方禪殿銘翔鵾。拾級汗出勞于奔，挈瓶荷錫神朗尊。太平興國開祇園，廣嚴興廢碑石繁。我來宴坐息衆喧，水樂松吹調笆塤。游心自動慚風旛，騎從直誚花下褌。以水盥手石坐臀，還顧險塞臨輨轅。帶圍廓落若脫鞙，衆賓健足皆辭轓。展旗峰闊飛雲帉，温泉水熱雞燖膰。雙鸑西栖爭騫屯，玉女櫛頭無洗盆。小龍湫瀉傾天罇，丹埤翠壁流言言。劍鋒水激向上翻，衝擊石案誰能反。天柱千仞目難暖，不及見末徒見根。一比衆碣皆兒孫，老僧跽石屈膝跟。獨秀不受攀附恩，眼前惜無酈道元。金藏玉簡雜逤援，山經細與畾精論。更有石龍謫九天，蜿蜒夾入蒼山痕。緣洞上見驚心魂，鼻涕一尺如言冤。奇想妙契心存存，目飽志饜忘朝餐。游岳不待畢嫁婚，況禽與向吾友昆。矍然豹擲而龍蹲，翩然風舉而雲騫。足繭踵決不敢怨，一丘一壑亮遜鯤，但不能殢玉昆侖。陽烏飛鑾景勿昏，幽谷莫遣松明焚。谷口候者實已煩，臨行

石壁三回捫。

即事

　　毛竹清陰日影遲，亂飛鸜鵒拂晴絲。杜鵑花落松花老，正是山田刈麥時。

淨名寺蔬飯

　　石色峰峰變，溪聲步步斜。櫻櫚圍野屋，杉竹隱疏花。入寺聽詩板，穿林劚筍芽。鐵盂香稻飯，匙上有雲霞。

試雁蕩山茶

　　嫩晴時候焙茶天，來試龍湫雁蕩泉。十里午風添暖渴，一甌春色鬥清圓。最宜蔬筍香厨後，況是松篁細石邊。玉茗遺編須記取，我家多種此山田。湯顯祖云："雁蕩山種茶人多姓阮。"

登靈峰望五老、靈芝諸峰

　　雲外日已頹，游者殊未倦。複谷窅以深，群峰闖然見。參差各離立，戍削盡成片。复岫忽中空，直罅裂如綫。凌屬出林表，蟠徑將升甎。三休始及上，九折石猶旋。當門飛冷泉，入腹抗高殿。奇觀意已驚，靈迹情彌戀。靈芝若可采，吾將問佺羨。

度謝公嶺望老僧巖

　　謝公慧業早生天，屐齒曾經到嶺前。峰上丈人猶化石，不知成佛更何年。

游石梁洞，洞深可容千人，石梁亘其外

古洞空山腹，飛梁駕洞門。橫空規日影，分罅洩雲根。仰險危將墜，探深響易奔。操蛇神鬱律，應有夜光屯。

石門潭

蕩陰雙閣水，齊向石門東。淺瀨生清浪，澄潭受遠風。晚潮東海綠，落日半山紅。回首三重嶺，皆藏雲氣中。

出山宿大荊營

堠旗遙見大荊營，麥隴茶田取次平。斤竹澗通新驛路，石門潭抱小方城。沙邊細石籃輿穩，渡口迴風畫角清。今日郵籤促塵鞅，何時重與細經行。

游雁蕩山，自四十九盤嶺至大龍湫，登馬鞍嶺，經靈巖、靈峰、石梁諸勝，達大荊城，紀事一首　　陸耀遹

出谷復入谷，下上窮烟霏。遙見群峰劃天碧，石骨瘦削雲膚肥。回崖愈轉愈不及，振勢百折難停橇。舍輿攀行苦奔峭，屝屨側滑青藤支。龍湫飛泉灑絕頂，萬絲下浣天孫機。山光到流瀉蒼翠，潭影激射寒玻璃。窮躋盤盤達山脊，絕巘無級旁無依。一百二峰入全覽，名以象命存依稀。非仙非鬼竟何物，羅列呵問艱陬辭。雙鸞矯羽不得控，玉女下顧神頠頠。衆中一柱特離立，以頂觸天端不欹。平生夢想忽到眼，金簡所狀心猶疑。東南海水繞如帶，蜃氣漠漠天風吹。靈巖靈峰並奇絕，石腹側裂青冥低。入門清嘯衆山荅，蘿穴一鶻驚人飛。危龕老僧鬢眉綠，屏息枯坐扃元扉。橫空石梁盻虹

景，瑤草下覆無炎曦。重巒疊嶂各異態，飛磴歷歷忘神疲。傍山何人結茅屋，累石爲壁爲門幾。窳尊薦茗解煩渴，石門潭水甘如飴。牆陰蓀蘭發紅蕊，采擷細瑣來相貽。山人貽紅蘭數十本。爲言十里到荆驛，行徑漸平山漸稀。山中氣候異昏旦，曾陰閣日殘陽微。冥花如霰翠欲滴，巖氣雨香薰客衣。歸雲亭亭與爭道，林壑斂暝窮回晞。

由臨海至天台　　阮元

驟暖蒸涼雨，新晴得快風。褐來清澗上，細繞碧山中。淺浪連村麥，高陰滿路桐。赤城知不遠，遲客晚霞紅。

台州試院在城北龍顧山之麓，有樓巍然，高出林表，虛窗四敞，雲山相圍。余置榻其上，留連浹旬。昔山左濟南試院有四照樓，爲施愚山所題，余極愛登眺，遂復以名此樓，書榜懸之。

題天台試院四照樓　　阮元

靈江通海汐，雲霞圍一城。孟夏方陶陶，林薄含餘清。林中有高樓，神撫群山平。風光泛疏牖，嵐氣通環甍。興言懷謝公，爲此登樓情。

衆峰不同青，一雨淨萬綠。啼鳥悅初曙，晴雲翳深木。朝陽未出城，人烟猶隱屋。曉起自神清，復此豁遙目。隱囊風氣涼，臨窗一晞沐。

山多雲氣聚，少暖即成雨。翔風海上來，颯然破微暑。

305

輕涼潤笙簧，清氣生玉塵。喬林接繁柯，森森繞窗户。情賞在無言，列岫靜可數。

西嶺鬱崔巍，夕日早銜光。谿壑起輕陰，穆然何清蒼。歸鳥入林小，樵徑盤雲長。暝色漸近人，樓外浮昏黄。豈能無世慮，及兹澹欲忘。

兹樓四無礙，下視未十仞。地憑山已高，天垂月尤近。清霸生明弦，流雲散華暈。燈火遥樓青，笙歌夜風順。誰知捲幔坐，吾方攬幽蘊。

傑構臨湖山，兩載居齊州。兹來章安郡，夢與愚公游。連楹既窈窕，遠嶺尤清遒。龍顧頗宜夏，鵲華空復秋。願得施宣城，卧吟百尺樓。

天台國清寺

朱閣瓊臺未及攀，長松纖草叩雲關。六朝山色禪光定，雙澗泉聲客性閒。止觀有人參智者，題詩何處問寒山。袖中攜得興公賦，試講三幡看翠鬟。

陸耀遹

十里晴山不辨青，滿空飛翠晝冥冥。金松影覆銜芝鹿，琪樹香栖搗藥禽。谷口烟霞如送客，雲中樓閣是藏經。"華嚴淨域"宸題在，爲禮旃檀敂玉扃。

高明寺飯罷出圓通洞

松篁一徑入高明，冷飯僧厨款客情。燕筍煮茶春味老，馬蘭充膳蔬香清。山當亭午圓無影，水到分丁瀉有聲。游興

306

正賒難久憩，不須石屋更題名。

華頂茅篷　　阮元

華頂茅篷底，枯僧忘世情。披雲采春茗，劚雪得黃精。虎迹穿林見，龍腥帶雨生。此中五百輩，疑有應真名。茅篷最小，皆苦行僧栖止處，幽巖窮谷，計一百五十餘所。

華頂　　陸耀遹

我尋芳草不尋仙，飛度曾梯萬八千。題壁有人凌絕頂，亂山迎客不齊肩。雲根石路行如織，草背天風響似弦。手把玉笙吹一曲，下方鸞鶴影蹁躚。

華頂茅篷

茅庵一百五，華頂入雲行。剖竹禪關小，編蒲梵宇清。山茶烹紫莢，仙藥采黃精。小憩斜陽裏，看山滯客程。

白雲

白雲流不盡，山影動如潮。我欲乘風去，吹笙到碧霄。長歌招李白，仙路揖王喬。明月生東海，方壺不計遥。

尋華頂憩僧茅篷　　端木國瑚

蓮花千朵破雲飛，峰頭乃爲天壓低。我尋仙路未及到，日午已鳴空中雞。天風駕雲疾于鶩，瑤草春香振巖谷。吹盡紅塵衣上輕，綠蘿被我神仙服。高披閶闔臨曾溟，雲如海水山如萍。爐峰歇日烟光赤，千霞一氣凌紫庭。下方晴翠浮空濕，影露茅檐低覆笠。花氣深深霧欲冥，不知初徑何從入。采藥行參自在禪，蒲團且借僧龕眠。香茗浮甌點素雪，黃精入竈炊紫烟。生願作仙不作佛，鸞鶴清霄望髣髴。仙臺祇在月明中，香林欲暮能留不。

薄暮重過石梁　　阮元

獨倚長松自咏詩，曇花亭下白虹垂。飛流縱向人間去，莫忘石梁清激時。

夜宿上方廣寺藏經樓

雲構飛流上，高眠近太清。星辰低北户，鐘鼓發初明。塵土十年夢，風泉一夜聲。卻嫌人采藥，翻重世間情。

自華頂至石橋觀瀑宿上方廣寺　　陸耀遹

仙人示我天台圖，石梁竹木雲模糊。水聲山影畫難到，到此始知人世無。我從華頂來，西行達深麓。重崖何處辨仙源，百道爭鳴聽寒玉。玉龍夭矯當雲關，驪珠萬顆噴晴瀾。原泉勢決不擇地，下激澗底高林端。夕陽孤飛下曾島，濕翠滿空吹不了。巖花倚暝霧成塵，隱隱清光雪山倒。經行草路多沾衣，玉杖夜擊巖僧扉。歸雲駕風落如鳥，白影下繞經樓飛。曇華亭上題詩客，舊夢頻過記仙迹。一夜天壇風雨聲，起來殘月當山白。

夜中作

梵王宮闕碧雲端，殘月遲遲度嶺難。骨冷魂清誰有夢，瓊樓玉宇不勝寒。天雞舞影風初起，野鶴驚宵露已溥。夜半佛龕燈火在，深堂覓句寫烏闌。

宿石梁方廣寺夜雨　　端木國瑚

華頂袖來雲一朵，擲向懸崖深不鎖。夜半驚起蝙蝠飛，夜游石梁下，見蝙蝠大如箕。黑雲壓斷蒼藤枝。石梁拏空作龍立，怒勢噴薄千珠璣。一雨空山積涼翠，蒼茫誰識神靈意。滑洗莓苔十丈秋，芒鞋恐踏鱗鬐碎。佛龕燈靜光流螢，銅塔夜雨風中鈴。蘿月藏烟碧悄悄，巖花落霰寒冥冥。游仙人在經壇宿，一夜風泉響寒玉。香林漠漠露華流，屐齒朝來潤如沐。曇花亭外嵐光堆，石梁疑失蒼山隈。瀑聲瀧瀧瀨巖壑，長虹仍挂空中雷。

萬年寺題僧達本壁　　阮元

寺門高引八峰低，老樹新篁綠影齊。試與豐干入林去，緩扶籐杖聽黃鸝。林間黃鸝最多。

萬年寺贈曉雲上人達本　　陸耀遹

小坐幽栖地，逢僧采藥還。經聲千佛號，山翠八峰環。過雨龍歸鉢，看雲鶴守關。己公茅屋好，無事憶人間。

雨中發石梁，憩萬年寺　　端木國瑚

連壑走鳴鼉，飛泉轉輕轂。一徑滑蒼苔，濛濛傍巖曲。積雨搖空林，冷翠落疏瀑。人影石蘿中，縹渺衣帶綠。白雲身上流，攬之忽盈掬。杳靄不知遥，僧寮露林麓。沙羅浮輕陰，辛夷蘊殘馥。八峰寫遠青，佛頭淨如沐。愛爾山中人，烟霞媚幽獨。

雨霽發萬年寺，路望天姥峰，達清涼寺

疏雨歇空林，山意颯然醒。石路上莓苔，翠逼衣裳冷。平巒叠遠波，浩浩綠千頃。崖雲蕩畫陰，海霧走風影。明滅眺烟鬟，遠碧空無頂。飄緲懷李白，仙夢一何迥。石磬忽一聲，路入香嚴境。

天台山紀游　　阮元

天台一萬八千丈，我來迥出群峰上。碧山如海不能平，天風足底催高浪。山下白雲凝不流，浪花卷出青鰲頭。惟有經臺立天際，不與元氣同沈浮。飄飄直過八重嶺，百尺飛流石梁頂。龍門鑿破走崑源，銀漢扶回瀉天影。金庭雙闕不可攀，玉沙瑤草非人間。曾記桃花古仙客，夜騎元鶴吹笙還。《七籤》空說子微悔，《雲笈七籤》："司馬悔山爲李明仙人十六福地。"李明柏碩今安在。多爲游人乏仙骨，割盡胡麻蹈東海。昔登海閣望蓬萊，赤城又見霞標開。羽人雖去洞天在，白日照耀金銀臺。害馬驟鑾不肯住，今夜月明宿何處。揮手一抹群峰平，彩雲填滿千盤路。若非清夢落天姥，定繞仙壇轉飛去。

天台藤杖歌

福庭本是群仙囿，漢代桃源尚如舊。仙人手種祁婆藤，擲與人間賽靈壽。敲破鐵簹捫櫛栗，擎起蛟身看清瘦。我來天台親見之，萬年嶺上垂金枝。猿狄引臂弄光澤，筋纏石骨堅無皮。鹿樵偶向夢中得，七尺珊瑚淡紅色。豈須芝草始長生，著手已能助仙力。石梁雨滑生蒼苔，聽笙看月登瓊臺。

恐隨飛瀑化龍去，直撥白雲尋鶴來。持歸拂拭奉堂上，要脚
輕便不汝杖。躍馬才從靈隱回，橫膝聊爲壽者相。庭前倚仗
聽兒詩，如策長藤到台宕。

陸耀遹

紅藤七尺珊瑚枝，仙人贈我游仙支。仙梯四萬八千丈，
持此撥雲雲倒飛。山中采藥頻來往，崛強雲根一株長。不是
蒼松亦作鱗，橫甲搖風夜深響。曾厓猿臂相句連，叱日下擲
羲和鞭。蟠柯瘦舞石痕裂，古蘚翠剝銅皮堅。探奇人入天台
道，腋底風生疾于鳥。已知仙骨不須扶，但挂長瓢劚芳草。
踏月瓊臺曳有聲，還從花底敏元扃。蕊珠宮裏人初覺，一曲
霓裳彩仗迎。步檐同倚看牛斗，白雲親舍遥回首。仙藤莫化
赤龍飛，我欲攜歸壽王母。

端木國瑚

仙人手種蒼龍根，上蔭金景下瓊源。鍊雲作膚石作骨，
瘦于鐵樹春無痕。蟄雷震起蒼皮蛻，力拔空山裂巖翠。勢欲
蜿蜒拂袖飛，鱗鬣一抹烟霞碎。珊瑚光奪鮫人宮，一枝影縮
晴天虹。松苓劚雨寒瑟瑟，蓮花倚翠香濛濛。此物人間竟何
有，天留靈種壽人壽。榆柳能回若木春，尋常豈落塵埃手。
我侍仙人叩玉扉，仙人贈我琅玕枝。琪花瑶草看彫落，靈光
獨閟娥與羲。白日持此搜靈窟，真宰若聞驚咄咄。仙液深探
玉柱雲，寶華碎擊瓊臺月。我家白鶴不須招，嬉風浴景浮清
霄。玉骨珊珊自輕舉，攜此毋乃徒煩勞。收拾烟霞歸杖裏，

持壽高堂顏色喜。不辭清夢到天台，萬八仙梯平似几。

竹兜詞　　阮元

越嶺登山雙竹君，平安日日我須聞。何人支起西窗坐，只隔斜陽不隔雲。

著我天台雁宕間，青琅玕繫碧連環。昨從惆悵溪頭過，軟似詩情穩似山。

陸耀遹

劈碎湘雲作翠闌，也同仙骨鬥珊珊。恰如小艇嫌妨幀，暫擬安車許挂冠。兜中縣小竹鈎以便脫帽。

半規斜月曙光分，同認芳題小篆文。兜上同人以題箋別之。綽約綠筠眠最穩，軟扶殘夢過仙雲。

行肩兀兀度元關，小坐渾疑斗帳慳。翠幕四圍窗四卷，不遮風日怕遮山。

曾攜藥籠上坡陀，阮客祠邊織似梭。莫訝輿丁肩不得，後車仙草載香多。

天台雜詩

赤藤扶我上天台，萬朵仙雲手撥開。洞裏桃花長不落，何因流出碧溪來。

溪上珍禽不計年，覆巖芳草綠芊芊。曾陪阮客胡麻飯，分到菁香骨亦仙。

一徑叢篁曉氣清，環山蒼翠未分明。雨香雲膩藍橋路，十里飛泉尚有聲。

雲外晴山山外雲，曉風不斷氣絪縕。赤城彩女來相送，飛過青天鶴一群。

近時仁和宋茗香_{大樽}有《游天台》詩。茗香詩宗法青蓮，意境超妙，置之瓊臺、石梁間，尤覺飄飄欲仙也。

宋茗香《天台游草》

天台道中見梅花

一石一高峰，飛流入萬松。中藏太古雪，香冷青芙蓉。有客何年隱，攜樽欲往從。言尋明月去，其奈白雲封。

月夜石梁觀瀑

我欲持北斗，酌泉獻高穹。道人但搖手，其上橫蒼龍。須臾玉女鏡，已挂瓊臺東。照見水晶簾，空明千萬重。天風莫吹捲，夜護神仙宮。仙樂奏何時，千春猶未終。寒生五銖衣，去去莫留踪。願言觀日出，騰身華頂峰。

珠簾泉

香爐峰頂生紫烟，玉京朝罷歸群仙。群仙咳唾不直錢，隨風拋珠落澗邊。是珠是簾泉非泉，空濛長挂青山間。清風明月入簾去，簾中似有人翩翩。招之不出，欲入無緣。桃花含笑而未語，白石無情而誰憐。簾兮簾兮如不捲，吾將坐待三千年。

自華頂至桐柏觀就宿

萬山皆水聲，水接天空明。昨對月中酒，誰吹花下笙。

龍湫大風起，雲海亂峰平。樓閣疑飛去，飄飄到玉京。

過仙人拍手崖

　　天仙大笑來人間，可憐天上無青山。白榆如錢落我手，安得瓊樓亦賣酒。青山把酒樂如何，不比仙官禮法多。時乎時乎，仙亦不可以蹉跎。

　　申笏山早歲久客浙江衢州西安縣，余讀其稿，有《題明衢州瞿太守趙姬墓》詩，因命人訪其地，在城西三里許鹿鳴山麓，破碑半蝕，尚有廣陵趙氏字。太守蜀人，姬廣陵人，妙解音律，尤精琵琶。隨守之任，見江水清見底，命侍兒挹於槃以自照。年十八而亡，守哀之，葬於此。國朝武林趙吉士天羽有詩弔其墓，趙之門人鹿祐於康熙庚午宰西安，和其詩，并刻石置山麓東岳廟屋側壁門。繼而和者十人，笏山其一也。笏山有“難留塞北花，易盡江南雪。我本廣陵人，飄零正愁絕”之句。余于嘉慶二年閱武出衢州西門，曾過其地，欲爲表之，徒以古人亡姬，非貞烈可比，恐士庶傳言，未可爲法而止。然其事甚韻也，故記之。

　　余以秋日校士嘉湖，山水平遠，風日清美，有舟楫之安，無輿馬之勞，以較台、宕之游，意境又變。賓朋贈荅，即事成咏，亦不似前此之刻劃巉巖矣。

七夕　　阮元

碧霄雲淨露華清，靈匹迎涼渡已成。河絡漸從西角轉，
月弓將近上弦明。農桑本是人間事，兒女猶關天上情。茅屋
夜深珠戶曉，一般秋影看縱橫。

桂蕊

叢桂將花又一年，淮南同是早涼天。小山露白人初隱，
群木秋高月未圓。濃意半生含雨後，清陰都在試香前。阿誰
金粟林中坐，未到開時已悟禪。

金井秋梧歌

老鳳夜啄青琅玕，露華飛濕金井闌。美人倚瑟愁不彈，
碧紗如水生夜寒。夜寒缺月下金井，玉繩斜繞銀牀冷。井波
無聲澀修綆，秋風搖動梧桐影。館娃酒醒扶頭歸，促坐繁箏
燭十圍。卻下繡簾遮不住，栖鴉啼向隔林飛。

陸繼輅

天風飄落丹山巔，丹山么鳳愁不眠。華陽絲成元雨霽，
吳宮花草生荒烟。倚樹仙人仙夢短，明月飛來夜光滿。秋情
一片入人間，古井無波那堪浣。清宵撫瑟喚奈何，衆靈雜沓
湘妃過。霓裳小駐月如羅，中郎中郎聽我歌。

蔣徵蔚①

一丸素月流雲端，流雲碾出玻璃寒。美人清淚啼冰紈，

---

① "徵蔚"，原誤作"徵尉"，今改。蔣徵蔚，字蔣山。江蘇元和人。

風中片葉飛井欄。瑤琴欲彈殊未彈，銀牀玉甃無波瀾。忽然
珠瀑成回湍，秋梧間作商音繁。此時涼露零未闌，似有雜珮
鳴珊珊。戛然而止聞微嘆，仙蟾下樹搖團團。玉階自起敲琅
玕，纖纖修緪絚交韓。雙蛾蹙黛愁影單，秋心恍惚騎飛鸞。

吳興雜詩　　阮元

　　白雲紅樹擁經臺，十里平湖玉鏡開。兩度道場山下過，
一番歸去一番來。

　　蟹舍漁莊路欲迷，何人打槳向城西。分明認得東流水，
半是苕溪半箬溪。

　　單椒秀澤古齊州，我似潛夫憶舊游。四載詩情分兩地，
弇陽秋與鵲華秋。

　　交流四水抱城斜，散作千溪遍萬家。深處種菱淺種稻，
不深不淺種荷花。

　　我有湖莊近水涯，烟波最喜似吾家。無端閉卻虛堂坐，
不看蘋花看桂花。

　　余於乙卯年冬自山左移任浙江，過揚州，諸友人同餞余
於虹橋淨香園。是日寒雨滿湖，未及平山而返，次日渡江，
故余《留別》詩有"舊雨今宵聯舫聽，暮雲明日隔江飛"之
句。奚鐵生爲作《虹橋話舊圖》。

　　虹橋話舊者，爲黃秋平文暘、林庚泉道源、鐘葭崖懷、徐
心仲復、汪晉蕃光曦、掌廷光烜、方月槎士杰、黃春谷承吉、焦

里堂循、方菊人士燮、汪味芸澍、李濱石鐘泗、濮朝衡士銓、翼符士鈴、子耕士鈐、李艾堂斗、江鄭堂藩、周采嚴瓚、鄭雲洲兆珩、何夢華元錫。

題《虹橋話舊圖》　　阮元

九載京塵染素衣，虹橋喜得故人歸。誰栽新竹連僧院，曾記春波繞釣磯。舊雨今宵聯舫聽，暮雲明日隔江飛。圖中若寫清吟處，十丈闌干萬柳圍。

甘泉鐘蔎崖懷，博聞強識，日以經史自娛，清介遠俗，著述甚富。所居在廣儲門，蔬圃間頗有城市山林之趣，其門聯云"古槐榆柳頗娛野性，高山流水自有知音"，亦可想見其爲人矣。

甘泉老儒胡西梣森，年逾八十，而精神強固，爲里中諸老之最。余八歲時，初能詩，有"霧重疑山遠，潮平覺岸低"之句，先生亟賞之，即以《文選》授余，因以成誦。先生且練習吏事，于政刑諸大端皆具精識，余自幼所習聞而默識者爲尤多。嘉慶元年春，先生來浙江，教射于西園中，飲酒賦詩，領袖群哲，皆相慶焉。

嘉善謝少宰金圃先生墉，兩次督學于江蘇。乾隆乙巳，元應科試，少宰拔元爲解經第一人，復以詩文冠一邑，少宰曰：

"余前任督學得汪中，此任得阮元，皆學人也。"少宰之取士
也，其學識高深，足以涵蓋諸生，故諸生之所長，少宰皆能
知之，知即拔之無少遺。如興化顧文子、儀徵江秋史、高郵
李成裕、山陽汪瑟庵、嘉定錢溉亭諸子，皆學深而不易測者，
少宰悉識之。好學愛才，至今通人名士有餘慕焉。江都焦里
堂嘗撰《少宰遺事》一篇，言乾隆丁酉值選拔歲，所拔如汪
容甫中、顧文子九苞、陳理堂燮、程中之贊和、郭職民均、江
秋史德量、劉又徐玉麟、宋首端綿初，皆一時通經能文之士。
時謗容甫者甚多，少宰違眾論，特拔之。容甫惡聞炮，每來
謁，則戒司炮者，俟其行遠，而後發聲。又嘗薦容甫于齕使
者，時值季考安定書院，容甫未與考，齕使者詢之，容甫艴
然去。明日，齕使者以告少宰，少宰曰："吾之上容甫，爵
也。如以學，則予于容甫且北面矣，何敢令容甫試。"其不惜
自貶以成人名如此。容甫聞之，爲流涕也。

卷 四

揚州阮元記　錢塘陳文杰録

　　經非詁不明，有詁訓而後有義理。許氏《説文》以字解經，字學即經學也。余在浙，招諸生之通經者三十餘人，編輯《經籍籑詁》一百六卷，並延武進臧鏞堂及弟禮堂總理其事，以字爲經，以韻爲緯，取漢至唐説經之書八十六種，條分而縷析之，俾讀經者有所資焉。《説文》《廣韻》等書不録，以其爲本有部分之書不勝録，且學者所易檢也。三十餘人者，仁和趙坦、孫同元、宋咸熙、金廷棟、趙春沂、諸嘉樂，錢塘吳文健、梁祖恩、嚴杰、吳克勤、陸堯春、潘學敏，海寧陳鱣、倪綬，嘉興丁子復，嘉善孫鳳起，平湖朱爲弼，海鹽吳東發，烏程周中孚、張鑒，歸安丁授經、丁傳經、邵保初、楊鳳苞，山陰何蘭汀，會稽顧廷綸、劉九華，蕭山徐鯤、王端履、陶定山、傅學灝、黃巖、施彬，臨海洪頤煊、洪震煊、沈河斗，開化張立本。收掌則仁和湯燧、宋咸熙，總校則歙縣方起謙、錢塘何元錫也。

　　修書與著書不同。余在京，奉敕修《石渠寶笈》，校太學石經，又常纂修《國史》及《萬壽盛典》諸書。自持節山左、浙江以來，復自纂《山左金石志》《浙西金石志》《經籍籑詁》《淮海英靈集》《兩浙輶軒錄》《疇人傳》《康熙己未詞科摭錄》《竹垞小志》《山左詩課》《浙江詩課》諸書，皆修也，非著也。學臣校士頗多清暇，余無狗馬絲竹之好，又不能飲，惟日與書史相近，手披筆抹，雖似繁劇，終不似著書之沈思彈精。嘗寓書蘇州周采巖瓚作《修書圖》，采巖用宋子京故事，刻意白描修飾，風鬟霧鬢，非余本意，故謝蘇潭前輩題云："作賦擬張衡，才華薄子京。"

題《阮芸臺閣學士修書圖》　　王昶

　　娜嬛仙館對芳叢，奉敕修書小宋同。蕊榜聲華超冀北，綺年譽望滿江東。丰裁世擬鳴岡鳳，才藻群驚戲海鴻。演贊淵源宗許慎，方言訓詁采揚雄。淹中墜典資裒萃，棘下遺編待發蒙。副墨旁搜窮渤海，撰《山左金石志》。笺詩別證步圓穹。辨鄭笺"閟襃"之誤，推辛卯日食定之。星迴華蓋精芒煥，地接文昌眷顧隆。振珮恒依青瑣闥，鳴鑣長覲翠微宮。含豪潤挹三清露，授簡明分二等釭。碑考堂溪追缺略，石疑玄度究昏矇。謂修石經。退朝黼黻香猶漬，下直罘罳日尚融。訶殿初聞停騎卒，埽門已見走蠻童。槿樊宛轉無塵到，苔石崎嶇有徑通。涼吹微生蕉颯爽，莫雲將合柳溟濛。烏皮似試龍賓膩，繭紙徐題虎僕工。錦贉半遮花匼匝，香厨恰對碧玲瓏。大羅天迥烟霞麗，小酉山深卷軸充。勝侶自應稱玉女，用歐陽公事。仙曹端合媲金童。朝雲況本從坡老，樊素由來侍白公。秘檢分攜穿綠蘚，鈿函互捧傍青桐。竹鑪驟響名茶熟，瓷碗高擎賜膳豐。占取風情洵不少，流傳圖畫更何窮。絲綸夙炳重宵上，旌斾新移兩浙中。尺爲量才鐫水玉，鑒能照物淨山銅。文章軋茁隨時改，俊彦駢闐入顧空。杞梓全新涵化雨，菁莪共喜樂從風。溪山到處歸游屐，弦酌隨宜具酒筒。譚藝人多絳帳啓，留題句富碧紗籠。清標君已齊思曠，羸老吾真愧濬冲。想得薄寒生半臂，長檠更照蠟鐙紅。

錢楷

幾輩登黃閣，如君最妙年。聖朝重經術，才子有神仙。圖籍漢天祿，山池唐集賢。秘文多藻鑒，名迹漫雲烟。寶笈籤初啓，鴻都石又鐫。臨軒僚乃簡，正字職斯專。叔重無雙士，高堂十七篇。師承推馬鄭，俗謬訂烏焉。兩事程兼促，群公任獨先。明光班更立，曲宴句還聯。特地壺移箭，常時院撤蓮。旬休歸珮蚤，夙退檢書便。丘屋城南近，文窗硯北連。竹籬茅舍是，黃卷夜燈然。侍女搴簾閣，涼秋掃葉天。頹雲湮墨鬢，翠襃斸吟肩。指弱披番穩，眸明照字偏。應知通德婢，不礙及門宣。篆爇官芸細，茶溫賜餅煎。紬皆東觀本，講勝邇英筵。握此生花筆，成如下水船。文章誠報國，檢校勒分箋。奏御邀宸賞，陳風動使旃。諸生臚岱畎，美俗化湖壖。樸學葍畚正，清衡月鏡圓。公餘仍矻矻，才調自翩翩。著録都金石，哀滉逮潤泉。拔尤人十五，搜篋句三千。《淮海英靈集》，《輶軒甲乙編》。稍因疏侍從，曾不廢丹鉛。舊夢登瀛侶，方春出谷遷。詞臣奇玉局，史館總班堅。翰墨南齋裏，絲綸北斗邊。青雲蒙不隔，絳帳會高懸。聽鼓陪晨直，簪豪憶冗緣。多輪稽古力，敢附簒書員。畫幅能風雅，經帷想練研。元風昭縟緯，翠琬入陶埏。世叔五行下，尚書半臂傳。也應讓頭地，文治贊無前。

予校刻錢溉亭、孔巽軒、汪容甫三君文成，各爲序録云："錢塘，字岳原，號溉亭，江南嘉定縣人。乾隆庚子進士，江寧府教授。博涉經史，實事求是，精心朗識，超軼群倫。所學九經、小學、天文、地理，靡不綜核，尤精樂律，蔡邕、荀勗，庶其近之。録《述古録》一卷。""孔廣森，字衆仲，號巽軒，孔子七十代孫，居曲阜。乾隆辛卯進士，官翰林院檢討。聰穎特達，曠代逸才，經史、小學，沈覽妙解。所學在《大戴禮記》《公羊春秋》，尤善屬文，沈約、蕭統可與共論。録《儀鄭堂文》二卷。""汪中，字容甫，江南江都人。乾隆丁酉科拔貢生，孤秀獨出，凌轢一時，心貫九流，口敝萬卷。鴻文崇論，上擬漢唐，劉焯、劉炫，略同其概。録《述學》二卷。"

蕭山毛西河、德清胡朏明書籍，予作序推重之，坊間多流傳者。又蘇州書賈云："蘇州許氏《説文》販脱，皆向浙江去矣。"余謂幕中友人曰："此好消息也。"山陰胡稚威^{天游}《石笥山房詩文集》十卷，余試紹興求得其稿，梓而行之。

薛尚功《鐘鼎款識》宋時爲石刻本，故有法帖之名。明萬曆間砩印刊本訛舛最多，跋語亦删節不全。惟崇禎間朱謀㙔所刻尚功原本較爲可據，然板本并佚，傳寫滋誤。余據吳門袁氏影鈔舊本及家藏舊鈔宋時石刻本互相校勘，更就文瀾閣寫本補正之，以還薛氏舊觀。錢塘吳壽朋^{文健}明于小學，審定文字，以付梓人。陳秋堂^{豫鐘}精篆刻，爲摹款識。高爽泉^塏善書，爲録釋跋，皆一時之能事也。

日本國人山井鼎所輯《七經孟子考文》及物觀《補遺》向無刻本，余借揚州江氏隨月讀書樓所藏日本國原本刻之，所引各本，頗足正字句之訛。

刻《七經孟子考文並補遺》序　　　阮元

《四庫全書》新收日本人山井鼎所撰《七經孟子考文》，并物觀《補遺》，共二百卷。元在京師僅見寫本，及奉使浙江，見揚州江氏隨月讀書樓所藏乃日本元板箔紙印本，攜至杭州，校閱群經，頗多同異。山井鼎所稱宋本，往往與漢晋古籍及《釋文》別本、岳珂諸本合。所稱古本及足利本，以校諸本，竟爲唐以前別行之本。物茂卿序所稱唐以前王、段、吉、備諸氏所齎來古博士之書，誠非妄語，故經文之存於今者，唐開成石經、陸元朗《釋文》、孔沖遠《正義》三本爲最古，此本經雖不全，實可備唐本之遺。即如《周易·文言傳》"可與幾也"，古本、足利本"幾"上有"言"字，與李鼎祚《集解》及孔疏合，疏中"共論"二字，正釋"言"字也。《尚書·堯典》"敬授人時"，古本、足利本作"民時"，此唐以前未避諱之驗，而《洪範》"無偏無陂"，"陂"仍作"頗"，亦在未經詔改以前。《召誥》"錫周公曰拜手稽首"，"曰"下有"敤"字，"敤"乃篆文"敢"字之訛。"比介于我有周御事"，"介"作"迊"，"迊"爲"邇"字古文，所由誤爲"介"字，皆與傳疏所解相合，此漢晉以來僅存古字也。《毛詩·殷其靁》，古本、足利本二章作"莫敢或遑息"，三章作"莫敢或遑處"，此承首章，加"息""處"二字，爲韻極合，而淺人于二章刪"或"字，三章刪"敢"字，以成四言，古人之文，不若是纖巧矣。又《椒聊》兩"遠條且"，古本皆作"遠脩"。今案：兩"條"固非，兩"脩"亦誤。蓋首章爲"脩"，次章爲"條"，"脩""條"皆古韻也。古《毛傳》離經單行，首章傳曰"脩，長也"，次章傳曰"言聲段若膚大令云："'馨'字之訛。"之遠聞也"，若兩章"脩""條"無別，毛不應次"遠聞"一訓于"匊""篤"二訓之後，故"脩"之爲長，一訓已明，"條"爲條乹，義須再訓。詩人就椒之在升在匊者，言其香之遠聞，非謂樹之枝條遠揚也。《前漢書·禮樂志》曰“聲氣遠條”，此即漢人襲用《詩》次章語意。《周禮·春官·鬯人》後，鄭注“鬯，芬香條暢于上下也”，即毛公訓“遠條”之意。又案：“椒聊”二字，舊訓爲語助，謬矣。毛傳云“椒聊，椒也”，“也”字上必脫“捄”字。鄭箋云“一捄之實”，意實承傳而述言之，緣傳已專訓，不必再爲“聊，捄也”之訓矣。《爾雅》云“椒樧醜莍”，“莍”即“捄”也。又曰“朻者聊”，“朻”亦即“捄”也。《詩》之“兒觩其觓”，“觓”每作“觩”，“丩”“求”通也。是《爾雅》此句專爲《唐風》而釋，毛、鄭皆知而郭璞未詳，陸璣妄爲語助之説，然則斯義自魏晉以後皆昧之矣。《禮記·檀弓》“宮中無相，以爲沽也”，古本、足利本“相”下有“君子”二字，乃成文。“司徒旅歸四布”，作“司徒敬子使旅歸四方布”。案：《正義》中屢言“敬子”，猶是皇侃、熊安生舊語，設經中無此，則疏豈空言。《喪服小記》“齊衰惡笄以終喪”，“笄”下有“帶”字，乃與注疏合。《雜記》“其介在其東南，北面西上，西于門”，古本叠“西上”二字。案：此古本“西上西于門”五字乃鄭氏注文，古本已誤爲經，淺人以文不類經，復删叠字，經、注相淆久矣。《春秋經》文公十五年“齊人侵我西鄙”，足利本“齊”上有“秋”字。昭公元年“公子比出奔晉”，“公”上有“楚”字。義並長。《左氏傳》哀公十一年“公孫務人”，“孫”作“叔”，與《檀弓》合，“務”“禺”乃異同，“孫”字直誤耳。二十六年“乃睦於子矣，衛師侵外州”，“矣”字下多杜注“民睦”二字，傳文無“衛”字。案：此義長。蓋越師非衛師也。《論語》異同多出皇侃《義疏》，洵爲六朝真本。《孟子》趙岐《章指》亦勝俗本邵武僞疏。惟《孝經》多據僞孔安國本，爲無足取。僞孔序自稱逮從伏生論《古文尚書》，①而《史記》稱安國早卒。計安國當生于文帝末年，②卒于武帝太初以前，安能逮事伏生。而《書》僞孔序又稱及見巫蠱，作僞者進退兩無足據矣。凡以上經文，略爲舉證，皆非唐石經以下所有，誠古本也。《傳注》《釋文》《正義》三者所校，更爲繁細，助語多寡，偏旁增減，或不足爲重，然精核可采者，亦復不少。至于《書·大誥》"肆哉爾庶邦君"，古本、足利本皆作"肆告"，似亦可從，然《漢書·翟方進傳》王莽擬《大誥》，此節正作"肆哉"，則作"告"乃形近之訛。若斯之類，宜審辨焉。山井鼎等惟能詳紀同異，未敢決擇是非，皆爲才力所限，然積勤三年，成疾幾死，有功聖經，亦可嘉矣。我國家文教振興，遠邁千載，七閣所儲書籍甲于漢唐，海外軼書，亦加甄錄，此書其一也。元督學兩浙，偶于清暑之暇，命工寫刊小板，以便舟車，印成卷帙，詒于同志，用校經疏，可供采擇。至于去非從是，仍在吾徒耳。日本序文、凡例，皆依文瀾閣寫本刊列卷首，書中字句，盡依元板，有明知其僞者，亦仍之，

---

　　①　"伏"下原脱"生"，據阮元《揅經室一集》卷二《刻〈七經孟子考文並補遺〉序》補。
　　②　"計"，原誤作"記"，據阮元《揅經室一集》卷二《刻〈七經孟子考文並補遺〉序》改。

別爲訂訛數行于每卷之後，示不誣也。助元校字者，爲吳縣友人江鐐、仁和廩生趙魏、錢塘廩生陳文杰。

烏程孫春圃先生_梅，官太平司馬，元丙午鄉試房師也。品醇學邃，卓然楷模，尤深於駢儷之文。輯《四六叢話》一書，於古今源流各家得失梳櫛詳明，洵詞林之寶筏，學者所必讀也。

《四六叢話》序　　阮元

昔《考工》有言："青與白謂之文，赤與白謂之章。"良以言必齊偕，事歸鏤繪。天經錯以地緯，陰偶繼夫陽奇。故虞廷采色，臣鄰施其璪火；文王壽考，詩人美其追琢。以質雜文，尚曰彬彬；以文被質，乃稱緎緎。文之與質，從可分矣。懿夫人文大著，肇始六經。《典》《墳》《丘》《索》，無非體要之辭；《禮》《樂》《詩》《書》，悉著立誠之訓。商瞿觀象於《文言》，丘明振藻於簡策。莫不訓辭爾雅，音韻相諧。至於命成潤色，禮舉多文，仰止尼山，益知宗旨。使其文章正體，質實無華。是犬羊虎豹，翻追棘子之談；黼黻青黃，見斥莊生之論也。周末諸子奮興，百家並騖。老、莊傳清淨之旨，孟、荀析善惡之端。商、韓刑名，呂、劉雜體。若斯之類，派別子家。所謂以立意爲宗，不以能文爲本者也。至於縱橫極於戰國，春秋紀於楚、漢，馬、班創體，陳、范希踪，是爲史家。重於序事，所謂傳之簡牘，而事異篇章者也。夫以子若彼，以史若此，方之篇翰，實有不同。是惟楚國多才，靈均特起。賦繼孫卿之後，詞開宋玉之先。隱耀深華，驚采絕艷。故聖經賢傳，六藝於此分途；而文苑詞林，萬世咸歸圍範者矣。洎夫賈生、枚叔，並轡漢初；相如、子雲，聯鑣西蜀。中興以後，文雅尤多。孟堅、季長之倫，平子、敬通之輩，綜兩京文賦諸家，莫不洞穴經史，鑽研六書，耀采騰文，駢音麗字。彼綉帨雕蟲之悔，乃擬經者自改脩塗；而風雲月露之形，非變本者執爲笑柄者也。建安七子，才調蜚興；二祖、陳王，亦儲盛藻。握徑寸之靈珠，享千金於荆玉。至於三張、二陸、太沖、景純之徒，派雖弱於當塗，音尚聞夫正始焉。文通、希範，并具才思；彦升、休文，肇開聲韻。輕重之和，擬諸金石；短長之節，雜以咸韶。蓋時會使然，故元音盡泄也。孝穆振采於江南，子山遷聲於河北。昭明勒選，六代範此規模；彦和著書，千古傳茲科律。迄於陳、隋，或傷靡敝，天監、大業之間，亦斯文升降之會哉。唐初四傑，並駕一時。式江、薛之靡音，追庾、徐之健筆。若夫燕、許之宏裁，常、楊之巨製，《會昌一品》之集，《元白長慶》之編，莫不並挾龍文，聯登鳳閣。至於宣公《翰苑》之集，篤摯曲暢，國事賴之，又加一等矣。義山、飛卿，以繁縟相高；柯古、昭諫，以新博領異。駢儷之文，於斯稱極致焉。趙宋初造，鼎臣、大年，猶沿唐舊；歐、蘇、王、宋，始脫恒蹊。以氣行，則機杼大變；驅成語，則光景一新。

然而衣辭錦綉，布帛或致無華；工謝雕幾，簨業又傷樸鑿。南渡以還，《浮溪》首倡。《野處》《西山》，亦稱名集；《渭南》《北海》，並號高文。雖新格別成，而古意寖失。元之袁、揭，冕弁一世，則又南宋之餘波，非復三唐之雅調也。載稽往古，統論斯文。日月以對待曜采，草木以錯比成華。玉十穀而皆雙，錦百兩而名匹。明堂斧藻，視畫繢以成文；階阤笙鏞，聽鏗鋐而應節。自周以來，體格有殊，而文章無異也。若夫昌黎作而皇、李從風，歐陽興而蘇、王繼軌。體既變而異今，文乃尊而稱古。綜其議論之作，已升荀、孟之堂；核其敘事之辭，獨步馬、班之室。拙目妄譏其紕繆，儉腹徒襲爲空疏。要之子史之正流，亦復文章之別軌也。考夫魏文《典論》，士衡賦文，摯虞析其流別，任昉溯其原起。莫不謹嚴體製，品騭才華。豈知古調已遥，斯風日變。讀真氏之《正宗》，久矣大乖名實；起彦和於今日，固將別論文心也。惟我師烏程孫司馬，綜覽萬篇，博稽千古。文人之能事，已攬其全；才士之用心，深窺其秘。王銍選《話》，惟紀兩宋；謝伋《談麈》，略有萬言。雖創體裁，未臻美備。況夫學如滄海，必沿委以討原；詞比瓊林，在揣本而達末。百家之雜編別集，盡得遺珠；七閣之秘笈奇書，更吹藜火。凡此評文之語，勒成講藝之書。四駢六儷，觀其會通；七曜五雲，考其沈博。而且體分十八，已括蕭、劉；序首二篇，特標《騷》《選》。比青麗白，卿雲增綉黼之輝；刻羽流商，天籟遏笙簧之響。使非胸羅萬卷，安能具此襟期。即令下筆千言，未許臻茲醞釀也。元才囿陋質，心好麗文，幸得師承，側聞緒論。妄執丹管而西行，願附驥尾而千里。固知盧、王出於今時，流江河而不廢；子雲生於後世，懸日月而不刊者矣。

余搜輯國朝浙人之詩二千餘家爲《輶軒錄》，有全篇稍弱而佳句不能割愛者，仿《摘句圖》之例存之。梅里王邁人方伯庭詩如《念別》云“秋不堪人別，寒將去路長”、《疏林》云“濕鳥乍隨風去重，殘花自怪蝶來稀”、《在我山園》云“十畝垂陰新種樹，千年立石老爲山”、《過鄭州河》云“柳葉千條分雨綠，堤沙十里走風黃”、《舟行》云“過雨洗山綠，落花然澗紅”、《灋山》云“愛從溪叟棹，閒喫野僧茶”、《臨洺道中》云“茅屋人家千畝雪，板橋行迹一溪冰”、《潼關》云“代更千載少，勢在一夫多”、《嚴江東關》云“一艇獨歸雨，千山相對雲”、《小隱和介人》云“支離病得風塵少，放浪身隨天地多”、《寄懷庾清》云“身閒暫得開書帙，歲晏能無急稻粱”等句，[①] 皆如餐諫果，如啖荔枝，別有風味。

---

① “稻粱”，原誤作“稻梁”，據阮元《兩浙輶軒錄》卷一《寄懷庾清》改。

朱近修—是，翛然高蹈，與同里陸冰修俱以志節終。余最喜近修句"野泥初坼未抽筍，溪雨欲流將盡花"，自在流出。冰修句云："三間茅屋晝常扃，好客偏能浹夕停。但數舊人如落葉，即看我輩亦晨星。"讀之令人彌深縞紵之好。

彭羨門少宰孫遹《未央宮瓦歌》云："猶是阿房三月泥，燒作未央千片瓦。"奇句未經人道。若《陳白沙草書歌》《西洋琥珀酒船歌》《張都尉畫馬歌》諸篇，皆骯髒瑰偉，自立旗鼓，世競稱其竹枝艷體及應制諸作擅場，淺之乎論少宰矣。

宗正庵誼《子規》詩云："曾爲越旅與吳栖，惆悵春風怕汝啼。今日老歸茅屋下，要啼啼到日初西。"客中人覽此，當爲破顏。

黃梨洲先生宗羲，孝義著於前朝，經史冠乎昭代，詩特其餘事耳。集中《不寐作》云："年少雞鳴方就枕，老年枕上待雞鳴。轉頭三十餘年事，不道消磨只數聲。"語極曠達，蓋無意求工，而詩愈工也。

彭仲謀孫貽七言律詩效放翁，如"社中人少宜添燕，春半花多總讓梅""插槿預爲蘭定界，補泥還與燕移家""卻病雲烟爲藥物，忘憂姬妾是名花""山林送客猿司戶，村落無官柳放衙”,皆新句也。其《虔臺寒食怨》古風一首,感劉生之義,弔太僕之忠,實抱先人隱痛焉。

唐人“遠帆疑不動”句、蘇子由“水枕能令山俯仰,風船解與月徘徊”句,傳誦千古。本朝徐方虎少宗伯《舟中》絕句云:“雪後微風捲浪遲,緩搖柔櫓怕鷗知。舟中倦客閒憑几,不見舟移見岸移。”風格正同,而體物逾妙。

朱錫鬯《曝書亭集·送李符游滇》詩其一云:“畫裏分明盧岳僧,雲峰有約十年登。江湖到處勾留住,看爾入山能不能。”其二云:“桃鄉一望水挼藍,擬結鄰居共釣潭。休信碧雞狂道士,閒抛老屋在花南。”初意“花南”字不過點綴趁韻耳,後考分虎詩詞曰《花南老屋集》,彌嘆詩家用字親切如此。

毛西河檢討詩,咀含六朝三唐之勝,沈博絕麗,幻渺情深。其七言律句如“三月暮春行海畔,兩年寒食渡江東”,又“歲暮他鄉還作客,春來何處不思君”,天然湊泊,唐人最近李頎。

陳青崖至言,弱冠負詩名,其五、七言律體雄秀深蔚,有酷似毛西河者,如《登大尖山》云“萬壑收江雨,千花護佛燈"、《馬將軍移鎮羊城》云"漁陽都護新持節，橫海將軍早受降"、《晚泊蘭谿縣》云"沙村白舫橫官渡，瓦閣紅燈出女牆"、《邊詞》云"沙苑馬肥青苜蓿，涼州人醉綠蒲桃"等句，宜西河亟賞之也。

朱亦純樟，七言古風縋險鑿空，五丁開山手也。若《猛虎行》《催租行》諸篇，並有少陵、昌黎、東坡、劍南之魄力神髓，鬼神嗚嗚泣紙上矣。

沈厚餘樹本編修《磨盤山》詩，寫物象形，逼真坡老。若《吳興竹枝詞》"儂家自有樊川約，判守春風十四年"，則詩人忠厚之意也。

嚴海珊遂成司馬詩，具兩種筆意。如"骨堆石勒漚麻嶺，血浴高歡避暑宮。盧龍已買防秋塞，上谷虛傳突騎名。弓懸屋角秋防虎，旗閃城頭夜舉烽。雕盤大漠寒無影，冰裂長河夜有聲"，造句雄奇。《咏桃花》云"怪他去後花如許，記得來時路有無"，《蓮花莊》云"無數垂楊遮不住，好風吹出讀書聲"，則又言情旖旎矣。

歙凌次仲廷堪，與余以學訂交二十年。次仲於學無所不窺，九經三史，過目成誦，尤精三禮，辨晰古今得失，識解超妙。爲文沈博絶麗，兩榜俱受知於朱石君師，官寧國教授。奉母修潔白之養，石君師用昌黎《薦士詩》韻題其《校禮圖》。圖寄至浙，余亦用韓韻題之，次仲復用此韻見荅，比於韓門籍湜焉。

題《校禮圖》用昌黎《薦士詩》韻爲凌次仲進士作　　朱珪

《儀禮》十七篇，姬孔所教誥。聖人柔萬物，節性義精到。損益兼夏殷，名物辨詔號。執肆非空文，綿蕝在師導。雜服體斯安，相瞀縵可操。蘭陵學久廢，高密傳亦耗。慶褒雖分門，彥植誰窺奧。昌黎掇奇辭，鸞鍛欣鳩噪。豆籩失司存，珠玉毀儒盜。凌君起江南，便腹擇履蹈。鈎玄有湛深，解紛無慢暴。璇璣攦九重，華離擘四墺。自求照水犀，不取簫雲鷔。句股捷心能，均律悟雅好。鑿空恥説騫，障瀾勇逾臯。源流會朝宗，疏瀹先溝潦。治禮著釋名，尊罇析酬報。衍雅七又五，盆瓶逮饎竃。左圖而右書，經緯了不眊。窮年校毫芒，内心平矜躁。示我如望羊，學落智已耄。神往緇帷林，服器誰敢冒。君才北海若，大量挹不懆。忝我一日知，拔尤初進造。遠利就冷官，童冠資育燾。自甘蘭華養，肯發薑鹽悼。修耕即葡畬，椎髻樂縈縞。君方束圭璋，特達待上告。鸛鯉翩來庭，卮酒花映帽。履泰際光輪，敉薦敢恌嫽。殊科需董孫，間笙歌湘芼。君才富江慎修永、戴東原震，沃壤挾滕鄁。實學兼華文，群玉詘珽瑁。同時數金殿撰榜、程孝廉瑶田，三舍避鼓纛。丹書東面榮，簪紱北斗禱。何況禮爲羅，不見鳳輝菀。桃潭暫迴翔，蓬海易轉漕。虎觀定異同，鹿角走驚懊。璧雍石經森，公鄉牢禮犕。展圖重什襲，長言當勸勞。

題凌次仲學博廷堪**《校禮圖》，即依卷中朱石君師所用昌黎《薦士詩》韻　　阮元**

《周》《儀》治天下，厥功逾《誓》《誥》。揖讓升降中，精意靡不到。吾友凌經師，無雙齊許號。綿蕞容臺上，不受介紹導。既有戴聖學，且持高密操。志氣堅不撼，精力滿無耗。弱冠我同游，許我入堂奧。嚶嚶兩鳥鳴，頗異凡味噪。實事必求是，虛聲共恥盜。君之入京師，以禮爲履蹈。始知士相見，盡化頑與暴。北海一席間，驚譽馳四墺。惟知抱一經，不願駕雙鶩。宣城冷官舍，校禮志雅好。昌黎所苦讀，而君實排纂。經文溯江河，疏義析潢潦。得閒發一難，皇慶、賈公彥不敢報。餘情述周犉，知天若褌褌。重輪引虛綫，測視了無眊。淺儒襲漢學，心力每浮躁。豈知后與慶，家法傳衰髦。凌君發禮例，楊復、李如圭不屑冒。金輔之、程易田及劉端臨、盧召弓，相見互不憡。邇來文更雄，魏晉力能造。始嘆才之奇，實惟天所燾。吾師極重才，愈奇愈憐悼。新詩榮于褒，華袞被單縞。制科儻三舉，會見交章告。翹然賁弓車，豈徒離席帽。平生學何事，許國敢恌嫽。[①] 辟雍仰天藻，詎止泮

① "恌嫽"，原誤作"恌嫽"，據阮元《揅經室四集》卷四《題凌次仲教授廷堪〈校禮圖〉次石君師詩韻》改。

芹芼。吾才陋且小，地褊若滕部。與君素投分，又若瑞與瑁。同在文公門，籍湜各樹纛。親老修天爵，斯言昔所禱。癸卯年，元贈詩有云：“親老家復貧，及此修天爵。”君今潔白養，恩勤慰乎菢。已勝飢驅時，負米比轉漕。手此十七篇，怡然志無懊。天將厚其後，兹特先韋犒。所以吾師詩，披圖深勸勞。

石君師用昌黎《薦士詩》韻題《校禮圖》見贈五言古一章，敬次元韻報謝兼答阮伯元閣學、王儕嶠編修　　凌廷堪

昌黎《薦士詩》，詰屈發《周誥》。千秋愛才念，情與文並到。豈同浮薄流，標榜立名號。文章真卻窾，一一爲批導。寒齋靜諷誦，如見古人操。吾師今韓公，論材辨豐耗。衣被滿天下，幾人列窔奥。鳴鳳翔丹穴，迥異百鳥噪。樹木必樹嘉，飲泉不飲盜。敦行龍頭選，持躬虎尾蹈。涯岸鮮矜張，門户禁侵暴。明勷歷中外，稱譽遍穹墺。實大聲必宏，如聞奏祴驁。黄裳占自吉，緇衣素所好。匪獨守鄒魯，兼可化羿奡。賤子抱《禮經》，尺蠖困行潦。匍匐光範門，上書屢不報。公時持玉衡，餘丹分鼎竈。釋褐登公堂，耳目發聵眊。學識方虞淺，升進詎敢躁。三復《白華》篇，親年將耋耄。懼乏百里才，利禄忍輕冒。投牒乞一氈，循陔志毋傲。適公撫江左，講帷喜重造。學禮質疑義，良楛悉蒙燾。貽詩極奬掖，感深反成悼。同門荷諸賢，酬和逾紵縞。伯元我石交，心曲奚待告。弱冠聚邗上，塵埃共席帽。綢繆風雨夕，切磋

兩弗嫚。譬之羊在鉶，唯苦始能芼。儕嶠本霸才，彈丸小箕
郜。流黃舊織綺，結綠新琢瑁。同歲舉南宮，翰林先拔纛。
輕肥漫欣羨，事功庶祈禱。自憐飯不足，鰕卵寧望菰。修塗
通都驛，書倉大河漕。但令吾道存，莫作儂歌懊。闌干苜蓿
盤，遠勝牛酒犒。何當端章甫，贈賄溯郊勞。

　　焦里堂循，江都人。樸厚篤學，邃於經義，尤精于天文
步算，與李尚之銳、凌次仲廷堪爲談天三友。秦道古、李欒城
之書，久無習者，里堂與尚之特講明天元一、大衍求一之術。
所著有《群經宮室圖》《里堂學算記》《毛詩傳箋異同釋》
《草木鳥獸蟲魚釋》《毛詩釋地》《乘方釋例》《孫子算經
注》，皆能爬梳抉摘，多前人所未發。餘事爲詩詞，亦皆
老成。

《里堂學算記》序　　阮元

　　數爲六藝之一，而廣其用，則天地之綱紀、群倫之統系
也。天與星辰之高遠，非數無以效其靈；地域之廣輪，非
數無以步其極；世事之糾紛繁賾，非數無以提其要。通天、
地、人之道曰儒，孰謂儒者而可以不知數乎？自漢以來，
如許商、劉歆、鄭康成、賈逵、何休、韋昭、杜預、虞喜、
劉焯、劉炫之徒，或步天路而有驗於時，或著算術而傳之
於後。凡在儒林，類能爲算。後之學者，喜空談而不務實
學，薄藝事而不爲，其學始衰。降及明代，寖以益微。間

有一二士大夫留心此事，而言測圓者不知天元，習回回法者不知最高，謬誤相仍，莫能是正。步算之道，或幾乎息矣。我國家稽古右文，昌明數學。聖祖仁皇帝《御製數理精蘊》、高宗純皇帝《欽定儀象考成》諸編，研極理數，綜貫天人，鴻文寶典，日月昭垂，固度越乎軒轅隸首而上之。以故海內爲學之士，甄明度數、洞曉幾何者，後先輩出。專門名家，則有若吳江王琸闈錫闡、淄川薛儀甫鳳祚、宣城梅徵君文鼎。儒者兼長，則有若吳縣惠學士士奇、婺源江慎修永、休寧戴庶常震。莫不各有撰述，流佈人間。蓋我朝算學之盛，實往古所未有也。江都焦君里堂，與元同居北湖之濱，少同游，長同學。里堂湛深經學，長於三禮，而於推步數術，尤獨有心得。比輯其所著《加減乘除釋》八卷、《天元一釋》二卷、《釋弧》三卷、《釋橢》一卷，總而錄之，名《里堂學算記》。書成，而屬元序之。元思天文算學，至今日而大備，而談西學者，輒詆古法爲觕疏不足道，于是中西兩家，遂多異同之論。然元嘗稽考算氏之遺文，泛覽歐邏之述作，而知夫中之與西，枝條雖分，而本幹則一也。如西法三率比例即古之今有術；重測即古之重今有；借衰即衰分之列衰；疊借即盈不足之假令；今之三角即句股；借根方即立天元一；至於地爲圓體，則《曾子》十八篇已言之。七政各有本天，與郄萌日月不附天體之説相合；

月食入於地景，與張衡蔽於地之說不別；熊三拔《簡平儀說》寓渾於平，而崔靈恩已立義以渾蓋爲一矣；的谷四方行測，創蒙氣反光之差，而安岌已云地有游氣蒙蒙四合矣。其它若天周三百六十度，則邵康節亦嘗言之；日周九十六刻，則梁天監中嘗行之。以此證彼，若符節之合。然則中之與西，不同者其名，而同者其實。乃強生畛域，安所習而毀所不見，何其陋歟。里堂會通兩家之長，不主一偏之見。於古法穿穴十經，研求三數，而折中乎劉氏徽之注《九章》。西法隨事立說，闡其隱秘，而日月五星之果有小輪，與夫日月五星本天之果爲橢圓與不，則存而不論。昔蔡中郎撰十意未竟，上言欲“思惟精意，扶以文義，潤以道術，著成篇章”。今里堂之說算，不屑屑舉夫數，而數之精意無不包，簡而不遺，典而有則，所謂“扶以文義，潤以道術”者，非邪？然則里堂是記，固將以爲儒流之典要，備六藝之篇籍者矣。元少略涉斯學，心鈍不能入深，且以供職中外，斯事遂廢。今見里堂成此書，敬且樂焉。吾鄉通天文算學者，國朝以來，惟泰州陳編修厚耀最精。今里堂之學，似有過之無不及也。

　　里堂子廷琥，讀書頗具慧心，能傳家學。年十四，隨里堂來杭，隨衆賦詩，動有佳句，如《天竺道中》云：“半里百重樹，一樓三面山。"《西園讀書》云："繞戶書聲花外遠，隔牆山影雪中明。"時校浙士，以天文算學別爲一科，里堂佐余閱卷。廷琥知平圓三角之法，嘗令其步籌推算以驗得數，百不失一。

甘泉江鄭堂藩，淹貫經史，博通群籍，旁及九流二氏之書，無不綜覽。所爲詩古文詞，豪邁雄俊，卓然可觀。嘗作《河賦》，以匹景純、玄虛《江》《海》二賦。元和惠徵君定宇棟經學冠天下，鄭堂受業於惠氏弟子余君仲林，盡得其傳。所著《周易述補》《爾雅正字》諸書，皆有發明。爲人權奇倜儻，能走馬奪槊，豪飲好客，至貧其家。遍游齊、晋、燕、趙、閩、粵、江、浙，王韓城師極重之。

天長林庚泉道源，至性人也，慷慨豪邁，足迹幾遍天下。居西園一年，與余爲甬東之游，途次酬唱頗多。如《將至越州》云："雲山順逆看俱好，烟水蒼茫畫不成。"《春日》云："誰能遣此燕頻語，那得如斯花笑人。"《明州》云："菜花壓野天如洗，楊柳眠堤水泊空。"《偶成》云："曝背天宜文字飲，素心人似歲寒花。"皆即景成咏，不假雕飾，絕似宋人。然不存稿。自云得一二句附驥，使後之覽者有吉光片羽之稱，足矣。即此可想見其達。

340

林庚泉《一無所知齋剩稿》

客齋

冬月白如霜，粲粲客齋地。相對默無言，遙聞鄰犬吠。
四壁飽鼫聲，空堂竄鼠墜。燭花一寸長，照我千古淚。橫胸
萬斛愁，飢寒直兒戲。持此問古人，古人亦如睡。剪燭笑拋
書，顧壁與影媚。

懷聞石生明府、吳星橋點刑防盜浦子口

花縣仁聲滿，琴堂廢墜修。宰官心是佛，寮佐韻如秋。
身撼江關警，民歌父母謀。懷君此良夜，有客獨登樓。

登鳳陽城

嵐光面面撲絺衣，有客登臨望落暉。萬樹籠烟環郭立，
片雲將雨度城飛。眠弓水勢如纏束，勒馬山容似打圍。策杖
裹糧明日計，擬穿深翠扣禪扉。

寧波試院與蔣蔣山夜話賦贈

難窮傾倒發爲歌，斷卻聲聞省障魔。入道倘除名更好，
達心猶覺累還多。新詩脫口誰能敵，舊事橫胸暗自摩。似此
不傳吾不信，古人如在復如何。

書魏野堂詩後

才高遇蹇總休談，味遍琳琅似酒醰。詩竟如斯官未稱，
公猶若此我何堪。空除野馬澄銀海，擬并牟尼供雪龕。前度
漁洋亦司李，動人惆悵最江南。

見錢魯思伯坰書聯及小幅感而懷之

錫山春樹石梁雲，廿載何堪雁影分。白首空嗟同薄命，緇塵無計可聯群。花間病鶴如逢我，座右名書倍憶君。何日買舟入吳會，一樽風雨細論文。

同唐耘五石卿、陳耳莘夏冠、周集唐軼亭三友齋

安步何勞問字車，忘形爾汝是君家。難兄好客開幽室，介弟憐才啓絳紗。曝背天宜文字飲，素心人似歲寒花。他時寫向屏風裏，五客三人鬢有華。

虞、夏、商古籍，詞氣簡少，至周始有"也""矣"等字。然"也"字始見于《毛詩》"其後也悔"，猶爲轉聲。及中葉始爲句末收聲。故凡詞氣中有發聲，有轉聲，有收聲，經傳子史，體例非一，且有誤讀實字爲虛字，虛字爲實字者。《説文》中如"粵""乎""爰""乃"等爲本字，"也""焉""雖""然"等爲借字，當博采經傳而疏證之。故元欲仿《東萊博議》卷末之例，作《釋詞》一書，惜未暇成也。

《儀禮·喪服傳》曰："謂弟之妻婦者，是嫂亦可謂之母乎？"元繹傳意，蓋謂弟妻爲婦，乃婦人之通稱，所以疏遠之。而當時學人或誤爲子婦之婦，若謂弟妻爲子婦，則嫂亦可謂之母乎？故下曰："名者，人治之大者也，可無慎乎？"傳義本如此，《禮記·大傳》義同。鄭注《大傳》曰："言不

可也。言不可混婦人之通稱于子婦也。"乃賈公彥不得其解，疏曰："謂之婦者，使下同子妻。假作此號，遠於淫亂。"此已誤解婦人之婦爲子婦。至孔穎達作《大傳正義》，直謂"弟小于己，妻必幼稚，故可謂之婦"，則大誤矣。《喪服傳》《大傳》猶爲男子謂弟婦之稱，若《爾雅·釋親》明曰"女子謂兄之妻爲嫂，弟之妻爲婦"，女子與弟婦，何必假號遠淫。賈、孔疏經，其疏謬處有如此者。

《孟子》曰："帝之妻舜而不告，何也?"《堯典》曰："女于時。"鄭氏《書》注曰："不言妻者，不告其父，不序其正。"據此則帝女下嫁皆當言妻矣。《説文》："妻，古文妻字，从肖女。肖，古文貴字。"从貴之義，即下嫁之義，此必經傳中古文之僅存者。後世之妻公主者皆曰"尚"。"尚"者，"妻"之訛也，俗儒不知古文，遂讀爲"尊尚"之"尚"，此隸變之誤也。然則《孟子》"舜尚見帝"，即言既妻之後見帝也。其字當讀爲"妻"，不當讀爲"尚"矣。

余試浙江解經録，儗作《〈論語〉"鄉人飲酒"解》，引《禮記·鄉飲酒義》"鄉人，士君子，尊于房户之間"鄭康成注"鄉人，鄉大夫也"爲据。此"鄉人飲酒"即《儀禮》之"三年大比鄉飲酒"，立説似確，而於"鄉人儺"之"鄉人"未經疏證。余友鍾蔎崖懷，恐滋無識者之疑，爲之申其説曰：

"鄭康成《論語》注'十二月,命方相氏索室中,驅疫鬼',即《月令》'季冬之月,命有司大儺,旁磔出土牛,以送寒氣'是也。凡儺有三:季春國儺,畢春氣,諸侯以下不得儺。仲秋天子儺,達秋氣,天子以下不得儺。惟季冬儺,貴賤皆得爲,故謂之大。《周禮·序官》方相氏止曰'狂夫四人',不名其職要,亦胥徒之屬。其曰'命有司者大儺',通於天下,必有董其事者,鄉大夫之職,各掌其鄉之政教禁令,此儺亦其一事,如今時郡守出土牛是也。特古禮以大儺出土牛爲一令,今禮以出土牛迎春于東郊爲一令,微有不同。《郊特牲》字或从禓,文異義同,謂之'存室神'者,方相氏'索室敺疫',比户爲之。至孔子家,則孔子行朝服立阼階之禮,故謂之'存室神'。皇侃疏以儺爲季春之儺,失之。馬融注謂'恐驚先祖',與郊特牲合。"

《爾雅》"坎律",即《説文》"欥聿"之舛。鄞縣柯孝達解之曰:"《尔疋》:'坎、律,詮也。''坎'當爲'欥',形相近而訛。《説文》:'欥,詮詞也。''詮'之解爲具,'詞'之解爲發聲也。班固《幽通賦》'欥中龢爲庶幾兮',① 顏師古注云:'欥,古律字也。'《文選》'欥'作'聿',蓋

---

① "兮",原誤作"矣",據阮元《浙士解經錄》卷二《問〈爾雅〉"坎律"即〈説文〉"欥聿"之舛可推證之否》改。

'欥'即'曰'之異文，故叔重于'曰'字亦訓爲'詞'。
古'曰'字通作'聿'。《豳風》'曰爲改歲'，《漢書·食貨
志》作'聿爲'。《小疋》'見晛曰消'，《韓詩》作'聿消'。
《大疋》'予曰有奔走'二句，王逸《楚詞章句》引作'聿'
是也。'律'者，有詮具之義。《中庸》'上律天時'，鄭注：
'律，述也。述天時，謂編年四時具也。'古'聿'字或作
'遹'。《釋詁》：'遹，循也。'孫炎曰：'遹，古述字。'《説
文》：'聿，所以書也。楚謂之聿，吳謂之不律，燕謂之弗。'
《釋器》：'不律謂之筆。'郭注：'蜀人呼筆爲不律也，語之
變轉。'考'聿，一名不律'者，'不'爲發聲，當讀如'夷
上洒下不涹'之'不'，'律'即'聿'也。'遹'即'述'
也，故鄭於《禮記》訓爲'述'，郭景純以坎卦法律爲解，
殆未知其字有舛訛尔。"

　　仁和諸嘉樂，説經有毛西河之風。其解《論語》"宗廟
會同"云："宗廟之事乃諸侯祭祀之事，會同則諸侯朝於天
子之事。公西華願爲相，相諸侯也。相天子之宗廟者，乃大
宗伯之職，小宗伯佐之，於諸侯何與？相天子之會同，亦大
宗伯爲之。擯至末擯，司空之屬嗇夫爲之，見《覲禮》，又
於諸侯何與？夫子云：'非諸侯而何？'明言宗廟會同非諸侯
之事而何，並未言相宗廟會同者非諸侯而何也。其謂相天子
之宗廟爲諸侯者，或因《詩》有'相維辟公'之語，不知此

與'肅雝顯相''相予肆祀'皆謂助祭者爲相，而非詔禮者
之相。或又謂諸侯有廟而無宗，有邦交而無會同，則宗廟自
古通稱，亦無天子稱宗廟、諸侯稱廟之説。《鄉黨》記子在
宗廟朝廷，其爲天子之宗廟歟，抑諸侯之宗廟歟？會同既爲
諸侯朝天子之禮，亦可謂之諸侯之事，蓋朝覲之禮，君臣交
擯，賈疏曰：'北面陳介，從南鄉北，此諸侯之相也。'邢昺
《論語》疏亦曰：'此云願爲小相者，謙，不敢爲上擯、上介
之卿，願爲承擯、紹擯、次介、末介之大夫士，則其爲相諸
侯，而非爲諸侯也。'可知蓋所謂'如或知爾'者，乃是諸
侯徵聘之，及而三子，亦可以自信從政爲大夫，故欲于兵、
農、禮、樂各效一官，豈有昧然欲爲諸侯之理哉。"

予以"《論語》'鄉人飲酒'解"試湖州諸生，且自解之
云："《論語》之'鄉人飲酒'，即《儀禮》之'三年大比鄉
飲酒'。朱子注豪無異辭。乃呂大臨、艾南英、方楘如輩，創
爲空論，曰：'鄉人偶然聚會，不在鄉飲四事之内。'今天下
士靡然從之，竟以孔子身爲大夫，與興賢之大典，解爲村農
釀錢共飲之事。毀聖誣經，莫大于此。揆其意，第爲'鄉
人'二字所惑，別無確據也。"余試山左、浙江，兩出此題，
無正之者，獨不見《禮記·鄉飲酒義》乎？《記》曰："鄉
人，士君子，尊于房户之間。"鄭康成注云："鄉人，鄉大夫
也。"又《儀禮記》曰："鄉朝服。"鄭又注曰："鄉，鄉人，

謂鄉大夫也。”此可不煩言而解，其餘謬説，不足辯矣。

蕭山陶定山明於聲音、訓故之學，其解《穀梁傳》“邡公也”云：“范氏《集解》謂‘邡’爲‘訪’。案：‘訪’字从方，與‘丙’同部。隱公五年‘歸祊’，《穀梁》作‘邴’。《爾雅》：‘恜恜，憂也。’《莊子》：‘邴邴乎其似喜乎。’邴雖似喜，其實爲憂。故《公羊》于此經傳云：‘憂，内也。’明宋元憂慮魯難，是以勤行，與《穀梁》合。竊以‘邡’當作‘邴’，解爲憂公，于傳稍協。”又解《爾雅》云：“《釋言》：‘艾，歷相也。’‘艾’‘乂’通字。《書·君奭》：‘巫咸乂王家。’而《史記·封禪書》云：‘伊陟贊巫咸。’‘贊’訓爲‘相’，則‘乂’亦得訓‘相’，而或引《方言》謂‘裔，艾聲之轉’，尚未發其義也。又《釋詁》：‘綝，善也。’或訓作‘繕’，不引《廣雅》而引《類篇》。案：唐王方慶名綝，見本傳。‘慶’訓爲‘善’。唐人猶知古義。”是亦可存備一解者也。

蕭山徐鯤解《爾雅》云：“郭注《爾雅》所未詳、未聞者，百四十二科。邢疏補其十。近儒鈎稽幽滯，補所未備，過求詳核，轉滋附會。引《離騷》‘蹇修’釋‘徒鼓鐘’謂之‘修’，‘徒鼓磬’謂之‘蹇’，是以良媒爲樂節。引《方言》‘絲作者謂之履’釋‘絰履’，是以屝屨爲草名。至‘蔍

懷羊’，謂‘蘬’即‘芋魁’，‘蘬’與‘魁’同，‘羊’乃
‘芋’字之訛，幾類蹲鴟爲羊矣。會稽章華紱云：‘《尔疋》
郭注間有未確。訓‘郵，過也’，謂郵亭，道路所經過，不
知《晉語》‘郵而效之’，‘郵’古通‘尤’也。近儒補郭未
備，可云詳盡。然如《釋詁》‘孟，勉也’，引班固《幽通
賦》‘盍孟晉以迨群兮’。然《洛誥》‘汝乃是不蘉’，《釋
文》引馬融注‘蘉’爲‘勉’，‘孟’即‘蘉’之轉音。因
聲得詁，爲更確矣。‘毖，神慎也’，引鄭箋訓‘閟’爲
‘神’，《説文》訓‘祕’爲‘神’，謂‘神’‘祕’轉訓，不
如引《説文》‘天神，引出萬物’，解‘神’爲‘引’。《檀
弓》‘其慎也’，注‘慎’當爲‘引’，從漢儒舊讀之爲
確也。”

　　歸安丁傳經解《左氏傳》云：“趙盾之事，孔子據事直
書，並無曲筆。左氏、公羊欲《春秋》之行，非托孔子‘越
境乃免’之言，則幾爲崔浩之前車，此或逼於時勢使然，非
聖經旨也。間嘗論晉之諸臣，屠岸賈實靈之忠臣，趙盾實靈
之賊臣。趙穿不過閻樂、成濟之徒耳，非爲首者也。厥後卒
分晉國，爭長七雄，而《春秋》之傳不致毁滅者，始亦二氏
權辭之力歟？”說雖似創，而頗得《春秋》之旨。

　　杭州翟晴江灝著《爾雅補郭》，余謂景純宜補者固多，宜

糾者亦復不少。餘姚邵二雲學士晉涵作《正義》，謹守郭説，亦未肯有所糾正也。

晴江所補未盡確者，如引用張得天"鴻、昏、於、顯"之説，直似明人陋語。余謂《釋木》"樸樕，心"，即專爲《凱風》"棘心"而釋，"杽者，聊"，即專爲《椒聊》而釋，而晉以來皆昧其義。此等引證，難與迂拘者言佐證，亦不可與穿鑿者滋傅會也。

張皋聞惠言《周易》專主虞氏一家之學，極爲精贍，有家法。漢人之《易》，孟、費諸家各有師承，勢不能合而爲一。惠氏《周易述》，雖發明漢學，雜取諸家，不成體製，要之康成之學，斷非仲翔之《易》，比而一之，多龐雜矣。

《荀子·性惡》篇："人之性惡，其善者，譌也。""譌"，當讀如"平秩南訛"之"訛"。訛，化也。《老子》"夫佳兵者，不祥之器。""佳"字，古"惟"字，"夫惟"二字乃引出之詞，今讀爲"佳"字，且習用之誤矣。

予試紹興經解，以《説文》"欥聿"詞辭證《尔疋》"坎、律，銓也"字訛，當爲"欥、聿，詮也"。錢辛楣宮詹以爲蠶叢筆闢也。

　　“《覲禮》《大行人》儀節相補而成”，歸安楊鳳苞解之云：
“《儀禮》十七篇，《覲禮》文字獨簡。其儀節比諸他禮，殊
爲未備。注疏每以《大行人》補之。如‘四享束帛加璧’，
鄭注引‘諸侯廟中將幣，皆三享’，則‘四’爲‘三’之訛
也。‘王使人勞侯氏’，賈疏引‘三勞再勞一勞’，則所使之
人大行人也。《覲禮》不言‘饔餼’，《大行人》所詳‘九牢
七牢五牢’是也。不特此也。‘使大夫戒’可補以《掌訝》
之‘往詔’，‘嗇夫承命’可補以《小行人》之‘爲承擯’，
‘爲宮方三百步’可補以《司儀》之‘爲壇三成’，是皆相補
而成者。”

　　天下樂石，以岐陽石鼓文爲最古，石鼓文脱本，以浙東
天一閣所藏松雪齋北宋本爲最古，海鹽張芑堂燕昌曾雙鈎刻石
於家。余細審天一閣本，並參以明初諸本，屬芑堂以油素書
丹，被之十碣，命海鹽吳厚生刻之。至於刀鑿所施，運以意
匠，精神形迹，渾而愈全，則揚州江墨君德地所爲也。刻既
成，置之杭州郡庠明倫堂壁間，使諸生究心史籀古文者有所
法焉。

阮芸臺閣學師重摹石鼓歌用東坡韻　　陳鴻壽

　　我後坡公幾辛丑，集古不見六一叟。石鼓又經七百年，
點黮欲化長虹走。涌盎渫渫既聱牙，趦趄貐蜀詎適口。何如
吉癸字無多，疇滋疑案壇山後。前年天藻重編排，抉剔文義

還什九。其朔孔庶纞戁戁，亦有鯶鯉棄楊柳。收縮元氣歸豪芒，轉動天樞燦星斗。從臣才藝簡選精，珍宜珙璧懸臂肘。連江偽刻何足論，若粟去秕苗去莠。琅嬛仙人一代宗，龍文健筆蘇韓友。金石借證經史訛，斤權歪殿悟觳觫。天一流傳秘本希，三百餘字襲蝌斗。緬思蘇李張竇徐，歐褚虞杜皆前耇。品評墨妙群推崇，獨碣潛驅犬羊嗾。諸侯劍佩騁雄俊，錫以彤弓及卣卤。大書深刻理則那，昭示日月振矇瞍。陳倉鳳翔踪迹奇，不將荒幻等岣嶁。日炙雨淋致漫漶，要其氣體彌深厚。重摹安置郡學中，參訂同觀誌某某。十三經版各輝映，鳳翥鸞翔屬誰有。由來作人邦家基，南山頌栲北山杻。竟擬兼金耀虓虎，肯比朱絲約剹狗。愛古端資汲綆深，如公真與頡籀偶。惜早沈沙更嵌金，遂令讀者徒搔首。歲年甲乙從缺略，毋怪亭林事攻揩。我聞神異靖康時，濟河風大重莫取。至今璧合珠亦聯，圜橋左右離塵垢。文武成康流澤長，中興遺迹蛟龍守。貞珉況復樹東南，文物聲多長不朽。吳山峨峨浙水深，猗歟休哉萬年壽。

朱壬

三代石刻傳已僅，惟有石鼓衆說孚。李唐以前罕有述，譬彼寶劍埋泥塗。韋公好事始傳播，一唱百和人人殊。昌黎考古真特識，一言論定非拘墟。周宣中興理可信，明堂朝賀言非誣。龍蛇蟠舞篆奇絕，諒非史籀無能書。吉甫作詩風肆好，高文典冊卑相如。年深月久石易泐，苔蘚剝蝕文模糊。

當年陳倉十失一，此日太學書連圖。朝廟規橅有碩彦，昕夕講解勤生徒。陋儒未至辟雍地，那得指畫親形模。即如武林一郡士，思觀獵碣空嗟吁。豈無拓本偶傳示，揣摩終覺神踟蹰。琅嬛仙人用意厚，硬黃一卷工臨摹。命工刻石傳永久，釵痕漏脚毫髮俱。行見十鼓置廊廡，直以宋經爲郭邪。郡庠多士盡環列，駢填觀者如鴻都。縱無率更三日卧，我已朝起忘西晡。行間鸞鳳勢軒舉，腕底蝌蚪形盤紆。勁如金垂鼎足立，婉若玉潤鈎頭舒。奧義推敲盡佶屈，古文參讀尤齟齬。韓蘇大作千劫在，典模鉅手祛榛蕪。我聞李斯精小篆，作頌勒碑嶧山隅。當年祖龍誇功德，自謂予聖黔首愚。那知野火不相恕，縱有棗木徒增污。豈若石鼓創周代，宣王典物尤堪娛。湯盤孔鼎不可得，寶貴此意徒區區。自兹重鐫惠來學，頓令篆法同古初。鳥革深藏得位置，蟬翼細搨忘勤劬。歐陽積古精考核，後先相望懸冰壺。

　　杭州唐人石刻存者，惟城内祥符寺開成二年胡季良所書《陀羅尼經幢》，及吳山青衣洞開成五年《錢唐縣令錢華等題名》，他若靈隱、天竺各刻，皆於乾隆庚子歲爲某太守所毁。近年仁和趙晋齋魏、海寧周松靄春各得唐墓志一，又陳默齋騎尉訪碑至定山，得唐元和間題名四種，皆昔賢所遺，足補志乘也。

杭州府學石經，今存《周易》二石、《尚書》七石、《毛詩》十石、《中庸》一石、《春秋左傳》四十八石、《論語》七石、《孟子》十一石，凡八十六石。內《禮記》中《儒行》《大學》《經解》《學記》四篇已亡，《周易》自《離》“九三”以下皆無之，較《書》《詩》等所缺特甚。《書》《詩》《左傳》《論》《孟》卷末皆有秦檜題跋。思陵小楷秀整，有晉人法度。《論》《孟》字體稍縱。葉紹翁《四朝聞見錄》云：“高宗御書六經，上親御翰墨，稍倦，即命憲聖續書，人莫能辨。”其中避諱字皆本字闕筆，惟《論》《孟》則多改字，如改“敬”作“欽”、改“殷”作“商”、改“恒”作“常”、改“桓”作“威”等皆是。經文異同雖不多，頗足校正今本之誤。如《毛詩》“予尾脩脩”，今作“翛翛”，爲訛字。《左傳》“不闕秦，焉取之”，今“不”上有“若”，“焉”上有“將”，爲衍文。“禮，吾所未見者有六焉”，今無“所”字，爲脫文。皆與唐石經同。《孟子》無唐以前石刻，此碑“文王事混夷”，亦較今本爲善，考古者宜知寶貴矣。

咸淳《臨安志》云：“太學首善閣，高宗皇帝御書三扁，各有石刻。又有累朝御札御製，並刻寘閣下。”今仁和學大門內牆隅有高宗御書“大成之殿”“大成殿門”二刻，字徑一尺四寸，中有“復古殿”三小字。仁和校官署存不全草書一石云：“暮口沙上雁，海門斜去兩三行。”字徑五寸，每行二字，側有"皇二十三"四小字，乃碑石記數。又仁宗飛白書一石云："天下昇平四民清。"字徑五寸，橫列上方，刻小楷年月二行，云："慶曆八年四月二十八日。"下有三璽，中惟"御"字可辨，側記"皇三十九"四字，與前石同。按：南宋太學即今按察使署，爲岳武穆故第。武穆被禍後，第爲太學，元改爲西湖書院。明洪武十二年即書院建仁和學，至天順三年復改建縣學於今所，古碑悉徙以從，致多殘闕耳。

《表忠觀碑》自明人重刻本外，舊刻僅存二石，每石兩面，下半已殘闕。近年重修涌金門外錢王祠，始自郡庠移立祠內。此二石相傳是宋時原刻。案：《樓攻媿集》謂"坡公有《與趙清獻公帖》，示《表忠觀碑》額可用張子野之孫名有者書之"。今世傳本從無及此，豈當時四石並立，不復刊額邪？又此碑尚有小字行書本，亦舊刻，現存郡庠，惜未同時移出。

何夢華寓葛嶺時，曾於嶺西半山中搜得賈似道《賜家廟第宅題記》，云："景定三年正月八日，賈似道蒙上恩賜家廟第宅于行都，辭勿獲。因集芳園鄰舊居，就賜給緡錢，使營葺焉。用謹欽承。子子孫孫，其毋忘忠報。"隸書，凡八行，字徑八寸。《西湖志》於秋壑石刻概從刪例，然金籠舊事，玉枕新鐫，猶有傳者，錄之可當《風》詩之《鄭》《衛》。

　　兩浙金石，吳越刻雖有二十餘種，獨未見天寶、寶大、
寶正之刻，頗以爲憾。嘉慶元年七月，何夢華訪碑至臨安海
會寺，得寶大元年《陀羅尼經幢》二，嗣於武康縣治續得寶
正元年《風山靈德廟碑》，爲從來著録家所未見。夢華又於
臨安功臣山下桑畦中得《吳越普光大師塔銘》。普光爲武肅
第十九子，自幼出家，授吳越僧統。皆可補紀載之闕者。

　　吳越千官塔在西湖烟霞洞，乃就崖石鑿成，高二丈餘，
凡七層。鐫刻工細，門柱間皆題諸臣銜名。塔旁兩壁又列數
百人，衣冠整肅，作禮塔狀。每人肩側亦紀姓名，惜皆無考。
惟塔上題字，有都指揮使吳延爽，爲吳越文穆恭懿夫人之弟。
洞內石羅漢側尚有延爽題名三行云：“吳越都指揮使銀青光禄
下闕右僕射□海縣開國男食下闕吳延爽捨三十千造此羅漢下
闕。”《西湖志》載石像造於吳越間，而未及延爽名，是其疏
略。至以塔上人名考爲南宋諸臣，則謬之甚者。《武林梵志》
云：“吳越相吳延爽開寶中建崇壽院，內有九級浮圖，名應天
塔。”即今保叔塔。塔後有落星石，武肅時封爲壽星寶石山。
仁和趙生坦嘗於山間拾得片石，存三十五字，有云“爽爲睹
此山上承角亢”云云。角亢，壽星也，出《爾雅》。則此爲
《延爽造塔殘記》無疑矣。

予徵收富陽縣古刻，百無一存。錢唐嚴厚民杰新得《唐孫夫人墓志》，持以示予，云頃歲親見富陽人掊土得之，知爲古墓，手拓四五本，仍令掩埋原處。文云："夫人，吳大皇帝十九代孫孫德之女也。笄年歸於陸氏，以大中四年遇疾，即是歲仲夏月三日而終，於其年季秋月末旬八日安厝富陽縣西廿里上黃山墓。"云云。其後空處別題"唐大中四年九月廿八日記"。字體較大，此例他碑未見，亦博古者所宜知也。

南屏小有天園石壁有司馬公摩崖隸書。以此試士，錢唐吳載和一詩，指陳真切，可與論古書。乃南渡後所勒，或以爲侍父判杭州時所書，非也。海寧俞寶華詩云："公侍親闈判府事，總宜一棹曾杭州。趨庭縱目尚年少，那遽石墨垂山陬。"所論最確。寶華性疏略，筆札甚惡，不可寓目，而詩才清放。其父名思謙，淵雅工詩，蓋家學也。

游南屏觀司馬公摩崖隸書　　吳載和

朝相司馬公，四海慶無事。公治何能爾，公識治平義。我來南屏下，見此摩厓字。俯仰溯千載，公意恍我示。緬昔元祐年，公荷股肱寄。出處素位行，聖經仰而企。宮中女堯舜，亦識利貞意。當安不忘危，楮墨露真誼。不見蔡平章，俗書逞姿媚。夤緣入政府，國事隨意置。一反公所爲，柄政如兒戲。忠佞不兩立，黨禍滋猜忌。大書千佛名，深文亂真僞。釀成靖康變，一敗乃塗地。圖治我公難，償事若輩易。

當時朝中人，公書誰省記。經綸貫千古，餘事極高致。熹平中郎書，視此猶當愧。陵谷幾變遷，金石多失墜。此書終不磨，鬼神護蒼翠。

俞寶華

南屏洞天春雲稠，尋碑客向丹崖游。蛟龍蟠挐波碟老，健筆直與東京侔。響搨悔失攜竹膜，但覺眼底驚清遒。草窗著論異吳萊，款題涑水知誰留。公侍親闈判府事，總宜一棹曾杭州。趨庭縱目尚年少，那邊石墨垂山陬。中興宜刻事或有，秘府清玩光堯搜。長編資治已進御，法書五卷重雕鏤。石經太學兩輝映，自謂文治光魯鄒。豈知金繒索歲例，偷安半壁非良謀。惜哉和議信長脚，浙臉符夢忘同仇。三經之文試進講，致堂經幄應含羞。摩厓誰人有深意，戛戛珍並琳琅璆。南度宰輔得公侶，中原未必終沉浮。讀碑如見公忠義，凜凜生氣來雙眸。程蔡梁鐘古能手，精神魄力難公儔。一字一拜心一況，直欲變化如潛虬。長逐雲峰瀲不散，爪痕攫石懸崖秋。

金華試院爲宋乾道時皇子魏王故第，今自公堂壁間尚存孝宗敕皇子愷詔書。時愷以魏王判寧國府，知雄武、保寧軍節度使。保寧即婺州軍號也。又宋徽宗御書《吏治手詔》、高宗御書《耤田手詔》，皆真迹。又慶曆六年《婺州知州題名記》，書法顏平原，亦妙。又陳舜俞《騎牛》《留槎》二圖刻於熙寧癸巳。案：舜俞騎牛事在廬山，《留槎》詩又寄題歐川者，皆與婺州無涉，不知何故刻此也。

洞霄宮古碑皆毀于火，今惟宋理宗御書"洞天福地"扁額木刻尚存，字徑一尺二寸，正書，中鈐二璽，磨滅不可辨。按：《圖志》以爲淳祐七年賜書。宮之西北即大滌洞，内多宋人題名。

徑山諸碑最古者，宋孝宗御書《萬壽禪寺額》、樓攻媿《重建萬壽禪寺記》二種，餘如蘇東坡三詩、蔡君謨游記，皆元人重刻。

青田石門洞有天寶八載諸暨縣令郭密之詩刻二首，皆正書，一題《石門山詩》，一題《永嘉懷古詩》。《縣志》郭密之有傳，而此二詩獨遺之，洞前後尚多宋元題名，予既題名鐫詩石上，復拓諸題名而歸。

浙西碑石無漢晋古刻，惟磚文獨多。予得西漢五鳳五年磚一，東漢永康元年磚一，西晋建興四年磚二，東晋咸和二年磚一，興寧二年磚一，皆製爲研。又有奉華堂硯，南宋宮中物也。

五鳳五年磚記并詩　　翁方綱

　　漢磚一，就其側有字處，以建初尺度之，長七寸弱，厚二寸弱，蓋稍有磨去也，餘三面皆經琢研時磨平矣。面背僅闊三寸四分，則非磚之原制矣。研左側四周複邊中作陽文"五鳳五年"四字，字皆一寸許，下"五"字視上"五"字稍長，"年"字下直似極長而磨殺也。研右側下有小隸書"竹房琢"三字，近時張芑堂以小楷書錢擇石銘并序於研四圍，"竹房琢"三字幾爲所壓。擇石家澉浦，芑堂家海鹽，皆與吾子行居相近，而二君皆若不知有吾竹房者，何也？阮雲臺侍郎自浙江得之，攜來京師以示予，爲記之，曰："薛尚功稱漢器必謹其歲月，即記所謂物勒工名之遺意也。周秦以前尚矣，漢武帝始有年號，宣之五鳳距建元纔八十年，此以年紀器之最古者。而曲阜五鳳二年石則字在正面，其文陰，此則陶旅所成，故字在側，其文陽。其文陽則模型所成也，文陽而居器之側者，未有先於此者也。班史謂孝宣之世，工匠器械，咸精其能，故此一磚也，可以見工度焉。漢五鳳僅四年，何以云五年也？曰：五鳳之四年，其明年爲甘露元年。李善《西都賦注》引《漢書·宣紀·甘露元年詔》曰：'乃者鳳皇至，甘露降，故以名元年。'考此詔乃甘露二年撮叙之詞，不言甘露降在何時，而元年夏特書曰'黃龍見新豐'。据詔詞，甘露瑞在黃龍之前，而五鳳之改元於前冬書其事，此甘露之改元則前一年不書其事，而本年夏特書'黃龍見'，此則班氏文章詳略間伏之妙，使人知甘露降在次年春也。則甘露之改元在其春三月間，而浙澦之地，去陝闊遠，則此春三月仍稱五鳳五年，何疑乎？故此一磚也，可以見史法焉。此側四字，其上‘五’字中間二畫直交用隸勢，而下‘五’字中間彎交用篆勢，是爲西漢隸古，去篆未遠，是篆初變隸之確證。嘗於曲阜石刻已詳言之。而此下‘五’字中畫視曲阜石刻更顯，故此一磚也，可以見書藝焉。昔歐陽集古，以未見西漢字爲憾，而今於五鳳時既見曲阜之石，又見海鹽此磚，宜乎吾竹房琢之，而阮侍郎寶之，亟宜表其文於金石著録者也。爲記其概，而附系以詩。”

漢紀五鳳無五年，五年字以斯磚傳。斯磚斯字制何昉，尚在未改甘露前。甘露之降月未紀，是春陶旅浙海壩。拊垺方厚無薜暴，樹膊繩引齊中縣。工度技能比衡律，綜核所以推孝宣。時距建元年未百，初勒年紀於側邊。庚庚橫直鬱起立，如器參網規方圓。其文陽仰未磨蝕，是受模範非雕鐫。大小二篆初變隸，旁無波拂孓不騫。何讓甘泉未央瓦，霓標翥舉騰星躔。昔魯靈光殿基石，紀年款與漢史愆。往時吾友共論此，史表之例奚拘牽。錢辛楣疑五鳳二年不當云魯三十四年。予謂史表書魯“安王光嗣，四十年薨”，是以元朔元年爲安王元年，以征和四年爲孝王元年，則三十四年不誤也。曼卿記又百年後，洞簫道士神翩然。百四十宮列錢壁，三十五舉珍珠船。墨雲飛起石塘夢，篆脚一瞥西泠烟。侍郎得此壓裝褚，書銘如對張與錢。攜石銘，芑堂書。二子家居近太末，未及良佑搜遺篇。莫輕區區一方璞，多少寶刻難齊肩。試拓百本廣著錄，西京隸古爭流涎。欲爲竹垞解嘲否，五鳳此刻方真磚。竹垞以曲阜五鳳二年石目爲磚。

琅嬛仙館觀所藏南宋奉華堂硯歌　　朱文藻

澄泥宋硯製作奇，其縱六寸廣半之。面寬中凹受墨處，細刻雲氣蟠夔螭。分明左右提兩耳，圓口恰作受水池。是尊是罍置弗論，側有三字爲銘詞。曰奉華堂楷格整，其秀在骨腴在肌。考昔臨安宋駐蹕，夫人劉氏顏堂楣。工書善畫筆娟秀，往往印記堂名垂。奉華春華或互異，圖繪寶鑒訛傳疑。曾聞石經代御筆，想見研腹流險巇。研材貴石乃後起，從前多尚澄泥爲。相州虢州與絳縣，研史遺法猶可追。此研不知出何郡，但愛綠色流春漪。陳文惠家收蜀硯，鳳凰臺字爭氈椎。今觀此硯亦三字，後先皆足供談資。邗上世族衍先澤，寶此佳研同尊彝。使君報國擅文采，筆花染墨敷芳蕤。六百餘年硯得所，物以人重傳自茲。朝寒伻使踏雪至，持示拓本兼索詩。題詩不顧手皲瘃，火爇破研看流澌。

· 陳文杰

紫雲一片浮元液，古硯摩挲珍尺璧。稜稜玉質土花斑，紹興題款猶堪識。憶昔光堯在位年，三千宮女盡嬋娟。大劉妃子尤明艷，德壽宮中第一仙。頭銜先署紅霞帔，温存獨得君王意。御翰朝書緑玉章，内批夜錄珍珠字。掌管宸書待内

廷，澄心堂紙寫《蘭亭》。金鐶不羨中宮貴，晶枕都欽妃子
名。丹青別署臣希進，圖成補袞思垂訓。筆壓松風馬遠圖，
色分紅沫楊娃印。小妹風流更軼常，羽衣新學道家妝。玉笙
吹徹千花發，並蒂芙蓉侍玉皇。湖山佳處起樓臺，留得君王
更不歸。合向南朝誇粉黛，空勞北地譽胭脂。此硯當年雕石
髓，深宮長伴烏皮几。閱盡繁華七百年，一雙鸜眼清如水。
報恩高建梵王宮，樓閣參差倚斷虹。鸞輿鳳幰人何在，留得
孤墳夕照中。鳳皇泉畔青山曲，尚有梅花浸寒玉。閉關頌酒
印空傳，春來芳草年年綠。紅羊小劫付滄桑，指點題銘感倍
長。半壁江山留片石，至今猶說奉華堂。

甘泉林季修述曾亦有《奉華堂硯》詩云：“大劉妃子奉華
堂，宮禁留傳硯一方。清淚流珠咽鸚鵒，高臺殘瓦憶鴛鴦。
代書玉詔頒諸將，閒寫《蘭亭》侍上皇。南渡江山空半壁，
墨池天水自滄桑。”又有《落葉》句云：“秋影至今無可瘦，
春情到此也應銷。”寄托深遠，工於賦物。

余見岳氏廟祀銅爵，上鑄“精忠報國”四字，蓋岳珂所
鑄。又見宋高宗趣戰手敕，墨紙黯黮，劇真迹也。此敕志在
恢復，生氣凜然。卒乃神州陸沈，長城頓壞，誰之咎與。

予藏古鏡一，黝然無光，背銘“太平元年五月丙午時

造”。古銅艾虎書鎮一，背銘“延祐二年”四字。琥珀松虎筆筒一，底有“宣和内府”四篆字。嘗於五日邀客賦之。古以太平紀元者，自唐以前凡四：一爲吳廢帝，一爲北燕王馮跋，一爲梁敬帝，一爲楚帝林士宏。余以爲此鏡文字如六朝，定爲梁鏡，繼思梁太平改元在九月，此云五月，則又非矣。

丙辰五月五日琅嬛仙館賦梁太平元年五月丙午時鏡　　陳文杰

玉匣沉沉秋水冷，芙蓉欲睡青鸞醒。菱花黯淡暈苔痕，墨雲蝕盡涼蟾影。帝子風流建業城，太平年號紀昇平。摩挲鏡背迴環字，知是蕭梁舊鑄成。五月五日良工巧，洪爐百鍊規模好。一片寒光耀玉臺，江心不數唐天寶。瓊膏拂拭壁輪新，寫翠傅紅嬌上春。留得六朝明月在，曉妝仍照六朝人。

徐鉽

寒光滿眼生突兀，何人摘取瑤臺月。誰云一例張肝膽，早覺千人動毛髮。鵲影雙蟠玳瑁盒，菱花交映芙蓉闕。不須膽水浸鐵成，範出壽光已咄咄。蕭梁太平年月鐫，逆數已過千餘年。流傳欲並敬元穎，神物護衛形完全。想當鑄此天地會，午日午時窮精研。蒼龍下視萬靈集，素書擲置洪爐邊。飛精百鍊得所授，山魈野魅不敢前。岐陽之鼓篆斑駁，延陵之劍質精堅。水土未經免剥蝕，眉目入照分媸妍。閱人已多傳世古，寶物啓匣來欸然。吁嗟古鑒知興替，人鑒分明得失勵。梁家末造二鑒亡，終日昏昏在雲翳。鑄鏡猶識梁天中，設鏡將毋陳世系。六朝遺迹俱成塵，此物蒼涼存古制。於今什襲同珍珠，晶瑩上燭北斗樞。秋毫無遁開藻鑒，惟不設形能中孚。攜來何用聽響卜，赤靈同縉當胸符。

胡敬

唐開元間水心鏡，李太所進今銷磨。制金以火實仿此，較恐不及終無過。想當鑄此經百鍊，傾市走看肩相摩。雷公鼓囊帝下炭，精金躍出龍騰梭。軒轅仁壽失光彩，曉日照耀扶桑柯。寒飆吹沼結冰骨，皓魄呈海開金波。蕭梁末造恣兵燹，爾時埋没隨銅駝。鬼神呵護免剥蝕，吁嗟嗜古誰收羅。塵封埃積土花綉，閱世已是千年多。雖微光彩質愈古，未要元錫加煩授。背銘三十有九字，其七漫漶同臼窠。紀年而下篆多反，篆體不類籀與科。惟文反正則爲乏，此豈取義符止戈。太平紀年古來衆，定以梁器非唯阿。法真小字有明證，据諱斷代明非它。似淵作泉丙作景，異綠爲禄犧爲莎。能於所忽特舉示，如此辯口真懸河。或疑元改是年末，此云五月理則那。黄初元年無二月，雒陽古鼎遭詆訶。斯言考訂亦近是，試更于史窮切磋。法真在位僅二載，備藩齊室罹坎軻。紀元乙亥及丙子，紹泰太平名不譌。太平元年春正月，于追溯例原非訛。史臣編年忌複出，如貞元後稱元和。其間永貞置不録，恐垂久遠成蹉跎。鏡當鑄自改元後，故與追溯同其科。先生鑒古具卓識，豈肯摭拾遺義娥。區區一得思自效，把燭究于日體何。流觀跋語識顛末，恍若古質親摩挲。賞奇析疑意無盡，放筆遂爾成高歌。

宋宣和内府琥珀松虎筆筒　　周雲熾

何來寶物大如斗，罽賓所貢無其偶。含精結魄曾需時，玉人鏤作文房友。佩阿隱隱相依持，贈爾邑爲湯沐守。摩挲知是豎珀形，松肪入地應千齡。或云桃膠感氣漸凝結，或云楓脂日久能精靈。良工小技巧欲試，飾爲筆具文瓏玲。純乎古氣幾莫辨，匠石目奪青熒熒。墨華輝發狸毫紫，翠羽文犀書亥豕。案頭相伴銅蟾蜍，染翰朝朝陪玉珥。詢求此物來何從，云出汴梁故宋宫。當年玉盞示臣下，瑰奇不厭搜羅窮。凝精耀彩炫一室，欲以寄詩非詩筒。更兼松虎勢圍繞，血痕剥蝕凝殷紅。我思道君御國年，公相媼相齊張權。延訪書畫極奇巧，侈談土木窮雕鐫。蘇杭建有造作局，舳艫相繼江淮邊。艮岳諸峰何縹緲，宣和事迹誰能道。留此戔戔畀後人，曩時内府充珍好。珊瑚筆格耀縑緗，翡翠新裝孝穆牀。陋取湘江斑竹梗，裘鐘只合伴王郎。

元延祐銅艾虎書鎮　　陳文杰

丁巳五月日在卯，海榴窺户蒲生池。雪羅風葛順時令，縛艾作虎嬰衮師。夫子遺人招我至，示我古器光陸離。就中書鎮物尤妙，巧匠製出形模奇。似艾非艾虎非虎，置之几案形觺觺。觸之以手響徐歇，知是銅質無蔽虧。土古水古傳世古，愧非特識難措辭。但覺苔痕剥蝕土花碧，把玩直使人忘疲。細觀乃有"延祐二年"字，如泥印印沙劃錐。我聞鎮書器，古人多有之。薛道祖詩咏金虎，《考槃餘事》紀玉螭。金天禄乃趙宋物，青鳳子是楊家遺。小連城與千鈞史，歐陽文具尤無訾。今之所見或此類，勁骨屈曲光葳蕤。在昔仁宗建國號，皇慶改元用以延洪禧。劈正在朝玉斧耀，興隆有管鸞笙吹。其時初開國史館，誰與作者揭傒斯。左右兩榜舉賢俊，多士濟濟盈丹墀。《大學衍義》資治鑒，譯以國語森昭垂。在帝左右書萬軸，得此作鎮尤相宜。我師文章今燕許，濡染大筆何淋漓。藏書充棟手自校，金題玉躞紅琉璃。此鎮長作著書伴，典重不讓古鼎彝。況復厥象取威猛，辟邪之義同蒸葵。虎氣騰上發光怪，午夜照耀驚妖魑。摩挲古物作斯頌，彤庭指日躋皋夔。虎拜稽首祝萬壽，再譜盛世賡颺詩。

胡敬

於菟鑄出態崛奇，藉以艾葉何襂褷。勇猛氣懾千熊羆，狒胃漫説甘如飴。疏簾清簟明朝曦，書帶之草階前披。爐香不斷噴㷊焔，此中位置寧非宜。問年遠自延祐遺，什襲不啻古鼎彝。縱二十黍高半之，廣倍縱可布指知。厥重三鋝還少虧，真書四字銘昭垂。製取艾虎夫何爲，月日雖闕理可推。鑄此所以禳癘疵，當在律中蕤賓時。我觀范志詳禮儀，五色之印朱索縻。葦茭螺首花陸離，彌牟樸蠡誕足疑。下沿荊楚盛娛嬉，釵符百索爭饋貽。纏臂合歡長命絲，被除更用桃茢枝。是鎮無乃同于斯，使君岳岳鸞鶴姿。插架玉軸金裝池，紆紅許綠勘訛辭。萬卷藉汝牢護持，辟邪辟蠹功兼資，蟫魚之技安所施。

余遴秦漢印佳者凡十，貯以王晋卿鏤金小字鐵匣，作文記之。海鹽吳侃叔東發博古能文，識古文奇字。予試嘉興，以"秦漢十印歌"命題，語幕中人曰："此題吳生必擅場。"已而果然。別以漢印一與之，曰："以此獎實學。"余又藏古戈頭五，亦有文記之。

秦漢十印記　　阮元

余藏秦漢官、私印數十鈕，擇私印之佳者十鈕，以宋王晋卿鏤金絲銘小鐵匣貯之，且爲疏記之。一曰"陽官馬"，二曰"李疾"，三曰"某女"，其右字不可識。皆瓦鈕小秦印，篆法古秀。四曰"王賀之印"，瓦鈕。賀，前漢人，字翁孺，武帝時爲綉衣御史。五曰"竇武印"，龜鈕。大將軍聞喜侯以外戚冠清流，名節震朝野，二千年後，摩挲遺範，凜然猶有生氣。六曰"觟陽充"，瓦鈕。《後漢書·儒林傳》："中山觟陽鴻，字孟孫，章懷太守。"注："姓觟陽，名鴻。"鴻之外，惟此人印存。篆文"觟"從"角"甚明，可正鄭樵《通志》及《廣韻》作"鮭"之謬。七曰"容護私印"，龜鈕。《廣韻》"容"字姓，引《禮記》"徐大夫容居"爲證，此其裔也。以上四漢印，皆無爛蝕，章法方正。八曰"孫林"，九曰"臣登"，並龜鈕。十曰"采禁"，瓦鈕。孫林不見於史。登，其吾郡漢賢太守陳登耶？藉曰非是，吾亦以此屬之，以誌二千年堰湖之德。采禁亦不見於史，"采"字見《說文》，即今"穗"字，姓書失收。上三印亦皆漢物也。

秦漢十印歌　　吳東發

石但有鼓金鼎彝，剝泐銷蝕稀留遺。詛楚傳刻不足信，遑論大禹《岣嶁碑》。小篆以後變繆篆，秦漢銅印稱神奇。平生蓄眼罕所見，今觀十印神欣怡。摩抄三復讀疏記，如髮得梳翳逢鎞。秦印一曰"陽官馬"，"官"字筆迹亦似"宜"。陽官、陽宜殆雙姓，氏族譜漏難諏咨。古人命名不以"疾"，"疾"與"去疾"真同時。"某女"仿佛是"臨女"，臨，古文或作"臨"，此作"毉"，疑省文。上帝臨女義取詩。筆勢古勁復秀逸，篆法直逼丞相斯。秦印止三漢印七，孫林容護史失之。著者繡衣御史賀，武乃外戚侯聞熹。聞喜，漢碑作"聞熹"。當時清節重朝野，越二千年名不漸。惜哉登也不繫姓，非賢太守陳其誰。匽湖之德不可泯，從來德立名斯垂。"鮭陽"作"鮏"鄭樵誤，"穗"本作"采"許慎師。乃知寶此非玩物，十印不數千金持。其小足以證筆畫，其大用寄明德思。吁嗟！自來凡物皆有遇，一遇拂拭增光儀。小琅嬛館今福地，印兮羨女長追隨。

丁子復

奎章重積古，嗜古金石積。上下三千年，藝林討遺迹。

厥有秦漢印，磊落滿几席。鑒賞必精到，選十棄千百。陽官古族姓，篆籀從刻畫。李疾豈斯族，字體妙新格。其一"女"字存，半面月含魄。七印傳卯金，時代東西隔。考據索《倉》《雅》，奧義抉史册。聞喜漢將軍，清名炳竹帛。鑄金重摩挲，遺型仰精白。觟陽從角圭，族著《儒林》籍。嗟彼鄭漁仲，誤"魚"失辨核。容居徐大夫，厥後散荒僻。彼護豈苗裔，私印留剖析。采禁者誰氏，姓纂失采摘。《説文》乃作"穗"，氏族可增益。李登著《聲類》，陳登留政績。堰湖功猶偉，拂拭想遺澤。孫林與王賀，或傳或滅没。瓦甌獸作紐，鐫鑄異煮石。晋卿鐵匣古，金絲鏤明嫮。子孫永貴銘，愛護肯輕擲。用以藏十印，光采互映發。土花照老紅，銅綉生活碧。晴窗坐研經，古硯手自滌。墨花瀉金壺，冰心映玉尺。纍纍硯山傍，光輝射東壁。

周五戈記　　阮元

余藏周銅戈五，一曰"衞公孫吕之告戈"。內與援通，長建初尺九寸五分，內上一孔正圜，胡與援皆甚寬博。按：《春秋左氏傳》衞公族以公孫爲氏者五人，公孫彌牟、公孫見餘、公孫無地、公孫臣、公孫丁，而無公孫吕，得此可補三傳之所未載。告，即"造"字之省，與"艁舟"之"艁"相同。二曰"子永之作用"。子永亦無考。內與援通，長七寸六分，銅多爛蝕，而色質更古。三曰"高陽左"。內與援通，長一尺八分，胡末微折，堅瘦有眉稜。按：高陽乃作戈人之氏，其

言"左"者，程氏易田曰："凡款識于戈體者，刻在背，于
内則刻在面，以内爲戈之餘事，其面猶戈體之背也。今不刻
于内之面，而反在其背者，右手之背即左手之面。"斯言諒
矣。至其銘文曰"左"者，元謂古者諸侯行，必有二人執戈
先之，又《士喪禮》曰："小臣二人執戈先。"《春秋左傳》
昭公元年："楚公子圍設服離衞，叔孫穆子曰:①'楚公子美
矣，君哉！'鄭子皮曰：'二執戈者前矣。'"此亦國君當有二
戈在前之證。杜預注"離衞"云："離，陳也。"此非丘明著
書本義。凡兩物相並爲麗，"麗"與"離"同，《易・象傳》
云："離，麗也。"《曲禮》曰："離坐離立。"鄭注云："離，
兩也。"此云"離衞"，正指二人執戈，分左右爲衞也。然則
此戈云"高陽左"者，必是氏高陽之諸侯左右二戈中之一戈
也。弟四戈，内與援通，長一尺一寸二分，無銘字，内上有
雙鈎華文，不可識，芒刃不頓，若新發于硎。弟五戈，内與
援通，長七寸二分，無銘字，其垂胡已折其半。凡此五戈，
鑄款作銘，皆三代物，君卿大夫之所用，周之文與周之武，
可摩挲想像而得之。

　　元潘昂霄《金石例》，惟拘守昌黎一家之學。明王行

---

① "叔孫穆子"，原誤作"叔孫穆叔"，據孔穎達《春秋左傳正義》卷四十
一改。

《墓銘舉例》，雖兼取韓愈、李翱以下十五家，亦不過中唐以後體製，其於兩漢南北朝製體修詞之道，概未之聞也。余收獲兩漢六朝碑版甚多，思成一書，以復古式。

余於嘉慶三年秋九月十日去浙後，定香亭亦旋圮。四年，同年友劉佩循閣部鐶之來浙督學，愛才取士，與余若畫一。余亦於是冬奉命來撫浙。五年，閣部重葺此亭，水花林木，皆如舊時。因屬端木子彝爲《定香亭後賦》，而陳雲伯編《定香亭筆談》適成，雪泥鴻爪，於無意自相印合，因于卷末記之。

定香亭後賦　　端木國瑚

竹裏留嵇，花間住杜。梨趁香山，梅招水部。芳心易孤，勝事誰數。安石寄閒，歐陽愛古。明月共壺，清風接麈。既翰墨之有緣，豈烟霞之無主。亭有定香，署名已早。風月依然，林泉恰好。竹瘦椽疏，松新瓦老。秋暖蟲宜，春寒花惱。雨到綠生，風來紅掃。人夢湘雲，客吟池草。睹光景之泥人，忽芳馨之盈抱。于是修階礆，開幔亭，高低酌檻，疏密添檑。斧痕借月，石影分星。春梁待燕，秋案留螢。闌書碧亞，簾寫紅丁。鶴迎秋而已帳，蟾入夜而何扃。屏冷則雲窺雙白，檐虛則天抱四青。水鑿玻璃，翠通窈窕。冰上敲菱，鏡中刈蓼。流杯分池，浴研添沼。航比鷗輕，磯共鵠小。花氣醉魚，沙痕篆鳥。雨白荷秋，烟黃竹曉。縮圓嶠于座中，拓仇池于塵表。塘圍錦砌，橋匝芳堤。星填漢淺，虹卧秋低。花垂雲曲，柳搭烟齊。闌扶黑醉，柱試紅題。響來木屐，影隔花梯。吟綠波兮天上，饯紅日兮亭西。爲竹添山，緣花布石。岫雲吐青，峰月窺白。蕉額纔方，松身只尺。翠點盆秋，香生瓶夕。鏡前之湘草春紅，壺畔之石蓮夜碧。安排春事，調護芳時。花連蝶徙，樹帶禽移。竹量笛料，桐酌琴規。藤長于格，菊瘦似籬。買猿守果，呼鶴種芝。紅飛蕉鼠，綠放荷龜。圖《離騷》之麗句，搜花才之新辭。故當紅影初晨，綠光正午。蜂拈碧香，蟲墜青縷。選荔應圖，寫蘭入譜。池容鷺漁，林借鶯乳。蝴蝶黃兮春風，蜻蜓綠兮秋雨。吟芳草則兩字鷗鴣，悵落花則一聲杜宇。更選佳客，共此秋光。園吟蟋蟀，谷寫篔簹。評琴似穎，說劍如莊。黃花四屋，紅葉一牀。槐青雨冷，藕白風涼。鴛影秋而人憶苕雪，雁聲夕而客夢瀟湘。坐久移時，重來憶昔。碑記舊摹，榜看新畫。鴨綠添鑪，鳧青留鳧。帖試鈎雙，韻探珠百。橘露千頭，茶風兩腋。畫憐顧癡，香愛荀癖。喜舊友之同岑，愛主人之如客。懷瀛洲之池亭，共天台之仙藉。又何殊乎瑯邪海岱之間，蘿月松風之宅。